Unicorn

独角兽书系

THE RITHMATIST

阵学师

系列（卷一）魔绘学院

[美] 布兰登·桑德森 / 著　刘 壮 / 译

重庆出版集团　重庆出版社

版贸核渝字（2015）第103号

图书在版编目(CIP)数据

魔绘学院 /［美］布兰登·桑德森著；刘壮译.
—重庆：重庆出版社，2018.9
（阵学师系列；卷一）
ISBN：978-7-229-13333-7

Ⅰ.①魔…　Ⅱ.①布…　②刘…　Ⅲ.①长篇小说—美国—现代
Ⅳ.①I712.45
中国版本图书馆CIP数据核字(2018)第144371号

阵学师系列（卷一）：魔绘学院
ZHEN XUE SHI XILIE（JUAN YI）:MO HUI XUEYUAN
［美］布兰登·桑德森　著　刘　壮　译
责任编辑：邹　禾　肖化化　陈　垦
装帧设计：谢颖设计工作室
封面图案设计：OCEAN
责任校对：刘小燕

重庆出版集团
重庆出版社 出版
重庆市南岸区南滨路162号1幢　邮政编码：400061　http://www.cqph.com
重庆出版集团艺术设计有限公司 制版
重庆豪森印务有限责任公司 印刷
重庆出版集团图书发行有限责任公司 发行
E-MAIL:fxchu@cqph.com　邮购电话：023-61520646
全国新华书店经销
开本：890mm×1230mm　1/32　印张：11.5　字数：310千
2018年9月第1版　2018年9月第1次印刷
ISBN：978-7-229-13333-7
定价：48.80元

如有印装问题，请向本集团图书发行有限公司调换：023-61520678

献给乔尔·桑德森，
愿他永远热情满满。

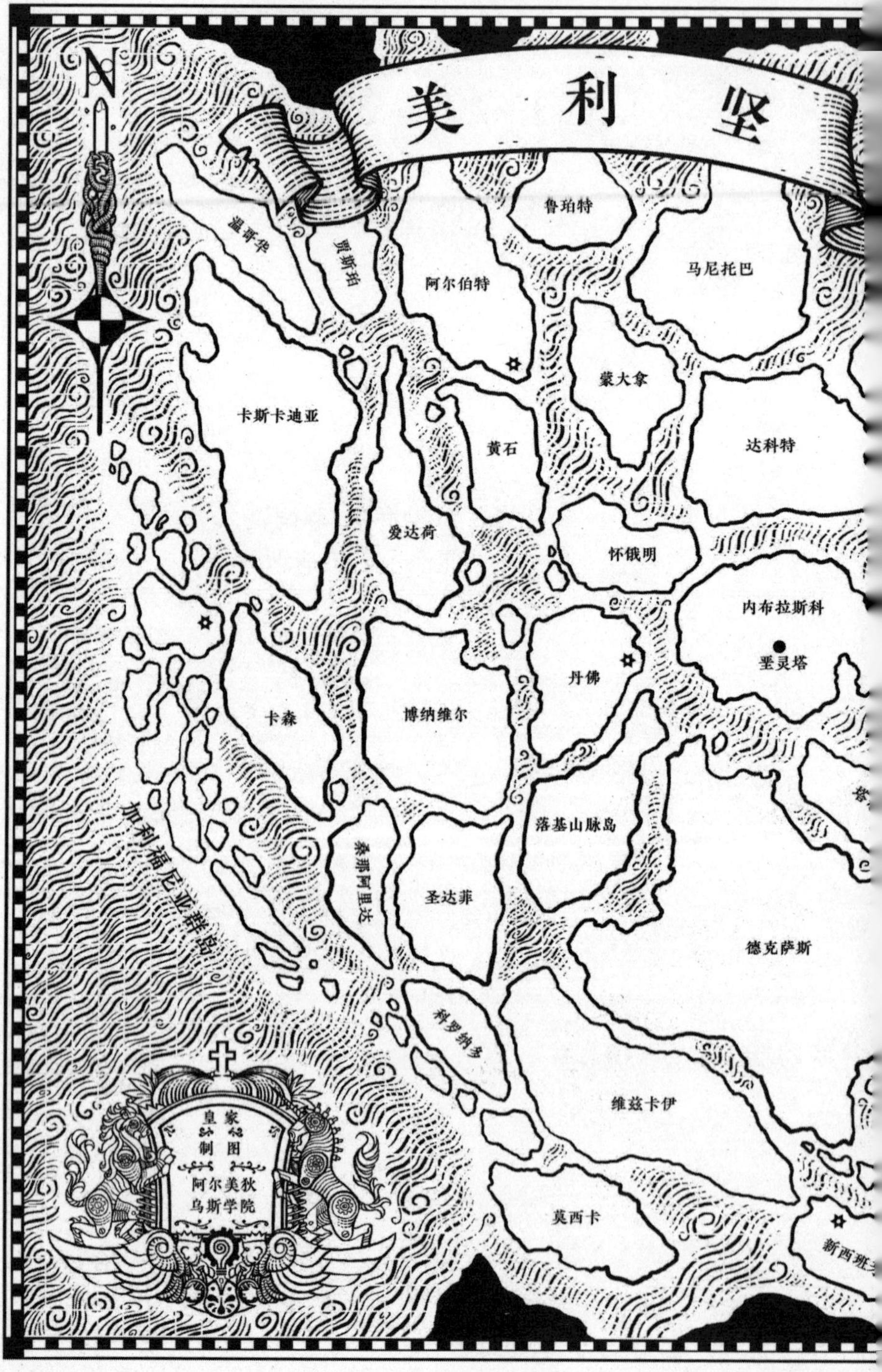
美利坚
鲁珀特
温哥华
贾斯珀
阿尔伯特
马尼托巴
蒙大拿
卡斯卡迪亚
黄石
达科特
爱达荷
怀俄明
内布拉斯科
圣灵塔
丹佛
卡森
博纳维尔
落基山脉岛
桑那阿里达
圣达菲
加利福尼亚群岛
德克萨斯
科罗纳多
维兹卡伊
莫西卡
皇家
制图
阿尔美狄
乌斯学院

合众岛
纽芬兰
通往布列塔尼亚与朝煊帝国
阿卡迪亚
缅因福特
加拿地亚
哈德孙
绿山
普利茅斯
马凯特
新荷兰
休伦
安大利亚
罗得岛
威斯康星
伊利
密尔沃基
迪凯特
密歇根
巴尔的摩
新格恩西
皮特岛
苏岛
1908
美利坚合众岛制图有限公司
辛辛纳图斯
科科莫
圣路易斯
新布列塔尼亚
克罗克特
欧扎克
田纳西
西卡罗莱纳
东卡罗莱纳
新法兰西
佐治亚巴马
佛罗里达环礁
50英里
阵学学院
阿尔美狄乌斯学院
新布列塔尼亚
卡尔加里乌斯学院
阿尔伯特
丹佛学院
丹佛
缅因福特学院
缅因福特
蒙特利尔学院
加拿地亚
环阵圣母学院
科科莫
圣轮学院
新西班牙
瓦伦达学院
加利福尼亚

基础伊司顿防御阵

伊司顿防御阵在对抗多个敌人时有很多种用法，不过因为它要用到九点圆环，而且还要内接一个缺失三边的九边形，所以很难布设。

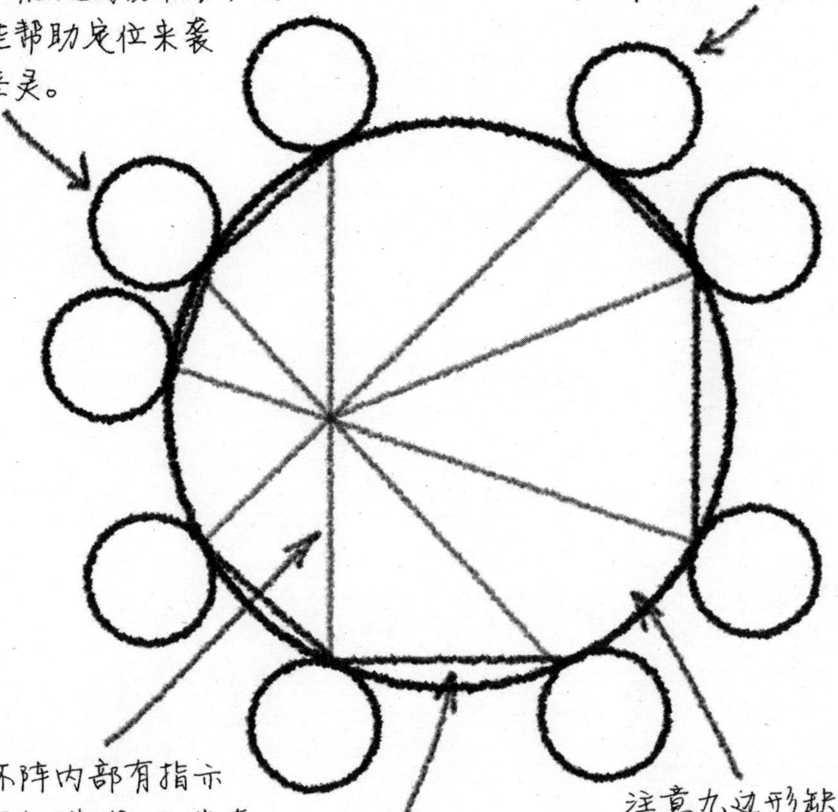

序章

莉莉匆匆跑过门廊，与此同时，她的油灯熄灭了。她把油灯丢到一旁，灯油泼溅在粉刷过的墙壁和精美的地毯上，里面倒映着月光。

房子里空无一人，一片寂静，除了莉莉惊恐的喘息声。她已经不再尖叫了，或许是因为没人能听见。

像是整座城市都已经死了般。

她冲进起居室，又停下来，茫然无措。角落里，一座老爷钟嗒嗒响个不停，月光从宽大的观景窗透进来，照在老爷钟上。城市的地平线在远方延展，楼房从地平线上升起，有十几层的甚至更高的。楼与楼之间交织着弹簧缆车轨道。詹姆斯敦，这是十六岁的她住了十六年的家。

我要死了。她心想。

绝望将恐惧一扫而空。她猛地把房间正中的摇椅推到一旁，然后匆匆忙忙地卷起地毯，露出下面的木地板。莉莉把手伸进系在裙子上的拉线口袋里，掏出一截骨白色的粉笔。

她跪在木地板上，盯着地面，努力让自己镇静下来。*集中精神*。

她把粉笔尖抵在地板上，开始围着自己画一个圆圈。她的手抖得太厉害，线条都画得歪歪扭扭。费奇教授要是看见守御线被画得这么马虎，一定会很不高兴的。她把自己逗笑了——笑声透着绝望，带着哭腔。

汗水从眉头滴下来，在木地板上洇出几个深色的点。她颤抖着手，在圆圈里面画出几条直线。那是禁界线，用来稳定她的防御环。马特森防御阵……怎么画的来着？两个小一点的圆圈，连接点用来放置造物线——

刮擦的声音传来。

莉莉猛地抬起头，沿着门廊看向对着街道的大门。隔着脏乎乎的门窗玻璃，有一道人影在动。

门吱吱嘎嘎地响起来。

“哦，主宰呀，”她不由自主地喃喃道，“求你……求你……”

门上的声音戛然而止。有一瞬间，一切都变得静止了；跟着，门猛地被打开。

莉莉想要尖叫，却感到声音卡在喉咙里。月光勾勒出一个人影，他的头上戴着一顶圆顶礼帽，肩上披着一件短斗篷。他站在那里，一只手里拄着一根拐棍。

光从那人背后照过来，莉莉看不清他的脸，却能感受到那个微微歪着的脑袋和阴影遮蔽的脸庞周围笼罩着可怕的恶意。鼻子和下巴反射着月光，勾勒出一点轮廓。漆黑中，一双眼睛注视着她。

一些东西涌进屋子，围绕在他周遭。愤怒、躁动，覆盖了地板、墙壁和天花板，不停地蠕动。月光下，它们骨白色的形体几乎像是在发光。

这些东西全都扁得像纸一样。

这些东西全都是由粉笔创造的。

每一个都与众不同，长着利爪与尖牙，像图画一样的小怪物。这些东西有成百上千个，它们涌进门廊，不发出一丝声响，一边颤抖摇晃，一边向她靠近。

莉莉终于能发出声音了。她尖叫起来。

第一部

四神阵学线条

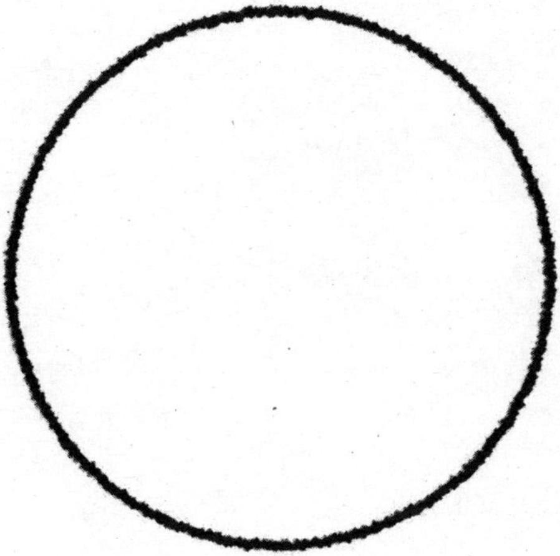

守御线

禁界线

造物线
（妖灵）

威力线

第一章

“无聊？”乔尔站住了，质问道，“你觉着1888年克鲁与崔的那场对决无聊？”

迈克尔停下脚步，回头看着乔尔，耸耸肩。“不知道。我看了一两页就没看了。”

“那是因为你没想象出当时的场景。”乔尔一边说，一边走上前来。他一只手搭在他朋友的肩膀上，另一只手举到身前，横着一挥，像是要抹掉周遭的景物——阿尔美狄乌斯学院的绿草坪——代之以决斗场。

“想象一下，”乔尔说，“现在这个国家最大的阵学盛事混战集已临近末尾。保罗·克鲁和阿黛勒·崔是场上仅存的两位决斗者。阿黛勒的整支队伍没坚持几分钟就统统出局了，可是出乎所有人的意料，她居然留到了最后。”

人行道上，又有几个路过的学生停了下来，趁着课间在一旁围观。

“然后呢？”迈克尔一边打哈欠，一边说。

“然后？迈克尔，这可是决赛！想象一下，这最后两位阵学师开始决斗时，所有人都注视着他们，他们连大气都不敢喘。你想阿黛勒该有多紧张！他们队还从没赢得过混战集，如今她却要迎战同辈当中技术最娴熟的阵学师。而保罗呢，在之前的对阵当中，队伍护着他，把他挡在阵中心，这样最先倒下的就是些小兵队友。他们明白这样一来就能保证他直到比赛结束时精力依然充沛。他的防御环阵几乎连碰都没被碰到过。这可是冠军与小人物之间的对决啊。”

“无聊，”迈克尔说，“他们不过是坐在那里画画罢了。”

“你真是没救了，”乔尔回答，“你要去的可是培养阵学师的学校。你对他们就连一点儿兴趣都没有吗？”

“已经有足够多的人对他们感兴趣了，”迈克尔翻了个白眼，说道，“让他们自己玩儿去吧，乔尔。我可没兴趣。我宁可他们压根儿没在这儿。”一阵微风吹拂过他的一头金发。在他们四周，绿色的小山和阿尔美狄乌斯学院庄严的砖楼向远处延展。旁边，一只发条螃蟹安静地继续着它的工作，修剪草坪，让草地平整。

“你要是弄懂了就不会那么想了。”乔尔一边说，一边拿出粉笔，“给，拿着这个。站到这儿来。”他让朋友站好，然后跪下来，在人行道上围着迈克尔画了一个圈，“你就是保罗。瞧，防御圈。要是这个圈被突破了，你就输掉比赛了。”

乔尔往后退了几步，来到混凝土铺就的中庭，又跪下来给自己画了个圈。“阿黛勒的防御圈有四个地方濒临崩溃。她开始飞快地将阵型从马特森防御阵调整为……唉，你知道怎么了，这些东西太专业了。只要知道她的防御圈很脆弱了，而保罗仍占据着强大的优势地位。”

“随你怎么说。”迈克尔说。这时伊娃·温特斯胸前抱着书，从旁边经过。迈克尔冲她一笑。

“现在，”乔尔说，“保罗开始用威力线连续猛攻阿黛勒的防御区，而她知道变阵已经来不及了，不可能恢复了。”

“连续猛攻……什么线来着？”迈克尔问。

“威力线，”乔尔说，“决斗者互相射威力线。这正是关键所在；用威力线突破防御圈。”

“我还以为他们会弄出点别的……玩意儿，生物什么的。”

“也有。”乔尔说，“那些东西被称作垩灵。不过人们一直牢记1888年混战集，哪怕已经有差不多二十年过去了，并不是因为垩灵。而是因为阿黛勒射出的线条。常规战术只能让她勉力支撑，延长比赛，让场面好看一点。”

乔尔把粉笔抵在自己的圆圈前面。“她没有这么做，”他低声道，“她发现了一个破绽。保罗在自己环阵后方有一处薄弱区域。显然，要想攻击到那个位置，唯一的办法就是让这一击在之前决斗者的三条线上进行反弹。这一击几乎不可能成功。可不管怎样，她还是发动了。就在保罗的垩灵吞噬她的防御圈的同时，她画出一条威力线。她发射了，并且……”

乔尔顿了一顿，画完身前的威力线，抬手一挥，跟着吓了一跳——他发现有三十来个学生围在这里听他说话，他还感觉得出，所有人都屏气凝神，等着他的画活过来。

可是并没有。乔尔不是阵学师。他的画不过是普通的粉笔画。所有人都知道这一点，乔尔最清楚，可是不知怎的，这一瞬间还是让他的故事失去了魅力。围在四周的学生继续走他们的路，只剩下乔尔仍然跪在地上自己画的圆圈里。

“让我猜猜，”迈克尔说，“然后她命中了？”

“嗯。”乔尔说。他突然觉得这样子好蠢。他站起来，收拾粉笔。“一击即中。她赢得了混战集，尽管比赛前他们队的赔率最不被人看好。那一击。相当漂亮。至少，记载是这样的。”

“而且我敢说，你肯定特别想在现场，”迈克尔一边说，一边迈步走出他朋友画的圆圈，“主宰在上啊，乔尔。我敢打赌，要是你能穿越时间，你肯定把它浪费在去看阵学决斗上！”

"是吧，我猜是的。不然还能干吗？"

"哦，"迈克尔说，"没准儿阻止几场暗杀，发财，搞清楚内布拉斯科到底在发生什么……"

"也许吧。"乔尔一边说，一边把粉笔装进口袋，然后跳到一旁，躲过一只飞过来的足球。跟在足球后面的是杰夫斯·达林。杰夫斯向迈克尔和乔尔挥挥手，然后继续追他的球去了。

乔尔和迈克尔一起继续穿过校园。美丽的绿色矮丘上点缀着开花的树，建筑的墙面上蜿蜒攀爬着藤类植物。学生们穿着样式各异的上衣和裤子，在课间东奔西跑。如今已是春末，天气转暖，许多男生都把袖子挽了起来。

只有阵学师才被要求穿制服。这就让他们十分打眼；有三个阵学师一道，走在两栋建筑之间，其他学生漫不经心地给他们让开路，大部分人都没看他们。

"听我说，乔尔，"迈克尔说，"你有没有想过，你会不会……就是，你琢磨这些东西琢磨得太多了？阵法学还有这一大堆东西？"

"我觉得有意思啊。"乔尔说。

"是啊，可是……我是说，这还是有点儿怪，再说……"

迈克尔没有说出来，但乔尔明白。他不是阵学师，永远都不可能是。他错过了他的机会。可是他为什么不能对阵学师们所做的事情感兴趣呢？

那三个阵学师穿着灰白两色的制服从他们身旁经过，迈克尔眯起眼睛。"这就像是，"他柔声说道，"就像是我们和他们，你明白吧？就随他们去干……管他们干什么呢，乔尔。"

"你只是不喜欢他们能办到的事情你却办不到。"乔尔说。

这句话害得乔尔被狠狠地瞪了一眼。也许这些字眼过于击中人心了。迈克尔是骑士参议员的儿子，是特权阶级的儿子。他并不习惯被什么圈子排除在外。

“反正，”迈克尔眼睛望向别处，一边说，一边沿着人行道大步流星地走着，“你也成不了他们当中的一员，所以干吗老是把所有时间都拿来谈论他们？毫无用处，乔尔。别再想他们了。”

*我也永远都成不了你们当中的一员，迈克尔。*乔尔心想。从技术上讲，他压根儿就不该进这所学校。阿尔美迪乌斯学院贵得要命，要进这所学院，你要么是大人物，要么很有钱，要么就是个阵学师。乔尔跟这三类人的距离比谁都远。

他们在人行道的下一个路口停了下来。“我说，我得去上历史课了。”迈克尔说。

“好，”乔尔说，“我没课。”

“又去送信？”迈克尔问，“好溜进阵法学教室里偷看一眼？”

乔尔的脸红了。不过这话没错。“夏天快到了，”他说，“你又要回家了？”

迈克尔脸上放晴了。“是啊。父亲说我可以带几个朋友回去。钓钓鱼，游游泳，姑娘们在沙滩上穿着太阳裙。嗯……”

“听起来不错。”乔尔说。他努力不让说话声里带出期待的语气。“我倒挺想看看的。”迈克尔每年都会带一帮子人。乔尔从来都没得到过邀请。

不过，今年嘛……嗯，一到放学他就和迈克尔一块儿瞎逛。迈克尔需要补习数学，乔尔可以给他做讲解。两人相处得一直挺不错。

迈克尔拖着鞋底走了几步。“听我说，乔尔，”他说，“我是说……在这儿和你一块儿到处逛挺有意思，你明白吧？在学校里？可是回到家，那完全是另一个世界。我得忙着应付家人。父亲对我的期待那么高……”

“哦，没错，那还用说。”乔尔回答。

迈克尔笑了笑，脸上所有的不自在都一扫而光。政客的儿子，一点儿不假。“就是这么回事。”他说着，拍拍乔尔的胳膊，

"回头见。"

乔尔看着他快跑两步，离开了。迈克尔撞上了通路的玛丽·艾森豪恩，紧接着立马开始跟她有说有笑起来。玛丽的父亲拥有一座巨大的发条工厂。乔尔只消站在这个人行道的路口上，就能认出几十位这个国家的精英分子。亚当·李是朝煊皇帝的直系亲属。乔弗·汉密尔顿家里出过三位总统。温达·史密斯的父母拥有佐治亚巴马一般的养牛牧场。

而乔尔……他不过是个粉笔匠和清洁女工的儿子。*唉*，他心想，*看样子这回又是只有我和戴维斯整个夏天都留在这里了*。他叹了口气，然后朝学院办公室走去。

过了二十分钟，乔尔匆匆忙忙地顺着人行道跑回来，趁着自己的空闲时间满校园地分发信件。这会儿所有人都在上课，人行道上没几个学生。

乔尔看遍了信箱，刚才的沮丧便一扫而空。今天只需要送三封信，干这点活儿要不了多长时间。也就是说……

他捏了捏自己口袋里的第四封信，这封信是他自己加上的，没有告诉任何人。刚才很快就送完了信，现在，他还有些富余时间，于是他迈开步子，朝着学校的阵学讲堂之一的守御讲堂走去。

费奇教授这会儿正在上课。乔尔用手指摸着口袋里的信，这封信是他写给这位阵学教授的，动笔之前还紧张了好一阵子。

这有可能是我仅有的机会。乔尔一边心想，一边赶走心里的紧张。费奇教授一向态度和善，讨人喜欢。没什么好担心的。

这栋砖砌建筑的灰色外墙上爬满了藤本植物，乔尔顺着长长的楼梯飞快地往上跑，然后从橡木大门溜进去，来到最顶层的讲堂。

讲堂修得像一座小型的圆形剧场，里面排着一层层的座位。粉刷成白色的墙壁上挂着阵学防御术的示意图。丝绒面的座椅排列整齐，铆在每一层级上。

乔尔进来时，一些学生朝他瞥了一眼，费奇教授却没有看他。教授很少注意到有人送信给他。他在课上会滔滔不绝地讲下去，压根儿没有意识到课堂上多了一个并不属于这个班的听众。乔尔对此也毫不介意。他急切地坐在台阶上。听起来，今天的课上讲的是伊司顿防御阵。

“……也正因此，面对来自多个方面的群攻，这个阵型是最佳选择。”费奇在下方的讲台上说道。他用一根长长的红色教鞭指着地板，地板上有他画的一个大圆圈。讲堂里面经过了精心布置，好让每个学生都能看到他在地上画的阵学图案。

费奇用教鞭指点着一条禁界线，这些线条固定在圆圈的连接点上。“那么，伊司顿防御阵最为人称道的地方，就是连接点上画有大量小号的圆圈。像这样再画九个圆圈虽然耗费时间，但是它们的防御能力会证明，这些时间花费得很值。

“你们可以看见，大圆圈内部的线条形成了一个不规则的九边形，其中你没有画上的边将决定你画线空间的多少，不过同时也决定了你的图画的牢固程度。当然，如果你想要更加主动的防御能力，你也可以用连接点来画垩灵。”

*那威力线怎么办？*乔尔心想，*要怎么防御威力线？*

乔尔没有问出口。他可不敢让别人注意到自己。要是这样，费奇可能会跟他要信，这样一来，乔尔就没有理由待在这里继续听课了。所以，乔尔只是听着。办公室暂时用不着他回去。

他身子前倾，盼着其他学生有人问起威力线的问题。没有人问。年轻的阵学师们懒散地坐在椅子上，男孩穿着白色的休闲裤，女孩穿着白色裙子，男孩女孩上身都穿着灰色针织衫，用这种颜色掩盖他们身上的粉笔末。

费奇教授自己穿了一身深红色的外套。外套厚实，向下一直延伸到脚上，袖口浆得笔挺。外套的扣子一直系到高领，几乎把外套下面的白色衬衣完全遮住了。这一身装扮有一种尚武的感觉，线条硬朗，肩膀上的装饰看起来就像是代表军衔的肩章。

“因此，在绝大部分情况下，柯布林防御阵的防御能力都不如伊司顿阵。”费奇教授笑了笑，转身环顾教室。教授是个老头子，头发斑白，身材瘦削。那件外套让他有一种庄严的气质。

你们知道自己多有福气吗？乔尔看着那些心不在焉的学生，心里想道。这班学生差不多在十五六岁，跟乔尔年纪相当。尽管名头都挺大，然而他们的表现却像是群……呃，小青年儿。

众所周知，费奇教授的课堂纪律松散，于是很多学生像是占了便宜一样，不肯听课，却跟朋友交头接耳，要不然就瘫坐在位子上，两眼盯着天花板。乔尔身边有几位看起来当真是睡着了。乔尔不知道他们叫什么名字——大部分阵法学学生的名字他都不知道。每当乔尔想跟他们聊聊时，他们都不予理睬。

等到没人说话了，费奇跪下来，粉笔抵在他画完的阵图上。他闭上眼睛。过了几秒钟，在创造者的命令下，阵图噗的一下消失了。

“呃，那么，”他一边说，一边举起粉笔，“既然没有问题，那么咱们或许可以探讨一下，如何击溃伊司顿防御阵。你们当中或许有人注意到了，刚才我完全没有提到威力线。这是因为从进攻的角度谈论威力线更方便。如果想要——”

讲堂大门咣当一声开了。费奇直起身子，两根手指还夹着粉笔，他转过身来，一根眉毛挑了起来。

一个高个子身影大步流星走进教室，让几个发呆的学生都坐直了。这位不速之客穿着一身灰色外套，那是级别较低的阵学教授所穿的衣服。来人年纪不大，一头金发，步履坚定。他的外套十分贴身，扣子一直扣到下巴，下身倒比较松快，方便迈步。乔尔并不认得他。

“有事吗?”费奇教授问道。

新来的人一路走到讲堂最下面，经过费奇教授身边，掏出一支红色粉笔。这位不速之客转身跪地，把粉笔抵在地面上。学生中有人开始交头接耳起来。

“这是干什么?”费奇问道，“我说，我又拖堂了吗？我没有听见钟声。要是我占用了您的上课时间，那真是万分抱歉!”

新来者抬起头来，脸上的表情在乔尔看来似乎有些自鸣得意。“并没有，教授，”那人说，“我是来挑战的。”

费奇似乎惊呆了。“我……哦，我的天。这……”费奇紧张地舔舔嘴唇，然后拧着双手，“我不太确定怎样，我是说，我不知道该怎么办。我……”

“做好动笔的准备吧，教授。”新来者说。

费奇眨眨眼睛。随后，他跪下来，把粉笔抵在地面上。他的手明显在颤抖。

“那是安德鲁·纳利扎教授，”一个坐在距离乔尔不远处的姑娘悄声说，“他三年前刚刚从缅因福特学院拿到自己的学师服。听说过去两年里他一直在内布拉斯科作战!”

“他可真帅。”女孩的同伴一边说，一边在手指间转着一截粉笔头。

讲堂下方，那两个人作起画来。乔尔身子前倾，兴奋不已。他以前还从没见过两位教授之间进行过真正的决斗呢。肯定跟置身混战集一样!

两人开始围着自己画出用来抵挡对方进攻的环阵来。只要有一方的环阵被突破，这场决斗就结束了。费奇教授动手绘制伊司顿防御阵，也许是因为刚才正在探讨这个阵法。他在自己周围画了九个小号的圆圈，每个小圆圈都与一个大号环阵的连接点相接。

在决斗中，这可不是个很好的起势，就连乔尔也看得出来。他心里一阵失望。到头来，这场决斗大概不会好看。费奇的防御阵画得非常漂亮，可是强过头了；伊司顿阵是在身陷敌群时，对付多个对手时的最佳选择。

纳利扎画了一个简化巴林颠防御阵，这种防御阵只有基本的强化措施，能很快布置完成。费奇教授还在布置环阵内的线条，纳利扎就直接发起主动进攻。他画起垩灵来。

垩灵。由造物线构成，是许多阵学战斗中的核心进攻手段。纳利扎下笔既快又有效率，画出许多长着翅膀和细长弯曲的脖子、样子像是小号飞龙的垩灵。第一条龙刚一画完，它就身子一抖，活转过来，然后飞过空地，扑向费奇。

这条龙并没有飞上半空。垩灵都是二维造物，和所有阵学法线一样。战斗是在地板上进行的，法线彼此攻击。费奇的双手仍旧抖个不停，他总是抬头看一眼又埋下头去，像是又紧张又分神。眼见着这位中年教授的外层圆圈画歪了，乔尔心头一紧——失策了。

费奇先前画的那张示意图可比这个阵图精确多了。画歪了的曲线很容易被攻破。费奇手上一顿，看着那条画歪了的曲线，像是对自己产生了怀疑。

加油啊！费奇握紧拳头，你的水平远不止于此呀，教授！

第二条龙开始穿过空地。这时费奇回过神来，重新把粉笔按在地上。围拢在一起的学生大气都不敢出，就连刚才还在打瞌睡的人，这会儿也坐起身来。

费奇挥笔画出一条长长的波

浪线——是威力线。这种法线形似博文，一旦画完，它就激射而出，穿过地板，命中一条龙。爆炸腾起一团粉笔灰，炸掉了那个造物的半个身子。那条龙开始胡乱扭动着身子，偏向别处。

讲堂里只能听见粉笔在地板上作画的声音，伴着费奇急促的、近乎慌乱的喘息声。决斗变得越发激烈，乔尔咬紧自己的嘴唇。费奇的防御阵更加强大，可是他画得匆忙，有几个部位相当薄弱。纳利扎潦草的防御阵却让他得以做出更有侵略性的进攻，而费奇只能勉力招架。费奇继续挥出威力线，摧毁那些飞过地板向他扑来的粉笔造物，可是这些垩灵总是前仆后继。

纳利扎实力很强，算是乔尔见过的顶尖高手之一。尽管战况激烈，但纳利扎仍然下笔流畅，画出一个又一个垩灵，全然不在意费奇已经摧毁了不少垩灵。乔尔不由得对他另眼相看。

他在这之前一直在内布拉斯科跟野生垩灵作战，乔尔想起那个姑娘所说的话，*他习惯于在压力之下绘画*。

纳利扎镇定地放出几只蜘蛛垩灵，让它们顺着地板的边沿爬行，迫使费奇注意自己的侧翼。跟着，纳利扎开始放出许多威力线。这些像蛇一样的法线如波浪般震颤着穿过地板激射而出，一撞上什么东西就消失不见了。

费奇终于画出了自己的垩灵——一个细节精美的骑士，他把这个骑士连接到他画的一个小圆圈上。*画得这么好，还画得这么快，他是怎么做到的？*乔尔心想。费奇的骑士相当漂亮，身上穿着细节刻画丰富的盔甲，带着一柄巨剑。它轻松击败了纳利扎数量众多，却刻画简略的龙。

有了这个骑士，费奇可以尝试

更具进攻性的手段了。纳利扎被迫画出一些防御性垩灵——一些不成形状的造物，舍身挡在威力线的前方。

造物、直线和波浪线组成的大军在地板上飞来飞去，白军与红军战成一团，垩灵变成一蓬蓬粉笔灰，法线撞击环阵，炸出一块块防御线段。那两人都在不顾一切地奋笔疾书。

乔尔站起来，情不自禁地走下台阶，朝着讲堂前方走去。可是这样一来，却让他瞥见了费奇教授脸上的表情。费奇看起来像是陷入了癫狂。他害怕了。

乔尔浑身一凛。

两位教授仍在画个不停，可是费奇脸上担忧的神色却把乔尔从二人的激烈交锋中拽了出来。他的动作如此绝望，他的神情如此忧虑，他的脸上淌下一道道汗水。

眼前这一幕的深意沉重地向乔尔压过来。这可不是为了娱乐或者训练而进行的决斗。这是对费奇权威的挑战——对他占据教席的抗议。要是费奇输了……

纳利扎的一条红色威力线迎头撞上费奇的环阵，差一点就突破了它。一瞬间，纳利扎所有的垩灵都朝那个方向扑过去，一支乱糟糟的红色大军朝那条被削弱的防线移动过去。

短短一瞬间，费奇愣住了，仿佛已经不堪重负。他浑身一震，重新投入战斗，却为时已晚。他不可能把红军完全挡下来。一条龙从骑士身旁闪过，开始狂乱地撕扯着费奇方阵上被削弱的那个部分，让它变得更加扭曲。

费奇赶紧着手画另一个骑士。然而那条龙撕开了他的边界。

“不！”乔尔大叫着又下了一

级台阶。

纳利扎微微一笑，把粉笔从地板上拾起，站起身来。他拍拍手上的粉笔灰。费奇仍在继续作画。

“教授，”纳利扎说，“教授！”

费奇顿住了，直到这时，他才注意到那条龙。那条龙仍在空洞上不停撕扯，想要继续扩大缺口，好让自己钻进环阵里面。要是在真正的战斗中，此时它应该已经钻进法阵里面，对阵学师本人发起进攻了。不过，这里只是一场决斗——环阵上的一处缺口就足以说明，胜利属于纳利扎。

“哦，”费奇低下头说，“哦，是的，好吧，我明白了……”他像是脑袋发晕一样地转过身来，看着满讲堂的学生，“啊，是的。那么，我……这就走。”

他开始收拾自己的书本和讲义。乔尔一屁股蹲坐到石头台阶上。他的手里还捏着早些时候写好，打算交给费奇的信。

“教授，”纳利扎说，“您的学师服？”

费奇低头看了看。“哦，是的。没错。”他解开身上红色长外套的扣子，又把它脱下来，身上只穿着白色的马甲和衬衣，还有裤子。他整个人都像是缩小一号。费奇擎着这件外套，停了一会儿，把它搭在讲桌上。他收拾好书，匆忙离开了教室。在他身后，讲堂的大门咔嗒一声，轻轻地关上了。

乔尔坐在那里发愣。教室里有几个人迟疑着鼓起掌来，其他人却只是瞪大了眼睛注视着这一切，显然不知该如何是好。

“那么接下来，”纳利扎语气唐突地说，“我将接手这门课的教学工作，我还将接手教授费奇之前规划的暑假选修课程。我听说阿尔美狄乌斯学院里有些学生的表现相当丢人，尤其是你们这一届学生。我决不允许自己课堂上有任何人懈怠。你，坐在台阶上的小子。”

乔尔抬起头来。

“你在那儿干什么？”纳利扎喝问道，“你为什么没有穿制服？”

“我不是阵学师，先生，”乔尔一边说，一边站起来，“我是普通学校的。”

“什么？老天哪，那你为什么会坐在我的教室里？”

你的教室？这是费奇的教室。或者说……应该是。

“嗯？”纳利扎问。

“我来送信，先生，”乔尔说，“给费奇教授的。”

“那就拿上来。”纳利扎说。

“这是给费奇教授本人的，”乔尔一边说，一边把信塞回自己的口袋，“跟教学没关系。”

“好吧，那就出去。”纳利扎说着，冲着乔尔一挥手。地板上东一块西一块的红色粉笔灰看起来仿佛一摊摊血迹。纳利扎开始挨个儿驱散他画的造物。

乔尔往后退了退，然后三步两步跑上台阶，打开大门。外面草坪上有很多人穿着灰白两色的阵学师制服。其中有一个人十分打眼。乔尔三两步跳下台阶，穿过绿意盎然的草坪，追上费奇教授。教授拖着步子，塌着肩，怀里抱着一大摞书本和讲义。

“教授？”乔尔说。乔尔在同龄人中算个子高的，甚至比费奇教授还要高几英寸。

长者吃惊地转过身。“呃？怎么了？”

“您没事儿吧？”

“哦，嗯，原来是粉笔匠的儿子！你好吗，小子？你不用上课吗？”

“现在是我的自由活动时间，”乔尔一边说，一边伸手从那一摞书顶上取下两本，帮教授拿着，“教授，刚才出了那事儿，您还好吧？”

“刚才你看见了？”费奇教授脸色一沉。

“你就不能做点儿什么吗?”乔尔问,“你不能由着他把你的课抢走了呀!要不你去找约克校长?”

“不行,不行呀,”费奇说,“这样可行不通。挑战权是一项光荣的传统,我得说,是阵学文化中的一个重要部分。”

乔尔叹了口气。他垂下眼睛,想起口袋里的字条。是他对费奇的一个请求。乔尔想这个暑假跟他做研究,尽可能多地学习阵学知识。

可是费奇不再是一名正教授了。可是那又如何?乔尔都不知道他愿不愿意收一个非阵学师学生。要是费奇不是教授了,他会不会有更多的时间来教导学生?一想到这里,乔尔几乎生出一份罪恶感来。

他差一点就把信掏出来递给费奇了,可是费奇脸上挫败的表情让他停下了动作。这会儿大概不是最合适的时机。

“我早该料到会出这种事的,”费奇说,“那个纳利扎。上周我们雇佣他时,我就觉得他过于汲汲于自身的利益。阿尔美狄乌斯学院有几十年没有人提出挑战了……”

“往后你怎么办?”乔尔问。

两人在枝繁叶茂的红栎树荫下,沿着小路往前走。“这个嘛,”费奇说,“是的,嗯,根据传统,我会得到纳利扎的职位。他原本是当辅导教授,给今年考试不及格的学生补课。我猜现在这是我的工作了。能离开教室,脑袋里能得一点清闲,我想我该高兴才对。”

费奇停住话头,回过身去,看向阵学讲堂。那是一栋方方正正的建筑,不过爬满藤蔓的外墙上那灰砖拼成的钻石形图案仍旧带有某种艺术气质。

“是的,”费奇说,“我大概再也用不着去那教室里上课了。”最后这句话让他喉咙里一哽,“失陪了。”他一低头,快步走开了。

乔尔抬起一只手,却还是由他去了。他还抱着教授的两本书。

最后，乔尔叹了口气，独自穿过草坪，朝校办公室走去。

“唉，”他轻声说着，又想起自己裤兜里那张皱皱巴巴的纸来，“这可真是场灾难啊。”

两点环阵

与

四点环阵

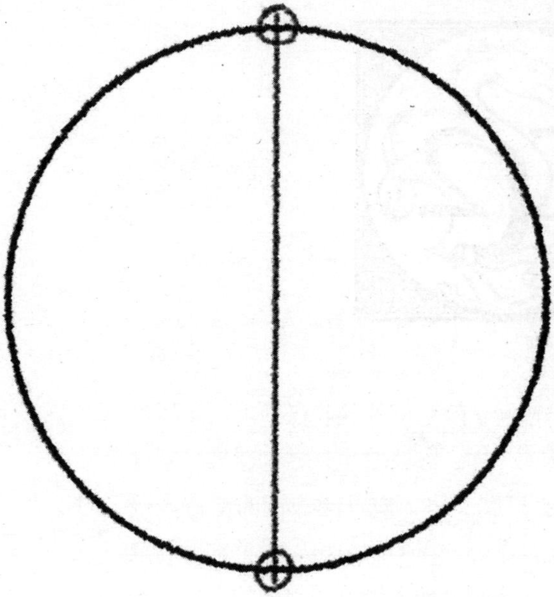

如果守御线被画成一个完整的圆，其上就可以附加"连接点"了。

根据画连接点的位置，每个圆有2、4、6或9个连接点。

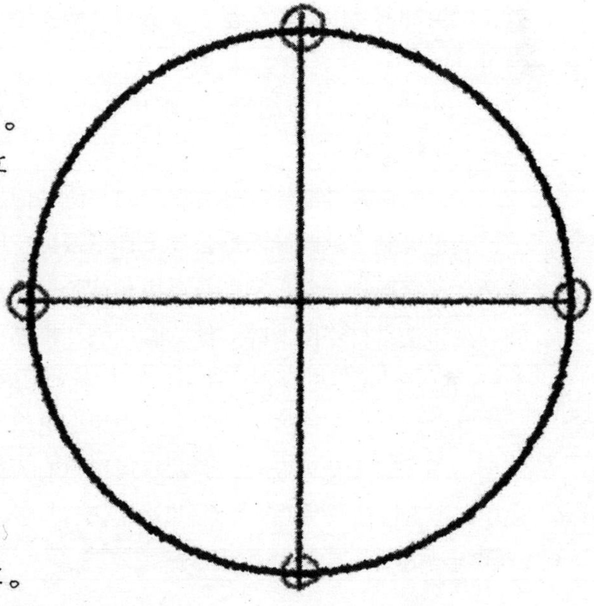

显然，两点环阵最容易画。图上的点表示连接点的位置，而直线表示连接点彼此之间的位置关系。在真实的阵学图形中，不论是点还是直线都不能画出来。相反，阵学师要在这些点上布置别的线条，借由环阵天然具有的力量将其锁定就位。

第二章

校办公室位于阵学学院和普通学院之间的狭长低地上。和阿尔美狄乌斯学院里的所有建筑几乎一样，办公室也是砖砌建筑，不过这一栋是由红砖砌成。办公室只有一层，窗户比教室的窗户多很多。乔尔一直搞不明白，为什么办公室里的职员可以看见室外的景色，学生却不可以。似乎差不多所有人都害怕给学生哪怕一丁点儿自由。

“……听说他打算把所有人都挑战一番。”乔尔进办公室时，听见有人这样说道。

说话的是弗洛伦丝，办公室里的一位书记员。她没在自己椅子上，而是坐到了她的橡木办公桌上，正跟另一位书记员艾克斯顿说这话。艾克斯顿穿着平常那身马甲和背带裤，系着领结——挺时髦的，尽管他身材略微发胖。他的圆顶硬礼帽挂在自己办公桌旁的木头钉上。弗洛伦丝则穿着一件黄色的春季太阳裙。

“挑战？”艾克斯顿一边问，一边用羽毛笔写着字，说话时头也不抬一下。除了艾克斯顿，乔尔从没见过有人能这样一边写字，一边还能跟人说话。“好长时间没见过了。”

“我知道！”弗洛伦丝说。她很年轻，才二十来岁，还没结婚。

当初得知约克校长雇了一个女人来当书记员，学校里有些老古板的教授还觉得丢人。不过这类事情变得越来越多。所有人都说，如今都二十世纪了，那些老观念也该有所改变。约克就说过，既然女性阵学师可以在内布拉斯科作战，君主可以让女人当演讲稿撰写人，那他也可以雇一个女性书记员。

“当年发起挑战这种事情可比现在平常多了，那是内布拉斯科的战争刚刚开始的时候，”艾克斯顿说着，同时继续在羊皮纸上写个不停，“所有刚刚领到学师服的新秀教授都想直接跳到职业顶点。那会儿挺乱的。”

“嗯……”弗洛伦丝说，“你知道，他可真帅。”

“谁?”

“纳利扎教授呀，”她说，“今天上午他来找约克校长说发起挑战的事情时，我也在场。他直接冲进来，说：‘校长，我想我应当通知您，很快我就会在这所学院里获得一个终身教席。’”

艾克斯顿鼻子一哼。“那约克怎么说的?”

“我得说，他可不高兴了，想劝说纳利扎放弃这个计划，可是一点儿用也没有。”

“想象得到。”艾克斯顿说。

“你就不想问问我，他打算挑战**谁**吗?”弗洛伦丝问。她看见乔尔站在办公室边上，于是朝他眨眨眼睛。

“我认为你不让我听完这件事情，是不会让我安安静静地继续工作的。”艾克斯顿说。

“是费奇教授。”弗洛伦丝说。

艾克斯顿停下来，终于抬起头来。“**费奇**?”

弗洛伦丝点点头。

“那么，祝他好运吧，”艾克斯顿嘿嘿笑道，“费奇是学院里的顶尖高手。他三下五除二就能把这位新秀打得屁滚尿流，决斗结束时，连粉笔灰都来不及落下。”

“不对，”乔尔说，“费奇输了。”

那两人说不出话了。

“什么？”弗洛伦丝问，“你怎么知道的？”

“我当时就在那里。”乔尔一边说，一边迈步走到两位书记员前面的柜台那里。校长的办公室就在屋子后面，办公室关着门。

艾克斯顿朝乔尔晃了晃他的羽毛笔，说：“年轻人，我清楚记得我让你去**人文楼**那边办点事来着。”

“我去了。”乔尔赶紧回答，“你交代的其他事我也办好了。费奇的教室在回来的路上。”

“回来的路上？那教室在校园的**另一头！**”

“哦，艾克斯顿，别说了，”弗洛伦丝说，“这么说小伙子对阵学师很好奇呀。这倒跟校园里的大多数人都一样。”她朝乔尔笑了笑，不过乔尔有一半时间都觉得，弗洛伦丝站到自己这边，纯粹是因为她知道这样会让艾克斯顿十分不爽。

艾克斯顿咕哝几句，埋头继续处理手头的账目。“我想我不能因为有人**多**旁听几节课而责怪他。光是逃课的学生就够让我头疼了。不管怎样，对那些遭雷劈的阵学师着迷……这可对小孩子没什么好处。”

“别这么惹人讨厌了，”弗洛伦丝说，“乔尔，你说费奇教授当真**输了**？”

乔尔点点头。

“那……这意味着什么？”

“他的资历得跟纳利扎调个个儿了，”艾克斯顿说，“并且丢掉自己的终身教职。一年之内，他可以向纳利扎发起挑战，在此之前，两人都不必接受其他任何挑战。”

“真可怜！”弗洛伦丝说，“为什么呢，这不公平。我还以为决斗不过是拿来吹牛的资本。”

艾克斯顿继续埋头工作。

“好吧，”弗洛伦丝说，“管他帅不帅呢，反正我对纳利扎少了许多好印象。费奇多可爱呀，再说，他那么热爱教学。”

“他死不了，”艾克斯顿说，“又不是说他被开除了。乔尔，我猜你在那节课上耽误了不少时间吧，整场决斗你都看见了？”

乔尔耸耸肩。

“那么，那场决斗怎么样？”艾克斯顿问，“费奇发挥出自己的水平了吗？”

“他很厉害，”乔尔说，“他的阵型非常漂亮。他只是……这么说吧，他好像疏于实战训练。”

“这种办事作风太粗野了！”弗洛伦丝说，“干吗呀，他们是学者，又不是角斗士！”

艾克斯顿停下笔，然后直直地看向弗洛伦丝，从自己眼镜上沿盯着他。“亲爱的，”他说，“这种决斗就算再多一些我也不会奇怪。也许今天会提醒那些自负的阵学师们，他们为什么存在。万一内布拉斯科陷落……”

“哦，不要给我讲鬼故事，艾克斯顿，”弗洛伦丝说，“那些故事不过是政客们让我们整天提心吊胆的工具。”

“哈，”艾克斯顿说，“你就没点儿正事可做吗？”

“我正休息呢，亲爱的。”弗洛伦丝说。

“我不由得注意到，每当我要完成一点重要工作时，你就正好在休息。”

“我猜那是你自己没安排好时间。”她一边说，一边伸手去拿自己桌上的一只木头盒子，然后拿出里面装的一份泡菜火腿三明治。

乔尔看了一眼屋子角落的老爷钟。距离下节课上课还有十五分钟——时间太短，不会安排他再去跑腿儿了。

“我挺担心费奇教授的，”乔尔说话时，仍旧盯着齿轮排布错综复杂的时钟。一只发条猫头鹰坐在时钟顶上，时不时地眨下眼睛，然后啄一下自己的爪子，同时等待敲钟的时间——到时候它也会叫起来。

“哦，没那么糟糕，”艾克斯顿说，“我怀疑约克校长到时候只会安排给他几个学生。费奇应该多一点休息时间。他没准儿会享受这样的生活呢。”

*享受？*乔尔心想，*那个可怜的人都崩溃了*。“他是个天才，”乔尔说，“校园里谁也不能像他那样教授那么复杂的防御阵。”

“他是个真正的学者，”艾克斯顿说，“可能太像个学者了。在课堂上，纳利扎没准儿表现更出色。费奇有些课程可能……有点超出学生的理解能力，就我听到的消息来看。”

“才不是，”乔尔说，“他是个了不起的老师。他讲解细致，而且从不把学生当傻瓜，霍华兹和西尔弗史密斯就这样。”

艾克斯顿轻声笑起来。“我是不是给你太多空闲时间了？你是不是又想给我招惹阵学师了？”

乔尔不吭声了。别的阵学老师早就有言在先，他们不想让乔尔到他们的课堂上去捣乱。要是没有费奇和他对课堂纪律的松弛管理，乔尔就再也不能随便溜进阵学课堂了。他感到一阵揪心。

不过没准儿还有一个机会。要是费奇还会教一些学生，那乔尔干吗不能成为其中一员呢？

“乔尔，亲爱的，”弗洛伦丝一边吃着三明治，一边说，“我今天早上和你妈妈聊过。我正在整理暑假选修课的报表，她想让我看看能不能在这上面帮你一把。”

乔尔一脸苦相。作为校工的儿子住在校园里能得到一些好处。其中最大的好处大概就是他不用交学费了，尽管能得到这种好处纯粹是因为他父亲死了。

不过也有一些坏处。学校里许多其他雇员——像艾克斯顿和弗洛伦丝——吃住都在学校里面，这是他们用工合同里的一部分。乔尔从小到大都和他们在一起，每天都能看见他们，就意味着两人——也是乔尔母亲的好朋友。

"我正琢磨这事儿呢。"乔尔嘴上说着，心里却想着给费奇的那封信。

"这学期马上就要结束了，亲爱的，"弗洛伦丝说，"你需要参加一门选修课。到最后你可以自己选一门课，而不用待在补习班里。是不是很开心?"

"是啊。"

大部分学生暑假都会回家。没有离校的学生每天只要上半天课，并且选择一门选修课。除非他们这一年成绩很糟糕，选修课只能上补习班。阵学师就幸运得多——他们整年都得待在学校里，不过起码他们的暑假选修课是阵学课程。

"你有什么想法了吗?"弗洛伦丝问。

"有一些。"

"课程选得很快，亲爱的，"弗洛伦丝说，"体育特长班还有些空位子。你要参加吗?"

整整三个月站在操场边，看着周围其他人把球踢来踢去，玩一些所有人都假装跟阵学决斗一样有趣的游戏?"算了，谢谢。"

"那，你想选什么?"

数学大概挺有意思。文学也不会太糟糕。可是哪一样都不如跟着费奇做研究有意思。

"我今天晚上就选好。"他保证道，同时看了一眼时钟。时间到了，该上下一节课了。他抱起屋子角落的书本，把费奇那两本书放在最顶上——不等弗洛伦丝继续催问，就离开了办公室。

连接点与环阵
（高级笔记）

很多人错误地以为环阵必须要在顶点或者对敌正面设置一个连接点，用以确定位置。其实并非如此。

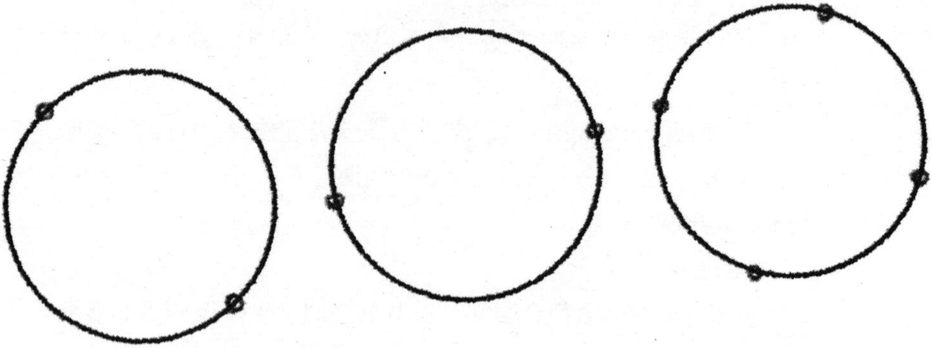

再强调一次，阵学师必须注意，不要在已经完成的图形上当真画出点来。图上这些点仅仅用作图示。

法线之间只能在连接点上相接，否则会产生可被敌人利用的弱点，削弱环阵的整体性，使守御线更容易被突破。

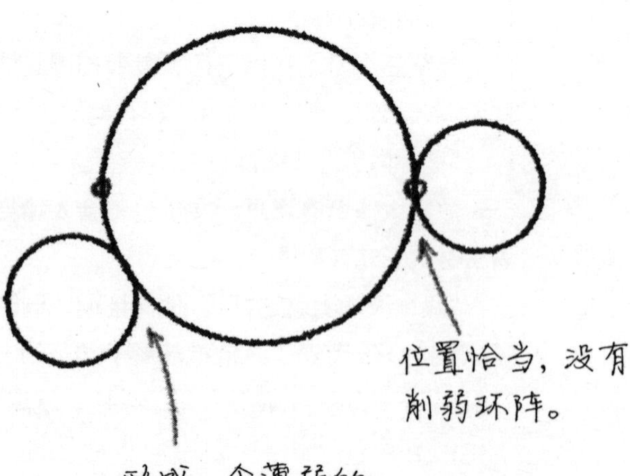

第三章

今天的历史课很快就结束了，大家都在复习，准备明天的期末考试。历史课一结束，乔尔就去上了数学课，今天的最后一节课。这学期主要学习几何。

乔尔对数学课有一种爱恨交织的感觉。几何学是阵学的基础，所以几何挺有意思。几何学的历史一直让他着迷——从欧几里得和古希腊人，一直到格雷戈里君主与阵学大发现。

可是毫无意义的作业太多了。没完没了的作业题让他提不起半点兴趣。

“今天，咱们要复习面积计算公式。”教师前面的雷顿教授说。

面积计算公式。乔尔还没学会走路就记住这些公式了。他闭上眼睛，哼哼起来。这些东西他们还得重复多少遍啊?

可是雷顿教授绝不肯让学生松懈下来，哪怕这学期的全部学习任务——包括期末考试——都已经结束了。他坚持要把这最后一星期的课程拿来复习他们已经学过的每一样东西。真是让人身心憔悴。

说真的。谁会在期末考试*之后*进行复习?

“先复习圆锥体这部分!”雷顿说。雷顿是个大块头，像个胖男孩。乔尔一直觉得雷顿应该当个教练，而不是数学教授。他肯定又要开始慷慨激昂地讲个不停了。

“还记得有关圆锥体的了不起的特性吗?”雷顿一边问，一边指着他刚在黑板上画的圆锥体，“只要在特定位置切割圆锥体，你就能得到很多种东西。看！把它从中间剖开，你就得到了一个圆。以一个角度切开，就得到一个椭圆。是不是很了不起!”

学生们两眼无神地望着他。

“我说，是不是很了不起?”

学生们心不在焉地回答说“是的，雷顿教授。”问题是，雷顿教授认为数学的每一个方面都“了不起”。他的热情简直无穷无尽。他就不能把这份热情用到有用的地方吗，比方说，阵学决斗?

学生们全都瘫倒在课桌上。在他们中间零星坐着几个穿着白衣白裤和灰色针织衫的年轻人。阵学师。乔尔身子往后倚，趁着雷顿继续用各种方法肢解圆锥体的工夫，偷偷打量他们。

阵学学院拥有为阵学师——有些人叫他们“掸灰人”或者“掸灰的”——开设的专门课程。这些课程占据了每节大课的头一个小时。而到了大课的第二个钟头，阵学师们就会和平常学生一起参加普通教育课程。

乔尔一直觉得，不仅要学习阵学课程，还要学习所有的普通科目，对他们来说一定很辛苦。不过以高于其他人的标准来要求阵学师也自有道理。毕竟，他们是主宰亲自挑选出来的。

他们真的不该待在这里。乔尔心想。阵学师们和他上同一堂课，所以乔尔知道他们的名字，不过除此之外，他对这些阵学师基本上毫不了解——除了他们正在上一节寻常的数学课。而这一点十分重要。

阵学是建立在几何学与三角学的概念基础之上的，阵学课程中也有很大一部分内容是学习高级算术。掸灰人来上雷顿教授的课程的唯一原因就是他们在方程和几何形状方面需要基础的辅导教学。

那两个名叫约翰和卢克的男孩，总是一起坐在教室后面的角落，样子看起来像是只要不跟这一堆非阵学师的学生枯坐在数学课堂上，叫他们去哪儿他们都乐意。此外还有个姑娘——梅乐蒂。她有一头红色的卷发，她的模样乔尔很少看到，因为她每节课的大部分时间都低着头，在自己的笔记本上信笔涂鸦。

没准儿我能找个法子，让他们当中的谁来教教我？乔尔心想，跟我聊聊阵学？作为交换，没准儿他可以教阵学师数学。

“接下来，”雷顿教授说，“咱们开始复习三角公式！你们今年学得可真不少，人生也都将从此大为不同！”

只要他们肯让乔尔去上高级课程。可是高级课程都在阵学学院里，不对普通学生开放。

这样一来，还得靠乔尔裤兜里那封给费奇的信。趁着雷顿教授在黑板上写下新的公式，乔尔又瞥了一眼信。那些公式没有一条会活过来，到处爬，或者发生任何不同寻常的事情。雷顿不是阵学师。对他，也对乔尔，还有这世上的大部分人来说，黑板仅仅是黑板，而粉笔不过是另一件书写工具。

“哇，”雷顿看着自己列出来的公式说，“我有没有说过，这些公式有多么了不起？”

课堂上有些人哼哼起来。雷顿转过身来，兀自笑了笑。“好吧，我猜你们都等着上暑假选修课吧。我也不能说该责怪你们。不过，今天你们还是归我管。所以，所有人都把作业本拿出来，我来检查昨晚的作业。”

乔尔眨眨眼，心里猛地警觉起来。*昨晚的作业*。他母亲还问过他有没有完成，而他还保证说马上就做。结果他把这事儿扔到一旁，只是提醒自己晚些时候再说……趁自己没课的时候。

可是他跑去看费奇了。

哦，糟了……

雷顿在教室里一边走来走去，眼睛一边扫过每个学生的作业本。乔尔慢慢地抽出自己的作业本，把它翻到有作业的那一页。上面躺了十道没有答案的题目。没有完成，忘到脑后去了。雷顿踱着步子来到乔尔的课桌旁。

“又没写作业，乔尔？”雷顿叹了口气，问道。

乔尔垂下眼睛。

“下课后来见我。”雷顿说完，就继续检查作业了。

乔尔瘫坐在椅子上。只要再过两天。只要再熬两天，他就能通过雷顿的课了。他本来是打算写作业来着，真的。他只是……好吧，没写。

这应该不打紧。雷顿一直强调考试成绩的重要性，而乔尔每次考试都能拿满分。只是又没写作业而已，不会对他的成绩有太大影响的。

雷顿来到教室前面。“好啦，那么，还剩下十分钟。该干点儿什么呢……咱们做几道题吧。”

这一回，回应他的就不是一两声哼哼了。

“要不，”雷顿说，“既然这是今天的最后一节课，又眼看就要放暑假了，我想我可以放你们早点儿走。”

整个学期都眼睛瞪着墙的学生们一下子来了精神。

雷顿一挥手，说：“很好，下课。”

只一会儿工夫，学生们就走了个精光。乔尔待在座位上，脑子里想着借口。透过狭窄的窗户，他能看见外面别的学生都在草地上活动。大部分课程都随着期末考试而结束，学校里的事情越来越少。乔尔自己也只剩下一门历史考试了。问题应该不大——他认真学了的。

乔尔站起来，拿着作业本，走到雷顿教授的讲桌旁。

“乔尔啊，乔尔，”雷顿一脸阴沉地说，“我该拿你怎么办？”

“放了我？”乔尔问。

雷顿不作声。

“教授，”乔尔说，“我知道我作业一直做得不算太好——”

“我数过，乔尔，”雷顿教授打断他，“你写过九次作业。九次，可我布置过四十次。”

九次？乔尔心想，我肯定不止做过这点儿……他回想着这一学期的作业。数学一直是他学得最轻松的课程。他几乎很少把它放在心上。

“好吧，”乔尔说，“我猜，可能，我是有点儿太懒惰了……”

“你觉得呢？”雷顿说。

“可是，我的考试成绩，”乔尔赶紧说，“我拿过那么多满分。”

“好吧，首先，”雷顿说，“学校里可不光是考试。从阿尔美狄乌斯学院毕业是一项重要的、受人尊敬的成就。它意味着这个学生知道如何学习并遵从指令。我不光是在教你数学，我还在教你生活技巧。我怎么可能让从来不做作业的人及格？”

这是雷顿最喜欢的演讲内容之一。实际上，乔尔的经验是，几乎所有教授都觉得自己的科目对一个人的未来有着至关重要的影响。他们全都错了——当然，除了阵学教师。

“我很抱歉，”乔尔说，“我……那个，你说的对。……懒了。可是你在这学期开始时说的话，你总不能反悔吧？……考试成绩足够让我及格了。”

雷顿十指交握，放在自己面前。“……一个学生从来不做作业，却每次考试都能得满分，你……眼中这像什么吗？”

“像是学生很懒？”乔……

“这也是一种解……”……说，一边从讲桌上一堆卷子里抽出几张。“……我的期末试卷。”

乔……

“是的。”雷顿说着，把乔尔的卷子放到讲桌上，和另一个学生的试卷摆在一起。另一个学生的分数也很高，不过不是满分。“你能看出这两张卷子有什么不同吗，乔尔?”

乔尔耸耸肩。他的卷面干净整齐，每道题目下面都写了个答案。另一张卷子画得一团糟，上面写着潦草的标注、等式和涂改，把题目下面的空当填得满满的。

“每当有学生不写演算过程，我都会起疑心。”雷顿声音严厉地说，“我已经注意你好几个星期了，我一直没办法弄明白你是怎么做到的。我也因此不能正式地指责你。”

乔尔感觉自己震惊得下巴都掉下来了。“你觉得我在作弊?”

雷顿开始在纸上写起东西来。“我可没这么说。我什么都证明不了——而在阿尔美狄乌斯，没有证据就不能进行指控。不过，在我的权限之内，我的确可以建议你参加几何学的补习班。”

乔尔感觉自己决定选修课的希望开始崩塌，代之以恐怖的景象——要把暑假的每一天都花在学习基础几何学上。圆锥的面积。三角的面积。圆的半径。

“不行！”乔尔说，“你不能这样做！”

的确可以。我不知道你从哪儿弄来的答案，是谁在帮助你，
不过你 咱们得在一块儿待很久。不管怎样，等暑假选修课结
束时，你都 明白几何学的。”
“我已经
不好？这节课还”乔尔狂躁地说，“听我说，我现在就写作业好
及格吗?”他从雷顿 。然后我再完成另一份作业。这样能让我
“乔尔。”雷顿难过 起一支笔，然后翻开作业本。
第一道题，乔尔心想，
个图形是一个圆锥体，有两个 标出的三个区域的面积。这
几个长度数值和单位。乔尔看了 掉了，图形下方给出了
一算，又写下了一

个数字。

雷顿把一只手放在乔尔的肩膀上。“乔尔，这样没用的……”

乔尔又看了看第二道题，雷顿也跟着看了过去。这道题很简单。乔尔写下了答案。下一个图形是个立方体，中间被切掉一个圆柱体，问题是求出这个几何体的表面积。乔尔写下了答案。

“乔尔，”雷顿说，“你从哪儿弄到的答案？谁给你的？”

乔尔又完成了两道题目。

“既然你已经从别人那里弄到了答案，”雷顿说，“你干吗不早点儿把它写完？你费了那么大劲来作弊，结果却忘记完成作业？”

“我没有作弊，”乔尔说着，又写下一个答案，“我干吗用得着做那种事情？”

“乔尔，”雷顿抱着胳膊说，“这些题目每道题起码都要解五分钟。你想让我相信你在脑子里就把它算出来了？”

乔尔耸耸肩。“都是些基础东西。”

雷顿鼻子里一哼。他走到黑板旁，很快画出一个圆锥体，又在黑板上写下一些数字。乔尔趁机又完成了作业本上的三道题目。然后他看了一眼黑板。

“二百零一点一厘米。”乔尔不等雷顿写完就报出结果，然后低头看着本子，昨晚最后一题，“你得练习一下画图能力呀，教授。那个圆柱体的比例差太远了。”

“你说什么？”雷顿说。

乔尔也来到黑板旁边。“斜边长度应该是十二厘米，对吧？”

雷顿点点头。

“那么按照正确比例，”乔尔一边说，一边抬手重新画了一个圆锥体，“地面圆的半径应该**这么**长，如果你想按照正确比例表现四厘米的长度的话。”

雷顿站在那里，看着这幅纠正过的示意图。然后他抽出一把尺子比量起来。他脸上微微一白。“你凭眼睛就能看出我画的图偏差了几厘米?”

乔尔耸耸肩。

“给我画一条长度相当于这条斜边三分之一的线段。”雷顿命令道。

乔尔画了一条线段，雷顿量了一量。“精确，”他说，“到毫米!你能以这个长度为半径画一个圆吗?”

乔尔照做，在黑板上画了一个大大的圆。雷顿取出一根绳子，测量起这个圆来。他吹了声口哨。“乔尔，这些比例相当完美!这个圆的弧线简直跟用圆规画的一样精确!你真该当个阵学师!”

乔尔眼睛看向一边，两手抄进口袋里。“晚了八年啦。”他咕哝道。

雷顿愣了一愣，然后看向他。“是啊，”他说，“我猜也是。不过，我说，你不会是要告诉我，你就这么坐在教室里，其实一直知道怎么做这些?”

乔尔耸耸肩。

“你肯定无聊透了!”

乔尔又耸耸肩。

“真不敢相信，”雷顿说，“听我说，咱们这样，你暑假选修课研究三角学怎么样?”

“我已经会三角学了。”乔尔说。

“哦，”雷顿说，“代数呢?”

“会了。”乔尔说。

雷顿揉着自己的下巴。

“听我说，”乔尔说，“我的几何能及格吗?求你了。我的暑假选修课已经有安排了。要是我的计划没成……那我就跟你学微积分什么的。”

“好吧，”雷顿说着，眼睛仍旧盯着黑板，“你不是阵学师，真是可惜……”

还用你说。

“你跟你父亲学过这些？”雷顿问，“我听说他自己就是个自学成才的数学家什么的。”

“大概吧。”乔尔说。雷顿在学校里是个新人，几个月前才来的。他并不认识乔尔的父亲。

“好吧，”雷顿两手往上一甩，说，“你及格了。真是无法想象，我还花了三个月来教你这些你早就熟练掌握的东西。”

乔尔长长地舒了口气。

“乔尔，还是要**尽量**写写作业，好吗？”

乔尔赶紧点点头，飞跑回去收拾课桌上的书本。这些书本最上面放着费奇教授的两本书。

今天大概也不算是一无所获吧。

巴林顿防御阵

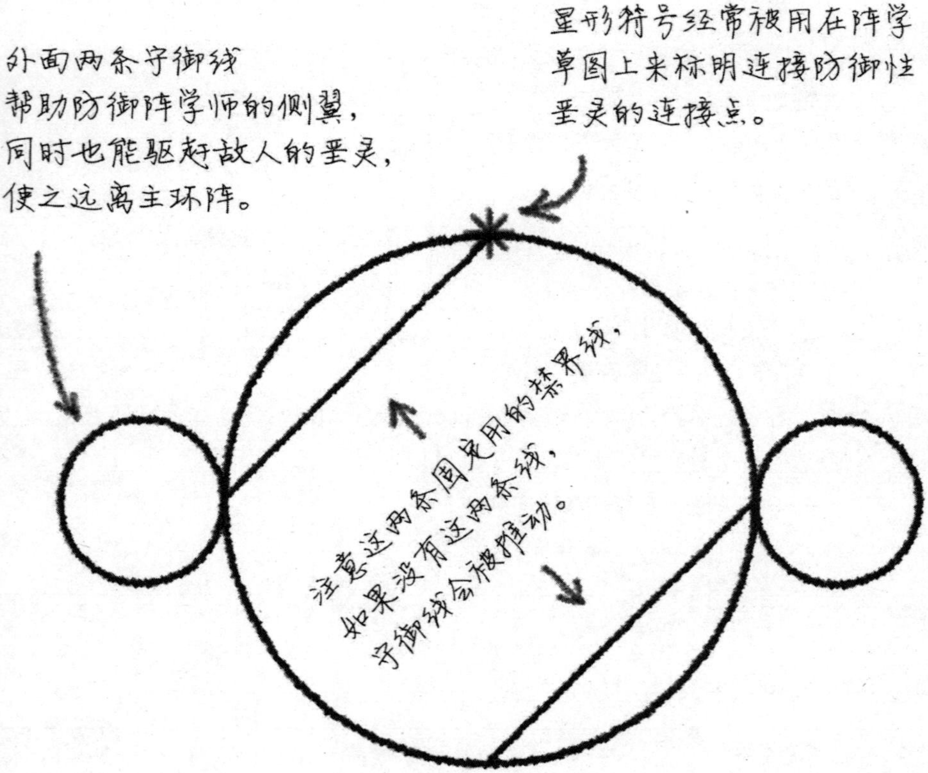

巴林顿防御阵简单直接，可以快速部署，是一种非常流行的、以四点环阵为基础建造的阵型。它只使用基本的固定法线，并且仅仅防御最关键的位置。这是其最大特点。

喜欢抢攻的决斗者往往比较偏爱这种阵型。

第四章

乔尔离开雷顿教授的讲堂，出门信步来到草地上。教室外坐着一个身穿白色衬衣和灰色针织衫的姑娘，背倚着大楼的砖墙，在她的作业本上懒洋洋地涂涂画画。她抬头看向乔尔，红色的卷发随着她的上下打量一跳一跳的。是梅乐蒂，一起上课的阵学师。

“哦，他跟你的事情完了？”她问。

乔尔点点头。

“嗯，你仍然是囫囵个儿，”梅乐蒂说，“我猜这是个好兆头。没有牙印儿，骨头也没断……”

“你在等我？”乔尔皱着眉头问。

“才没有，别傻了。”她说，“‘特没劲教授’让我别走，等你的事情结束了去找他谈话。大概是说我又要不及格了。”

乔尔朝梅乐蒂的笔记本瞥了一眼。他整个学期都看着她在画画，心想她画的一定是复杂的阵学防御环阵。可是，本子上压根儿看不到守御线和禁界线，连个圆圈都没有。相反的，乔尔看见那上面画着几匹独角兽，还有一座城堡。

“独角兽?”他问。

“怎么了?”梅乐蒂一下子合上本子，一脸警惕，“独角兽是一种高贵威严的动物!”

“压根儿就不是真的。”

“那又怎样?”她腾地一下站起来，反问道。

“你是阵学师，”乔尔问，“干吗浪费时间画这种东西?你应该练习阵学法线。”

“阵学这，阵学那!”说着，她头一扬，“保卫王国，困住野生垩灵。干吗所有事情都要跟阵学扯上关系?一个姑娘就不能时不时地花点时间想别的事情吗!”

乔尔被她的突然爆发吓得后退几步，不知道该如何作答。阵学师很少跟普通学生说话。乔尔刚上学那几年曾经尝试过和阵学师攀谈，可是他们从来都不肯理他。

如今有个阵学师在跟他说话。可他从没想过这人会这么……讨人厌。

“说真的，”梅乐蒂说，“凭什么让我来对付这些东西?”

“因为是主宰选择了你，”乔尔说，“你很幸运。一千个人里他也未必肯选中一个人。”

“显然他的质量控制水准有待加强，”梅乐蒂说完，装腔作势地鼻子一哼，转过身，走进雷顿教授的教室里去了。

乔尔望着她离开，然后甩甩头，穿过校园。他经过三五成群的学生——他们都朝着发条轻轨站匆匆跑去。课上完了，该回家了。可是对乔尔来说，校园就是家。

有一群他认识的学生站在中庭聊着天。乔尔心里想着事情，朝他们溜达过去。

“我认为这不公平。”查林顿抱着胳膊说，仿佛只有他的观点才重要似的，“她没来参加期末考试，哈里斯教授简直气疯了，可是校长把这事一笔勾销了。”

“可她是个阵学师呀，”露丝回答道，“再怎么说，她怎么会不来考试呢?”

查林顿耸耸肩。“没准儿她想提前放假呢。”

乔尔刚才并没有认真听他们说话，可是他们一提到阵学师，他的耳朵一下子竖了起来。他朝戴维斯走去，戴维斯跟往常一样，胳膊搂着露丝的肩膀。

“出什么事了?”乔尔问。

“有个阵学学生，一个叫莉莉·怀汀的女生，”戴维斯说，“她今天没来参加历史期末考试。查克简直气得发疯——他显然还想早点儿考完期末考试，好去欧洲和家人会合呢，结果这要求被拒绝了。”

“他们不该被区别对待。”查林顿说。

“她可能还是得参加考试，”乔尔说，“阵学师的生活也没那么轻松。课程排得满满当当，每天都要早起，整个暑假都要待在学校……”

查林顿冲他皱起眉头。

“相信我，查理，”乔尔说，“就算有什么意料之外的事情让她离开了，那她也不可能开心地躺在沙滩上，倒有可能是去了内布拉斯科。”

“我觉得，没准儿你说得对……”他停下来，像是在思考什么。

“乔尔。”

“对，乔尔。我记得的。嗯，没准儿你说对了。我也不知道。哈里斯教授肯定很生气。我只是觉得挺奇怪的，就是这样。”

又有几个学生来到中庭，查林顿和他们一道离开，前往发条轻轨站了。乔尔依稀听见他又开始对这些人讲述这个故事了。

“我才不信呢。”乔尔轻声说。

“什么?”戴维斯问，“那个学生吗?”

“查林顿。”乔尔说，“我们同班三年了，每次我们说话，他还是记不住我的名字。”

“哦。”戴维斯说。

“别管他，”露丝说，“查林顿从来都不关心那些他高看不上的人。”

乔尔转过身，背对着那群离校的学生。“你选好暑假选修课了没?”他问戴维斯。

“啊，没完全选好，”戴维斯是个教授的儿子，并且——因此——和乔尔一样，也住在学校里。实际上，学校雇员子女中，和乔尔同龄的只有他。

大部分教职员工的孩子都上的附近的公立学校。只有教授的孩子才可以在阿尔美狄乌斯读书。嗯，教授的孩子，还有乔尔。乔尔的父亲跟校长过从甚密，直到八年前，父亲在一场意外中去世。

“我有个疯狂的想法，”乔尔说，“关于我的选修课。你知道……”

戴维斯并没有在听。乔尔顺着戴维斯的目光，转过身，看见一群学生聚在校办公室外面。“那边怎么了?”乔尔问。

戴维斯耸耸肩。“你看见彼得顿在那边了没？他是不是应该坐3: 15的车回佐治亚巴马?”那个高个子的高年级学生正努力透过窗户朝里张望。

“是呀。”乔尔说。

办公室的门开着，有个人从里面走了出来。那人穿着笔挺的军裤和军大衣，都是海军的制服，还镶着金扣子。这可把乔尔吓了一跳。乔尔认出这是联邦探员的制服。那人把一顶圆形的警帽扣到头上，然后匆匆离开了。

“一个联邦探员？”乔尔问，“这可怪了。”

“我时不时就能看见警察来学校里。”露丝说。

“可那不是探员啊，”乔尔说，“刚才那人在六十座岛上都有执法权。没出事儿他可不来。”乔尔注意到约克校长正站在办公室的门廊里，艾克斯顿和弗洛伦丝则在校长身后。他看起来……忧心忡忡。

“好吧，管他呢，”戴维斯说，“说说暑假选修课。”

“对，”乔尔说，“说起来……”

“我，呃，”戴维斯闪闪烁烁地说，“乔尔，我今年不能和你一块儿过暑假了。其实，呃，我没空。”

“没空？这是什么意思？”

戴维斯深吸一口气，说：“迈克尔今年暑假组织了一帮人，我和露丝要和他们一道。去他夏天的家里，在北方。”

“你？”乔尔说，“可是……你和他们又不是一伙儿的。我是说，你就跟……”跟我一样。

“迈克尔总有一天会变成一个大人物，”戴维斯说，“他知道我父亲一直让我准备考法律学校，迈克尔自己也打算去。在以后的日子里，他需要帮手。总有一天，他会需要一些他信得过的优秀代理人。他会成为骑士参议员，你知道……”

“这真是……这真是太好了。”乔尔说。

“这是个了不起的机会，”戴维斯一脸不自在地说，“我很抱歉，乔尔。我知道这就是说，你得一个人过暑假了，可是我非去不可。这对我来说是个机会，一个真真切切的往上升的机会。”

“是呀，可不是吗。”

“你不妨问问他，你能不能同去……”

“我算已经问过了。”

戴维斯脸上一阵尴尬。“哦。”

乔尔耸耸肩，假装摆出一副事不关己、漠不关心的样子。“他随口就拒绝了。”

“他人不赖，”戴维斯说，“我的意思是，你得承认，这里每个人待你都很和气。你过得挺好的，乔尔。没有人欺负你。”

这倒是真的。乔尔从来没有受过欺负。阿尔美狄乌斯的学生都太重要了，才不会浪费时间欺负人。他们要是不喜欢谁，就直接排斥他。校园里有十几个略具雏形的小政治团体。乔尔从来都没有成为其中一员，就连那些并不受欢迎的团体也没进去过。

他们大概觉得自己对他不错。对他以礼相待，也和他一起大笑。可是他们并不接纳他。

乔尔觉得这是某种还算不错的、老式的欺凌。至少，这意味着有人认为他不值得关注，或者无须惦念。

“我得走了，”戴维斯说，“抱歉。”

乔尔点点头，戴维斯和露丝一路小跑着去跟车站附近迈克尔周围那群人会合了。

戴维斯一走，乔尔就真的要独自一人度过暑假了。他这个年级都没什么人了。

乔尔拿起费奇教授的书。本来他并没打算拿走这些书，不过书既然在手里，图书馆又不让普通学生借阅阵学文献，他倒也不妨对其善加利用。

他要找个好地方来看书，还有思考。

几个小时过去了，乔尔仍旧坐在一处僻静的橡树树荫下看书。他放下手里的书，抬头往上看，透过树枝，看见一片片破碎的蓝天。

可惜，费奇的第一本书全是废话，不过是对四种阵学法线的基本解释。乔尔早就看过费奇把这些东西讲解给那些奋力挣扎的学生们听了。

幸好第二本书要有料得多。这是本最近出版的新书，其中最有意思的章节详细介绍了围绕一个防御环阵展开的争论，这种环阵乔尔以前从没听说过。尽管书中的许多阵学等式超出了乔尔的理解范围，但他还是能弄懂书中的观点。这就足够引人入胜，让他看上好一阵子了。

乔尔越是往下读，越是想念自己的父亲。他还记得那个强壮的男人一直工作到深夜，完善一种新的粉笔配方。他还记得好多次，父亲用激动得颤抖起来的声音，向年幼的乔尔讲述历史上最精彩的阵学决斗。

八年过去了。丧亲之痛仍然真切，从来都没有消退。这份痛只是埋藏在时间里，就像一块石头，慢慢被尘土掩盖。

天色暗了，暗得几乎无法看书，校园里也越来越安静。有些讲堂里亮着灯光；许多讲堂上面还有楼层，拿来给教授当办公室，并且为他们的家人提供住处。乔尔站起身来，看见学校的看管员老约瑟夫正穿过学校，顺次拧亮草地上的路灯。灯里的弹簧机构开始嗡嗡作响，路灯亮了。

乔尔拿起书，深深思索着迈亚比防御阵的复杂历史和布拉德防御阵对守御线不同寻常的应用方式。他的肚子开始抱怨自己不受重视了。

但愿他没错过晚餐。所有人都一起吃晚餐——教授、校工、孩子，甚至阵学师。住在学校里的普通学生只有教师和校工的子女，就像乔尔。许多阵学学生都住在宿舍里。他们要么是离家太远回不去，要么就是需要匀出额外的学习时间。总体来说，阿尔美狄乌斯的阵学学生有一半人都住宿舍。其他人仍旧走读。

食堂的大门敞开，里面吵吵闹闹，一片混乱。教授和他们的妻子坐在食堂的最左边，彼此大笑着交谈，他们的孩子则另坐一桌。学校雇员则在食堂右侧，坐在几张巨大的木桌旁。阵学学生有他们自己的长桌，位置是在食堂后方，差不多躲在一处砖砌的高台后面。

食堂中央有两张长桌，上面放着当天的供应。侍者会把食物装盘端给教授，他们的家人还有学校员工则要自己动手拿食物。大部分人已经落座，开始用餐。食堂里回响着聊天的嗡嗡声，餐盘碰撞发出的声响。厨房的校工四处奔走，各种香味交织在一起。

乔尔经过长桌，来到母亲旁边自己的位置上。母亲已经坐下了，这让他松了一口气。有时候整个晚餐过程母亲都要从头忙到尾。她仍旧穿着那身棕色的工作服，头发绾成一个发髻，正一边舀起自己的食物，一边跟另一位清洁女工柯内利乌斯太太说话。

乔尔放下书，不等母亲问话就赶紧跑开了。他往自己盘子里装了些米饭和炒香肠——日耳曼食物。厨师们又开始搞异国风情了。起码他们已经不做朝煊菜了，乔尔觉得朝煊菜辣得过分。他抓起一大壶加了香料的苹果汁，然后回到了自己的位子上。

他母亲正等着他。“弗洛伦丝跟我说，你答应今晚之前定好暑假选修课。”她说。

“我正在想呢。”乔尔说。

“乔尔，”母亲说，“你真的会上暑假选修课的，对吗？你用不着又去上补习班吧？”

“不会，不会，”他说，“我保证。雷顿教授今天刚告诉我，我数学肯定及格了。”

母亲用叉子叉起一块香肠。“别的孩子可不光想要及格。”

乔尔耸耸肩。

“要是我能多点时间帮你温习功课……”母亲叹了口气。等吃完饭，她还要花大半个晚上来做清洁。每天直到下午母亲才开始上班，因为白天她要打扫的教室大多都有人用。

她的眼睛下面总是挂着黑眼圈。母亲工作太辛苦了。

“炼金课呢？”母亲问，“也能及格吗？”

“科学很简单，”乔尔说，“朗格教授早就给过我们表现报告了——最后几天都是实验内容，不算成绩。我肯定及格了。”

“文学呢？”

“今天交了报告。”乔尔说。这份作业他按时完成了——仅仅是因为佐贝尔教授给过他们两个星期的时间在课堂上完成作业，而教授自己则看了一大堆小说。每到期末，教授们多少都会想偷点儿懒，就跟学生一样。

“还有历史呢？”母亲问。

“学期评估考试在明天。”

母亲挑起一道眉毛。

“是阵学历史，妈妈，”乔尔翻了个白眼说，“我能搞定。”

这番话似乎让母亲满意了。乔尔开始大口吃起东西来。

“你听说费奇教授，还有那场过分的挑战了吗？”母亲问。

乔尔满嘴食物，点点头。

“真可怜，”母亲说，“你知道他花了二十年才当上正教授吧？才那么一会儿工夫就把这头衔丢掉了，又变成辅导教授了。”

“妈妈，”乔尔一边嚼东西一边说，“学校里来了个联邦探员，你听到什么消息没？”

母亲心不在焉地点点头。“他们认为有个阵学学生昨晚溜走了。

她那天晚上回家探亲，然后再也没有回学校来。”

“是莉莉·怀汀吗?”乔尔猜测道。

“好像是这个名字。”

“查林顿说她父母直接带她去休假了!”

“起初是有这个说法，”母亲说，“不过一个阵学师跑掉了，要守住这样一个秘密可不容易。我忍不住想，他们为什么总是想溜走。他们的生活那么轻松。几乎用不着工作，却从不领情……”

“他们很快就会找到她的。”乔尔不等母亲的思绪跳到那个话题上，就赶紧说道。

“听我说，乔尔，你一定要上暑假选修课。你想到头来去上劳动课吗?”

许多不能选课，或者选得太晚的学生，最后都要帮着学校美化校园。约克校长对这项工作给出的官方解释是“教导大多数出身优越的学生们尊敬其他家庭条件的学生”。这一理念让不少家长对他颇有怨言。

“劳动课，”乔尔说，“也没那么糟糕吧?爸爸就是个工人。没准儿哪一天我也得做一份那样的工作。”

“乔尔……”母亲说。

“怎么了?”乔尔回答，“当个工人怎么了?你也是工人啊。”

“你接受的教育可称得上是最好的了。对你来说就一点儿意义都没有吗?”

乔尔耸耸肩。

“你几乎从来都不写作业，”母亲揉着额头说，“你的老师都说你很聪明，可你就是不努力。你怎么就不明白，别人为了能得到这样的教育机会，要付出多少努力呢?”

“我明白，”乔尔说，“真的。妈妈，我会上暑假选修课的。雷顿教授说，要是我选不上别的，可以跟他学数学。”

“补习班吗?”母亲怀疑地问。

“不是,”乔尔赶紧说,“是高级课程。”

要是他们由着我学习我想学的知识,乔尔一边心想,一边用叉子叉食物,**那所有人都可以高兴了**。

于是他又想起口袋里皱成一团的纸条。费奇教授认识乔尔的父亲,在某种程度上,两人算是朋友。既然乔尔知道戴维斯今年暑假不会在学校里,他就更是打定主意,要执行自己跟随费奇学习的计划。他拨弄着食物,过了一会儿,站起身来。

“你要去哪儿?”母亲问。

乔尔抓起费奇教授那两本书。“我得把书还回去。过会儿就回来。”

六点环阵

对于高级阵学学生来说，比起两点和四点防御阵，六点环阵能提供更多的变阵手法，而且具有更强的防御力。

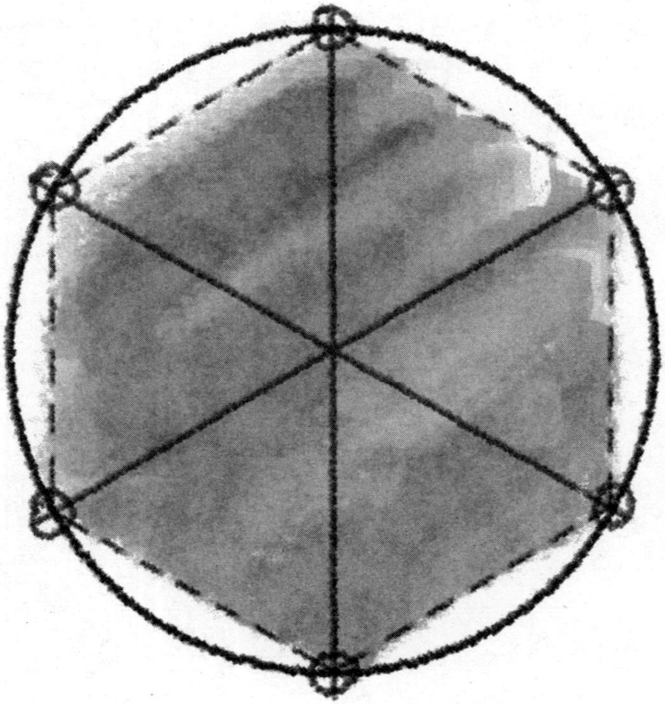

首先，不消说，画一个圆环。但是接下来，阵学师必须依靠直觉找到圆环内接六边形与圆环相接的六个顶点。既不用亲眼看到六边形，也不能真的画出交叉线，很难确认这些点的位置。但是每一位阵学学者都必须掌握这一门技巧。

第五章

教授们依照各自的级别顺次坐在长桌旁，配偶坐在他们身边。约克校长——身材高大，惹人注目，嘴唇上方低垂着一抹胡子——坐在桌首。他是个大块头，肩膀宽阔，在别人面前仿佛一座高塔。

在他身旁的是拥有终身教职的老师，阵学师和普通教师混坐在一起，在餐桌上得到平等的对待。乔尔觉得这种平等肯定跟校长本人也不是阵学师有关。从桌首到桌尾，接下来的是被称作“普通教授”的教授们——还没有获得终身教席，但是已经取得地位，并且受人尊敬。这样的教授共有六个人。他们这个级别的阵学师身穿蓝色学师服。

接下来是身穿绿袍的助理教授。最后还有三位穿灰袍的辅导教授。费奇教授比身边的人大二三十岁，他坐在餐桌最末尾的位子上。身穿红袍的纳利扎则坐在靠近桌首的位置。乔尔一走近，就听见纳利扎高谈阔论的声音。

“……当然希望这能坐直身子，警醒起来，”纳利扎说，“我们是展示。你们已经有许多年没去内布拉斯科维持那个环阵了，而我几个月前还在那里，就在战斗的最前线！有太多学者忘记了，我们正是训练下一代卫士的人。我们不能因为教学马虎而威胁到六十座岛的安全!”

“您说的一点儿没错，纳利扎，”另一位阵学师哈勃斯托克教授说，“我是说，用不着继续搞得人心惶惶的。”

纳利扎瞥了他一眼，在乔尔看来，纳利扎似乎好不容易才忍住没有鼻子一哼。“我们承担不起阿尔美狄乌斯学院的伤亡负担。我们必须训练战士，而非学者。”

费奇转过脸去，专心对付食物。他似乎没有吃多少东西。乔尔迟疑着站在那里，心想应该如何靠近他。

“理论很重要。”费奇静静地说。

“什么?”纳利扎顺着桌子方向看过去，问道，“您说什么?”

“纳利扎，”约克校长说，“再这样可就失礼了。你已经用行动证明了你的观点；用不着靠冒犯别人来再次表明态度。”

年轻的教授脸上一红，乔尔看见他眼中满是怒火。

“校长，”费奇抬起头来说，“没关系。我乐意请他发表他的观点。”

“作为教授，你比他更称职，费奇，”校长说，这让纳利扎的脸更红了，“也是个更好的教导者。我一点儿也不喜欢你们阵学师的这些规矩和传统。”

“而我们必须遵守。”费奇说。

“恕我唐突，校长，”纳利扎插嘴道，“我反对您刚才的表态。费奇教授为人和善，也是一位优秀的学者，但是教导者？他的学生上次赢得阵学混战集是什么时候?”

这番评论悬在食堂半空。就乔尔所知，费奇的学生从来没有在混战集拿过冠军。

“我教授的是防御术，纳利扎，”费奇说，“或者说，呃，好吧，我之前教防御术。不管怎样，在内布拉斯科，好的防御至关重要，哪怕对于赢得决斗来说，防御并非最有策略。”

“您教授的东西纯属浪费时间，”纳利扎说，“让人糊涂的理论，还有毫无必要的多余线条。”

费奇捏着他的银质餐具——并非愤怒，乔尔心想，而是因为紧张。费奇显然并不喜欢与人冲突，他说话时都没有看纳利扎的眼睛。“我……嗯，我可不光是教学生画线条，”费奇说，“我还教他们去理解他们所画的东西。我希要他们做好准备，去迎接他们为保住性命而战斗的那一天，而不仅仅是争夺毫无意义的比赛荣耀。”

“毫无意义？”纳利扎问道，“混战集毫无意义？你这是在找借口。我会教育学生如何取胜。”

“我……嗯……”费奇说，“我……”

“哈，”纳利扎挥起一只手说，“恐怕你永远都不会明白的，老人家。您在内布拉斯科的前线服役过多久？”

“只有几个星期，”费奇承认道，“我大部分时间都在丹佛城的防御计划委员会工作。”

“那么，”纳利扎问，“你在大学做研究时专注于哪个方向呢？是进攻性理论，还是高级威力研究？哪怕是——如你所说——对你的学生至关重要的防御术？”

费奇沉默了一会儿，最后说：“都不是。我研究各种阵学法力的起源，以及早期美国社会如何对待它。”

“一个历史学者，”纳利扎转过身来，对其他教授说道，“你们让一个研究历史的教授阵学防御术。你们还不知道阿尔美狄乌斯的成绩评估在逐年下降？”

在座各位都不说话了。就连校长都不由得停下来思索这个问题。就在众人继续吃东西时，纳利扎朝乔尔瞥了一眼。

乔尔心里一瞬间泛起恐慌。今天他闯进课堂，就已经惹到过这人一次。他会不会记起……

可是纳利扎的目光直接越过了乔尔，就跟压根儿没看见他一样。有时候，没人记得自己也是件好事。

“那边站着的是粉笔匠的儿子吗？”哈勃斯托克教授眯着眼睛看着乔尔问。

“谁？”纳利扎一边问，一边又朝乔尔这边看过来。

“你会习惯他的，纳利扎，”哈勃斯托克说，“我们经常把这孩子扔出教室。他总能想办法溜进来旁听。”

“哦，那可不行，”纳利扎摇摇头说，“让非阵学学生分散我们的学生的注意力，这样教学实在马虎。”

“啊，我可没让他溜进我的课堂，纳利扎，”哈勃斯托克说，“别人会这么做。”

“快走开，”纳利扎朝乔尔挥挥手说，“要是再让我看见你过来捣乱，我就——”

“实际上，纳利扎，”费奇打断他，“是我让这孩子过来跟我说话的。”

纳利扎瞪着费奇，可是既然是另一位教授让学生过来的，那他也没有权利表示反对。他有意把话题转向内布拉斯科眼下的局势，在这方面他显然是个专家。

乔尔朝费奇走过来，在教授身边蹲下身来，快速说道：“他真不该这样跟你说话，教授。”

“哦，也许吧，不过也许他有这个权利。我的确输给他了。”

“那根本不是公平比赛，”乔尔说，“你都没准备好。”

“我疏于练习了，”费奇说完，叹了口气，“实际上，小子，我一向都不擅长战斗。我可以在课堂上画出完美的守御线，可是把我丢进一场决斗，我连一条弧线都画不好！真的。你真该看看今天挑战时，我抖成什么样。”

“我看见了，”乔尔说，“我就在教室里。”

“是吗？”费奇说，“啊，是的，你在教室里。”

“我觉得你的伊司顿防御阵图相当精湛。”

“没有，没有，”费奇说，“我选择了一个在一对一比赛中非常糟糕的防御阵。纳利扎的确是个更强的武士。他是内布拉斯科的英雄。他同垩灵塔作战多年……而我，唉，老实说，即便是我在那边的时候，我也几乎不曾参战。我总是变得过于紧张，连粉笔都拿不稳。”

乔尔不作声了。

“是的，的确是这样。”费奇说，“也许这样最好。我可不希望任何没有受到足够好的训练。要是我的学生因为我没有把他们训练好而死去，那我一辈子都无法原谅我自己。我……我想我以前从来都没有考虑过这一点。”

乔尔还能说什么呢？他不知道该怎么回答，于是他转而说道：“教授，我把你的书带过来了。之前你走的时候没有拿走。”

费奇愣了一愣，说：“这么说，你真的有事来找我！真有意思。我刚才不过是想惹恼纳利扎。谢谢你。”

费奇收下书，把它们放到桌上。然后继续戳自己的食物。

乔尔鼓起勇气。“教授，”他一边说，一边伸手摸进自己的口袋，“我还有别的事情想问你。”

“嗯？什么事？”

乔尔掏出那张纸条，把它压在桌子上展平，把它贴着桌子推给费奇。费奇一脸疑惑地仔细看着纸条。“申请上暑期选修课？”

乔尔点点头。“我想参加你的高级阵学防御术选修课！”

“可是……你不是阵学师呀，孩子，”费奇说，“这有什么意义呢？”

“我觉得有意思，”乔尔说，“我想当个学者，我是说，阵学学者。”

“对于一个都不能让一根线条活过来的人来说，这是一个相当远大的目标。”

“有的音乐评论家不会演奏乐器，”乔尔说，“历史学家也不一定非得是能够创造历史的那种人。凭什么只有阵学师可以研究阵学？”

费奇对着纸条看了一会儿，终于笑了。“一定程度上说，很有道理。可惜，我已经没有课程让你参加了。”

“是的，不过你还是要上辅导课。我可以旁听，对吗？”

费奇摇摇头。“恐怕不是这样的。我们这些最底层的人无权选择教谁或者教什么。我必须接受校长分配给我的学生，而他已经挑好人了。抱歉。”

乔尔低下头。“那……你说，会不会有别的教授接手你的高级防御术课程？”

“小子，”费奇说着，一只手轻轻按在乔尔的肩头，“我知道阵学师的生活看起来似乎惊险刺激，可是即便是纳利扎教授说起内布拉斯科来，也是比真实情况夸张不少。大部分阵学研究内容包括线条、角度和数字，同垩灵塔的战争都是靠着一群又湿又冷的男男女女在地上作图来进行的——有时候会在雨中枯坐好几个星期。”

“我知道，”乔尔赶紧说，“教授，让我感兴趣的是理论。”

“他们都这么说。”费奇说。

“他们？”

“你以为你是第一个想上阵学课的年轻人吗？”费奇微笑着问，“这样的申请我们一直都会收到。”

“是吗？”乔尔心里一沉。

费奇点点头。“他们当中有一半人坚信，讲堂里肯定有什么神秘而又让人兴奋的事情。另一半则认为只要他们学习足够努力，他们自己也可以成为阵学师。”

“没准儿……真有办法，对吗？”乔尔问，“我是说，像你这样的掸灰人，在灵选礼之前也都只是普通人。所以，其他普通人也可以成为阵学师。”

“不是这样的，小子，”费奇说，“主宰对他的阵学师挑选得非常仔细。一旦过了灵选的年纪，这个选择就已经完成了。在过去两百年里，没有一个人在灵选大典之后又被选中的。”

乔尔低下头。

“别那么难过了，”费奇说，“谢谢你把我的书带过来。我敢说，你不送来的话，我肯定会把书房翻个底儿朝天！”

乔尔点点头，转身准备离开。“对了，他说得不对。”

“谁？”

“亚拉尔德，那本书的作者。”乔尔一边说，一边朝那两本书里的第二本挥了挥手，“他断言说布拉德防御阵应该被禁止在正式决斗和锦标赛中使用，可是他实在是目光短浅。四条椭圆线段连接起来，虽然不是一种‘传统的’守御线，但是它非常有效。要是因为这一阵型过于强大而在决斗中禁止使用，那就没有人会去学它，必要时他们也就无法在战斗中使用它。”

费奇挑起一道眉毛。“这么说，你真的在我课堂上认真听讲了。”

乔尔点点头。

“这就是血脉传承吧，”费奇说，“你父亲也对这类东西有些兴趣。”他停了一停，朝乔尔俯过身子，“你想学的东西，传统上是禁止教授的，不过总有些人想要打破传统。一些新的大学，年轻而且锐意进取，他们开始向所有想要学习的人教授阵学知识。等你再大一点，去那些大学深造吧。这并不能让你成为阵学师，不过你将有机会学你想学的东西。”

乔尔犹豫了；哦。这其实听起来挺不错的。起码算个计划。乔尔永远都成为不了阵学师——他接受这一点——可是去那些大学学习……“我也想这样，”乔尔说，“可如果我从来都没有跟从阵学教授学习过，他们会要我吗？”

“也许吧。”费奇用餐刀轻轻敲着餐盘，一脸深思，“也许不会。如果你打算跟我学习……”

费奇看向桌首，看向纳利扎等人。然后他低下头，看着他的食物。“不。不行啊，孩子，我不能答应这样做。太离经叛道了。我已经惹出足够多的麻烦了。抱歉，孩子。”

这句话的意思是谈话结束了。乔尔转过身，双手抄进口袋里，走开了。

马特森防御阵

马特森防御阵是充分利用六点环阵的所有连接点以获得优势，马特森防御阵是一个非常优秀的阵法实例。

此外，这种防御阵还有大量连接点来布置要灵，可以让阵学师充分施展自己在这方面的才能。

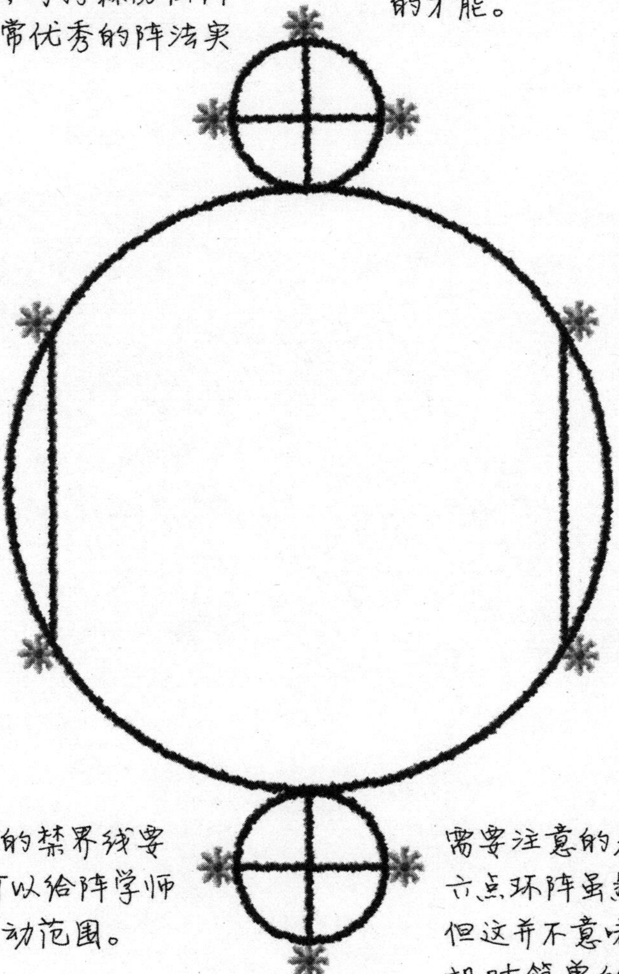

环阵内部的禁界线要短一些，可以给阵学师更大的活动范围。

需要注意的是，六点环阵虽然更加灵活，但这并不意味着它一定比相对简单的阵法更具优势。

第六章

乔尔讨厌夜晚。

夜晚意味着床，床又意味着躺在黑暗中，筋疲力尽，却根本无法入眠。

他和母亲一起住在家属宿舍里的一间屋子里。他们有衣帽间，同时也当更衣室用，外面走廊尽头还有一间公共浴室。房间很小：四壁砖墙，一扇很小的窗户，一张床。母亲休假时，乔尔就睡在地上。其他时候，乔尔会铺好床，留着让母亲白天换班回来休息。

他们以前住的房子比这个要大，挨着父亲宿舍地下室的作坊。那次事故发生后，乔尔的母亲请求校长允许他们换一个房间。乔尔没有怨言。那件粉笔作坊里承载着太多的回忆。

乔尔盯着天花板。有几个夜晚，乔尔会跑出去，在草坪上就着路灯的灯光看书，不过这样做有可能给他惹上麻烦。母亲总觉着他在学校里的糟糕表现跟他夜里的习惯有关。

在他上方，借着外面路灯的昏暗灯光，他能分辨出画在天花板上的线条。伊司顿防御阵，最复杂的传统阵学防御环阵。他用目光跟随着这些线条，先是描摹出里面的环阵，然后是与之内切的九边形——不过九条边都没画出来，然后是外部的圆环。

这张阵型草图画得很笨拙，不过回到两年前，画完这张图时，乔尔还是十分骄傲。那九个连接点都画偏了，有两个圆环没有画圆。要是这个防御阵当真被一个阵学师用到决斗当中，只一会儿工夫，环阵就会被攻破。即便是现在，没有一张草图做参考，乔尔也常常画不好一个有九个连接点的环阵。哪怕是有一个连接点的位置偏了，它都会破坏整个图画的完整性。

图画的完整性。图画并没有完整性可言。它不过是石膏天花板上的粉笔印迹，没有一点法力。乔尔眨眨眼，咬紧牙。有时候他真是讨厌阵学。净是些打仗和冲突的事情。怎么就不能干点儿有用的事情?

他侧过身去。迈克尔说对了吗？乔尔是不是对阵学太着迷了？从费奇到母亲，每个人都会时不时地告诉他这一点。

可是……这是他唯一上心的事情，唯一一件他似乎颇为在行的事情。如果没有阵学，那他会是什么样子？他已经明白无误地看到，好的教育并不能让他提升到其他学生那样的地位。

那他现在要干什么呢？遵从其他人对他的期待？在学校里好好表现，将来找一份文员工作，比当工人高一等吗？

还是说，继续追寻一个梦想？在大学里研究阵学，成为阵学学者，专家。费奇教授已经让他得以一瞥某种了不起的东西，可他紧跟着又把这一盘佳肴撤走了。乔尔因此感到愤怒。

他很快就打消了这种情绪。费奇的确想教我，乔尔心想，只是今天的事情给了他太大的震撼，他都不敢去问一问。

费奇会把整个暑假都用来辅导约克校长交给他的学生。乔尔脑子里开始现出一个计划。一个孤注一掷的愚蠢计划。

乔尔笑了。历史课必须挂科。

“我必须再次提醒你们，今天的考试有多重要。”金教授说道。

他是学校里为数不多的外教之一。尽管他说话时一点儿口音都没有——他还是个婴儿时，他家就搬来合众岛了——但他的亚洲肤色和眼睛形状还是明白无误地说明了他是从哪里来的。

当初金被安排到普通学校来教学，还引出来一阵风波。家长们都对他教授历史课程心存担忧——他们担心他会从朝煊的立场来讲授历史。乔尔不知道金教授的观点怎么可能罔顾事实。毕竟，朝煊人已经征服了欧洲。有谁会说这不是事实吗？

“考试占你们总成绩的百分之五十，”金教授一边说，一边在教室里来回走动，同时给学生发卷子，“你们有两个小时来完成答卷——慢慢来。”

金教授穿着一身西装，打着领结——尽管其他教授，那些在法兰西和西班牙完成大学研究的教授，平常都穿着朝煊正装，而不是西装衬衣。金大概明白，他需要表现得比其他人更像美国人才行。

乔尔在卷子顶端填上自己的名字，开始浏览马上要作答的三道论述题。

论述导致阵学大发现的历史事件，以及可能的原因。

论述君主从布列塔尼亚流亡一事所引发的后果。

详细讲述人类对抗野生垩灵，并最终将其封进内布拉斯科的垩灵塔的早期历史。

乔尔知道这些答案。他对那段历史有深入的了解。当年在朝煊东征时期，国王格雷戈里三世被迫离开布列塔尼亚，并被美国收留，尽管两国历来关系紧张。缺乏政治力量的格雷戈里基本上沦为一个宗教领袖。

就在这段时期，野生垩灵在西部出现，成为合众岛上所有生命的威胁。格雷戈里国王发现了阵学，成为史上第一位阵学师。这些事情发生时，他已经是一位老人了。

尽管乔尔已经错过了灵选的年纪，但是对他来说，成为阵学师真的只是一种妄想吗？这种事情曾经发生过。

他潦草地回答着试题，没有写正确的答案，而是错得离谱的答案。考试成绩占总成绩的百分之五十。只要历史考砸了，他就得跟着一个辅导老师复习一个暑假了。

妈妈非杀了我不可。他答完卷子，心里想道。最后一道题，他写了一堆有关泡菜的俏皮话，还说可能为了远离泡菜的臭味，野生巫灵纷纷逃进巫灵塔。

考试才开始几分钟，乔尔就站了起来，然后走到教室前边，把卷子交给金教授。

教授迟疑地接过卷子，看过那三个简单的答案，皱起眉头。“我看你还是再看看卷子吧。”

“不用，”乔尔说，“就这样了。”

“乔尔，你这是在干什么？你没听见我刚才说过，这场考试有多重要吗？”

“我很清楚。”

金瞪着试卷，最后说道：“我想你得去跟校长谈谈了。”他写了张给校长的字条。

太棒了。乔尔接过字条，心想。

乔尔来到办公室，推开门。弗洛伦丝这会儿基本上没在工作，办公室里一片安静，只有羽毛笔划过纸张的沙沙声。

艾克斯顿抬起头，正看见进来。书记员今天系着一个蓝色领结，与他的裤子背带相呼应。“乔尔，”他说，“已经上第五节课了？”他看了看墙角的时钟，扶一扶他的眼镜，“不对……”

“我被打发过来见校长。”乔尔递出字条，说道。

“哦，乔尔，”弗洛伦丝说，“你这回又闯什么祸了？”

乔尔坐到摆在办公室一边的一把椅子上，他看向艾克斯顿的视线被一只大木柜挡住了。

“乔尔，”弗洛伦丝抱起胳膊，“快回答我。”

“我没准备好考试。”乔尔说。

“你妈妈说你信心满满。”

乔尔没有回答。他的心紧张万分，在胸腔里擂得山响。直到此时他还无法相信自己都干了些什么。他以前也曾忘记写作业，或者考试没做准备。可是，他从来都没有*故意*考砸过。这就意味着，他在阿尔美狄乌斯的四年学习，每年都会至少挂一门课程。像这样的学生会被开除的。

“好吧，管它呢，”弗洛伦丝看着字条说，“你得等几分钟了。校长正——”

办公室的门打开了。纳利扎穿着一身长及脚踝的红色阵学学师服，站在门口。

“纳利扎教授？”艾克斯顿站起身问道，“您需要什么？”

纳利扎大步流星走进屋里，一头漂亮的金发一抖一抖的。纳利扎似乎并没有穿费奇的学师服——这身衣服看起来太新，剪裁太合纳利扎的身了。乔尔嘴里不悦地发出嘶的一声。这就是说，纳利扎之前强迫费奇当着整个班级的面交出学师服，可他自己早就给自己准备好了一身衣服。

“我注意到，”纳利扎说，“你让普通学生送信，并且干扰宝贵的阵学训练时间。”

弗洛伦丝脸色变白，艾克斯顿却似乎没有一点畏惧的神色。“我们有些信件必须送到教室里去，教授。您建议我们逼着阵学教授们每个课间都来办公室查看有没有信件吗？”

“一派胡言。”纳利扎一挥手说道。他的手指上沾满了红色的粉笔灰。“干扰无可避免。不过，我很担心阵学学院的风气。让不属于阵学学院的学生在学院里四处乱晃，成何体统。”

“那您打算怎么办呢?”艾克斯顿毫不让步，“安排阵学学生干跑腿的事情？我以前想要个阵学学生，结果被告知他们的时间‘太宝贵了’。”

“芒斯小姐，请进，”纳利扎喝道。一个身穿白色衬衣的女孩拖着脚步走进办公室。她一头红色的卷发在灰色针织衫的映衬下非常醒目。是梅乐蒂，乔尔数学课上的那个女孩。

“芒斯的基础阵学课程差得一塌糊涂，”纳利扎说，“不论对她，还是对那些同她并肩作战的人来说，她的消极态度都是一个极大的威胁。我决定让她接受某种惩罚，所以每天暑期选修课结束后，她都会来办公室，帮你送信去阵学学院。”

梅乐蒂轻轻地叹了口气。

“我想，这样可以接受吧?”纳利扎问道。

艾克斯顿犹豫片刻，点点头。

乔尔却觉得自己要发火了。“你这样做是因为我。”

纳利扎终于朝乔尔看了一眼，皱起眉头。“你是……?”

“就为了把一个男孩赶出你的教室，这样做也太过分了！”乔尔叫道。

纳利扎上下打量了他一会儿，然后抬起头。

吃灰的，乔尔心想，他真的没认出我来。他就那么不把人放在眼里吗?

“真是个傲慢的小孩儿，”纳利扎漠不关心地说，“我必须采取行动来确保从今往后，阵学学生们都不再受到打扰。”他迈步走出了办公室。

梅乐蒂坐到一把靠门的椅子上，打开笔记本，画起画来。

“真不敢相信他会这么干。”乔尔说着，又坐了回去。

“我觉着他压根儿就不在乎你，”梅乐蒂一边说，一边继续画个不停，“他有极强的控制欲。这不过是他满足控制欲的另一个途径罢了。”

“他欺负人。”乔尔咆哮道。

“他想事情的方式像个士兵，我猜，”梅乐蒂回答，“他还想让阵学师跟其他人划清界限。他说我们应该注意自己在普通人中间的言行。说如果我们不注意跟他们保持距离，我们就会招来一堆对我们的工作说三道四的马屁精。真是——”

“梅乐蒂，亲爱的，”弗洛伦丝说，“越说越离谱了。”

梅乐蒂抬起头来，眨眨眼。“哦。”

“等等，”乔尔说，“你不是应该回去上纳利扎的课吗？”

梅乐蒂扮了个鬼脸。“不去。我……唉，他算是把我踢出去了。”

“把你踢出去了？”乔尔说，“踢出教室了？你都干啥了？”

“我圆圈画得不够好，”她一边说，一边夸张地打了个响指，“那些圆圈到底怎么了？所有人都对圆圈那么狂热。”

“守御线的弧线对防御周界的结构完整性至关重要，”乔尔说，“如果你的环阵有一处不连续的弧线，那只要有一只简单的垩灵抵达你的围墙，你就输了。画出一个圆滑的环阵是第一需要掌握，也是最重要的阵学技巧！”

“吃灰的！”梅乐蒂说，“你说话就像是个教授。难怪所有学生都觉着你是个怪人！”

乔尔脸上一红。看样子，就连阵学师都觉得他对阵学关注过头了。

办公室后面的门开了。“弗洛伦丝？”校长问道，“下一个是谁？”

乔尔站起来，迎上校长的目光。那个大块头男人皱起眉头，胡子往下一撇。“乔尔？”

弗洛伦丝穿过办公室，把金教授的字条递给校长。校长看过字条，哼哼起来，声音响亮，绵绵不绝，就像有回声一样。“那就，进来吧。”

乔尔绕过柜台，进了校长的办公室。经过弗洛伦丝时，弗洛伦丝冲着他同情地摇摇头。校长办公室用上等的胡桃木条板镶边，铺着森绿色的地毯。墙上挂满各种学位、证书和奖状。约克校长有一张高大的办公桌，与他的壮硕体型相配，他坐下来，挥手示意乔尔坐到办公桌前的椅子上。

乔尔坐下来，在这张上等办公桌和它逼人的气势面前，感觉自己就像个小不点。除了今天，他只来过这间办公室三次，每次来都是因为年末挂了一门课。身后传来踩在地毯上的脚步声，弗洛伦丝带了一摞文件过来。她把文件交给约克，然后退出去，并且把门带上了。这间屋子没有窗户，只有每面墙上的两盏灯在安静地旋转。

约克仔细读着文件，由着乔尔一声不吭地坐在那里冒汗。纸张翻来翻去。灯和时钟发出咔嗒咔嗒的声响。沉默蔓延开来，浓稠得仿佛太妃糖，乔尔开始怀疑起自己的计划来。

“乔尔，”校长终于说话了，声音温柔得出奇，“你知道自己浪费的是怎样的机会吗?”

“知道，先生。”

“我们并不接纳别的员工的孩子进入阿尔美狄乌斯，”约克继续说，“但我准许你入校，因为我和你父亲的私人交情。”

“我明白，先生。”

“换成其他学生，不管是谁，”约克说，“这会儿我早就把他赶出校门了。你知道，我曾经把骑士参议员的儿子踢出去过。我开除过君主的侄孙。对于你，我却犹豫了。你知道为什么吗?”

“因为我的老师都说我聪明?”

“不对。你聪明正是应该开除你的原因。对我来说，一个天资平平却刻苦努力的孩子，比一个拥有潜力却不肯用功的孩子更值得尊敬。”

“校长，我很努力。真的，我——”

约克抬起一只手，打断他。“我想我们去年就有过一段类似的谈话。”

“是的，先生。”

约克坐了一会儿，抽出一张纸。那张纸上有许多看起来很正式的印章——不是辅导老师的申请表，而是一张开除学生的表单。

一阵恐慌猛地袭上心头。

“当初我之所以给你额外的机会，乔尔，就是因为你的父母。”校长从办公桌的笔架上拿起一支钢笔。

“校长，”乔尔说，“我现在明白自己——”

校长再次抬起一只手，打断他的话。乔尔憋回自己的话。要是约克不让他说话，那他又能怎么办？昨天晚上的黑暗中，这个狂野的计划还似乎既聪明又大胆。可现在，乔尔担心它会在自己面前彻底破灭。

校长写起字来。

“我是故意考试不及格的。”乔尔说。

约克抬起头。

“我知道我写的答案都是错的。”乔尔说。

“你到底为什么要这么干？”

“我想挂科，这样我就能跟着一个暑假辅导老师学习历史了。”

“乔尔，”约克说，“你可以直接问金教授，今年暑假能不能上他的课。”

“他的选修课教的是朝煊占领时期的欧洲文化，”乔尔说，“我想要挂掉阵学历史课，这样我就能学习这一部分知识了。”

“那你也可以去一个教授那里，让他们辅导你呀，”约克毫不让步地说，“搞砸自己的考试成绩很难说是个好主意。”

“我试过，”乔尔说，“费奇教授说普通学生不允许跟着阵学教授学习。”

“哦，我敢肯定金教授可以开一门专门的研究课程来研究……你去找过费奇？”

“是的。”

"他是个阵学师!"

"这就是问题的关键，先生，"该怎么解释呢?"我不是真的想研究历史。我想研究阵学法线。我想，要是我能跟费奇教授独处，叫他开口讨论阵学，我就能学到阵学防御和进攻手段，哪怕辅导课的内容本来应该是历史。"

他吞口唾沫，等着接受他从其他人那里受到的嘲笑。

"哦，好吧，"约克说，"我猜，这样一来就说得通了——考虑到你只是个十几岁的男孩儿。孩子，你干吗不直接来问我?"

乔尔眨眨眼。"呃，我是说，每个人好像都觉得我学习阵学太傲慢了，我不该打扰教授。"

"费奇教授喜欢被人打扰，"约克说，"尤其是学生们。他是这所学校里为数不多的真正的教师之一。"

"是的，可是他说他不能训练我。"

"是有些传统。"约克说着，把那张表放到一边，取出另一张表。约克看了看它，似乎不太确定。

"先生?"乔尔问道，心里重新生出希望。

约克把那张表也放到一旁。"不行啊，乔尔，"他说，"费奇说得对。有些规矩反对安排普通学生去上阵学课程。"

乔尔闭上了眼睛。

"当然，"约克说，"我的确刚刚交给费奇一个非常重要的项目。对他来说，有个帮手一定对他用处很大。没有任何规矩禁止我从普通学校里安排个研究助理给他。"

乔尔睁开双眼。

约克教授又取出一张纸来。"当然，前提是，这个助理不能干扰费奇教授。我已经安排了个学生让他辅导。我可不想他过分累到。"

"我保证不会给他添乱。"乔尔急切地说。

"我估计，花了那么大力气，要把阵学师跟普通人分开，这样做肯定会把纳利扎教授气得够呛。真是悲剧。”

约克笑了。乔尔的心飞跳起来。

“当然，”约克朝时钟瞥了一眼，“你要是上不了公开暑期选修课，我就不能把这项任务交给你。我估摸，金教授的历史课还有四十五分钟结束。你觉得如果你现在回去，利用起这段时间，你能拿到及格的成绩吗？”

“当然能。”乔尔说。

“那好吧，”约克用手敲着这张纸说，“这张表就留在这里，填好了等着你，前提是今天放学前，你拿着自己历史课的及格成绩回我这儿。”

几个心跳过后，乔尔就冲出办公室门，一路跑过草坪，回到历史课上。他冲进讲堂，大口喘着气，把仍旧坐在那里答题的同学们吓了一跳。

他自己的试卷仍旧躺在金教授的讲台上。“校长叫我再努力一把，”乔尔说，“我能……另拿一张卷子吗？”

金教授十指对在一起。“你刚才出去这段时间里查过答案了？”

“我保证没有，教授！”乔尔说，“办公室的人能证明我一直都坐在那里，书本都合上的。”

“很好，”金说着，看了看时钟，“不过你还是得在剩下的时间里完成答卷。”他抽出一张新的卷子递给乔尔。

乔尔一把接过卷子，又取过一瓶墨水和一支羽毛笔，匆匆回到座位上去。他奋笔疾书，直到铃声响起，示意这节课已经结束。乔尔盯着最后一道题。时间不够，他没有真正深入地答完题目。

他深吸一口气，和其他学生一起，到教室前面交试卷。他一直等到其他人都走光了才递上自己的卷子。

金接过卷子，看见答案写得十分工整，挑起了一道眉毛。“早知道是这样的结果，也许我几个月前就该让你去趟校长办公室了。”

“您能，给卷子打个分？”乔尔问，“好让我知道有没有及格？”

金看了一眼时钟，拿起一支羽毛笔，蘸上墨水，开始阅卷。乔尔等在一旁，看着教授在这里那里减掉一些分数，心里怦怦直跳。

最后，金在试卷底下打出总分。

“我及格了吗？”乔尔问。

“是的，”金说，“告诉我，之前那张卷子是怎么回事？咱们都知道你这门课学得非常好。”

“我只是需要适当的鼓励，先生，”乔尔说，“求你了，你能给校长写个字条，说明我已经及格了？”

“可以。你会不会有兴趣，今年暑期选修课，跟我学习高等历史？”

“明年吧，”乔尔说道，他的心里乐开了花，“谢谢。”

过了没多久，乔尔来到办公室，看见那张表格正等着他。表格已经填好了，要求乔尔这个暑假给费奇当研究助理。表格的旁边还有校长的一封信。

下次不妨直接来跟我谈。我最近一直在想，阵学师们过于在意让自己跟校园里的其他人保持距离。

我很想看看费奇会如何处理他手头的项目。哈丁探员坚持让我派最好的阵学师来解决这个难题；虽然很不幸，可我发现我最好的学者正好突然间有大把的自由时间。

如果不介意的话，帮我盯紧这个项目。我可能会时不时地向你询问项目的最新进展。

——约克校长

第二部

禁界线

阵学师应当留心每一条禁界线的落笔位置，这一点非常重要。因为人无法跨过禁界线，就算画出这条线的阵学师也不能。

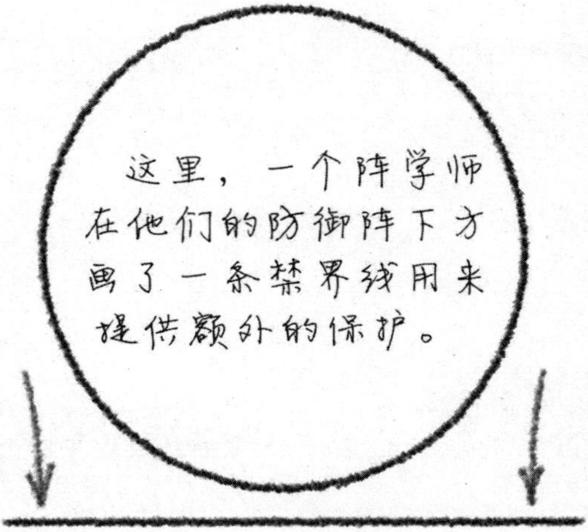

同时，阵学师必须明白，如果他们画出一条禁界线，这条线就会在这个方向上挡住人们的去路。这一点虽然有用，但也存在危险。

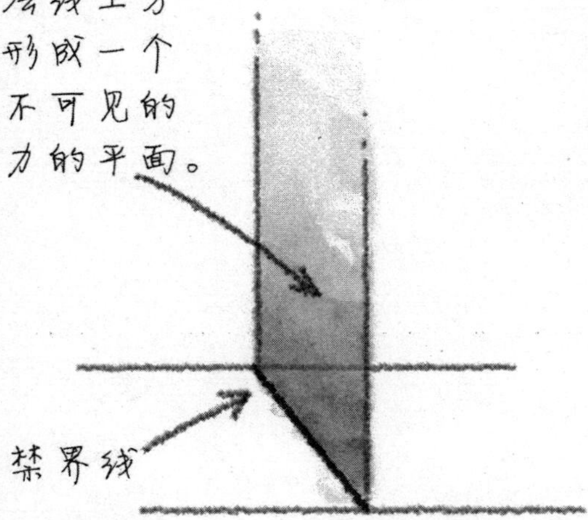

然而，他们必须明白，他们现在既不可能伸手到法线的另一边去画亚灵，也不可能发射威力线穿过这条线。这样做有可能困住阵学师，因为清除一条禁界线需要用时四秒钟。

第七章

第二天一早，乔尔就从宿舍楼出来，穿过学校，去往阵学校园。他深吸一口气，享受着满树花香和新剪过的草坪的香味。阵学校园有四座庄严的砖石主建筑，分别以四种阵学法线的名字命名。每栋建筑的上面几层被用作教授们的办公室。

乔尔打开守御讲堂外面的大门，进入狭窄的楼梯井。他爬上三楼，这里有一道厚厚的木门。这扇门上有好多木节，让这扇木门看起来饱经岁月沧桑，而这种感觉遍布整个阵学校园。

乔尔犹豫了。他还从来没有去办公室里拜访过阵学教授呢。费奇教授为人和善，可是如果得知乔尔越过他，直接去找过约克校长，他又会做何反应呢？

要知道答案，只有一个办法。他敲了敲门。有一小会儿，里面没有回应。他伸手正准备再敲门时，门却自己开了。费奇站在门里面，身上的灰色阵学学师服扣子没有系上，露出里面的白色马甲和下身穿的裤子。

“是谁？嗯？”费奇问，“哦，是粉笔匠的儿子。什么风把你给吹来了，小子？”

乔尔犹犹豫豫地递上约克教授给他的那张表格。

“嗯？这是什么？”费奇接过那张表，仔细看了起来，“研究助理？你吗？”

乔尔点点头。

“哈！”费奇叫起来，“这主意妙极啦！我当初怎么就没想到呢？是的，是的，快进来。”

乔尔松了一口气，由着费奇把他推进门里。门里的这间屋子与其说是房间，倒更像是条走廊。长比宽多出好多，一摞摞书让屋子更显狭窄。右边墙上有几溜窗户，照亮了一套组合家具，还有靠着两面墙摞起来的小玩意儿。天花板上挂着两盏小小的发条灯，一边发着光，灯里的齿轮一边咔嗒咔嗒响个不停。

“真的，”费奇一边说，一边从一堆堆书中蹚出一条路来，“我早该想到约克肯定什么问题都有办法解决。他是个睿智的管理者。天晓得他是怎么让校园里随处可见的自大狂们相安无事的。又是骑士参议员的子女，又是阵学师，还有些人自视为内布拉斯科的英雄。天哪，天哪。”

乔尔跟着教授。这间屋子贴着建筑的外墙，到了拐角处转一个九十度的弯，然后继续顺外墙向北延伸。屋子的尽头是一堵砖墙，靠墙有一张铺得十分熨帖的小床。别进床垫的床单和松软的被子，似乎跟费奇这件四面砖墙的阴暗办公室的其他部分形成鲜明的对比。

乔尔站在角落，看着费奇在书堆里翻来找去，把一些书堆到一旁，露出一只丝绒面脚凳，还有跟它配套的安乐椅。屋子里有一股霉味：旧书和旧羊皮纸的气味，还有潮湿的砖墙的气味。尽管屋外快到夏天了，但屋子里面还是有一点凉。

乔尔发现自己笑了。这间办公室跟他想象的差不多。左边墙上挂着一张张年代久远的阵学图纸。有些放在画框里善加保管，所有图纸上都写满注释。这里的书如此之多，简直是一层摞在另一层上。充满异域风情的小玩意儿也半埋在那里——一支看起来像是起源于亚洲的笛子，一个带有彩色光泽的陶碗，许多埃及图画。

还有阵学法线……到处都是。不光挂在墙上，还印在书的封面上，刻在地板上，织在厚毯子上，甚至画在天花板上。

“我跟约克要过一个助手，”费奇一边到处忙活，一边说，“可是我从来都不敢要一个非阵学师的学生。太不合传统了。不过这方面肯定没有什么规矩，何况……小子？”

乔尔看向这位中年阵学师。“什么事？”

“你好像没听我说话，”费奇说，“真是抱歉，这里一团糟。我一直都想把它清理一番，不过既然会来这里的人只有我——啊，我猜现在还得加上你——清理屋子似乎也没什么意义。”

“不，”乔尔说，“不，这样很好。我……”该怎么解释呢？“来这里感觉就像是回家了。”

费奇笑了。他理一理自己的长外套，坐进椅子里。“那好吧，”他说，“我想我该给你安排活儿了！让我想想看——”

屋子里回响起一阵静静的敲门声，打断了费奇的话。费奇抬起头，然后站起来。“这会儿，又是谁……哦，对了。另一个学生。”

“另一个学生？”乔尔问道，同时看着费奇绕过屋子的角落，走过那条乱糟糟的走廊。

“是的，嗯，”费奇说，“约克把她交给我，让我给她上补习课。她在我的——哦，纳利扎教授的——阵学课上表现非常糟糕。”

乔尔心中犯起了嘀咕。“该不会是……”

费奇拉开门，乔尔望了出去。一点儿没错，门外站着的正是一头红色卷发，身穿白裙的梅乐蒂。之前那件灰色针织衫换成了一件系扣子的短袖罩衫。她其实挺好看的——起码，眼睛挺漂亮。

“我来啦。”梅乐蒂大声宣布道，“拿鞭子抽打我吧！”

糟糕的是，她是个疯丫头。

“抽打？”费奇说，“亲爱的，你没事儿吧？”

梅乐蒂走进房间里。“我不过是向我的命运臣服了，教授。”

“啊，很好，非常好。”费奇转过身，经过乔尔身旁往回走，同时招招手，示意梅乐蒂跟上。费奇开始踮着脚迈过一个个书堆，梅乐蒂在乔尔身边停了下来。

“老师告诉我，”梅乐蒂低声对乔尔说，“你是不是在跟踪我？”

乔尔愣住了。“啥？”

“好吧，你跟我上同一节数学课，没错吧。”

“是校办公室给我们做的课程安排！”乔尔说。

“这之后呢，”梅乐蒂接着说，像是没听见乔尔的抗议一样，“你在校办公室弄到一份工作——倒霉的是，我也要在那个地方干活儿。”

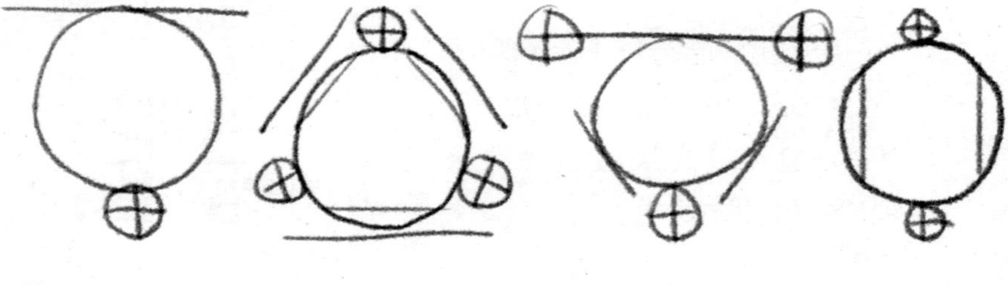

“我从这学期开始就在那里工作了！”

“还有最后，”梅乐蒂说，“你跟着我来到费奇的办公室。相当可疑。”

“我才没跟着你。我来得比你早！”

“没错，”梅乐蒂说，“这个说辞挺合适。只是不要半夜出现在我窗外，不然我准会尖叫起来，还要朝你扔东西。”

“啊”费奇大叫着，拖出一个画家用的硕大的画夹。然后他打量着墙壁，摸着下巴，陷入思考。最后，他指着墙上挂着的一张图——那上面画着一个简化的马特森防御阵。

费奇从墙上把这张画取下来，又用脚把一些书推开，在地板上空出一块地方。“你，年轻的女士，”他对梅乐蒂说，“似乎觉得自己一事无成。我才不信是这样呢。你只是需要一些基础练习。”他把那张马特森防御阵的示意图放到地上，然后从那个大画夹里扯下一张纸来，把它铺到示意图上。

梅乐蒂叹了口气。“描红吗？”

“一点儿没错。”

“那是我们七年级时就做过的事！”

“所以这才叫补习班啊，亲爱的。”费奇说，“我估计，今天下课时，你应该能画完差不多十张图。要注意，十字线要画在中间，并且要标出连接点！”

梅乐蒂又叹了口气——看样子，她似乎老爱谈起——又白了乔尔一眼，像是为乔尔看到自己受到羞辱的一幕而怪罪他。乔尔耸耸

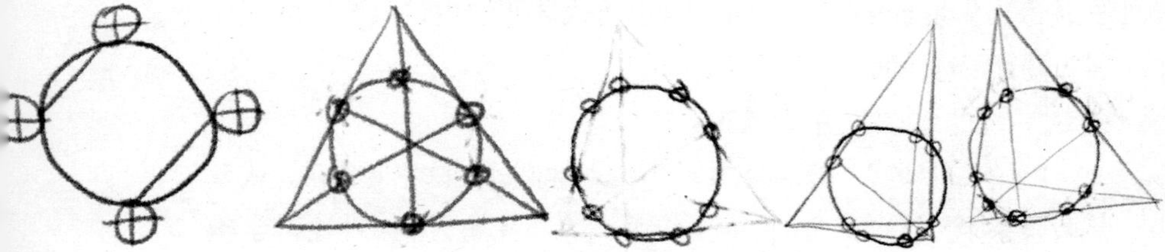

肩。画阵学图案倒算是打发下午时光的一个有趣方法。

“动手吧，梅乐蒂，”费奇站起身来，说道，“接下来，乔尔，我也有些工作要交给你。”费奇沿着走廊走过去，乔尔赶紧跟在后面，微笑着期待自己的工作。约克说费奇手上的工作出自联邦探员的要求，这就是说，它一定非常重要。乔尔昨晚大半个晚上都躺在床上，猜想费奇正在进行的究竟是什么工作。它一定涉及阵学、法线，还有……

“人口普查记录。”费奇一边说，一边搬起一摞硬皮的册子，交给乔尔。

“什么?”乔尔问。

“你的工作，”费奇说，“就是浏览这些本子上的讣告，并且找出过去二十年里死去的所有阵学师。在这之后，我要你把这些人名跟我这里的阿尔美狄乌斯毕业生名单做交叉比对。把这份名单上所有死去的阵学师的名字都画掉。”

乔尔皱起眉头。“听起来要做好多工作。”

“一点儿没错，”费奇说，“所以我才申请要一个学生来当助理!”

乔尔上下打量着费奇交给他的册子。里面都是整个六十座岛屿上的死亡记录。

“比你想的要容易些，小子，”费奇说，“这些报告里的阵学师都标了一个星号，他们的讣告上会说明他上的是八所学校里的哪一所。只要浏览每一页，找出死去的阵学师中有谁上的是阿尔美狄乌斯。每找到一个，就在另一份名单中找到他的名字，把它画掉。另外，每当你发现一个死去的前阿尔美狄乌斯学生，我要你阅读讣告，并且留意任何……古怪的地方。”

“古怪的地方?”乔尔问。

“是的，是的，”费奇说，“比方说，他们的死法不同寻常，或者是被谋杀了，诸如此类的。阿尔美狄乌斯一年有大概二十个阵学毕业生。乘以八十年的时间段；就是说你要找出一千五百多个阵学师！我要知道他们当中有谁死了，我还要知道他们是怎么死的。”教授摸着下巴说，“我之前想到，学校里应当有这些信息才对，可是我和艾克斯顿在办公室里查过，结果是他们并没有严格地跟踪记录校友去世的细节。这个疏漏要由我们——好吧，你——来加以弥补。”

乔尔一屁股坐到凳子上，看着那一摞摞简直无穷无尽的人口调查记录。在他一旁，梅乐蒂看了他一眼，兀自笑了笑，然后才回过头来继续画画。

我给自己找了份什么差事呀？乔尔心想。

“我的人生，”梅乐蒂宣布道，“就是一个悲剧。”

乔尔从自己那一堆簿册、人名和死人中间抬起头来。梅乐蒂坐在离他不远处的地板上；她已经用了好几个钟头，一直在描画马特森防御图。她的描红一团糟。

费奇教授则在拐角处的书桌旁工作。他对梅乐蒂的突然爆发无动于衷。

“为什么，”梅乐蒂继续叫道，“合众岛上那么多人，为什么非得是我被选中当阵学师？我连在描红的时候都画不出一个精确的圆圈来！”

“实际上，”乔尔合上记录本，说，“不用任何辅助，空手画出完美精确的圆圈非常重要。这也正是阵学决斗如此有趣的一个方面。”

梅乐蒂怒视着乔尔。“纸上谈兵。”

“你瞧。”乔尔说着，伏下身子，抽出一张纸来。他拿起一支蘸足墨水的羽毛笔，空手画出一个圆圈。

梅乐蒂俯过身子，凑过来仔细观察。“还不赖。”她不情不愿地说。

乔尔耸耸肩，四下打量。一本落满灰尘的书上垂下来一段绳子。乔尔把它扯下来，用它测量自己刚才画的圆圈——把一段固定在圆心，然后用另一端划过圆周。“瞧，”乔尔说，“我偏了差不多半毫米。”

“那又怎样？”梅乐蒂说，“你还是画得完美得变态。”

“是的。”乔尔说，“可如果咱们是在决斗，而你刚好能判断出我的环阵在那个位置上的圆弧画偏了，那你就能够在那个位置上攻击我。那就是我的弱点。反正，画守御环阵并不是说要把它画得完美——只是要尽你所能地让它尽量接近完美。”

“他们应该让我们使用工具，比方说，那根绳子。”

“你不能总指望随身带着圆规，”乔尔说，“何况用工具作图所用的时间要长得多。我画的这个圆圈虽然不算完美，但已经非常接近了，要找到这上面的弱点非常困难，尤其是我的对手还坐在五六英尺开外他自己的环阵里。”

乔尔坐回到自己的凳子上。“最好还是学会怎样徒手画一个漂亮的圆环吧。在阵学中，从长远来看，这一点比任何其他方面都能给你更大好处。”

姑娘看着他说：“你知道得还真不少。”

“我感兴趣。”

梅乐蒂凑过来说：“嘿，你要不要帮我描红？”

“啥？”

“你知道，帮我把这活儿干完。咱们做个交易。我可以帮你看那些册子。”

“费奇教授就坐在那里，”乔尔手一指，“你说的话他八成都听到了。”

“一点儿没错。”费奇一边说话，一边在笔记本上写着东西。

“哦。”梅乐蒂做了个鬼脸，说。

“你可真是个怪姑娘。”乔尔说。

梅乐蒂正过身子，在裙子下面盘起腿来，夸张地叹了口气。“要是你被迫接受一种下贱的血汗奴役生活，没准儿你也会变成个怪人的。”

“奴役?”乔尔问，“能被选中，你应该骄傲才对。”

“骄傲?”梅乐蒂说，“因为我从八岁生日那天起就不得不进入某种角色？因为每天都有人告诉我，如果不会画一个愚蠢的圆圈，我就会丢掉性命——甚至葬送整个合众岛？我应该为失去自由和自我意志而骄傲吗？为我总有一天被送到内布拉斯科打仗而骄傲？我猜我起码应该有一丁点儿抱怨的权利吧。”

“没准儿你只是被宠坏了。”

梅乐蒂瞪大眼睛，哼了一声，一下子站起身来，一把抓起她那个超大号的画夹。她迈开大步，绕过拐角，坐到另一边的走廊里，半路上还不小心撞倒了一摞书。

“多工作，乔尔，”费奇头也不抬地说，“少惹人家。”

“抱歉。”乔尔说着，拿起一本记录本来。

费奇说得没错——这份工作的进展比乔尔起初估计得要快。可它还是很枯燥。这工作有什么意义呢？难道他的“重要项目”仅仅是更新学校档案的借口？没准儿校长是想找到那些老毕业生，让他们给学校捐款之类的吧。

他费了那么大的劲来跟着费奇学习，本来还指望参与一点儿有趣的事情。倒未必非得是什么了不起的大事，可是，看账本实在非他所愿。

乔尔一边工作，一边发现自己的思绪飞到了内布拉斯科。费奇的工作跟探员来访有关。会不会真的涉及莉莉·怀汀？

也许她跑到内布拉斯科去了。虽然梅乐蒂不太想去，可是乔尔觉得那地方听起来特别带劲。这座阴沉的岛屿位于合众群岛的中央，上面有可怕的、危险的亚灵，想要逃离那里，涌向其他岛屿。

阵学师则在那里维护着一个巨大的粉笔环阵，足有一座城市那么大。环阵外面有许多营地和巡逻队伍，他们要把那些亚灵关在里面。而环阵里面，亚灵攻击法线，想要突破环阵，冲出重围。有时候，亚灵会打开突破口，这时阵学师就需要投入战斗了。

野生亚灵……能够进行杀戮的亚灵。没人知道是谁创造了它们。不过乔尔可以想象那个环阵，画在混凝土浇筑的地面上。据说最糟糕的就是暴风雨。尽管帆布篷能挡住绝大部分雨水，可还是会有雨水渗进来，尤其是从野生亚灵那一边，冲走粉笔印迹，造成缺口……

拐角处的老爷钟咔嗒咔嗒，快到中午了，暑期选修课快要下课了。乔尔看着记录本，努力集中注意力，可他总是不由自主地想起亚灵，还有阵学环阵。

最后，乔尔合上他刚看完的那本人口普查记录，揉揉眼睛。时钟显示还有十五分钟到中午。乔尔站起来，伸伸腿，朝费奇教授走过去。

乔尔一过来，费奇就赶紧合上笔记本。乔尔瞥见本子上画着什么图形。阵学图形吗？一个被突破的环阵？

“有事吗，乔尔？”费奇问。

“快下课了。”乔尔说。

“啊，是吗？嗯，哦，真的。是的。调查进展怎样？”

调查？乔尔心想，我可说不准用这个词合不合适……“我画掉了差不多三十个名字。”

“是吗？太棒了。那么，明天继续吧。”

“教授？这么说虽然有点儿冒失，不过……那个，如果能告诉我这样做的意义何在，那对我的工作会大有好处。让我查看人口普查记录到底是为什么？”

“啊……嗯……唉，我不知道能不能告诉你这个。”费奇说。

乔尔脖子一挺。“这事儿跟来学校的联邦探员有关，对吧？”

“我真的不能说……”

“校长已经告诉我了。”

“是吗？”费奇挠挠头，“哦，那么，我猜你可以知道这些。不过说真的，我不能再多说了。告诉我，你在调查当中，有没有……发现可疑的东西？”

乔尔耸耸肩。“老实说，这事儿真有点儿让人瘆得慌——查看一份又一份的死人名单。从某个角度来看，他们都挺可疑的，因为细节不多。大部分人似乎都是病死或者老死的。”

“有意外死亡的吗？”费奇问。

“有一些。像你说的，我把它们标出来了。”

“啊，非常好。我今天晚上会看的。干得漂亮！”

乔尔咬了咬牙。*可是为什么？你到底要找什么？这跟逃学的那个姑娘有关系吗？还是说，只是我希望跟她有关？*

“好啦，你可以走啦。”费奇说，“还有你，梅乐蒂。你可以提前走了。”

只一会儿工夫，梅乐蒂就出门了。乔尔又站了一会儿，心想要不要再推费奇一把。可是他的肚子叫了起来，要求赶紧吃午饭。

他离开办公室，去吃东西，心里打定主意，要想办法让费奇给他看那个笔记本。

桑壬防御阵

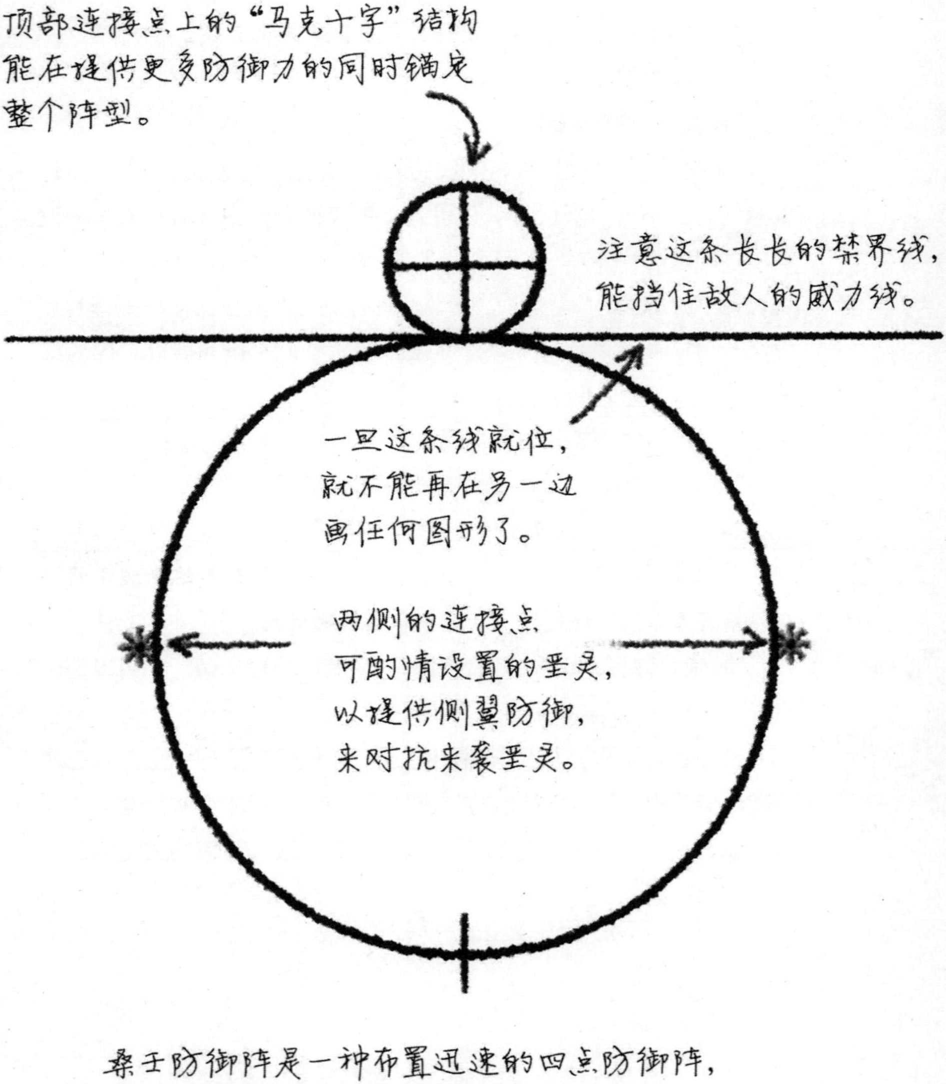

桑壬防御阵是一种布置迅速的四点防御阵，
顶部带有一条长长的防御性禁界线。
想要从两翼发起进攻的人偏好这一阵型。

第八章

乔尔穿过草坪，朝食堂走去。校园里人不算多；有一大半学生都离校过暑假去了。许多学校员工也去度假了，就连一些教授也都离开了——他们去法国或者朝煊布列塔尼亚，去做研究或者参加研讨会。

不过，吃午饭的人似乎还是有点儿多，于是乔尔绕过食堂，从后门溜进厨房。厨房一般禁止学生进入，不过乔尔可不光是个学生。

海克斯提尔妲这天正在亲自监督午餐时间各个岗位的工作情况。这个大块头的女人冲乔尔点点头。“乔尔，小子，”她用她那浓重的苏格兰口音说道，“暑假第一天过得好吗？”

“一直都被困在一个教授的地窖里，”乔尔说，“他让我看人口普查记录。”

“哈！”海克斯提尔妲说，“喂，你该知道我有个大消息吧！”

乔尔眉毛一挑。

“我儿子给我们全家弄到了一份回老家的旅行许可！再过一个月我就要离开这儿啦！”

“这可太棒了，海克斯提尔妲！”

“自从我曾祖父当年被赶出来之后，这将是所有麦克塔维什家的人第一次踏上我们自己的土地。那些肮脏的朝煊鬼子，逼得我们非得弄到许可才能回我们自己的家。”

苏格兰人在他们的高地上坚守了很久，在被赶出家园之前，一直同朝煊人作斗争。要说服苏格兰人那片土地不再属于他们简直难如登天。

“那么，”乔尔说，“要不要给我一块三明治庆祝一下，这样我就不用排队了?”

海克斯提尔妲冷冰冰地看了他一眼。可是不到五分钟，她就给了乔尔一个招牌式的、填满馅料的三明治。乔尔一口咬下去，美美地品尝着烟熏黑线鳕鱼咸咸的味道，他一边吃，一边离开厨房，准备穿过校园。

出什么事了——之前约克校长的举动，还有乔尔一过去，费奇就合上笔记本……都很可疑。所以他要怎么做才能得到进一步的了解呢?

费奇的确警告过我，阵学师的生活并不光鲜，乔尔提醒自己，*可是我一定要想办法参与其中*。

也许他可以自己想办法弄清楚费奇正在调查什么。乔尔想了一会儿。然后他低头看看手上只剩下几口的三明治，脑袋里有主意了。他匆匆忙忙地回到食堂。

又过了几分钟，他离开厨房，手里拿着另外两个三明治，分别放在两个小纸袋里。他跑过绿色的草坪，跑去办公室。

乔尔进来时，弗洛伦丝和艾克斯顿都抬起头来。“乔尔?”弗洛伦丝说，“没想到今天还会见到你。都放暑假了!”

“我不是来工作的。我就是来打个招呼。怎么了，你觉得就因为放假了，我就不能过来坐坐?”

弗洛伦丝笑了。她今天穿了一身绿色的夏装，金色的卷发绾成一个发髻。“真是细心。我敢说艾克斯顿肯定很乐意休息一会儿。”

艾克斯顿一刻不停地在一本账册上写着东西。“哦，没错。这周结束之前，我必须把两百份期末成绩报告填完归档，这会儿又有个家伙来想尽办法不让我工作，我可高兴了。”

“别理他，亲爱的，”弗洛伦丝说，“他就是这么说话的。其实他想说很高兴见到你。”

乔尔把两只袋子放到柜台顶上。“好吧，我得承认，我过来不光是来跟你们寒暄的。我刚才在厨房，厨师觉得你们俩可能需要吃点儿东西当午饭。”

“真是太贴心了，”弗洛伦丝走过来说。就连艾克斯顿也哼哼着表示同意。弗洛伦丝给了艾克斯顿一只袋子，两人赶紧开始对付起三明治来。乔尔拿出自己没吃完的午饭，拿着它小口吃着，免得自己跟其他人格格不入。

“那么，”他倚着柜子说，“从暑假开始到现在这四个小时里，有什么大新闻吗？”

“没啥，”弗洛伦丝说，“就像艾克斯顿刚才说的，每年到这时候都有一大堆工作。”

“真无聊啊。”乔尔说。

艾克斯顿对着三明治咕哝两声。

“说起来，”乔尔说，“我猜，咱们也不能让联邦探员每天都来吧。”

“可不是嘛，”弗洛伦丝说，“不过还好是这样。上回来，就闹出好大动静。”

“你知不知道他是为什么事来的？”乔尔咬了一口三明治，问道。

“差不多，”弗洛伦丝压低声音说，“当然，我听不到校长办公室里的谈话……”

“弗洛伦丝。”艾克斯顿警告道。

“哦，你别说话，”弗洛伦丝说，“接着吃三明治去。反正，乔尔，你听说过有个阵学女孩几天前失踪了吧？叫莉莉·怀汀？”

乔尔点点头。

“真可怜，”弗洛伦丝说，“看她的成绩，她是个很优秀的学生。”

“你看过她的记录？”艾克斯顿问。

“我当然看过，”弗洛伦丝说，“反正，从我所听到的情况来看，她可不像是公文上写的那样跑掉了。她成绩优异，人缘也好，跟父母也处得不错。”

“那她出什么事了？”乔尔问。

“谋杀。”弗洛伦丝轻声说。

乔尔不说话了。谋杀。这样就讲得通了——毕竟，联邦探员都来过了。可是，把这个词说出来感觉还是不一样。这让他想到，他们谈论的是一个真实的人，而不光是一道逻辑谜题。

“谋杀。”他重复道。

“凶手是个阵学师。”弗洛伦丝说。

乔尔浑身一僵。

“目前还只是没用的推测。”艾克斯顿说着，朝弗洛伦丝摇摇手指头。

“约克把门关上之前，我听到的已经够多了，”弗洛伦丝回答，“那个探员认为这起谋杀案子中涉及一个阵学师，他需要得到专家的帮助。据——”

乔尔身后的办公室前门打开又关上，弗洛伦丝不说话了。

“我这儿有封信要交给哈勃斯托克，”一个姑娘的声音传了进来，“可是我——”

乔尔呻吟起来。

“是你！”梅乐蒂指着乔尔叫道，“瞧，你就是在跟踪我！”

“我不过是来——”

“这次我才不想听你的借口，”梅乐蒂说，“这回我有证据了。”

“梅乐蒂，”弗洛伦丝严厉地说，“你这样简直像个孩子。乔尔是个朋友。只要他愿意，随时都可以来办公室。”

红头发的阵学师哼了一声，可是乔尔不想再挑起争论来。他觉得自己能从弗洛伦丝嘴里套出来的话也就这么多了，于是向两位书记员点头道别，出去了。

*被阵学师谋杀了？*一出办公室，乔尔就思索起来，*他们是怎么知道的？*

莉莉是在决斗事故中死去的吗？学生并不知道能让垩灵变得危险的符啊。通常用造物线画出来的垩灵并不能伤害任何东西，除了其他粉笔图画。要有一个特殊的符才能让它们真正危险起来。

那个符——点睛符——只有到了内布拉斯科才会教。而那时已经是学生训练的最后一年，他们要去维护环绕垩灵塔的规模宏大的守御环阵。不过，有学生发现了点睛符，这也不是不可能。而且如果真有阵学师牵涉这件命案，那也就能解释为什么费奇被请来参与其中了。

的确有事情正在发生，乔尔想，*重大的事情*。

如果他能尽快看完那些人口普查记录会怎样？他可以让费奇看到自己有多么愿意工作，而且他值得信任。到时候费奇教授就不得不给他布置另一项任务——跟这件事情关联更紧密的任务，能让他进一步了解事情进展的任务。

打定主意，他又回到费奇的办公室，要了一些记录册子带回家晚上看。他本来打算看本小说来着——他找到一本很有意思的小说，讲的是朝煊的句丽王朝的事情，那时候朝煊人民第一次把蒙古人拉拢到自己这一方。这书得放一放了。

他有工作要做。

奥斯本防御阵

请注意，两侧的圆圈并没有碰到主防御阵。椭圆形只有两个连接点——一个在顶端，一个在底端。所以最好不要让圆圈与之接触。这两个侧面的构造可根据时机和对防御强度的需求选择要不要添加。

由于只有一个圣灵连接点，为了获得额外的防御力，使用这个阵型的人应当防止一条细节十分丰富的造物线。

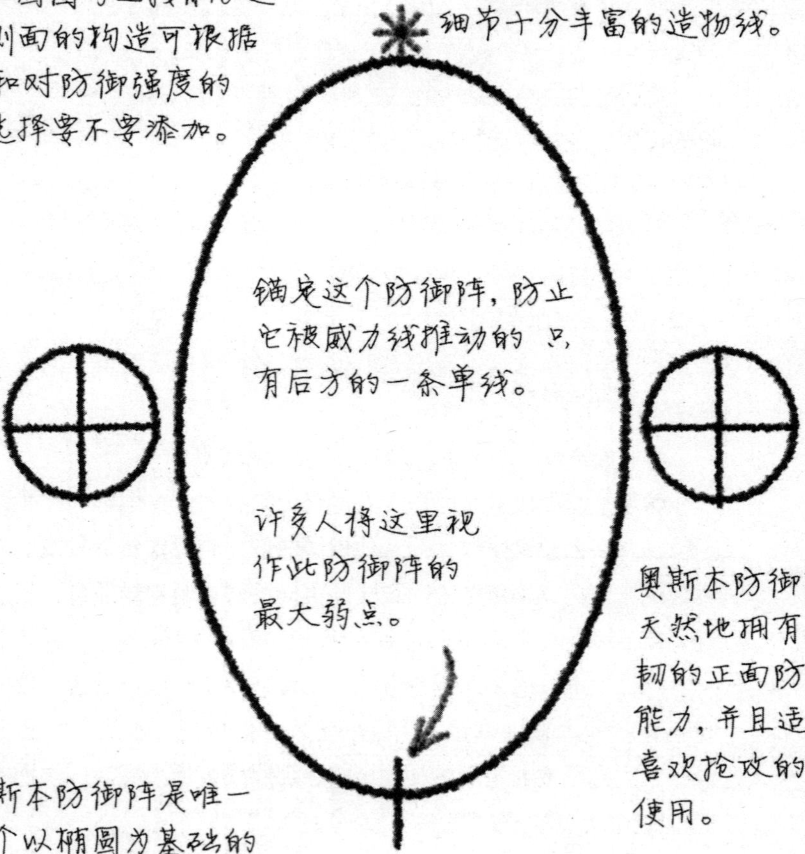

奥斯本防御阵天然地拥有强韧的正面防御能力，并且适合喜欢抢攻的人使用。

奥斯本防御阵是唯一一个以椭圆为基础的基本防御阵。它利用了椭圆结构在首尾防御强度更大的特点，但是其侧面防御相对薄弱。

第九章

到这周末，乔尔明白了关乎自身的一件重大事情。这件事情无比深刻，关于他的本质，根本不容置疑。

主宰并不打算让他当个书记员。

他厌倦了那些数字。他受够了那些册子。他被标注、交叉比对和人名旁边的小星号搞得晕头转向。

尽管这样，他仍旧坐在费奇办公室的地板上，一页一页地进行研究。他感觉自己的脑子像是被抽空，嘴唇被钉紧，手指仿佛有了自己的生命。这种重复劳动仿佛将他催眠了，让他不干完活儿就不罢休。

他也快干完了。经过一个星期的辛苦劳动，他已经看完一大半名单了。他每天都带一些记录回家，然后一直工作到天黑。在这之后，如果睡不着，他还会就着灯光，再工作几个钟头。

不过很快，要不了多久，他就干完了。要是我没有先发疯的话。乔尔心想，同时注意到一份名单上又有一个意外死亡的名字。

费奇办公室的另一头传来翻动纸张的声音。每天，费奇都会给梅乐蒂布置一个不同的防御环阵来描红。她画得好多了，不过还要多努力才行。

每天晚上吃晚饭时，梅乐蒂都不跟其他阵学师坐到一起。其他人都在叽叽喳喳，只有她自己默不作声。这么说来，不光是乔尔一个人觉得她讨厌。

费奇上个周一直在翻看早已发霉的阵学试卷。乔尔偷看过其中几张卷子——都是高等级的理论内容，远远超出了乔尔的理解范围。

乔尔把注意力放回到自己的工作上，又画掉一个名字，然后开始看下一本册子。这本册子……

最后一份名单上有什么东西让他大惑不解。那还是一份阿尔美狄乌斯的毕业生名单，根据年份列出来，供他排除掉已经死去的人。有个并没有被他画掉的名字引起了他的注意。艾克斯顿·L. 普莱特。书记员艾克斯顿。

艾克斯顿从来都没说过自己也是阿尔美狄乌斯毕业的。从乔尔记事时起，他就一直在校办公室里当个高级书记员。他算是阿尔美狄乌斯里的一个固定成员，永远都是衣冠楚楚的样子，系着领结，笔挺的衣装都是从加利福尼亚群岛订制的。

“好吧，就这样了！”梅乐蒂突然宣布道，“我，梅乐蒂·芒斯，受够了！”

乔尔叹了口气。梅乐蒂爆发的时间有规律得让人吃惊。她似乎只能坚持大概一个小时不说话，然后她就不得不用戏剧性的突然爆发来打破沉默。

“嗯？”费奇教授一边问，一边从自己的书本上抬起头来，“怎么了？”

“我受够了，”梅乐蒂抱着胳膊说，“我觉得我画不下去了。我的手指头罢工了。手指头马上就要跟我的手分家了！”

乔尔站起身子来，伸个懒腰。

“我压根儿做不好这个，”梅乐蒂接着说，“一个姑娘家到底要多么不擅长阵学，才能让其他人放弃念想，随她爱干啥干啥？”

"肯定要比你糟糕得多，亲爱的，"费奇说着，把自己的书本放到一旁，"我在这里这么多年，这种事情只发生过两次——原因仅仅是这两个学生被认为太危险了。"

"我就很危险，"梅乐蒂说，"你听见纳利扎教授是怎么说我的。"

"纳利扎教授并不像他所说的那样事事在行，"费奇说，"也许他知道如何决斗，可他并不理解学生。你呢，亲爱的，也绝非毫无希望。怎么啦，你看看，才一个星期，你这些描红进步有多大！"

"是啊，"梅乐蒂说，"下回你如果需要把一群四岁小孩儿吓一跳，不妨把我叫来。"

"你真的在进步。"乔尔说。梅乐蒂的画仍然算不上多好，不过她已经有进步了。费奇教授似乎真的知道自己在干什么。

"听见没，亲爱的？"费奇说完，又端起他的书来，"接着练习吧。"

"我以为你会来指导我，"梅乐蒂说，"结果你一直坐在那里看书。我觉得你是在磨洋工。"

费奇眨眨眼。"阵学防御阵描红是一种传统而有效的训练方法，目的是让学生专注于基础的技巧。这种训练方法经过时间的检验。"

"好吧，"梅乐蒂说，"我受够了。就不能让我干点儿别的事情吗？"

"对了，好吧，我猜整整七天都用来描红的确是有点儿让人抓狂。嗯，对了。要不咱们三个都休息一会儿。乔尔，你能帮我把这边这些书搬开吗？"

乔尔走过去，帮费奇把几摞书挪到一旁，清出一片六英尺长的空地。

费奇一边坐到地上，一边说："那么，要成为一名成功的阵学师，光会法线远远不够。绘画的能力非常重要——的确，相当关键的能力。但更重要的是思考的能力。比对手思维更敏捷的阵学师可以跟下笔作画更快的阵学师一样成功。毕竟，如果画错了线条，就算画得快，对你也没有好处。”

梅乐蒂耸耸肩。“这话有道理。”

“很好，”费奇说着，从外套口袋里拿出一截粉笔来，“那么，你还记得我这个星期让你画过的五种防御阵吗？”

“怎能忘得掉？”梅乐蒂说，“马特森、奥斯本、巴林颠、桑壬，还有艾斯克里奇。”

“每一种都是基础阵型，”费奇说，“每一种都有其内在的优势与劣势。掌握了这些阵型，我们就能讨论阵学师经常说的‘明察’。”

“明察？”乔尔刚说出口，就在心里咒骂了自己一句。要是费奇发现自己在一旁偷看，命令他继续看他的人口普查记录怎么办？

费奇却连头也不抬一下。“是的，没错。有些年轻些的阵学师喜欢称之为‘预判’，不过我总觉得这种叫法太寻常了。咱们想象一下，两名阵学师要展开决斗。”

他在地板上画了起来。他画的不是完整尺寸的大环阵，而是画了一个小的示意图。只有两柞宽，用的是费奇粉笔的最尖处，这样画出来的线条十分纤细。

“假设你就身在这场决斗之中，”费奇说，“那么，在任何决斗中，一开始动手，你都有三个选择。你可以依照你自己的战术挑选你的防御阵——如果你想打持久战，就选择强有力的阵型；如果想主动进攻、快速结束战斗，就用弱一点的阵型。

“不过，你也可以等到你确认对手打算干什么之后，再来画你自己的防御阵。我们把这称作明察你的对手——你让他们出先手，然后通过打造你自己的防御阵反制他们的行动来获得优势。咱们假设你的对手正在画马特森防御阵。那么你该作何反应？”

费奇在他面前画了一个小圆圈，又在小圆圈上下两端的连接点上画了两个更小些的圆圈，然后在其他连接点处添上了小垩灵。他一画完第一个垩灵——一条蛇——它就扭动着身子活了过来，然后开始在环阵的前面爬来爬去。这条蛇的脖子上有一条小小的绳索，被拴在环阵前方的连接点上。

“怎么样？”费奇问，“用哪个防御阵来对付我效果最好？”

“我不知道。”梅乐蒂说。

“巴林颠阵。”乔尔猜道。

“啊，”费奇说，“为什么呢？”

“因为使用马特森阵意味着我的对手会画大量的防御性垩灵。如果我完成的基础防御阵可以很快画完，同时又能在上方留出足够空间来画威力线，那我就可以赶在我的对手完成他的防御阵之前开始向他射击。”

“棒极了，”费奇说，“呃，不幸的是，这正是纳利扎用来对付我的战术。我怀疑他明察到了我的意图——他画得太快了。毫无疑问，他的常用战术就是尽快完成防御阵，并且他似乎知道我喜欢使用复杂的防御阵。他可能早就料到自己的战术会起效的。”

费奇想了一想，把粉笔抵在他画的小防御环阵上。过了几秒钟，环阵噗的一下变成一团粉笔灰。每个阵学师都可以像这样除掉他们自己画的法线，不过他们无法除去别人画的。只要用粉笔碰触先前画的线条，然后用意念清除掉它就行了。

“不过，”费奇说，“不要以为仅仅因为是你主动进攻，你就能打败一个优良的防御阵。的确，强大的防御阵往往在以寡敌众时效果更好，不过，技法娴熟的决斗者即便是在面对意志坚定的进攻，他也能够建立起自己的防御阵来。”

“也就是说，”梅乐蒂说，“你的意思是，我选用哪个防御阵根本不重要。”

“这压根儿不是我的意思！”费奇说，“或者说，好吧，我猜我就是这个意思。你选用哪个防御阵并不重要，因为最重要的是战术谋划。你必须理解各种防御阵，知道自己选取某个防御阵时能获得怎样的优势。你必须理解你对手的防御阵，这样你就能知道他们的弱点在哪儿。看，这个怎样？”

他在地上画了一个椭圆，然后开始加上禁界线，又在顶端画上一只垩灵，使防御阵初具雏形。

“这是奥斯本防御阵。”乔尔说。

“非常好，”费奇说，“当然，这也不难看出来，毕竟只有一个基础防御阵是以椭圆形为基础的。那么，对抗奥斯本阵时，哪个防御阵更具优势？”

乔尔想了一会儿。奥斯本阵是一个椭圆形的防御阵，也就是说，这种防御阵的前后两端比圆形防御阵的前后两端更为强大。而在防御阵的两侧就要弱一些。

“我也会使用奥斯本阵，”乔尔说，“这样一来，我的强度就与他相当，决斗也就变成了一场技巧的较量。”

“啊，”费奇说，“我明白了。你呢，梅乐蒂？你也会这样做吗？”

梅乐蒂张张嘴，大概是想说她才不在乎。可她又犹豫了。“不，”她一说，一边点了点红色卷发的脑袋，“如果我在观察对手，并且看懂了他们的行动，那我就不能单纯地采用和他们一样的防御阵，因为要是这样，我就已经慢了半拍，而让他们抢到先手了！而我在整场比赛中都不得不对他们穷追不止。”

“啊哈！”费奇说，“正确。”

乔尔的脸刷的一下红了。他刚才抢话太着急了。

“那么，”费奇对梅乐蒂说，“既然你不打算使用奥斯本阵，那你会用什么阵型呢？”

“呃……桑壬防御阵？”

乔尔点点头。桑壬防御阵可以快速成型，并且两侧开放。使用这种阵型的人往往偏爱使用进攻型垩灵——这也是打败使用奥斯本阵的人的主要手段。你可以派出自己的垩灵来攻击对方暴露的两翼。

费奇用粉笔除去他画的画，梅乐蒂则洋洋得意地冲着乔尔露出了胜利的微笑。

哦，明白了！乔尔心想。“再来一个，教授。”

“嗯。你是不是该接着看那堆记录文件了?”

“就再给我一个机会，让我赢过她。”乔尔说。

“那好吧。你们俩，都把粉笔拿出来。”

乔尔有些不知所措了。他这会儿身上一支粉笔都没带。“我能……借一根吗?”他可怜兮兮地悄声问梅乐蒂。

梅乐蒂翻了个白眼，不过还是给了他一支粉笔。两人并排跪在地上。费奇开始作画。乔尔看着他，努力猜测他会画哪种阵型。一个圆圈，所以不是奥斯本。然后费奇在最顶端画了一个小一点的圆圈，圆圈里还有两条禁界线画了个十字。

桑壬阵，乔尔心想，又是桑壬防御阵。

桑壬阵的正面有一条禁界线，这条线一旦画出来，就会阻止费奇在这个方向上继续作画。于是，桑壬阵在最初拥有非常强大的正面防御力量，但是它没有防御功能。阵学师需要花费时间在两侧画出垩灵，并派它们出去进攻。

我需要对正面发起猛攻，乔尔心想，打穿他认为最强大，却无法加以保护的地方。

这大概也就意味着巴林颠阵是最佳选择。不过，乔尔并没有画这个阵型。他想来点儿更具戏剧性的东西。他在粗糙的木地板上飞快地画起来，构建起一个九点环阵，环阵周围还连接有大量垩灵，从而给自己非常强大的防御力量。他并没有费心去画防御线来锚定自己，而是直接画起威力线，对着费奇环阵的正前方发射过去。

“好啦，”费奇站起身来说，“咱们看一看这边。嗯……”

乔尔朝一旁看过去。梅乐蒂画了一个巴林颠防御阵，这个阵

图，就她而言，画得还不错。法线颤颤巍巍，圆圈也不够对称，不过阵型的每个部件都画对位置了。

“真是不错，”费奇说，“其实画得挺好的，亲爱的。你虽然对环阵了解不太多，不过你已经能像阵学师一样思考了。”费奇停住话头，然后伏下身子来仔细打量梅乐蒂的作品，“还有，哎呀！你们快看这个垩灵！真的！”

乔尔凑了过来。大多数阵学师都使用简笔绘成的垩灵。蛇啊，蜘蛛啊，偶尔画一条龙。费奇自己偏爱使用更加复杂的图画——这类垩灵显然比线条少的垩灵更为强大。乔尔一直都没有学过多少垩灵方面的理论知识。

梅乐蒂只画了一个垩灵——巴林颠阵上只容得下一个垩灵，不过这个垩灵尽管个头不大，却画得无比精细复杂。那头小熊上画出了阴影，还有一些细小的线条来画出皮毛，并且造型非常准确。它在梅乐蒂环阵前方的木地板上走来走去，用一条纤细的粉笔锁链拴到连接点上。这粉笔锁链上的每一个环都被单独画了出来。

“哇噢！”乔尔不由自主地叫道。

“是的是的，”费奇说，“而且在这个例子中，我认为巴林颠阵也是正确的选择，不过如果选择防御垩灵能力非常强的阵型也很不错。”

费奇又看了看乔尔的环阵。“一个九点阵型？是不是有点儿太炫耀了？”

乔尔耸耸肩。

“嗯，”费奇接着说，“我得说，还不赖，乔尔。第三点偏了几度，不过其他连接点都在合理的偏差范围之内。这是个希尔防御阵？”

“做了些改造。”

“没有禁界线?”

“你画的是桑壬阵，”乔尔说，“所以你很可能不会使用太多威力线——除非你非常擅长反射威力线，不过你并没有打算这样做。所以你不可能把我推得到处跑。这就是说，我用不着固定环阵。”

“很有见解，”费奇说，“当然，除非我也注意到了你的这番布置。别忘了，我随时都可以除掉禁界线，然后从正面对你发起袭击！”

“这样做要花掉你好几秒钟，”乔尔说，“我会注意到，然后固定我的防御阵的。”

“前提是，你一直都在仔细观察。”费奇说。

“我会的，”乔尔说，“相信我。”

“是的……我想你一定会的。好啦，这可真是让人大开眼界。我想你们俩都打赢我啦！”

我看未必。乔尔心想。他看见费奇是怎么作画的，他真的很棒。的确，他在决斗中不够自信，可是他相当厉害。不过，乔尔还是疑心教授压根儿不是真的认输，而仅仅是在鼓励他们。

从梅乐蒂的反应来看，这番恭维起作用了。她似乎真的提起劲头来。“接下来干什么？”她问。

“哦，我想咱们可以再来几个回合，”费奇教授说着，让自己的图形消失。梅乐蒂也照做了。

乔尔却只是盯着自己的大作。“呃……”他问，“你这儿有黑板擦吗?”

费奇吃惊地抬起头来。“哦! 呃，嗯，让我找找……”

费奇在这间学究气的屋子里翻箱倒柜找了差不多五分钟，终于找到一块黑板擦。乔尔用它擦了起来，可是压根儿擦不干净。地板本来就不是被用来画粉笔画的，那些线条把地面弄得脏乎乎的。

乔尔更加努力地擦着地板，感觉自己脸都红了。

“以后咱们该让你在黑板上画画了，乔尔……”费奇一边说，一边翻出一小块黑板来。

乔尔低头看着面前那一团擦得脏乎乎的粉笔画。它仿佛在明确而尖刻地提醒乔尔自己到底是谁。不论他多么努力地尝试和学习，他都不可能成为阵学师，不可能让他画出的粉笔线条活过来，或是用一个念头就让它消失。

“我该接着做我的调查了。”乔尔站起身来说。

“哦，跟我们再做几个练习吧，”费奇一边说，一边晃了晃那块黑板，把它递给乔尔，“你之前一直都在看人口调查记录，何况给芒斯小姐一点竞争压力，对她也有好处。”

乔尔喘不上气来。有生以来第一次，一个阵学师真心实意地邀请乔尔参与他们的活动。他笑了，然后伸手接过黑板。

“太棒了!”费奇说。他似乎觉得指点他们远比做研究更让人兴奋。

在接下来的几个小时里，他们又做了十几个防守与反击的练习。费奇的环阵越来越复杂，每个环阵都迫使乔尔和梅乐蒂探讨两三种方式来展开进攻。他们并没有进行真正的决斗。费奇教授似乎总是在回避这类内容。

相反，费奇会画出图形，进行讲解，并加以指导。他们讨论哪些防御阵最适合对付多个敌人。他们还讨论为什么设想自己遭到围攻的情形十分重要——因为在内布拉斯科的战场上，阵学师可能不得不同时在多个方向上进行作战。他们还讨论如何把握时机，如何作画来增加己方优势，还有一些几何原理。讨论的同时，他们还间或画出更多的图形。

乔尔兴致勃勃地投入讨论。尽管这不是他一直期待的那种深入的阵学课程，但这是和真正的阵学师一起作画。真是太妙了。

而且这远比看那些人口普查记录有趣多了。

到最后，费奇看看时钟。“好吧，咱们今天还要做别的事情呢。”

“什么？”梅乐蒂从他们刚刚完成的一组图画上抬起头来，大叫道，“不行！他正领先呢！”

乔尔得意地笑了一笑。要是他没数错的话——他估计梅乐蒂心里的计数跟他差不多——费奇有七次认可了乔尔的反制防御阵，而梅乐蒂的防御阵只选对了三次。

“领先？”费奇说，“怎么啦，这又不是比赛。”

“就是，梅乐蒂，”费奇说，“这又不是比赛——起码，就算是比赛，也跟你没有关系。一点儿都没有。”

梅乐蒂身子一缩，仿佛被人扇了一耳光。乔尔愣住了，这才明白刚才那番话有多刺耳。

梅乐蒂没有反唇相讥，而是抓起了自己的画夹。“我去……接着练习画画，教授。”

“好的，亲爱的。”费奇说着，朝乔尔看了一眼，“这是个好主意。乔尔，我要把这些书还给图书馆。你要不要来帮我搬书？”

乔尔耸耸肩，搬起教授所说的那一摞书，跟着他走出房间，来到楼梯井。梅乐蒂则留在屋里，抽着鼻子。

两人走出楼梯井，走到校园的绿草地上，乔尔迎着阳光眨眨眼睛——在费奇的办公室里很容易就忘记了时间。

“你在阵学图画上面造诣很高，乔尔，”费奇说，“说真的，我还从没见过哪个学生像你这样技艺娴熟。你画起画来就像个训练过三十年的大人。”

“我经常把九点圆环画错。”乔尔说。

“许多阵学师压根儿不会去碰九点图形，”费奇说，“你的能力，尤其以一个非阵学师的学生来看，真是让人惊叹。可另一方面，你也在欺负人，而不自知。”

“欺负人？”乔尔叫道。

费奇抬起一根手指。“最危险的人并不是那种年轻的时候把其他人推来搡去的人。那种人会逐渐变得懒惰起来，并且往往过于志得意满，而不会变得真正危险。而那种年轻时被别人推来搡去的人……等到他获得一丁点权力和地位，他往往会利用权力，摇身一变而成为暴君，就像历史上那些最为非作歹的军阀一样。我担心你会变成那样。”

乔尔低下头。“我不是故意让她难堪的，教授。我只是在尽我所能地把画画好！”

“尽你所能并没有错，孩子，”费奇严肃地说，“永远不要因为自己天资不错而感到惭愧。可是，你刚才在办公室里的那番点评……这可不是一个为自己的天资感到骄傲的小男孩会说的话。会说这种话的是那种因为自己比别人强而感到骄傲的男孩。你太让我失望了。”

“我……”他能说什么呢？“我很抱歉。”

“我想你该赔礼道歉的人并不是我。你还年轻，乔尔。还有时间来决定自己要成为哪种人。不要被嫉妒、怨恨和愤怒牵着走。不过，话说回来，我这会儿可能对你太严苛了。只要向我保证，你会好好想想我所说的话。”

“我会的。”

两人继续穿过校园，乔尔抱着这些书，感到羞愧难当。“教授，你真的相信你能把她训练成一个了不起的阵学师吗？”

“梅乐蒂吗？”教授回答，“她所面临的真正的阻碍只有一个，就是她的不自信。我看过这个姑娘的档案，综合各方面来看，她至今仍没有放弃已经相当引人注目了。依我看，只要通过适当的训练，让她打牢基础——”

“原来是费奇教授！”一个声音叫道。

费奇转过身来，愣住了。乔尔刚才并没有注意到，校园中庭附近聚集了一小群人。他们都在小山山顶上的一块水泥高台上。有个人穿着一身红色的阵学学师服，站在那里，抱着胳膊，低头看向乔尔和费奇。

“纳利扎教授，”费奇说，“您这会儿不该在教室里上课吗？”

“我们今天在室外上课，”纳利扎说着，朝着小山顶点点头，那里有一群阵学学生，正跪在水泥地上作画。“学习的唯一途径就是实践，而取胜的唯一途径就是战斗。这些学生在到处都是灰尘的教室和讲堂里待的时间够久了。”

这样还能让他到处炫耀。乔尔心想。他注意到，纳利扎的这番表演还引起了附近正在踢足球的学生和教授的关注。

“嗯，”费奇说，“是的。有意思。那么，祝你开心。”

“您真的不打算上来看看吗，教授？”纳利扎叫道，“您跟我，来一场小小的比试？让这帮孩子看看决斗究竟是怎么回事？当然，我让他们所有人都轮番跟我比试过了，不过跟他们比赛真是太有失公平了。”

费奇脸色苍白。“呃，我还是——”

“快来吧，”纳利扎说，“毕竟上一场比赛，您的表现乏善可陈，我想你肯定正急切地希望有机会重新证明自己吧！”

“上吧，教授，”乔尔悄声道，“你能打败他。我见过你是怎么画画的。你可比他强多了。”

“不用了，谢谢你，教授，”费奇高声说着，把一只手放到乔尔的肩膀上，让他转到一边。乔尔注意到，那只手正抖得厉害。

乔尔不情不愿地任由费奇推着自己走开。他听见纳利扎对着自己的学生大声说着什么，引起一阵哄堂大笑。

“为什么？”两人一边走，乔尔一边问道，“为什么不跟他决斗？”

“没有意义啊，乔尔，”费奇说，“反正这终身教职我也待不到一年。如果我跟他决斗并且输了，那我就是自取其辱。如果我赢了，那这样做的唯一结果就是让纳利扎更加恨我。”

“他是个伪君子，”乔尔说，“先是说要把非阵学学生赶出他的教室，这会儿又跑到外面来，在空地里显摆他的学生，好让每个人都看见？”

“他们在混战集上也会展示自己的，”费奇说，“我估计纳利扎是希望让他们习惯于在众人面前作画。不过，是的，我明白你的意思。不管怎样，我都不会把自己放到一个不得不与他冲突的位置上。那样做实在是有失绅士风度。”

“纳利扎根本不配得到绅士的待遇。”乔尔大声说道。他握紧拳头。要是说有谁爱欺负人，那就是纳利扎。“你真该跟他再来一场决斗。赌上全部的荣誉。你没有什么可输的——所有人都早就觉得纳利扎更有优势。可是一旦你真的赢了，那你就证明了你的实力。”

费奇沉默了一阵子。“我不知道，乔尔。我就是……唉，我就是不擅长决斗。他打败了我，他也理当获胜。不，不行，我不能再跟他决斗，就是这样。咱们不要再讨论这件事情了。”

乔尔忍不住注意到，就在两人继续走路的时候，教授身上仍在微微发抖。

环阵内部三条强大的禁界线
能让阵型非常坚固，无法撼动。

然而，也正是这些发现
阻碍了阵学师施展绘画
技艺。

内接在小圆环里的
禁界线应当正对着
敌人。

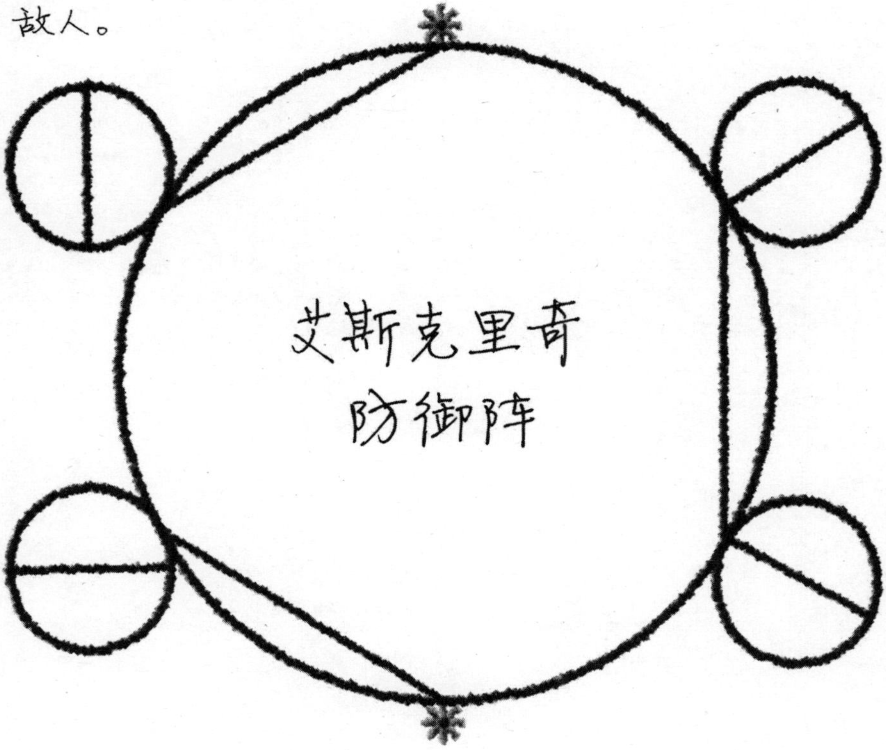

艾斯克里奇防御阵是需要讲授的一种相对复杂的环阵。这是一种强大的防御阵，它的设计能够在对抗多个敌人的同时，仍然具有很好的应变能力。

第十章

成啦！乔尔猛地把本子合上，心满意足地想。他用两个星期终于看完了所有人口调查记录。

他飞快地把那一摞文件翻了一遍，最老旧的那一页上列有八十年前的毕业生名单，那一页名单上的名字全都被他画掉了。这之后七八年的名单也是一样。这份名单一直往下排到了去年的毕业生。而在去年的毕业生中只死了一个人——在内布拉斯科的一场事故中。

除了其他报告，乔尔还列出一份特别名单，记录了那些失踪了和下落不明的阵学师。这类事件最近并不曾发生过——除了莉莉·怀汀——不过他觉得费奇可能会感兴趣。

他伸手去拧自己身旁的图书馆台灯上的发条钥匙，灭了灯。他感受到的这种成就感让他惊讶。

他把这一摞纸张夹到腋下，抓起一直在看的本子。天色已经晚了——他八成错过了晚餐。之前眼看着就要完工了，可不知不觉又耗费了不少时间。

图书馆就像个书架组成的迷宫，尽管大部分书架都只有五英尺高。其他人都在一间间小凹室里学习或工作，每个凹室里都闪动着灯光。图书馆快要关门了，管理员正在把占据其中的隐士们赶出大楼。

乔尔从图书管理员托伦特女士身旁经过，一路走到外面的草坪上。他在深沉的夜色中穿过庭院，心想能不能从厨房工作人员那里讨点儿吃的。不过他刚刚完成了一件了不起的事情，他不想吃东西，他想将这份成就拿来与别人分享。

还不到十点钟呢，乔尔心里想着，朝阵学学院看了一眼，费奇教授肯定还没睡。

拿定主意，乔尔就穿过庭院出发了。路两边竖着发条路灯，灯内的齿轮转动着，螺旋状的灯丝发出一团团灯光。路过阵学师宿舍时，他看见一个熟悉的人影坐在宿舍外面的草地上。

"嘿，梅乐蒂。"他说。

梅乐蒂正在就着路灯的灯光在画夹上作画，头也没有抬一下。

乔尔叹了口气。看样子，梅乐蒂真是会记仇呀。他为自己的失言跟她道过三次歉了，可是她还是不肯跟他说话。好吧，乔尔心想，我干吗要在意？

他快步走过梅乐蒂身旁，一路轻快地来到了守御讲堂。他爬上楼梯，来到费奇家门口，急切地敲了敲门。

过了一会儿，教授打开了门。乔尔猜对了——教授甚至没有做上床休息的准备。他仍然穿着那身白色的马甲和长长的学师服。他看起来有些憔悴，头发蓬乱，两眼无神。不过，都这个时间了，费奇会这样倒并不奇怪。

"什么事？嗯？"费奇说，"哦，乔尔。怎么了，小子？"

"我完成了！"乔尔说着，举起那一摞文档和本子，"我干完了，教授。每一本册子我都看完了！"

"哦，是吗？"费奇的语气近乎单调，"太棒了，小子，真是太棒了。你非常努力。"说完，费奇就像神志不清似的走开了，而把乔尔留在了门口。

乔尔放下那一摞文件。就这样了？他心想，我花了两个星期在这件事情上！我每天晚上都要工作！该睡觉的时候都在熬夜！

费奇回到自己的办公桌旁。乔尔把门推上。“这正是你想要的，教授。所有名字都检索过了。看，我还列了一张失踪人员的名单。”

“好的，谢谢你，乔尔。”费奇边说边坐下来，“你可以把东西放到那边那堆书上。”

乔尔突然感到一阵失望。他放好那一摞文档，一阵恐惧猛地向他袭来。这一切会不会都只是无用功？会不会是费奇和校长一起想出了这么个研究助理的计划，免得乔尔惹麻烦？他的名单会不会被忘到脑后，和堆满走廊的几百本卷宗一起落灰？

乔尔抬起头来，想要赶走这些想法。费奇教授蜷坐在书桌旁，身子前倾，左手托着腮，左胳膊肘撑在桌面上。另一只手则握着钢笔，笔尖轻轻点着一张纸。

“教授？”乔尔问，“你没事儿吧？”

“是的，没事儿，”费奇语气疲惫地说，“好吧，我只是……我感觉自己早该想明白了。”

“想明白什么？”乔尔一边问，一边迈过一摞摞书本卷宗，走过房间。

费奇却没有回答——他似乎被书桌上的文档分了神。乔尔于是换了个方式提问。

“教授？”

“嗯？”

“现在你想让我做什么？第一项任务已经完成了。我猜你还有别的工作交给我，好让我有事可做吧？”跟你正在进行的项目有关的工作。

“啊，哦，对了，”费奇说，“那份调查你完成得非常出色；远比我预期的还要快。你肯定很喜欢这类工作吧。”

“我可不会这么说……”乔尔说。

费奇接着说："有些阵学师从内布拉斯科退役后，住在了咱们这座岛上。你不妨把他们的居住地址全都检索出来，结果肯定能派上大用场。"

"检索……"乔尔说，"教授，这种事情，我该从哪里入手呢？"

"嗯？哦，你可以查看去年的人口调查，然后将那上面的名字跟各个学院的毕业生名单做对比。"

"你开玩笑吧？"乔尔说。他意识到，费奇所说的这项工作可能得花好几个月才能完成。

"是的，是的，"费奇明显心不在焉地说，"非常重要……"

"教授？"乔尔问，"有什么地方不对吗？是不是出什么事了？"

费奇抬起头，回过神来，像是头一次看见乔尔在那里似的。"出什么事了……？"费奇问，"你没听说吗，小子？"

"听说什么？"

"昨晚又有一个学生失踪了。"费奇说，"警察今天下午放出的消息。"

"我一下午都待在图书馆，"乔尔说着，走到书桌旁，"又是个阵学师？"

"是的，"费奇说，"赫尔曼·莱伯。我高年级班上的学生。"

"我很抱歉，"乔尔说，他注意到费奇眼神里的忧虑，"他们仍旧认为这两起失踪事件的幕后主使是一个阵学师？"

费奇抬起头来。"你怎么知道？"

"我……好吧，你让我调查阵学师的住址，校长又说你正在帮联邦探员进行一项重要的工作。结论似乎很明显了。"

"哦，"费奇说着，低头看了眼桌上的文件，"这么说，你知道这都是我的错了。"

"你的错？"

"是的，"费奇说，"负责解开谜团的人是我。可直到现在我都一无所获！我真感觉自己没用。要是我能早点儿查出真相，那没准儿可怜的赫尔曼就不会……唉，谁知道他身上发生了什么？”

“你不能责怪自己呀，教授，”乔尔说，“这不是你的错。”

“这是我的错，”费奇说，“我负有责任。要不是我无力承担这个任务……”费奇叹了口气，“或许当初约克该把这个难题交给纳利扎教授。”

“教授！”乔尔说，“纳利扎虽然在决斗中赢过你，可是他连二十五岁都没到。而你却一辈子都在研究阵学。作为学者，你比他强多了。”

“我不知道……”费奇说。在书桌上，乔尔看见好几张纸上用墨水画有细节丰富的素描图画，还标注了详细的注释文字。

“这是什么？”乔尔指着一张图画问道。那东西看起来像是一个简化的马特森防御阵。或者说，更像是个残存的马特森阵。这张描绘细致的素描图上有大块区域不见了——仿佛这个防御阵的许多部分都被垩灵撕扯掉了。即便是在法线没有被突破的地方，那些线条也都是弯弯曲曲，伤痕累累。

费奇用胳膊遮住那张纸。“没什么。”

“没准儿我能帮上忙。”

“小子，你刚刚才告诉我，纳利扎二十四岁，可能经验不足。可你才十六岁！”

乔尔愣住了。然后他一脸难过地点点头。“是，没错。我连阵学师都不是。我明白了。”

“别这样，小子，”费奇说，“我可没有看不起你的意思，只是……唉，约克校长告诉过我，对这件事情要守口如瓶。我们可不想制造恐慌。老实说，我们都不知道这里面究竟有没有阴谋——也许只是巧合，那两个年轻人都打算逃学。”

“你才不信呢。”乔尔一边说，一边仔细观察着费奇教授的表情。

“是的，”教授承认道，“两处现场都发现了血迹。要说明的是，血迹不多，但确实有。但是没有发现尸体。这两个孩子受伤了，然后被带走了。”

乔尔浑身一凛。他在书桌旁跪下。“听我说，教授，校长让我来当你的研究助理，对吧？这是不是说，他希望我能参与这件事情？我知道怎样严守秘密的。”

“不光是这样啊，小子，”费奇说，“我可不想把你牵扯进任何危险的事情里来。”

“不管是有什么样的阴谋，”乔尔说，“它似乎都是针对阵学师的，对吧？所以说，也许这正是约克教授派我来的原因。我对阵学有很多了解，但我并不能画出法线。我应该会很安全。”

费奇坐在那里，陷入思考。随后，他挪开胳膊，露出书桌上的笔记内容。“好吧，校长的确对你做了这样的安排。而且说实话，能有个人一起谈论这件事情真是太好了。这些素描图我都来回看过好几百遍了！”

乔尔急切地凑过来，仔细看着这些图画。

“这些图形是警察在莉莉·怀汀的失踪现场画的，”费奇说，“我忍不住心想，画这些草图的警官会不会遗漏了什么东西。阵学图形错综复杂，不该让新手来描摹。”

“这是个残缺的马特森防御阵。”乔尔说。

“是的，”费奇说，“莉莉失踪那天晚上，她跟父母参加了一个晚宴派对。十点钟左右，她提前离开了派对。几小时后她父母回到家，发现前门被人破门而入，而起居室的地板正中央留下了这幅粉笔图画。哪儿也找不着莉莉，既不在家里，也不在学校。”

乔尔仔细看着这张图。“她的法线被垩灵攻破了。有很多垩灵。”

“可怜的孩子，”费奇柔声说，“他们在环阵里面发现了血迹。不论下手的人是谁，他一定知道点睛符。这就说明，他们可能来自内布拉斯科。”

“可是她没准儿仍然活着，对吗？”

“但愿吧。”

“那你打算怎么办呢？”乔尔问。

“查出是谁干的，”费奇说，“或者至少尽可能多地向探员提供有关凶手的信息。”

“光凭一张图？”乔尔问。

“哦，还有这些，”费奇说着，又拖过来两张纸。那上面是两张素描，画得非常写实，就像艺术生画一碗水果的习作一样。第一张图看起来像是一片木地板，第二张图则像是一堵砖墙的一个局部。两张图上都散布有一些线条。

“这些线条是什么？”乔尔问。

“我也不清楚。都是用粉笔画的，第一张图在刚进房门的入口处，第二张图则在房子的外墙上。”

“这些图并不是阵学法线。”乔尔说。第一张图上是一组参差不齐的折线，就像耸峙的山峰。第二张图则是一团绕着自己转圈的曲线，就像小孩儿吃的波板糖。这东西让乔尔产生了一种奇怪的似曾相识的感觉。

“是的，”费奇说，“为什么会有人画这些线条呢？是为了误导我们、迷惑我们吗？还是说有别的原因？”

乔尔重新指着第一张图，也就是描摹了一个马特森防御阵的那张素描。“这是莉莉画的吧？”

“这个环阵附近发现了一截被丢掉的粉笔，”费奇说，“是阿尔美狄乌斯制造的。此外，这个马特森阵型也是我教的。每个教授所教的防御阵都有一些细微的不同，所以我认得出我的学生的作品。这肯定是莉莉画的环阵。你知道，她是我最优秀的学生之一。非常聪明。”

乔尔仔细看着这个环阵。“它……受到许多垩灵的围攻，教授，”他说，“似乎也太多了。这些垩灵会挡住彼此的路径的。不管这么干的人是谁，他的战术都算不上高明。”

“是的，”费奇说，“要么像你说的那样，要么就是，他的战术就是单纯的以优势力量压倒对手。”

“对，”乔尔说，“可是上个星期，你让梅乐蒂和我跟你一起画画，你跟我们讲过，马特森防御阵对战造物线时十分强韧。你说对付马特森阵的最佳手段是使用威力线。这个圆圈上并没有威力线轰击的痕迹——只有垩灵撕咬扯拽的印子。”

“很好，乔尔，”费奇说，“你在阵学方面很有洞察力。我也注意到这一点了，不过这又说明了什么呢?”

“他不可能那么快就画出那么多垩灵来，”乔尔说，“要想突破马特森阵，他必须得有非常精细、强大的垩灵。而由于连接点能赋予防御垩灵更多的力量，所以防御方始终占据优势。考虑到这一点，在防御方画出马特阵的这段时间里，我怀疑进攻者根本不可能画出足够的、能够形成这等破坏效果的垩灵。”

“也就是说……”

“那些垩灵早就画好了，”乔尔恍然大悟，“这就能解释为什么没有发现进攻者的环阵了！他根本不需要防守，因为莉莉根本没有时间来发起任何进攻。进攻者肯定早就让自己的垩灵在什么地方守候着，被禁界线关了起来，直到莉莉来到附近。这时他就把垩灵放出来。”

“没错!”费奇说，“这正是我所想到的!”

“可是这样做几乎不可能啊，”乔尔说。垩灵很难控制——必须给它们精准而简单的指令。比方说：向前直走，发现粉笔印迹时开始进攻。“又要破开大门，又要指挥大批垩灵进攻莉莉，这要怎样才做得到呢?”

“我不知道，”费奇说，“不过我想会不会跟另外这两组图线有关系。过去两周我一直在书本中寻找线索。也许这条折线本来是一条威力线，只是画得太糟糕了？有些线条，如果没画好，就不具备阵学特征——仅仅是地面上的一条粉笔线。另外这张图上可能是一条守御线，也许吧。粉笔线条有时候会有些奇怪的表现，我们并不知道原因。”

乔尔把凳子拖过来坐下。“这样子讲不通啊，教授。如果垩灵这么容易被控制，那我们根本不需要用守御线来布置环阵了啊。我们只要准备几箱子垩灵投入战斗就行了。”

“的确是这样，”费奇说，“除非什么人有了我们尚不了解的新发现。指挥垩灵的新方法？这听起来就像是……”

“什么？”

费奇沉默了一阵子。“野生垩灵。”

乔尔身上一阵发冷。“野生垩灵都被困住了，”他说，“都在内布拉斯科。离这里好几百英里呢。”

“是的，当然。这个想法太蠢了。何况，野生垩灵不会留下这样一个残破环阵就走开的。它们会把环阵嚼个粉碎，只留下一团乱七八糟的残片。下手的人把莉莉带走了。我——”

一阵敲门声传来，费奇截住话头。“这回又是谁……？”他一边说着，一边走到门口，打开房门。一个高个子男人站在门口。他胳膊底下夹着一顶警察头盔，肩膀上挂着一杆细长的步枪。

“哈丁探员！”费奇说。

“教授，”哈丁说，“我刚从第二个犯罪现场回来。我能进来吗？”

“当然，”费奇说，“当然。哦，呃，很抱歉，这里乱得很。”

“是啊，”哈丁说，“无意冒犯，好伙计，不过像这么邋遢的房间，绝对不可能通过战场上的内务考核。”

“好吧，那我得说，幸好咱们不是在战场上。”费奇说着，在探员身后把门关上。

“我有个关系重大的消息要告诉你，费奇，”探员说。他声音低沉，说话时像是带有回音；他就像是那种习惯了大声说话、让别人服从自己的人。“在这起案子上，我正等着你有重大突破呢，士兵。这件事情牵涉人命呢！”

“唉，我会尽我所能的，”费奇说，“我也不知道能帮上多大的忙。你知道，我一直都在拼命努力，不过我可能并不是帮助你的最佳人选……”

“别谦虚了！”哈丁说着，迈开步子走进屋里，“约克对你评价极高，何况没有什么比得上来自此人上司的推荐了！现在，我想我们得——”他看见乔尔，于是打住话头，“我说，这个年轻人是谁？”

“我的研究助理，”费奇说，“他来帮助我对付这个难题。”

“他的安全调查呢，靠得住吗？”哈丁问。

“他是个好小伙子，探员，”费奇说，“非常值得信赖。”

哈丁注视着乔尔。

“我一个人完不成这份工作，探员，”费奇说，“我看咱们是不是也可以让这位小伙子参与这项任务当中？我是说，正式接纳他？”

“你叫什么名字，孩子？”

“乔尔。”

“我想，你不是阵学师吧。”

“不是，长官，”乔尔说，“很抱歉。”

“永远不要为自己是谁而感到抱歉，小子，”哈丁说，“我也不是阵学师，而我为此感到自豪。把我人生当中需要上前线的那部分时间省下来了！那里的那些生物，它们会先去攻击掸灰的。它们往往会无视咱们这些普通人，忘了一桶强酸能跟阵学师的法线一样，一下子就能把它们抹掉。”

听了这话，乔尔笑了。他说：“长官，请恕我冒昧……请问您是警察还是军人？”

哈丁低头看了看自己那身镶着金扣子的警察制服。“我在内布拉斯科东线服役十五年，孩子，”他说，“我是宪兵。最近调到这里，进入民兵团。我……呃，我多少有点儿不适应。”说着，探员回过身来对费奇说，“这小子看样子很可靠。既然你为他担保，那我没有意见。现在，咱们需要聊一聊。你们有什么发现？”

“不幸的是，除了两天前我告诉你的情况之外，再没有发现，”费奇说着，走到书桌前，“我很确定咱们要对付的是一个阵学师——此人能力很强，而且非常狡猾。我打算让乔尔浏览人口普查记录，收集所有住在这一地区的阵学师的名字。”

“很好，”哈丁说，“不过我已经在警局里把这项工作完成了。我会把一份名单送给你。”

乔尔松了一口气。

“我还让他查过旧的人口普查记录，”费奇说，“找出那些离奇死亡或者失踪的阵学师。也许这是一条来自过往的线索，没准儿对我们有帮助。”

“好主意！”哈丁说，“不过那几张图是怎么回事？我的人可以做那些数据调查的工作，费奇。把我们拦住的是阵学，这该死的阵学。”

“我们正在做这方面的工作。”费奇说。

“我对你很有信心，费奇！”哈丁说着，拍了拍教授的肩膀。他从腰带上取下一卷纸来，把它放到书桌上，“这些是第二个失踪现场上的图画。告诉我你能发现什么。”

“好的，没问题。”

哈丁俯下身子。“我认为这两个孩子仍然活着，费奇。每分每秒都异常宝贵。而犯下这两件案子的滑头……他在挑衅我们。我能感觉得到。”

“这是什么意思？”

“第一个女孩，”哈丁说着，调整一下肩上步枪的位置，“她家距离联邦警察局只有三个小时的路程。她消失以后，我给街上的巡逻警力增加了一倍。这第二个学生被带走的那个街区，我们头天晚上刚刚巡逻过。这绝不是一起绑架案。两起案子的幕后主使，他们想让我们知道他们的罪行，而且不在乎我们就在这附近。”

“原来如此。”费奇说。他看起来十分困惑。

“我一定要抓住他，”哈丁说，“不论凶手是谁，我都要查出他来。谁也不能在我的眼皮子底下袭击孩子。我就靠你来帮我指出调查方向了，费奇。”

“我一定竭尽全力。”

“很好。晚安，诸位，努力工作。我很快会再来向你请教。”他朝乔尔一点头，就离开了。

乔尔目送他离开，门一关上，就又满眼期待地看着费奇。“咱们看看这些新的卷宗上有什么。也许有关于这个谜题的更多线索！”

“乔尔，小子，”费奇说，“要记住，咱们谈论的是一个年轻人的性命，而不单单是一道谜题。”

乔尔严肃地点点头。

“我还是不确定把你卷进来是不是个好主意，”费奇说，“我应该先跟你妈妈谈谈。”费奇犹豫着解开那卷纸上的绳结。最上面的纸是一份警察报告。

受害人：推测为赫尔曼·莱伯，玛格丽特与利兰·莱伯之子。年龄十六岁。阿尔美狄乌斯学院学生。阵学师。

事件经过：莱伯依据校规，于周末回家，并在自家宅子中自己的卧室里被诱拐绑架。他的父母就在距离他只有三个房间的卧室里睡觉。根据汇报，他们没有听到任何响动。家中佣人的口供中也没有提到任何声响。

现场：地板上有血迹。卧室地板和窗子外面发现有奇怪的粉笔图画（阵学图案?）。

嫌疑人：未知。没有目击证人。可能是阵学师。

犯罪动机：未知。

费奇教授翻到下一页。上面标有一段文字：“赫尔曼·莱伯失踪现场所发现的粉笔图案。有血迹处用X号标出。”

这张图上一个套一个地画了几个巨大的正方形，最里面画了一个圆圈。这些正方形的四个角都被突破了，边线上的残存痕迹跟莉莉·怀汀家那个环阵上的一样。四周还有许多一段一段的线条，乔尔猜测那是垩灵被摧毁后的残骸——不过难以确认。

“嗯，”费奇教授说，“他把自己给框住了。”

乔尔点点头。“他看见垩灵过来，于是用禁界线把自己围了起来。”

这是个糟糕的决斗战术——禁界线不仅挡住了垩灵，也挡住了一切实体。阵学师自己无法跨过禁界线来画下法线保护自己。赫尔曼把自己框在里面，他也就无路可逃了。

“他不该这么干。”乔尔说。

“也许吧，”费奇说，“可是，如果他害怕以寡敌众，那这样做也是不得已。禁界线比守御环阵强大得多。”

“除了四角。”乔尔说。

禁界线必须是直线，而直线没有连接点。垩灵就是从转角处突破进来的。不过也许费奇说得对。垩灵行动太快，逃跑可能不是个好主意。

唯一的办法就是构筑掩体，画下许多法线，把自己关在原地，并且大声求助。然后就只有等待，希望别人听见你的喊声，并且能做点儿什么。于是你坐在那里，看着大群粉笔图画蠕动着不断撕咬抓扯，突破一条一条法线，向自己慢慢逼近……

乔尔打了个寒战。“你注意到这些斑点了吗？”

费奇更加仔细地看了看。“嗯。是的。”

“这些点看起来像是垩灵的残骸，”乔尔说，“它们被撕碎了。”

“有可能，”费奇眯缝着眼说，“这些残骸画得不太好。该死的！警察的素描专家根本不明白什么重要什么不重要！”

“咱们必须亲眼去看现场。”乔尔说。

“是的，”费奇说，“可是，这会儿可能已经来不及了。警察肯定早就在那里到处乱走，踩碎粉笔，还会把酸液泼到禁界线上，把它除去，好让自己搜查房间。而这就意味着……”

他的声音越来越小。

除非再发生一起案件，并且警察知道在我们赶来之前什么都不能碰，乔尔心想，*否则我们不可能看到犯罪现场。*

而这就意味着要等待另一个人失踪。这主意听起来糟透了。眼下还是用手头上的线索工作吧。

“看这个。”费奇看着第三张，也是最后一张纸说。这张纸上画着一个波纹形图案，跟莉莉家发现的图案一样。这张素描画上标着“受害人房间外面的墙上发现的奇怪的粉笔图案”。

“太奇怪了，”费奇说，“跟之前的图案一样。可是这并不是阵学图案。”

“教授，”乔尔一边说，一边拿起这张纸，把它对着灯光举起来，“这个图案我之前在哪儿见过。我肯定见过！”

“这个图形非常简单，”费奇说，“也许你只是在地毯或者是哪件石雕上见过。有点儿凯尔特风格，你说呢？也许这是这个杀手……或者，呃，绑架者的标志。”

乔尔摇摇头。“我觉得我是在某个跟阵学有关的地方看见它的。也许是我看过的哪本书里？”

“如果是这样，”费奇说，“那我肯定没有看过。这不是阵学图案。”

“有没有我们尚未发现的法线？”乔尔说，“我是说，就在几个世纪前，我们压根儿都不知道阵学这回事呢。”

“我想，”费奇说，“有学者探讨过这类问题。”

“要不你画一画这个图案？没准儿能有什么功效。”

“我想我可以试试看。又能有什么害处呢？”费奇从衣服口袋里掏出一段粉笔，然后清空桌子。

他犹豫了。

一个念头猛地向乔尔袭来。*又能有什么害处呢？如果这个图形真的跟两起绑架案有关，那潜在的害处可能有很多。*

乔尔在脑海里想象，费奇的画不小心召唤出一大群垩灵，或者引来控制这群垩灵的人的注意。教授的一盏灯的发条松了，灯光慢慢变暗，乔尔赶紧跑过去给它重新上发条。

“我猜咱们早晚都得试一试，”费奇说，“你是不是应该在外面等着？”

乔尔摇摇头。“到目前为止，失踪的都只是阵学师。我看我应该留下来观察，万一你出什么意外，我也能帮你。”

费奇坐了一会儿，终于叹了口气，伸手在桌子上照着画了一个波纹图形。

什么事情都没发生。

乔尔屏住呼吸。时钟嗒嗒作响，好几分钟过去了。还是什么都没发生。他紧张地走到书桌旁。“你画得对吗？”

“嗯。好吧，我觉得我画对了。”费奇一边说，一边拿起那张素描图。“前提是去赫尔曼家的警官们画对了。”他伸手用粉笔抵在那个波纹图案上，显然是想要驱散线条。却没成功。

“这图案并不具备阵学特征，”教授说，“不然的话，我肯定能把它变成粉笔灰。”他顿了一顿，又点点头，“我……看来是把书桌弄得脏乎乎的了。嗯。刚才没想到啊。”

“咱们得多做几次尝试，”乔尔说，“画几个不同的变形看看。”

“是的，”费奇说，“也许接下来我会这么做。至于你嘛，你该回家睡觉了。你妈妈该着急了！”

“妈妈正在工作。”乔尔说。

“哦，那你大概也累了。”费奇说。

“我失眠！”

“那你该回去试着睡觉，”费奇说，“我可不想把学生留到第二天清早。这会儿已经太晚了。快走吧。”

乔尔叹了口气。“不管有什么发现，都要告诉我，成吗？”

“好的，好的。”费奇挥挥手说。

乔尔又叹了口气，这回声音更大了。

“你快跟梅乐蒂一模一样了。”费奇说，“快回去！”

梅乐蒂？乔尔一边往外走，一边心想，*我才不像她呢！*

“另外……乔尔？”费奇教授说。

“什么事？”

“回宿舍的路上……要走学校里的亮处，小子。听见没？”

乔尔点点头，然后关上了房门。

莉莉·怀汀
失踪现场发现的
粉笔图案

图形#1

注意这些遭到破坏的线条和大量刻痕。表明曾经有大量恶灵包围和攻击了防御周界。

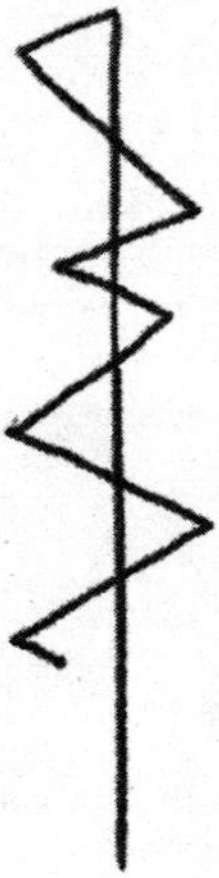

图形#2

未知图形。看起来像是一条威力线和一条禁界线的杂合。

图形#3

奇怪的波浪图案，发现于建筑外墙。

第十一章

第二天，乔尔一早就起床，离开家门，前往费奇的办公室。他穿过沾满露水的草地，听见校办公室方向传来一声叫喊。他绕过小山，看见校办公室外面围拢了一小群人。

都是成年人，没有学生。

乔尔皱起眉头，来到这群人边上。艾克斯顿站在人群的一侧，他穿着一件红色马甲，一条深色裤子，系着一个与裤子颜色相近的领结。其他人的装扮跟他差不多——女人们衣着得体，穿着颜色明亮的连衣裙，男人都是裤子配马甲。夏天太热，所有人都没穿外套，不过大多数人都戴着帽子。

这些大人彼此低声交谈，有些人还朝约克校长挥挥拳头。校长则站在办公室的门口。

“这是在干什么？”乔尔悄声问艾克斯顿。

书记员用自己的手杖点了点地。“家长，”他说，“一切学校的祸根。”

“我向你们保证，你们的孩子在阿尔美狄乌斯很安全！”校长说，“这所学院一向都是被选中成为阵学师的学生的避风港。”

“像莉莉和赫尔曼一样安全吗？”一名家长高声叫道。其他人则低声附和。

“请大家听我说！”校长说，“我们目前还不知道究竟出什么事了！请不要随意揣测。”

“约克校长，”一个女人说道。这个人细长脸，尖鼻子，仿佛只要猛一转身，那鼻子就能戳爆别人的眼球。“你要否认这里有什么东西对学生构成威胁吗？”

“我不想否认这一点，”约克说，“我只是说，他们在校园里很安全。在学校范围内，没有学生受到过伤害。这两起案件都是在他们离校探亲时发生的。”

“我要把我儿子接走！”一个男人说，“去别的岛上。你阻止不了我。”

“普通学生可以离校过暑假，”另一个人说，“我们的孩子凭什么不可以？”

“阵学学生需要训练！”约克说，“你们知道这一点！我们现在莽撞行事，就会有损他们在内布拉斯科保护自己的能力！”

这番话多少让家长们安静了一点。可是，乔尔听见一个父亲对着另一个父亲嘀咕了一通。“他根本不在乎，”那人说，“约克不是阵学师——孩子们死在这里还是死在内布拉斯科，跟他有什么关系？”

乔尔注意到有些衣着笔挺的男人静静地站到一旁，没有一句怨言。他们都穿着颜色柔和的马甲，戴着三角毡帽。乔尔从他们的脸上看不出任何情绪。

约克终于让家长们都散去了。随着家长们陆续离开，那几个人却朝约克校长走了过去。

“那些人是谁？”乔尔问。

“私人保镖，”艾克斯顿悄声回答，“左边那几个人是狄德里奇·凯洛维雇来的。他是东卡罗莱纳的骑士参议员。他儿子是这里的阵学师。我认不出其他人是谁，不过我怀疑他们也是受雇于某些地位极高的人，而这些人的孩子也是阿尔美狄乌斯的阵学学生。”

校长看起来很是困扰。

“校长只能放他们走了吧?”约克问，“那些非常重要的孩子。”

“有可能，”艾克斯顿说，“约克校长的地位很高，可要是他敢顶撞骑士参议员，那谁能胜出根本没有悬念。”

不远处，一小群阵学学生在山坡上注视着这边。乔尔无从分辨，他们那副可怜兮兮的表情是因为担心被人绑架，还是为父母出现在学校里而感到尴尬。可能两者都有吧。

“好吧，”乔尔隐约听见约克校长在办公室门口说，“看起来，我别无选择了。记住，我并不同意你们这样做。”

乔尔转过头来对艾克斯顿说：“有谁派人去叫哈丁探员了没?”

“我想没有。”艾克斯顿说，“我刚才连办公室都进不去！他们在我来之前就在这儿了，把路都堵住了。”

“派人去叫哈丁，”乔尔建议道，“他可能想了解家长们的反应。”

“对，”艾克斯顿一边说，一边盯着那些保镖，眼睛里带着明显的敌意，“对，这是个好主意。我得说，这样做并不能缓和学校里的紧张气氛。就算那些学生之前并不紧张，那现在他们该害怕了。”

乔尔离开这里前去费奇的办公室，路上遇见被父母护送着前往教室的詹姆斯·霍维尔。他尴尬地塌着肩，眼睛盯着地面。也许有个一天到晚都在忙碌的母亲也有些好处。

费奇过了好一阵子才来应门。等他终于把门拉开，乔尔看见他眼神恍惚，身上仍旧穿着一身蓝袍。

“哦！”费奇说，“乔尔。现在几点了?”

乔尔嘴角一撇，他知道费奇大概一直熬到深夜，研究那几个奇怪的图形。“很抱歉把你吵醒了，”乔尔说，“我刚才急着想知道你有没有什么发现。我是说，那几个图案。”

费奇打了个哈欠。“真糟糕，毫无进展。不过我得说，我可没少做尝试！我仔细研究了另一个样式的图案——在莉莉家抄录的那个，并且尝试着弄清楚还有没有其他的变形。我画了一百多张具有相同特征的各种变形图案。很抱歉，小子。我就是觉得它不是阵学法线。”

“我以前在什么地方见过它，”乔尔说，“我肯定见过，教授。我可能得去图书馆，翻翻我最近读过的一些书。”

“是的，是的，”费奇说着，又打了个哈欠，“这主意听起来……相当不错。”

乔尔点点头，出发前去图书馆，让教授回床上接着休息。在穿过草地前往校园中庭的路上，他看见之前见到的那个家长——鼻子尖长、脸颊瘦削的女人——站在草地上，两手撑在大腿上，看起来一脸迷茫。

“喂，”她冲着乔尔叫道，“我不太熟悉这所学校。你能不能告诉我，我上哪儿能找到一位名叫费奇的教授？”

乔尔指了指身后的大楼。“三号办公室。要爬大楼一旁的楼梯井。你找他干啥？”

“我儿子说起过他，”她说，“我就想和他聊一小会儿，向他了解一下这里的事情。谢谢！”

乔尔来到图书馆，推开门，从空气清新的室外进到一个即便是夏天最热的时候，里面仍旧凉爽还有霉味儿的地方。博物馆窗户不多——阳光对书不好——所以照明要靠发条灯。

乔尔走过书堆，一路来到他所熟悉的那个区域。这个区域放的是阵学方面的大众读书，既有虚构类的，也有非虚构类的。这类书他看过不少——差不多图书馆里允许他看的他都看过。要是他真的在什么地方见过那个图案，那么这些书里每一本都可能出现。

他翻开一本他记得几个星期前刚刚借阅过的书。起初，他对这本书的内容只是约略有点印象，不过等他把书快速翻完，他猛地打了个哆嗦。这是一本冒险小说，讲的是内布拉斯科的阵学师们的故事。

他停在书中一页上，不由自主地读起其中几个段落来，那几段文字让人毛骨悚然，描写[illegible]野生垩灵吃掉的过程。野生垩灵钻进那人的衣服里面[illegible]——毕竟它们只有两个维度——然后把他的肉从骨[illegible]

这段故事是虚构出[illegible]剧性了。不过，这还是让乔尔感到一阵反胃。他[illegible]教授的工作。可是，如果面对一大群垩灵，乔尔根本没办法保护自己。那些生物会爬过他画下的线条，朝他扑来。他的下场不会比那个男人好。

他甩甩头，摆脱了垩灵在他身上爬来爬去的想法。这是他自找的。如果他真的要成为阵学学者——如果这就是他的目标——那他就必须明白，阵学可能很危险，而面临危险时，他根本没有能力自卫。

他把这本小说放到一旁——书里没有插画——来到非虚构类图书区。在这里，他一把抱起一摞看起来很相似的书，走到阅览室一侧的一张书桌旁。

乔尔翻找了一个小时，这让他比在刚开始时更加灰心丧气。他一阵哼哼，往后一坐，伸了个懒腰。也许他不过是在捕风捉影，只是想寻找这个图案与自己生活之间的联系，从而证明自己对费奇有用。

乔尔依稀觉得，自己对这个图形的记忆要比看这些书还早。似曾相识，却是很久，很久以前的事情。乔尔的记忆力很好，尤其是跟阵学有关的时候。他把眼前的这堆书摞好，走回书架，把书放回原处。就在他摆放书的时候，一个身穿红色学师服的人走进了图书馆。

是纳利扎教授，乔尔心想，*真希望有一天，有个年轻的阵学师*

突然冒出来，向他发起决斗的挑战，并且抢走他的教席。他……

纳利扎来到学校之前从来没有学生失踪过。乔尔停下手上的动作，心里掂量着这个事实。

只是个巧合，乔尔心想，不要妄下结论。

可是……不是纳利扎老是谈论内布拉斯科的战场有多危险吗？他觉得阿尔美狄乌斯的学生和教授都弱爆了。他会不会更进一步地采取些行动，让所有人更加惶惶不安？采取行动，让所有人精神紧张，从而逼得他们更加努力地学习和训练？

可是靠绑架吗？乔尔心想，这也太扯了。

不过，看看纳利扎在找什么书，还是挺有意思的。乔尔瞥见那一抹红色学师服走进了图书馆一侧的阵学专区。他赶紧跟上纳利扎。

乔尔刚走到阵学室的门口，就听见有个人高声叫他。

“乔尔！”托伦特女士坐在她的办公桌旁说，“你知道你不能进去的。”

乔尔涎着脸，停下脚步。本来还希望她没有注意自己呢。图书管理员们似乎都有第六感，一有学生在干不该干的事情，他们就能察觉到。

“我刚看见纳利扎教授了，”乔尔说，“我想过去给他看样东西。”

“没有人陪同，你不能进图书馆的阵学专区，乔尔，”托伦特头也不抬地瞧着一本书说，“没有例外。”

乔尔灰心丧气地咬紧了牙。

有人陪同，他忽然想起来，费奇肯帮忙吗？

他冲出图书馆，却想起费奇可能还没穿好衣服，或者可能已经回床上休息了。等他让费奇回到图书馆，纳利扎可能早就走了。不仅如此，他疑心费奇可能不会同意他监视纳利扎——没准儿还不敢这么做呢。

乔尔得找个更愿意冒险的人……

这会儿还是早餐时间，食堂离这里只有一小段距离。

真不敢相信我会做这种事情。他心想，可他还是一路小跑，前往食堂。

梅乐蒂坐在自己惯常的位子上。和往常一样，其他阵学师都不肯挨着她坐。

“嘿。”乔尔来到桌旁，一边说着，一边坐到一个没人的位子上。

梅乐蒂正在吃一盘水果，她抬起头来。“哦，是你啊。”

“我要你帮个忙。”

“干啥？”

“我要你陪我进图书馆的阵学区，”乔尔小声说，“这样我就能监视纳利扎教授了。”

梅乐蒂叉起一块橘子。“哦，行啊。”

乔尔眨眨眼睛。“你怎么这么痛快就答应了？没准儿会惹上麻烦的，你知道吧。”

梅乐蒂耸耸肩，把叉子放回盘子里。“我差不多只要随便坐哪儿就能惹上麻烦。陪你去一趟又能糟糕到哪儿去呢？”

这番话让乔尔无从反驳。他笑着站起身来。梅乐蒂和他一道，俩人离开食堂，穿过草坪往回走。

“那么，有什么特别的理由要我们监视纳利扎吗？”梅乐蒂问，“除了他这人挺可爱的之外？”

乔尔扮了个鬼脸。“可爱。”

“自大又刻薄得可爱，”梅乐蒂耸耸肩，“我猜你肯定有个更好点儿的理由吧？”

有什么东西可以告诉她呢？哈丁担心泄密问题，而且……好吧，梅乐蒂可不像是那种能严守秘密的人。

“纳利扎来到阿尔美狄乌斯的同时，开始有学生失踪。”乔尔只把自己琢磨出来的事情跟梅乐蒂讲了出来。

“然后呢?”梅乐蒂反问道，“学校经常在暑期选修课开始前聘用新的教授。”

“他很可疑呀，”乔尔说，“要是他是一个从前线回来的、如此了不起的大英雄，那他来这儿干什么？干吗要接受一个低级别的讲师职位？这人身上藏着事情。”

“乔尔，”梅乐蒂说，“你不会真的想说，纳利扎是这两起失踪案件的幕后黑手吧?”

“我不知道，”乔尔说。两人来到图书馆。“我只想知道他在看什么书。但愿托伦特女士能允许我让学生陪我进去。”

“啊，好吧，”梅乐蒂说，“不过我这样做，仅仅是因为我想偷偷看看纳利扎。”

“梅乐蒂，”乔尔说，“他可不是什么好人。”

“我压根儿没有讨论他的人品，乔尔，”梅乐蒂一边说着，一边打开门，“就看看他的脸。”她一侧身，钻进门里，乔尔跟了上来。两人经过办公桌时，托伦特女士抬起头来。

“他跟着我来的，”梅乐蒂大模大样地指了指乔尔说，“我要找人来帮我搬书。”

托伦特女士的样子像是要提出抗议，可是——谢天谢地——她决定什么也不做。乔尔赶紧跟上梅乐蒂，却在阵学专区的入口处停了下来。

许多年来，他一直想尽办法溜进这间阅览室。他以前就央求过阵学学生带他进去，可是没有人愿意帮他。吝于分享阵学秘密的人不只纳利扎一个。整个阵学师群体都有一种排外的氛围。他们在食堂里有自己的餐桌。他们对非阵学学者表现出敌意。他们在图书馆里有自己的专区，里面藏有所有最好的阵学文献。

梅乐蒂朝他转过身来，不耐烦地跺着脚。乔尔深吸一口气，跟了上去。他陶醉在这里，全然没有理睬梅乐蒂。这间阅览室就连感觉都跟寻常阅览室不同。书架更高，图书更古老。墙上还挂着许多图表和示意图。

乔尔在一张描绘细致的泰勒防御阵图旁边驻足。泰勒防御阵可算是最复杂、最具争议的阵学防御阵了。他以前只见过一些细节不清的小尺寸草图。可是，在这里，防御阵的各个部分都被单拎出来，并且做出详细的解释，旁边还配有各种不同的变形小图。

“乔尔，”梅乐蒂喝道，“我早餐吃到一半就过来，可不是为了让你看这些图的。”

乔尔不情不愿地把注意力放回到他们的任务上。这里的书架非常高，纳利扎不会看见乔尔和梅乐蒂溜进阅览室的——这是件好事。乔尔可不愿意去想，万一纳利扎发现有个非阵学师学生在这里乱翻文献，会闹出多大的动静来。

乔尔一边沿着一排排书架快走，一边朝梅乐蒂挥挥手。尽管图书馆并没有大到那种程度，可是这里的书架似乎比图书馆主阅览区还要多。乔尔应该能找到——

在经过一条书架之间的过道时，乔尔一下子顿住了。是纳利扎，距离乔尔站着的地方不到五英尺。

梅乐蒂把乔尔推到一旁，脱离纳利扎的视线。乔尔忍住一声闷哼，和她一道钻进旁边的过道。他们可以透过书架之间的缝隙望过去，看见纳利扎的身影，尽管视野糟糕，并不能让乔尔看见教授手上那本书的标题。

纳利扎抬起头，朝乔尔刚才站着的地方看过去，然后转过身——完全没有察觉到乔尔和梅乐蒂正透过细小的缝隙窥视他——走开了。

“那边书架上放的是什么书？”乔尔悄声问梅乐蒂。

梅乐蒂从书架的另一边绕过去——纳利扎看见她也没关系——从书架上取下一本书来。她皱皱鼻子，朝那条缝隙举起书来，好让乔尔看清。《发展阵学基本理论》，修订版，艾汀·巴莱兹梅德作序。

“无聊的东西。”梅乐蒂说。

理论阵学。乔尔心想。“我需要知道纳利扎手里的是哪些书！”

梅乐蒂翻了个白眼。“在这儿等着。”说完就走开了。

乔尔紧张兮兮地待在原地。到处都有别的阵学学生在翻找图书。看见他的人都向他投来奇怪的目光，不过没有人对他在这里提出异议。

过了几分钟，梅乐蒂回来了，给了乔尔一张纸条。纸条上写了三本书的标题。“纳利扎把这些书给了图书管理员，”梅乐蒂说，“然后去上课了。他让校工帮他借阅这几本书，并且送到他办公室去。”

“你怎么弄到的？”乔尔接过纸条，兴奋地问道。

“我朝他走过去，并且告诉他我有多讨厌受到的跑腿儿的惩罚。”

乔尔眨眨眼。

“于是他给了我一通教训，”梅乐蒂说，“教授们都喜欢教训人。反正，他把书夹在胳膊底下，趁他说我的工夫，我看清了书脊上的名字。”

乔尔又看了一眼那几个书名。第一本书是《新阵学法线与未知法线存在的可能性假说》，作者是杰拉尔·塔芬顿。另外两本书的标题似乎跟理论研究关系不大，不过第一本书似乎可以确定，的确是个宝贝。

纳利扎正在研究新的阵学法线。

“谢谢你。”乔尔说，“真的。谢谢你。”

梅乐蒂耸耸肩。“咱们得走了。我刚刚挨了纳利扎的教训——我可不想因为迟到，又被费奇说上一顿。”

“对，没错，”他说，“稍等一下。”他看向摆满图书的书架。好久以来，他一直都想混进来。“我得拿几本这里的书，”他说，“你能帮我把它们借出来吗？”

“你可以带一本。我今天非常没有耐性。”

乔尔决定不要争论，于是看向旁边纳利扎刚才驻足过的那些书。

“快点儿。”乔尔抓起一本看起来挺靠谱的书。《人与阵学：法力的起源》。他把这本书交给梅乐蒂，两人便离开了。托伦特女士又颇为不满地瞅了他们一眼，不过还是不情不愿地把书借给了梅乐蒂。两人走出图书馆来到草坪上，乔尔这才长出了一口气。

梅乐蒂把书递给乔尔，乔尔把书夹在腋下。不过，此时此刻，这本书似乎远不及那张纸条来得重要。乔尔有证据证明，纳利扎对新的阵学法线感兴趣。

当然，费奇坚信那个波纹形状的线条不是阵学法线。这真是另一个让人起疑的联系——这并不能证明纳利扎也跟此事有关。*我需要弄到那本书*，乔尔心想，*只要书中包含任何跟这个波纹图案相似的东西，那我就有证据了*。

这样做听起来极其危险。也许对乔尔来说，最好还是直接去找哈丁，向他表达自己的担心。他犹豫不决地把这张纸叠好，塞进口袋里。梅乐蒂走在他身边。她今天穿着一身白裙子，胸前系着丝带，脸上挂着一副漠不关心的表情。

“真的谢谢你。”乔尔说，“这帮了我大忙了。”

“能帮上忙，感觉还不赖。”

“听我说。那天我说的话，不是故意的。”

“你就是故意的，”梅乐蒂说，她的声音温柔得出奇，“你不过是说了实话。我知道自己不擅长阵学。我的反应只是显得自己更加像个傻瓜，因为我还想抵赖，不是吗？”

“你这样说自己可不公平，梅乐蒂。你真的很擅长画垩灵。”

“这可真有用啊。”

“这是个了不起的本领，”乔尔说，“在这一点上，你比我强多了。”

梅乐蒂翻了个白眼。“好吧，你在拍马屁。用不着说得这么唬人——我知道你不过是想让自己舒服一点儿。我原谅你，行了吧？”

乔尔的脸一下子红了。“你可真是讨人嫌。你知道吧？”

“好啦，”梅乐蒂伸出一根手指，说，“现在看来，你又在另一个方向上走得太远了。如果你是发自真心的，那你就要在拍马屁和惹恼我之间找到一个让人舒服的中间区域。”

“对不起。”乔尔说。

“不管怎样，”梅乐蒂说，“这件事情的重点在于，不论我造物线画得有多好，我还是不能为自己建立起像样的防御阵。在决斗中，只要一道威力线射中，我就出局了。”

“这倒未必，”乔尔说，“你知道，虽然费奇教授说了一大堆，没准儿这种战术对你并不合适。”

“什么意思？”梅乐蒂警惕地盯着他问，像是在等着他再次出口伤人。

“你试过乔丹防御阵吗？”

“从没听说过。”

“这是个高级阵法，”乔尔说，“是我所读过的最高级的阵法之一。不过它能奏效。你要画一张禁界线的网，然后……”他想了一想，“这样，我画给你看。你有粉笔吗？”

梅乐蒂翻了个白眼。“我当然有粉笔。来到阵学学校的第一年，要是教授发现你没带粉笔，他们可以让你擦两个小时的地板。”

“真的？”

梅乐蒂点点头，递给乔尔一根粉笔。中庭就在附近，看样子也没有人在用。乔尔跑上山，梅乐蒂跟在后面。“嘿，”她说，“咱们去费奇办公室迟到了会不会惹麻烦？”

“我觉着不会，”乔尔说着，来到山顶的水泥地上，“费奇昨晚熬到深夜，今天上午还被人打扰了好几回。我敢打赌他还在打瞌睡呢。好了，过来，瞧我的。”

乔尔把书放到身旁，跪在地上，画了一个乔丹防御阵的草图。乔丹阵是一个椭圆形防御阵，每个连接点上都有一条线来固定它。但这种防御阵的最大特点并不是那个椭圆形的主阵，而是围在椭圆阵外面，用禁界线画成的巨大笼子。这个阵型有点儿让乔尔想起赫尔曼·莱伯所做的那番尝试。

“这个阵型把你自己框在里面了。”梅乐蒂蹲在乔尔身边说，“你把自己围在禁界线里面，那你就什么也干不了了。这是个基本的阵学道理——连我都知道。”

“总的来说，这是个基本的道理，一点儿没错，”乔尔一边说，一边继续画个不停，“不过许多高级阵学阵法设计都会突破之前的认识。真正优秀的决斗者，他们知道何时冒险。看这里。”乔尔用粉笔指着这幅图上的一个位置，“我在两侧都留出一个巨大的盒子来。乔丹阵的理念就是，在这两个盒子里装满进攻性垩灵。既然你很擅长画垩灵，那你应该能够叫它们待命，而不从后方攻击你自己的法线。

“于是，在你的对手浪费时间轰击你的正面的同时，你正在酝酿一波无可抵御的攻势。等你准备好了，你就放出这一拨垩灵，然后快速重画这条禁界线。在你除掉自己的防御法线的同时，敌人的垩灵也会冲进来。你用威力线摧毁防御阵内所有的敌方垩灵，然后开始制造另一波垩灵。

“虽然你可能比你的对手要慢一些，但这并不要紧，因为你的每次进攻都会发起规模庞大的冲锋，让对手不知所措，无力应对。马修·乔丹，当年设计出这种阵法的人，曾经凭借这一手赢过十几场高规格的决斗，并且因为这种阵法极其不合常规，而在学术界引起很大的波澜。”

梅乐蒂点点头。“精彩。”她说。

“要不要试试看？”乔尔说，“你可以拿我画的这个小的草图来作为样板。”

“还是算了吧，”梅乐蒂说，“我是说，费奇教授……”

“来吧，”乔尔说，“就一次。瞧，我让你进图书馆，好让你对着纳利扎发花痴，对吧？”

“还让我挨了他一顿训。”

“那是你自己的主意，”乔尔说，“你到底要不要画？”

梅乐蒂把自己的笔记本放好，跪在水泥地上。她拿出自己的粉笔，看着乔尔那幅小号的图形，然后开始围着自己画了一个椭圆。

乔尔也画了起来。“我要用巴林颠阵，”说着，他围着自己画了一个圆圈，“不过既然你用的乔丹防御阵，你用不着把注意力放到我的动作上。只管尽快画你的就是。”

梅乐蒂来了兴趣，围着环形的守御线画了一个防御矩形，然后开始飞快地画起自己的垩灵来。

乔尔一边画，一边希望自己的直觉是准确的。乔丹防御阵最大的弱点就是垩灵。像这样控制垩灵相当困难。只有在正式的决斗中，梅乐蒂能够控制垩灵直扑目标，这种战术才可能成功。

不知道为什么，你很难控制垩灵，让它们老老实实待在原地。也正因此，大部分阵学师要么派它们出去进攻，要么把它们拴在一个连接点上。

我真的需要多研究一点垩灵理论，乔尔完成自己的防御阵，心里想道，*也许我可以让梅乐蒂借几本这方面的书出来*。

“好啦，”乔尔说着，伸手画了几条威力线，“可能需要一点想象力，因为我画的线条什么也做不了。假装我很擅长画威力线——顺便提一句，我确实画得很好——每一条威力线都在攻击你防御阵上的同一个位置，并且在削弱它。一条画得好的守御线可以承受大概六次威力线的轰击；一条禁界线能够挨上十次。你看见我所设计的位置时，在你画的第一条禁界线后方再画一条，从而延缓我的攻击速度。”

梅乐蒂照做，又画了一条法线。

“这样一来，我就必须得打穿两条守御线和一条禁界线了。这就意味着，有了这样的防御力量，你有了挨上二十六次轰击的时间来画自己的垩灵。这段时间并不算长，毕竟——”

他不说话了——梅乐蒂的手往前一挥，把粉笔抵在她画的禁界线内侧，准备放出垩灵。

这么快！乔尔心想，**我才画了六条威力线！**没错，他是没有拿出最快速度，可即便如此，也还是……

梅乐蒂的法线扑的一下消失了——消除一条法线要花四秒钟——由八只绘制完成的垩灵组成的攻击波冲过地面，向乔尔扑来。

“哇噢！”他说。

梅乐蒂抬起头，撩起一缕遮住眼睛的红色卷发。她惊奇地眨了眨眼睛，仿佛为自己居然真的做到了而感到震惊。乔尔手忙脚乱地又画了几条威力线来保护自己，对付那些造物。

不过，这番努力显然毫无成效。战斗激烈，乔尔几乎忘记了自己并不是阵学师。

垩灵来到他的防御阵前裹足不前。有一瞬间，乔尔猛地感到一阵惊恐——就跟他想象中，赫尔曼·莱伯所感受的恐惧一样。那时

的他，面对来势汹汹、向他扑来的粉笔怪兽，只能无力招架地干坐在那里。

不过，乔尔估计赫尔曼不会被迫迎战一群独角兽。

这些造物终于试了试乔尔的防御阵，这防御阵当然不能阻挡它们。它们争先恐后地向前冲，围住乔尔，然后在环阵里到处乱窜。乔尔想想这些东西把自己的肉撕扯下来，头皮一阵发麻。幸亏这些垩灵并不害人。

“独角兽？”他难受地问。

“独角兽是一种高贵威严的动物！”

“只是……像这样被打败，实在是不太体面，尤其是，它们还像这样撒欢儿地跑来跑去。”

“好吧，”梅乐蒂站起身说，“至少我没有粉色粉笔。在我们升入高年级以前，他们不让我们用彩色粉笔。”

乔尔笑了。“你干得真不错。真不敢相信你这么快就画出了这些东西！”

梅乐蒂走过来，把粉笔点在一头独角兽身上。那只垩灵一下子就不跑了，就像重新变成一幅画一样，一动不动。四秒钟过后，它消失了。梅乐蒂又对其他垩灵重复了这个过程。“这并不难，”她说，“我只要让我的垩灵在进攻前原地待命就行了。”

就乔尔所读过的有限资料来看，这样做似乎并没有那么轻松。如果不能给垩灵下达足够精准的指令，它们就会攻击你自己的禁界线。而且，消除禁界线后，垩灵还会感到迷糊，它们不会冲向你的对手，反而会到处乱窜。

“我就说乔丹阵肯定适合你。”乔尔站起身来说。

“是你大意了，”梅乐蒂说，“而且，我画的法线也没那么好。我敢打赌，比起画得好的法线，我的禁界线你只要用一半的攻击次数就能攻破它。”

“也许吧，”乔尔说，“我本来也不觉得你这么快就能上手。你的椭圆简直是灾难——不过这并不重要。你做得很好，梅乐蒂。你能行的。你只要掌握适合自身技巧的图形和防御手段就行了。”

听了这话，梅乐蒂犹犹豫豫地笑了笑。“谢谢。”

“我说真的。”

“不，”梅乐蒂说，“不是谢你夸我。而是谢你告诉我这些。我不觉得这能让我发生天翻地覆的变化——除非学好环阵，不然我永远都成不了优秀的阵学师。不过，唉，知道自己也能做好一点事情，感觉不赖。”

乔尔回以微笑。“好吧。对了，这会儿咱们没准儿该去上课了。费奇教授……”

他没有说下去，而是注意到远处的一个身影——那人穿着一身警察的制服，戴着警帽，骑在一匹高头大马上。乔尔想起自己之前让艾克斯顿派人去叫探员，于是挥了挥手。

“乔尔?”梅乐蒂问。

“我要晚一会儿了。”他说，“你先去吧。我得跟那个警察说两句话。”

梅乐蒂转过身去。“吃灰的！那是不是一匹平衡驹?”

梅乐蒂一问，乔尔才注意到她说得没错。哈丁让他的坐骑小跑着过来，不过那匹坐骑并不是一匹马。的确，它被做成了马的形状，但它是金属制造的，两侧镶着玻璃，能看见里面不断转动的齿轮和运转良好的弹簧发条。

“乔尔，孩子，”哈丁一边说，一边引着他的坐骑上来，那坐骑的金属蹄子在地上留下深深的脚印，“学术前线状况如何?”

“都很好，探员。”乔尔说。

乔尔以前当然也见过发条马。发条马很贵，但并不稀奇。但是一匹平衡驹，可不是寻常的发条驱动的玩意儿。它们运用了来自埃及的最新的发条技术，据说聪明得叫人吃惊。那里有一个天才的女科学家，想出了许多转动发条的新方法，通过发条之间彼此配合的和谐转动来传递能量。

乔尔透过这台机器清澈的玻璃眼睛，看见内部细小的弹簧和转子在运动，微小的支臂上上下下、一跳一跳的，就像打自己上的按键，为平衡驹复杂的发条大脑实现各种功能提供驱动力。

“那么，这位美丽的年轻女士是谁呢?”哈丁问。他的语调彬彬有礼，不过乔尔能察觉到他的犹豫。

美丽？梅乐蒂老是惹他，都让他忘记了她笑起来有多可爱。就像她现在这样。“她是费奇教授的一个学生。”乔尔说。

“小姐……?”

“芒斯。”梅乐蒂说。

等等，乔尔心想，*芒斯。我最近在哪儿听过这个名字。不是梅乐蒂，是别人……*

“芒斯小姐，”哈丁说着，手指碰一碰蓝色的头盔，又朝乔尔转过身，“谢谢你告诉我有关家长的事，乔尔。我们需要守卫这座学校；我已经下令，从今天起，任何学生都不允许在校外过夜或者过周末。我已经请求了增援，把这里变成咱们的行动基地和防御前线!”

乔尔点点头。“我就觉得让家长带着孩子逃离学校并不是个好主意。不论他们去哪儿，那个……家伙都能跟过去。”

“同意。”哈丁说。

梅乐蒂眯缝着眼睛，瞥了乔尔一眼。

“对了，士兵，”哈丁对乔尔说，“你有没有看见一个金发的女人，身高在五英尺七英寸，头发绾成发髻，三十五岁左右，穿着一身蓝色衣服？她的脸很窄，五官尖细。”

“我见过她，”乔尔说，“她是一个阵学学生的家长。”

哈丁鼻子里一哼。“才不是。她是伊丽莎白·华纳，一个记者。”

“一个女记者？”乔尔问。

“女记者怎么了？”梅乐蒂生气地说。

“没怎么，”乔尔赶紧回答，“就是……以前从来没听说过。”

“时代变啦，”哈丁说，“女阵学师都能上战场作战。我敢打赌，早晚有一天，普通女人都能入伍当兵。反正，不管是不是女人，媒体都是敌人。要是让他们得逞，整座岛都会陷入恐慌！你在哪儿看见她的，孩子？”

“她当时正要去费奇教授的办公室。”

“真该死，”哈丁一边说，一边掉转坐骑。乔尔能听见掣子和发条在里面运转的声音。“你来断后！”哈丁叫道。

他朝阵学学院一路狂奔而去。

“刚才这一出到底是怎么回事？”梅乐蒂问。

“呃……没什么。”

梅乐蒂表情夸张地翻了个白眼。“肯定有什么。”

“我不能告诉你呀。”乔尔说。

“你打算把我归到不予理会的那类人了！”

“呃，没有，”乔尔一边拖着步子走，一边说，“瞧，我真的什么都不知道。”

“这是在说谎吗？”

乔尔犹豫了一阵子。“是的。”

梅乐蒂恼怒地用力喘着气。“我还以为咱们的关系开始好转了呢。”她一把抓起笔记本，大步流星地走开了，“我的生活，”她高举起一只手来，大叫道，“就是个悲剧！就连我的朋友都要骗我！”

乔尔叹了口气。他捡起梅乐蒂帮他借出来的书，然后匆匆忙忙跟上她，和她一起前往费奇的办公室。

赫尔曼·莱伯
失踪现场发现的
粉笔图案

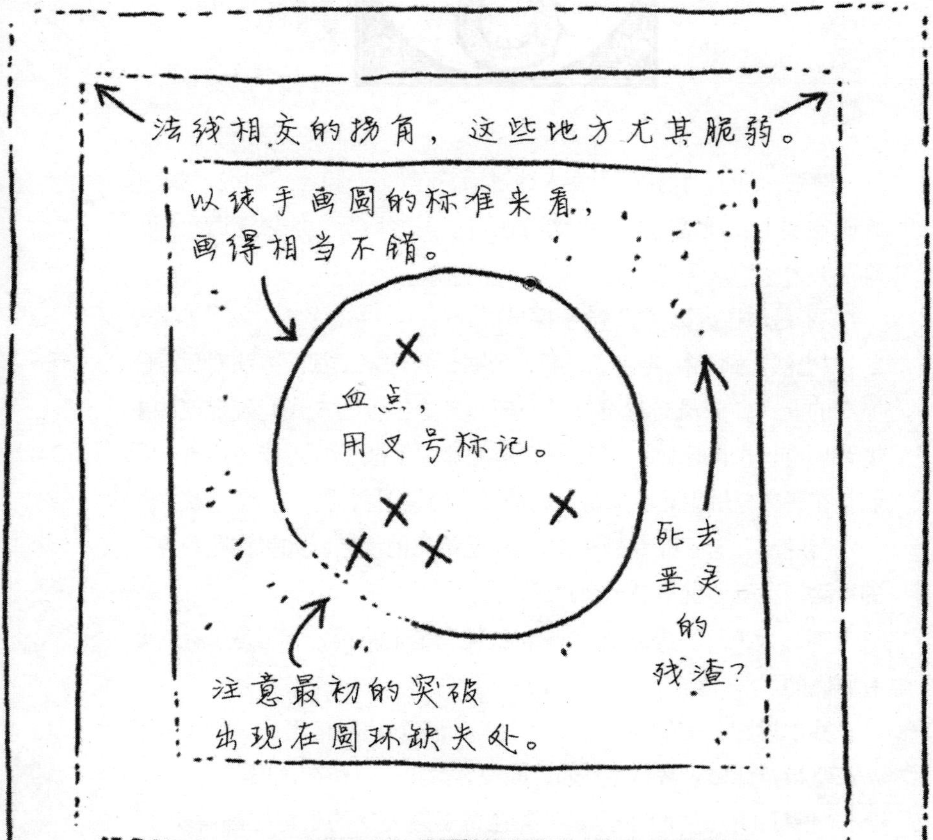

第十二章

“哦，是的，我和那个女人谈过话，”费奇一脸迷惑地说，“她不太确定要不要让她的儿子继续待在阿尔美狄乌斯。他想知道我们的确在努力保护孩子。”

“于是你告诉她了。”哈丁探员说。

“当然。她都快要哭了。呃，天哪，我这辈子都没办法对付濒临崩溃的女人，探员。我没有说太多。只是告诉她，我们确定这些事情背后有一个阵学师，不过我们推测那两个孩子有可能还活着，我们正在研究分析犯罪现场留下的奇怪的粉笔图画。”

“教授，”哈丁揉着额头说，“这是严重的泄密。如果你是我麾下的士兵，我恐怕就不得不为此惩罚你了。”

“哦，天哪，”费奇说，“唉，我猜我是个教授，而不是士兵，是有原因的。”

乔尔挑起一道眉毛，努力不让自己感到沾沾自喜——哈丁和费奇都坚持要让梅乐蒂等在外面，而没有禁止自己留在这里。

“糟糕的是，”哈丁背着手，在费奇办公室的走廊里踱着步子，“眼下就算处罚也没有用处。我们的堡垒已经被攻陷了，一个奸细带着我们的作战计划溜走了。我们必须接受现实，但愿到最后不要太糟糕。教授，我强烈建议你不要再跟任何人提及这些事情。”

“我明白，探员。”费奇说。

“很好，”哈丁回答，“那么，我想你应当知道，我已经向新布列塔尼亚的骑士参议员申请许可，在阿尔美狄乌斯建立防御周界。他同意从詹姆斯敦民兵部队中调一个整编军团给我，用来防守这个地方。”

“你打算……占领学校？”费奇问。

“没这么严重，教授，”哈丁一边踱着步子，一边说，用一个脚后跟转了个身，又朝反方向走回来，“阵学师是联盟最重要的资源之一，我们必须确保他们得到严密保护。我会让人在这一带巡逻。也许我们可以凭借强大的威慑让这个幽灵般的劫持犯无法再次下手。

“约克校长已经在学校里给我安排了一间屋子，用来作为智慧基地。我的人不会打扰学校里的日常工作。不过，我们希望能被人看见——好让学生们知道自己正受到保护。至于那些打定主意要破坏士气、想要让自己的孩子变得孤立无援的家长，但愿这样做也能对他们有所安抚。”

“什么？”费奇问，“家长要干什么？”

“有些阵学学生的家长要把自己的孩子拖出学校，”哈丁说，“年轻的乔尔反应迅速，把消息通知给我。糟糕的是，我封锁这一地区还不够快。有十几个孩子——大部分都是阵学师——今天早上被带走了。”

“这可不妙，”费奇说，“所有袭击事件都发生在学校外面。他们怎么会想要把自己的孩子带出阿尔美狄乌斯呢？”

“一旦跟孩子有关，家长们都会变得不可理喻。”哈丁说，“我宁可跟一个中队的‘无忆’打仗，也不愿意跟一个认为自己儿子有危险的富太太打交道。”

费奇看了乔尔一眼，不过乔尔也不知道这一眼究竟是什么意思。

“二位，眼下的局势就是这样，”哈丁说，“如果没有别的事情需要讨论，我就得回部队了。”

我应该告诉他们，乔尔心想，*我不能光凭我一个人暗中四处打探，还跟纳利扎战斗。*

“其实，”乔尔说，“我……嗯……好吧，我大概还有点儿事情要说。”

两人都朝他转过头来。一瞬间，乔尔变得手足无措起来。怎么能指控一个教授是个劫持犯呢？

“其实没准儿也没什么，”乔尔说，“不过，那个，我看见纳利扎今天早上行为有点儿可疑。这些劫持案件都是在他得到校长聘用之后才发生的，你们知道。”

“乔尔！”费奇教授说，“我知道你因为那个人同我决斗过而对他很不放心，可是我从没有允许过你这样做！”

“不是那个原因，教授，”乔尔说，“就是……那个……”

“不，”哈丁说，“你做得好，乔尔。你应该把这类事情告诉我们。不过，我看咱们完全不需要担心安德鲁·纳利扎。”

乔尔认真看着哈丁。“你认识他？”

“当然认识，”哈丁说，“纳利扎在内布拉斯科是个传奇人物。我就知道有二三十个人欠他性命——我自己也是其中之一。”

“你是说，他真的是个英雄，就跟他老跟人说的一样？”

“他当然是，”哈丁说，“我得承认，他从不谦虚，不过既然他配得上如此的傲慢，这种事情我也可以原谅。唉，有一回，垩灵顺着河流突入东部前线！一旦绕过我们，它们就能对我们的部队进行侧翼包抄——有可能会占领整个东部前线。到了那里，它们接下来就只需要乘着倒下的树干，侵入附近岛屿大肆破坏了。

“反正，我们当时面临严峻形势。就在这时，纳利扎来了，他全凭自己一个人为我们构筑起一个要塞。他独自迎战几百个垩灵。要不是他救了我们的命，那我们所有人就都完蛋了。这样的故事我可以讲好几个。我从没见过有哪个阵学师像他那样本领高强、出类拔萃的。真是可惜……”

他不再说下去了。

“怎么了？”乔尔问。

“抱歉啦，孩子，”哈丁说，“我刚刚想起来，你不该知道这些的。反正，纳利扎并不是威胁。实际上，我很高兴他也在校园里。有这样的人作为后盾，感觉不错。”

哈丁朝他们点点头，先向他们致意，然后停住脚步，最后大步流星地走出房间，下楼去了。

“真没想到会这样，”乔尔说，“我是说纳利扎。”

“老实说，乔尔，”费奇说，“我也没想到。”

“纳利扎不可能是个英雄，”乔尔说，“他是个爱吹牛的瞎话精！”

“我同意你说的形容词部分，”费奇说，“至于名词部分嘛……唉，他的确轻而易举地打败了我。不管怎样，一个学生用这种态度来说学校里的教授，这可不合适。要有礼貌，乔尔。”

一阵敲门声传来。紧接着，门一下子打开了。是梅乐蒂，她显然打定主意不等别人来应门了。

“我猜，”她怒气冲冲地说，“所有**秘密的**、**重大的**、**有趣的**谈话都已经结束了，我们**寻常人家**现在可以进来了吗？”

“梅乐蒂，亲爱的，”费奇说，“不是我们想把你排斥在外，只是——”

梅乐蒂抬起一只手来。“我猜今天还要接着描红吧？”

“哦，呃，对，”费奇说，“这样的练习对你很有好处，梅乐蒂。总有一天你会感激我的。”

“好吧。”梅乐蒂说。她拿起一个画夹和一支笔，转身就走。

“梅乐蒂？”费奇教授问，“你要去哪儿？”

“我要到这外面画画，”梅乐蒂说，“在这尘世间无足轻重的门口台阶上。这样，我就不会打扰到您二位可能要进行的重要会晤。”

话音刚落，她就在身后带上了房门。

费奇叹了口气，摇摇头，回到自己的书桌前。“我相信她会好起来的。”他一边说，一边坐下，把桌上的论文拖过来。

“是呀，”乔尔说着，目光仍然追在她身后。他和梅乐蒂的关系刚刚好转，这样一来，她是不是又要怨恨他了？他得费好大力气才能跟那姑娘搞好关系了。“你想让我做什么呢，教授？”

“哦，嗯？啊。好吧，我真的不知道。我本来打算让你再花几个星期来查看那些人口普查记录，嗯。”费奇用食指敲着桌板，“要不你今天放假吧？过去几个星期你一直在拼命工作。我也能趁这段时间仔细想想哈丁告诉我的这些事情。等到明天，我肯定有事情安排给你。”

乔尔张张嘴，想要抗议——他肯定能帮助教授研究那些奇怪的线条啊——可是又犹豫了。他看了看自己一直带着的那本书，梅乐蒂帮他借出来的那本。

“好吧，”他打定主意，“我明天再过来。”

费奇点点头，回过身来看他的论文。乔尔拉开门，走了出去。梅乐蒂真的在门口前摆开架势画画，乔尔差点儿摔到她身上。她嘟嘟囔囔地给乔尔让开路，乔尔顺着楼梯井下楼，打算找块阴凉的地方，安安静静地把这本书看完。

乔尔坐在树下，手里拿着书。有些学生的暑期选修课选的是足球，这会儿正在远处的球场上，朝着球门来回踢球。乔尔能听见他们的叫喊声，不过这并没有影响到他。

警察在这一带巡逻，不过正如哈丁之前保证的那样，他们只是在忙自己的。在他头顶上，一只鸟正在树枝上啼叫，一只小小的发条蟹在草坪上一边游荡，一边修剪着草坪。在它前方，长长的金属感测器晃晃悠悠，避免它走到草坪外面，也不让它剪到不该剪的东西。

乔尔身子往后倚着树干，眼睛盯着闪闪发亮的树叶。这本书叫《法力的起源》。之前他挑中这本书，是因为看名字以为它是讲当初合众岛刚刚成立时，阵学是如何被发现的。他以为这是一本深入讲述格雷戈里国王和第一批阵学师的书。

可是，这本书说的是人们怎样变成阵学师的。

这个变化发生在每年七月四日的灵选大典上。所有在去年灵选大典之后年满八岁的男孩女孩都被带到当地的君主礼拜堂，得到教区牧师的祝福。然后，这些孩子一次一个地进入灵选室。他们在里面待上几分钟，然后从另一边走出来，这象征着新生。然后他们会得到一支粉笔，并被要求画一条线。就从这一刻起，有些孩子可以创造出带有阵学法力的图画。其他孩子则没有。就这么简单。

然而，这本书却把这个过程讲述得无比复杂。发条蟹一边修剪草坪，一边朝这边过来了。它的感测器扫过乔尔的腿，于是掉转了个方向。乔尔又把书来回翻了一遍，疑惑地皱着眉头。这本书的目标读者是阵学师，书里有许多“锁缚”之类的字眼，还提到一种被称作“影焰”的东西。

看样子，灵选礼远比乔尔原本以为的要复杂。那个房间里有什么事情发生过——它能让一些孩子发生身体上的变化，给予他们阵学法力。并不单单是主宰无形中的碰触。

如果这本书里讲述的是真的，那阵学师在灵选室里产生过某种特殊的幻觉或是体验，而这种体验他们从来都不曾提起过。当他们从里面走出来，画下第一条法线时，他们已经知道自己变成阵学师了。

一瞬间，乔尔感到豁然开朗。或者说，最起码，这似乎正是书里想说的。他一向自视在阵学方面了解很多，可是这本书完全超出他的理解。

如何锁缚作为被剥除的第四实体的影焰，这个过程往往难以确定。在考察并确定即将订立契约的承者时，缚媒必须明智地对各方面情形加以权衡。

这都是什么意思啊？乔尔一直以为自己只要进入图书馆的阵学专区，就能学到很多东西。可如果这么多书远超出他的理解范围，那他基本上什么都学不到。

他啪的一下把书合上。在他一旁，发条蟹的运转速度开始下降。时间不早了，校管员大概很快就会过来，要么给这装置上发条，要么因为快到傍晚了，所以把它收起来。

我可以弄到纳利扎借出来的那本书。他想。尽管听了哈丁的话，可是乔尔还是不相信这位教授。那本书里肯定有什么重要的内容。可是是什么？要怎么把它弄到手？

他甩一甩头，去了食堂。母亲也在那里——这样挺好，于是乔尔走过去，往自己盘子里装了一些今晚的主菜：肉丸炒意大利面。他往意面上撒了一些帕尔玛干酪，抓起一双筷子，然后走到餐桌旁。

“嘿，妈妈，”他一边坐下来，一边说，“今天过得怎么样？”

“一直在担心。”母亲一边说，一边朝一小群警察瞥了一眼。那些警察围坐在一张餐桌旁，一块儿吃着东西。“也许你晚上不该一个人出门。”

“现在学校里大概是全城最安全的地方，”乔尔一边说，一边把筷子插进面条里。意面里混有炸辣椒、蘑菇、荸荠，还有开胃的番茄酱。意大利菜一向是他的最爱之一。

妈妈继续盯着警察。他们在那里，大概就是要像哈丁说的那样，提醒人们，学校受到了保护。然而，这些警察似乎也同样让人们更加紧张，因为他们也在提醒人们，危险是存在的。

食堂里回响着人们低声交谈的嗡嗡声。乔尔好几次听见有人提起赫尔曼和莉莉，不过有几个厨子从他身旁经过时，他也听见他们咕哝着说“那些阵学师”给学校带来了危险。

“他们怎么能这么蠢？”乔尔问，“我们需要阵学师。他们难道想让垩灵跑出内布拉斯科吗？”

“大家都吓坏了，儿子，”母亲说。她搅拌着自己的食物，却似乎不太有胃口。“谁知道呢？也许这整件事情正是阵学师之间的纷争引起的。他们身上有那么多秘密……”

乔尔朝教授们看过去。费奇不在那边——也许正在研究这几起失踪案件。纳利扎也不在自己的位子上。乔尔眯缝着眼睛。他肯定跟这事有关，没错吧？

学生阵学师的餐桌旁，那群十几岁的年轻人在自己的圈子里说着悄悄话，个个看起来忧心忡忡。像是一群刚刚闻到猫味儿的耗子。跟往常一样，梅乐蒂坐在桌子一头，左右两旁至少隔着两个空座位。她低着头吃着东西，没有跟任何人说话。

乔尔心想，没有人跟她说话，对她来说一定挺不好受的，尤其这会儿正是紧张时期。他吸溜吸溜地吃了几口意面，想起之前她被排除在与哈丁的会面现场时的过度反应。可话说回来……她会反应过度大概也有原因吧。是不是因为她总是受到其他阵学师的排挤？

乔尔心里腾起一阵负疚感。

“乔尔，”母亲说，“这段时间你还是不要跟着费奇教授学习了吧。”

乔尔回过头来看着她，警惕心一下子压过了负疚感。母亲可以让他再也不能跟着费奇学习。要是她跑去校长那儿……

他的脑子里闪过了十多句抱怨的话。可是不行，他不能做过多的抗议。要是这样做，母亲肯定会越发坚定立场，并且下决心让这件事情就此打住。可是那又该怎么办？

“爸爸也会这么想吗？”乔尔问道。

母亲的手一下子顿住了。她的筷子上还夹着意面，却一动也没有动。

把父亲搬出来一向都有很大的风险。母亲并不会经常为他哭泣，已经不会了。并不经常哭泣。光是一场发条轻轨事故就能让一切都天翻地覆，真是太可怕了。不论幸福生活，未来计划，还是乔尔成为阵学师的机会。

“不，”母亲说，“他不会想让你像其他人一样排斥这些东西。我猜，我也不会。只是……注意安全，乔尔。为我着想。”

乔尔放下心来，点了点头。糟糕的是，他发现自己的目光又飘回梅乐蒂那边。她正一个人坐着，食堂里其他人都时不时地朝阵学师这边瞟上一两眼，低声讨论着他们的事情，仿佛他们是一堆展品。

乔尔把筷子插进面条里，站起身来。他妈妈看了他一眼，却什么也没说，由着他穿过食堂，朝阵学师那边的餐桌走去。

他一过去，梅乐蒂就问：“干吗？又过来拍马溜须，好让我带你溜进别的什么你不能进去的地方？”

“你看起来挺无聊的，”乔尔说，“我就想，要不，你过来跟我和我妈妈一块儿吃饭？”

“哦？你确定你是想邀请我过去？一旦要讨论什么重大事情，不会又把我踢到一边？”

“你知道吗？——算了。”乔尔说着，转过身去，走开了。

“对不起。”梅乐蒂在身后说。

乔尔回过头来。梅乐蒂的样子看起来糟透了。她低着头，盯着一碗红棕色的意大利面，上面还插着一把叉子。

“对不起，”她又说，“我其实……挺想过去的。”

“哦，那就来吧。”乔尔一挥手，说道。

梅乐蒂犹豫片刻，然后端起自己的碗，赶紧跟上乔尔。“你知道这样像什么样子吧？我一天之内跟一个男孩子跑了两次？还跟他一块儿吃晚饭？”

乔尔的脸红了。*真棒*，他心想，*我就想这样*。“你不跟阵学师坐在一块儿不会惹上麻烦吧？”

“不会。他们希望我们坐在那边，但并不强迫我们这样。我只是碰巧没有别的地方可去。”

乔尔朝佣人餐桌母亲对面自己的空位子比了个手势，两边的人给梅乐蒂腾出点儿地方。梅乐蒂理一理自己的裙子，坐下来，样子多少有些局促。

“妈妈，”乔尔坐下来，拿起筷子，说，“这是梅乐蒂。她今年暑假也在跟着费奇教授学习。”

“很高兴见到你，亲爱的。”乔尔的母亲说。

“谢谢你，萨克森夫人。”梅乐蒂说着，拿起叉子，插着意面。

“你不会用筷子吗？”乔尔问。

梅乐蒂做了个鬼脸。“我一向吃不惯欧洲食物。叉子就挺好用的。”

“没有多难，”乔尔一边说，一边跟她比画着怎么拿筷子，“我还很小的时候，我爸爸就教会我了。”

“他也要来跟咱们一块儿吃饭吗？”梅乐蒂礼貌地问。

乔尔愣了一下。

“乔尔的爸爸八年前就过世了，亲爱的。”乔尔的母亲说。

“哦！”梅乐蒂说，“对不起。”

“没关系，”乔尔的母亲说，“又能和阵学师坐在一起，其实挺好的。让我想起他来。”

“他也是个阵学师吗？”梅乐蒂问。

“不，不是，”乔尔的母亲说，“他只是认识很多教授。”她的目光飘向了远方，“他给教授们制作特制的粉笔，作为回报，教授们也会和他聊自己的工作。我一直都不太理解这是怎么回事，不过特伦特喜欢这样。我猜是因为他是个粉笔匠，教授们差不多把他当成是自己人了。”

“粉笔匠？”梅乐蒂问，“粉笔不都是从地底下来的吗？”

“哦，常见的，普通的粉笔是这样。它不过是石灰石的一种形式。不过，你们阵学师使用的粉笔成分不一定得百分之百都是石灰石。这样就有了做实验的空间。反正特伦特总是这么说的。

“在他看来，阵学师使用的最好的粉笔应当是特意制造的。不能太硬，不然画出来的线条不够粗。也不能太软，不然粉笔很容易折断。粉笔的表面要有保护层，免得粉笔灰沾在阵学师的手指上。他还有几个配方，照着混合材料，可以让粉笔少掉灰。”

乔尔静静地坐着。要让母亲说起父亲可不容易。

“有些阵学师会指定要某些颜色，”母亲说，“特伦特就会工作好几个小时，把颜色配得刚刚好。不过大部分学校都不会聘用粉笔匠。约克校长从来都没有把特伦特换掉——一直都没有找到让他觉得称职的人。实际上，反正普通粉笔也能用，粉笔匠其实并没有那么重要。

“可是每当有人说他的工作无关紧要，他都要跟人争论。他会说，吃饭的时候味道也无关紧要——不论饭菜好吃还是没味道，身体都能吸收到一样的营养。布料的颜色，墙上的涂料，还有好听的音乐——这些都无关紧要。可是，人可不仅仅是为活着。造出品质更佳、更好用的粉笔就是他的追求。

“有一阵子，他弄了一些装着六种不同粉笔的腰带——不同的硬度，笔尖有不同的弧度，用来在各种表面上画画。许多教授都用这种腰带。”她叹了口气，“不过这都是过去的事了。如今有谁需要特制粉笔，都直接从缅因福特订购就行了。”

乔尔的母亲不再说话了，她看了一眼墙上那只咔嗒作响的大钟。“吃灰的！我得回去工作了。梅乐蒂，很高兴见到你。”

梅乐蒂站起身来，乔尔的母亲匆匆走开了。等她的身影不见了，梅乐蒂重新坐下，用叉子叉着自己的晚餐。“你爸爸听起来像是个很有趣的人。”

乔尔点点头。

“你还记得很多他的事吗？”梅乐蒂问。

“记得，”乔尔说，“他死的时候我八岁，我们有几张他的达盖尔银版照片，挂在我们屋里的墙上。他是个脾气和善的人——大块头，身材粗壮，更像个种地的，而不像个手艺人。他喜欢笑。”

“你真幸运。”梅乐蒂说。

“什么？”乔尔问，“因为我爸爸死了？”

梅乐蒂脸一下子红了。“你幸运，是因为你有个像他那样的家长，还能跟你妈妈一块儿生活。”

“也不全都那么有意思。我们的住处就跟个柜子一样，妈妈每天工作累得要死。别的学生都对我很友善，可我连个好朋友都交不上。他们不知道该怎样跟一个清洁女工的儿子相处。”

“我连这些都没有。”

“你是个孤儿？”乔尔吃惊地问。

“没那么夸张，”她叹了口气说，同时用叉子叉起一坨面条，“我的家人住在佛罗里达环礁。我父母都健在，但他们完全没兴趣来看我。我猜他们养了四个阵学师孩子，新奇感大概都没了吧。”

“你们家有**四个**阵学师？”

“唉，要是把我爸妈也算上，有六个。”梅乐蒂说，“他俩也是阵学师。”

乔尔皱着眉头，朝后坐了坐。阵学特征并不遗传。许多研究证明，就算阵学师的孩子更有可能成为阵学师，但这个可能性也高不到哪儿去。

“这不可能。”乔尔说。

“不是不可能，”梅乐蒂说着，吃了一口意面，“只是不太可能。”

乔尔朝旁边瞥了一眼。这本他看了一整天的书仍旧放在桌子上，暗棕色的封面又旧又破。“那个，”他随口说道，“我今天一直在看这本书，上面说的是阵学师在灵选室里发生的事情。”

梅乐蒂浑身一僵，几根面条挂在嘴边，又掉进碗里。

“挺有意思的，”乔尔随便翻了翻这本书，说，“不过，这个过程我还是有些疑问。”

她咕咚一声吞下面条，说：“这本书是讲*灵选*的？”

乔尔点点头。

“哦，吃灰呀，”她挠着头说，“哦，吃灰呀。我可捅了大娄子了。”

“我没看出来。我是说，怎么了？所有人都进过灵选室，不是吗？所以说，那地方用不着事事都保密吧？”

“那地方并不神秘，真的，”梅乐蒂说，“那地方它……唉，我不知道。*神圣*。有些事情根本不该讨论。”

“哦，我是说，我看过这本书了，”乔尔说。*或者说，至少，看过我能看懂的那部分了*。“所以，我已经了解挺多的了。再告诉我一点儿也不碍事儿，对吧？”

梅乐蒂盯着他。“那要是我回答你的问题，你能把你和费奇跟那个警官谈论的事情告诉我吗？”

乔尔猛地警醒过来。“嗯……呃，”他说，“我发过誓不能说的，梅乐蒂。”

“好吧，我也保证过不会跟非阵学师谈论灵选室里的事。”

吃灰的。乔尔烦躁地想。

梅乐蒂叹了口气。“咱们别再吵了，好吗？”

“我不知道，”乔尔说，“我其实不想吵架。”

“我也不想。眼下我实在是没力气吵架。我得吃完饭才有力气，也就是意大利人称之为食物的这一坨东西。看着太像爬虫了。对了，你吃完晚饭要干什么？”

“吃完晚饭？”乔尔问，“我……哦，我可能就想再看点儿书，看我能不能弄明白书里讲的是啥。”

“你学得真不少。”梅乐蒂皱着鼻子说。

“我的那些老师才不同意你说的呢。”

“好吧，那是因为*他们*都错了，而*我*才说对了。别再看书了。咱们去吃冰淇淋吧。”

“我不知道厨房里还有没有了，”乔尔说，“夏天里可不容易弄到，再说——”

“不是去厨房，傻瓜，”梅乐蒂翻了个白眼说，“去外面，骑士街上的小店里。”

“哦。我还……从没去过那里呢。”

“什么！真是个*悲剧*啊。”

“梅乐蒂，在你眼里，什么事儿都是*悲剧*。”

“吃不到冰淇淋，”梅乐蒂斩钉截铁地说，“就是灾难中的灾难！就是这样。别再说了。咱们走。跟我来。”

话音刚落，她就飞快地跑出了食堂。乔尔吸溜着吃完最后一口意面，跟着冲了出去。

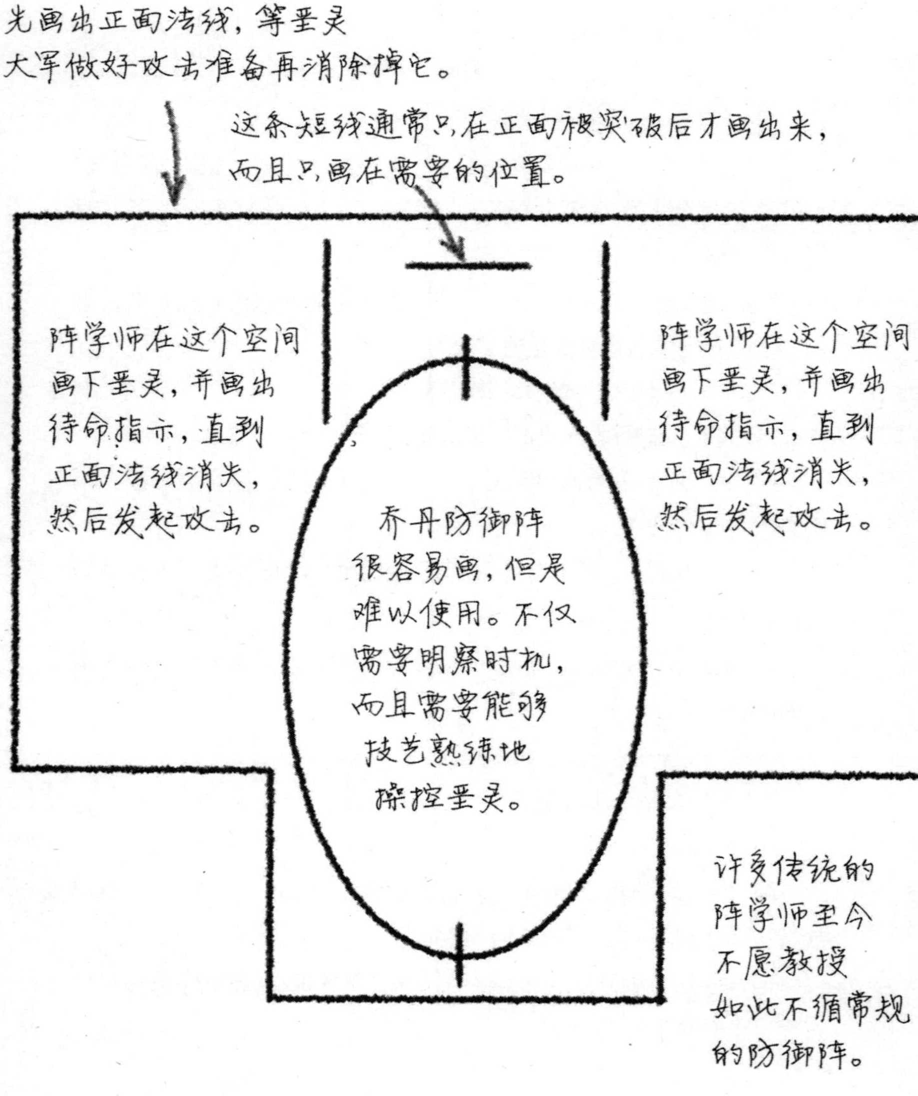
先画出正面法线，等垩灵
大军做好攻击准备再消除掉它。
这条短线通常只在正面被突破后才画出来，
而且只画在需要的位置。
阵学师在这个空间
画下垩灵，并画出
待命指示，直到
正面法线消失，
然后发起攻击。
阵学师在这个空间
画下垩灵，并画出
待命指示，直到
正面法线消失，
然后发起攻击。
乔丹防御阵
很容易画，但是
难以使用。不仅
需要明察时机，
而且需要能够
技艺熟练地
操控垩灵。
许多传统的
阵学师至今
不愿教授
如此不循常规
的防御阵。

乔丹防御阵

第十三章

“所以，到底是阵学的哪个方面，让你那么想成为阵学师?”梅乐蒂问。在暗淡的夏日天光下，老巴克利——学校的看管员——在小路上与两人擦身而过，走在两排路灯中间，拧紧路灯的齿轮，让它们开始旋转，发出灯光。哈丁发布了宵禁的命令，梅乐蒂和乔尔很快就得返回学校了，不过应该还能抓紧时间转一圈儿。

乔尔和梅乐蒂并排走着，他的手抄在裤兜里，两人信步朝校门口走去。“我也不知道，”他说，“怎么会有人不想当阵学师呢?”

“好吧，我知道许多人想当阵学师，”梅乐蒂说，“他们看中的是名声，是特殊的待遇。还有些人，我觉得是喜欢法力。你不是这样，乔尔。你不想要名声——你总是东躲西藏，安安静静的。你好像挺喜欢一个人待着。”

“大概吧。我可能只是想要获得法力。你也看见了，要是跟人比赛，我能做成什么样子。”

“不对，”梅乐蒂说，“每当说起法线、防御阵的时候，你都会非常兴奋，可是你聊起阵学的时候，一点儿都不像是想要得到什么，或者是让别人听从你的。许多人都会讨论这些东西。就连我班上的其他人也是一样。”

两人来到学校的大门口。有两名警官正在站岗，不过他们并没有阻止他俩出校。那两个警察身边放着几个大桶。里面装着酸液，是对付垩灵用的。这种酸液并没有强到能伤人的程度，至少不会伤太重，不过足够在眨眼之间消灭垩灵。哈丁绝不肯冒半点风险。

一个警卫朝乔尔和梅乐蒂点点头。“你们俩小心点儿，”他说，“注意安全。一个小时内回来。”

乔尔点点头。“你确定这会儿出门是个好主意?”他问梅乐蒂。

梅乐蒂夸张地翻了个白眼。“从没有人在冰淇淋店里失踪过，乔尔。”

“是没有，”乔尔说，“可是莉莉·怀汀就在从派对回家的路上失踪了。”

“你怎么知道这个的?”梅乐蒂一脸可疑地看着他说。

乔尔的目光瞥向一边。

“哦，对了，”梅乐蒂说，“秘密会议。”

乔尔不做回答，谢天谢地，梅乐蒂也没有追问。

大街上人来人往，而绑架者总是在学生落单的时候发动袭击，所以乔尔似乎也用不着担心。不过，他还是不由自主地警惕着周遭环境。在他们右边是阿尔美狄乌斯，就像一座锁了门的公园，里面有修剪整齐的草坪和庄严的建筑。他们左边就是街道，时不时有马拉着大车嗒嗒地走过。

随着人们逐渐用各种形状和设计的发条牲畜来代替马匹，马车变得越来越少见了。有一头发条牲畜从旁边爬过，它的形状像一条没有翅膀的龙，齿轮咔嗒咔嗒转个不停，眼睛放出光来，照亮街道。它的背上驮着一个轿子，乔尔看见轿子里坐着一个头戴圆顶礼帽的大胡子。

阿尔美狄乌斯位于詹姆斯敦的正中央，附近有好几个繁忙的十字路口。远处的楼房有十几层高，全都是结实的砖石结构。有些建筑有石头砌起的柱子之类的，而人行道则是用大鹅卵石铺成的，许多墙砖上都戳有新布列塔尼亚的印记。很久以前，当欧洲人发现这片后来组成美利坚合众岛的巨大群岛时，新布列塔尼亚是其中第一座被殖民者占领的岛屿。

今天是星期五，竖琴街上有戏剧和音乐演出，所以交通才会这么糟糕。穿着裤子和脏衬衣的工人从他们身旁经过，伸手碰碰帽子，向梅乐蒂致意——她那一身阵学师的制服引起了他们的敬意。就连那些衣着光鲜的人——身穿笔挺的衣裤、套着长外套、带着手杖的男人和一身裙装光鲜亮丽的女人——有时候也会向梅乐蒂点点头。

所有从身旁经过的人都能认出你来，还会向你致意，这是一种什么感觉？这也是乔尔从来都没考虑过的，成为阵学师的一个生活侧面。

两人在街灯下慢慢走着，乔尔问梅乐蒂：“你不喜欢当阵学师是因为这个吗？”

“什么？”梅乐蒂问。

“名声地位，”乔尔说，“所有人都看着你，都对你另眼相待。你不喜欢当阵学师是因为这个吗？”

“这也是一部分原因。这就像是……所有人都想从我身上获得点儿什么。那么多人都仰仗着我。普通学生可以失败，可一旦你是个阵学师，所有人都想告诉你，你绝对不能失败。阵学师数量有限——除非有人死了，不然不会有人被选中成为新的阵学师。要是我干不好自己的事情，我会成为我们防御阵地上的一处薄弱环节。”

她一直往前走，两只手握在身前。两人从发条轻轨轨道下方穿过，乔尔可以看见，在自己右边，有一列列车正在阿尔美狄乌斯站上发条。

“压力太大了，”她说，“我阵学学得一团糟，可是主宰亲自选择了我。这就是说，我肯定有这个天分。所以，要是我做得不好，那一定是说我不够努力。所有人都这么跟我说。”

“哎呀，”乔尔说，“真是严格。”

“是啊。”

乔尔不知道还能说什么。难怪她这么容易发火。两人默不作声，走了一阵子，乔尔头一次注意到，他们路上遇到的人里面，有一小群人对梅乐蒂并没有表现出其他人那样的尊敬态度。这些人戴着工人的帽子，怒气冲冲地看着梅乐蒂，同时跟自己的同伴小声嘀咕着什么。乔尔从来都没有想到过，针对阵学师的抱怨原来不仅仅是学校里学生们的嫉妒。

最后，他们路过了市中心的大教堂。这座气势雄伟的建筑有几扇金属大门，连着一些发条机械，一边转动，一边计数着无穷无尽的时间。发条雕塑和滴水兽耸立在带尖的墙壁和屋顶上，时不时地转一转脑袋，或者扇一扇翅膀。

乔尔停下脚步，抬头看着黄昏时分天光下的大教堂。

“你一直都没有回答我的问题，”梅乐蒂说，“你为什么这么想当个阵学师。”

“大概只是觉得我错过了自己的机会吧。”

“你跟其他人一样有机会呀，”梅乐蒂说，“你也接受过灵选。”

“没错，”乔尔说，“不过是在十二月，而不是七月。”

“什么？”梅乐蒂问，乔尔却转过身去，接着往前走了。梅乐蒂三步两步跑到他前面，对着乔尔转过身来，一边倒着走，一边说：“灵选大典在七月份举行呀。”

“错过了就不会。”乔尔说。

“你到底是为啥错过了自己的灵选礼？”

“说来……话长。”

“可是等到十二月份，这一年的所有阵学师就都已经选出来了呀。”

“对，”乔尔说，“我知道。”

梅乐蒂让过身来，和他并排走着，看起来若有所思。“是个什么样？我是说，你的灵选礼。”

“我以为咱们之间不能讨论这些话题。”

“不对。是*我*不能说这些事情。”

“也没啥好说的，”乔尔说，“有个星期六，我妈和我去了大教堂。斯图尔特神父朝我洒了圣水，又在我头上涂了圣油，然后让我在圣餐台前面祈祷了差不多十五分钟。然后我们就回家了。”

“你没进灵选室？”

“斯图尔特神父说没必要。”

梅乐蒂皱起眉头，不过没有继续这个话题。他们很快来到位于阿尔美狄乌斯外面的热闹的商业区。砖砌的建筑前面搭着布篷，木制招牌在风中微微晃动。

“今天真该穿件针织衫了，”梅乐蒂打了个哆嗦，说，“即便是夏天，这里还是会很冷。”

“冷？”乔尔说，“哦，对了。你是从佛罗里达来的，对吧？”

“北方这边太冷了。”

乔尔笑了。“新布列塔尼亚不算冷。缅因福特——*那*才叫冷。”

“*全都*冷，”梅乐蒂说，“我早就知道，你们北方佬从来都没体验过什么才叫真的暖和，所以你们接受了一个次一等的替代品。”

乔尔乐了，问道：“不是你提议要吃冰淇淋的吗？”

“店里面又不冷，”梅乐蒂说，“或者说……好吧，没准儿会冷。可是所有人都知道，冰淇淋，就算挨冻也值得。就像所有高洁神圣的事情一样，你必须承受痛苦，才能获得回报。”

“你说冰淇淋高洁神圣？”乔尔说，“有意思。”

梅乐蒂一边咧着嘴笑，两人一边慢悠悠地顺着鹅卵石铺就的人行道往前走。路灯旋转着洒下灯光，忽明忽暗地照着梅乐蒂深红色的头发和脸颊上的酒窝。

真的呀，乔尔心想，*她不发疯——也不朝我大喊大叫的时候，的确挺漂亮的*。

“到了！”梅乐蒂指着一家小店说。她飞跑着穿过街道，乔尔则一边让车，一边小心地跟在后面。看样子，这家店很受欢迎。他以前从来都没有来过这里——他并不怎么来商业区。他需要买什么呢？家里的日常用度都由学院提供。

乔尔认出店里面有几个阿尔美狄乌斯的学生。理查德森·马修斯在店外面，朝乔尔轻轻地挥挥手——这个高个子学生比乔尔高一年级，对他一向很好。他看了看梅乐蒂，然后冲着乔尔使了个眼色。

得嘞，乔尔心想，*就算之前没有我和梅乐蒂的绯闻，这会儿也有了*。他不太确定自己对此有何感想。

他朝理查德森走过去，打算跟他聊几句。梅乐蒂则过去研究冰淇淋的口味。

这时，乔尔看见挂在口味列表旁边的价格，于是一下子顿住了脚步。

他暗骂自己真傻。要是先前停下来过过脑子，他早就该想到了。乔尔很少离开校园，他几乎从来都没有花钱买过东西。

“梅乐蒂，”他不等梅乐蒂进到店里，就拽住她的胳膊说，“我……买不起这个。”

“啥？”梅乐蒂问。

乔尔指了指挂在窗外的价格牌。“一勺子九分钱？太夸张了！”

“好吧，这会儿正是六月，”她说，“不过，也没那么糟糕。我估计整个岛上都找不到一勺低于七分钱的冰淇淋。我在冬天见过的冰淇淋最便宜也要五分钱。”

乔尔眨眨眼。东西真的都这么贵吗？

“你有多少钱?”梅乐蒂问。

乔尔把手伸进口袋里，掏出一枚一便士的硬币。这枚硬币有他的大拇指那么宽，很薄，上面盖着新布列塔尼亚的徽记。母亲硬要乔尔随身带着它，预备着万一需要花钱叫车或者买张发条轻轨的车票。

“一便士。”梅乐蒂语气平淡地说。

乔尔点点头。

“你一个星期就这点儿零花钱?”

“一个星期?”乔尔说，“梅乐蒂，这是去年我过生日的时候我妈妈给我的。”

梅乐蒂盯着硬币看了一会儿。“哦，哇噢。你*真的*好穷啊。”

乔尔的脸一下子红了。他把钱塞进兜里。“这下你知道啦。我在外面等着——”

“哦，别犯傻了，”梅乐蒂一边说，一边拽着乔尔的胳膊，把他拖进暖暖的小店里面。她走到队尾，跟在理查德森和一个乔尔不认识的长睫毛姑娘身后。“我请客。”

“我可不能让一个姑娘替我买单!”

“无聊又自负的大男子气概，”梅乐蒂说着，伸手从钱包里取出一枚闪闪发亮的半美元金币。“拿着，”她说着，把它递给乔尔，“这下你就能请我了。”

“这也太不着调儿了!”乔尔抗议道。

“你还是快想好点啥吧，马上就到咱们了。”

乔尔朝柜台后面的店员看了一眼，迟疑了。那人看着乔尔，挑起一道眉毛。

“呃……”乔尔说，“你好。”

“哦，你没救了，”梅乐蒂一边说，一边用胳膊肘把乔尔挤到一边，“我要三勺巧克力圣代，浇糖浆，再撒上巧克力碎末。”她又看看乔尔，“他要香草味儿的，两勺。加上草莓。另外给我们一人一杯草莓汽水。记下了?”

店员点点头。

“他请客。”梅乐蒂指指乔尔说。

乔尔把那半美元递过去。店员找给他几个便士。

梅乐蒂指了指一张桌子，乔尔跟着她一道过去。

两人一坐下，乔尔要把零钱还给她，梅乐蒂却无所谓地摆摆手。“你留着吧。我最讨厌随身带小额硬币了。总是丁零当啷的。”

“你有多少钱啊?”乔尔低着头，看着硬币，问道。

“我每个星期从家里拿到一块钱。”梅乐蒂说着，拿出一枚金光灿灿、面值一美元的硬币。那硬币直径有两英寸。

乔尔倒抽一口气。他过去从来都没有过整整一美元的钱。硬币的两面都镶着一块玻璃，露出里面的机械结构，证明这是一枚真钱。

梅乐蒂用手指把这枚硬币翻来翻去，然后掏出一把小钥匙，给里面微小的齿轮装置上弦。齿轮发出轻微的咔哒声，在玻璃表面下方一圈一圈地转动起来。

一个星期一美元。乔尔惊讶地想。

“给，”梅乐蒂让硬币隔着桌子朝乔尔滚过去，“归你了。”

“这我可不能收下!”乔尔按住那硬币，免得它滚下桌去，同时抗议道。

“为啥?”

“这样可不对。我……”他过去从来都没有过这么多钱。他正要把钱还回去，梅乐蒂却啪的一下，把钱夹子合上了。

“不行，”她说，“我房间里有差不多五十个硬币呢。我一直都不知道该拿这些钱干啥。”

“真是……真是吓人!”

梅乐蒂鼻子里一哼。“跟学校里的大部分学生相比，这算不了啥。有个跟我上同一节课的小孩儿，每个星期能从家里拿到十美元呢。”

“吃灰呀！”乔尔说，“我可真穷。”他犹豫了一下，说，“可我还是不能收下这个，梅乐蒂。我不想要人施舍。”

“这不是施舍，”梅乐蒂说，“我只是不想一直随身带着。要不你给你妈妈买点儿好东西？”

听了这话，乔尔顿住了。他不情不愿地把那一块钱放进自己口袋里。

“你妈妈似乎需要放个假了，”梅乐蒂说，“她工作挺累的吧？”

乔尔点点头。“非常累。”

“那她赚的钱都用到哪儿了？付你的学费吗？”

乔尔摇摇头。“我爸爸去世后，校长免去了我的学费。”

服务员端来了他们点的冰淇淋，梅乐蒂一边朝他点点头，一边说：“除了吃住之外，你妈妈肯定还有别的地方需要花钱。”乔尔被冰淇淋的分量吓了一跳——冰淇淋上还浇有奶泡，点缀着切成两半的草莓。而他的这份还只是梅乐蒂那座巧克力冰山的三分之二大。

梅乐蒂一勺子插进冰淇淋里。“所以，你妈妈的钱都去哪儿了？”

“我不知道，”乔尔说，“我猜我以前从来都没有想过这些事情。”他又摩挲起口袋里那一块钱硬币来。好多钱。阵学师的津贴真的有这么多钱吗？

他们必须在内布拉斯科作战十年。如果愿意，他们还可以待上更久，不过只要干满十年，他们就可以从前线退下来，只在需要的时候才会受到征召。这种情况极少出现——过去三十年里只发生过一次，当时环阵遭到大范围突破。

作为这十年服役的回报，阵学师们以后终生都能享受到一笔津贴。乔尔不知道津贴的具体数目，不过如果阵学师还需要更多的钱，他们还可以为发条轻轨公司工作。这些公司跟政府之间有协议，获准使用垩灵——这些垩灵带有点睛符，能够影响到真实世界，而不仅仅是粉笔笔迹——来为驱动轻轨列车的巨大弹簧发条上弦。

乔尔对这类事情知之甚少——这也是阵学师们不肯与其他人谈论的众多事情之一。他甚至不知道垩灵是怎么*推动*东西的。不过垩灵的确能推动东西，而且这份工作能让阵学师赚到非常非常多的钱。

“要说当阵学师，赚钱似乎是个非常好的理由，”他说，“轻轻松松赚大钱。”

“是呀，”梅乐蒂轻声说，“很轻松。”

乔尔终于吃了一口自己的冰淇淋。这味道比阿尔美狄乌斯学院里提供的饭菜*强多了*。可他注意到梅乐蒂低垂着眼睛，开始闷闷不乐地搅着自己的冰淇淋，于是也没法安然享受这份美味。

*我刚才说什么了？*他心想。刚才的话是不是让她想起自己的技艺有多差劲了？“梅乐蒂，”他说，“你其实挺擅长阵学的。你是个画垩灵的天才。”

“谢了。”梅乐蒂虽然这么说，却并没有一下子打起精神。她闷闷不乐似乎并不是因为这件事。

不过，只一会儿工夫，她就又舀起一勺圣代来。“巧克力，”她说，“是*有史以来*最伟大的发明。”

“发条机械呢？”乔尔说。

梅乐蒂无所谓地摇摇手。“达·芬奇根本就是个领钱干活儿的。所有人都知道这一点。完全是过誉了。”

乔尔笑了，吃起自己的圣代来。“你怎么知道该给我点哪种口味的？”

“就是这么猜的，”她一边说，一边又吃了一口，“乔尔……你刚才说起垩灵，你是认真的？有关我画垩灵的技巧？”

“那是当然。”乔尔说完，抿了一口自己的汽水，“我偷偷旁听过许多课程，在学校里从来没见过哪位教授能画出像你一样细节丰富的垩灵，差得远呢。”

“那我为什么老是画不好别的法线?”

“这么说，你其实挺在意的?”

“我当然在意。我要是不在意可就惨了。”

“你大概只是还需要多做练习吧。”

“我都做过一吨练习了。”

“那我也不知道了。你是怎么让你的垩灵一直待在防御阵后面的? 对你来说似乎根本不是难事，可是按理说应该非常困难。”

“按理说?”

“我也不是太清楚。”乔尔一边说，一边往嘴里舀了一勺冰淇淋。他细细品味着甜美顺滑的口感，又舔了舔勺子，“我对垩灵理论还没有做过多少研究。普通学生的书库里并没有太多资料，费奇教授又不教垩灵课程——只有他愿意让我溜进课堂，旁听基础课程。”

“真可惜。你想了解什么?”

“你肯告诉我?”乔尔吃惊地问。

“我看不出来凭什么不能告诉你。”

“因为你一知道我在学习灵选大典的事情，就变得非常焦躁。”

“根本是两码事，”梅乐蒂翻了个白眼儿说，“你到底要不要问了?”

“好吧，”乔尔说，“我知道，有时候垩灵对指令的响应比其他时候更好，这是为什么?”

“我也不知道有没有人明白这一点。垩灵通常会遵照我的意愿去行动，不过其他人似乎不太容易做到这一点。”

“这么说你比其他人更懂指令符?”

“我可不会这么说，”梅乐蒂说，“垩灵……垩灵跟别的法线不太一样，乔尔。禁界线只有一个功能。你画一条禁界线，它就一直待在那儿。垩灵不一样……它们能干各种事情。它们有自己的生命。要是没有画好，它们就没法好好干它们该干的事。”

乔尔皱起眉头。“可是，‘画好’究竟是个什么意思？我一直在查阅图书，我能找到的资料里都说，细节能让垩灵更加强壮。可是……怎么说呢，垩灵不过是一些粉笔印子啊。垩灵又怎么知道你是不是把它画得细节丰富？”

“它就是能知道啊，”梅乐蒂说，“你画得好，垩灵就是知道。”

“最重要的是不是粉笔笔迹的*多少*？‘细节丰富’的画比没有细节的画消耗更多的粉笔？”

梅乐蒂摇摇头。“我上学第一年，有些学生会直接画一个圆圈，然后填上颜色，就算是他们的垩灵了。那些垩灵总是很快就死去了——有的直接滚到一旁，根本到不了它们该去的地方。”

乔尔皱着眉头。他一向把阵学看成是……这么说吧，科学的、可以量化研究的学问。守御线的法力与它的弧度成正比。禁界线的阻隔力量大小与它的宽度成正比。这些线都能够直观地、量化地加以理解。

“肯定跟某个数据有关。”他说。

“我跟你说过了，”梅乐蒂说，“它跟画得多好有关。如果你画了一头*看起来*像独角兽的独角兽，那它就能活得比那些身体比例糟糕的，或者是明显瘸腿的，或者是压根儿不知道是狮子还是独角兽的垩灵活得更久。”

“可是垩灵又是怎么*知道*的？又凭什么来定义什么叫画得‘好’还是‘不好’？这是不是跟阵学师脑子里所看到的图形有关？阵学师越是能把自己想象中的图景画出来，这个垩灵就越是强壮？”

“也许吧。”梅乐蒂耸耸肩说。

“可是，”乔尔晃着勺子说，“如果是这样的话，那最优秀的垩灵画家一定是想象力最贫乏的家伙。我看过你画的垩灵，都很强壮——而且细节都十分丰富。我怀疑这东西并不会让那些想象不出复杂图案的家伙多占好处。”

“哇噢。你真的入迷了，是吧？”

“造物线似乎是唯一的一种让人无法理解的发现。”

“对我来说挺好理解的，”梅乐蒂说，“你画得越漂亮，垩灵就越强壮，而且越能照你的指令去做事。有什么不好理解的？”

“不好理解是因为它太模棱两可了，”乔尔说，“一个东西，要是不知道它为什么会如此运作，那就不算是理解它了。肯定有一个客观的参照系，来确定怎样才算画得好，怎样又不算——哪怕这个客观的参考标准是画画的阵学师的主观看法。”

梅乐蒂冲着他眨眨眼睛，然后又吃了一口冰淇淋。“乔尔，你真该当个阵学师。”

“早就有人这么说过啦。”乔尔叹了口气说。

“我是认真的，”梅乐蒂说，“有谁会像你这样说话呢？”

乔尔低头继续对付他的冰淇淋。花了这么多钱，他可不想让冰淇淋浪费掉。对他来说，味道怎样都在其次，尽管味道确实不错。“那边那些人是不是跟你一伙儿的？”他指着墙角处一张桌旁的几个阵学学生说。

梅乐蒂朝那边看了一眼。“没错。”

“他们在干啥？”乔尔问。

“在看报纸？”梅乐蒂眯缝着眼睛说，“嘿，报纸头版上画的是不是费奇教授。”

乔尔哼哼起来。*好吧，那个记者活儿干得可真快。*

“快走，”他把汽水灌下肚去，把最后一大勺冰淇淋塞进嘴里，站起来说，“咱们得弄份报纸来。”

威力线
第一部分：基本用法

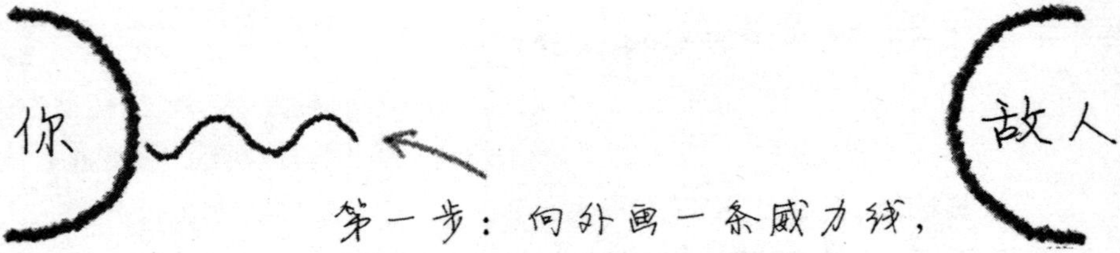

第一步：向外画一条威力线，然后控制住它。

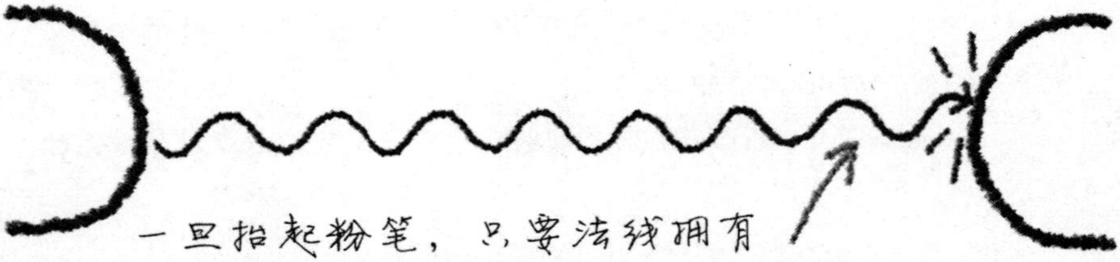

一旦抬起粉笔，只要法线拥有至少两个完整的波浪形，它就会直射出去，一直前进，直到它撞上某个东西。

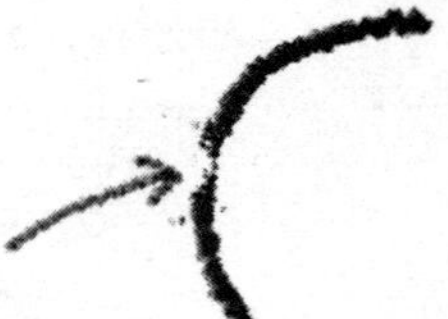

如果瞄准精确，法线能将对手的防御阵击伤或击破。注意：根据环阵的强度不同，通常需要对同一个位置轰击多次，才能打破一条守御线。大部分垩灵则相对容易击毁。

（需要记住，威力线并不能影响真实的生物或物体。只能轰击粉笔画出来的物体。）

第十四章

“‘费奇教授，’”梅乐蒂念着报纸，“‘是一个长得像松鼠的男人，他蜷缩在自己的藏书面前，仿佛这些书是他用来过冬的坚果，随意地堆叠在他的洞穴里。尽管看起来如此，但他其实十分重要，因为他是查询阿尔美狄乌斯杀手的核心人物之一。’”

“杀手？”乔尔问。

梅乐蒂竖起一根手指，继续念道：

或者说，至少，一个线人是这样推测的。“是的，我们很担心被绑架学生的生命安全，”不愿透露姓名的线人说，“每一位警官都知道，如果一起失踪事件受到如此多的关注，那么失踪者极有可能永远无法被发现。至少很难活下来。”

费奇教授则乐观得多。他不仅认为这些孩子仍然活着，而且相信他们将会重获自由——而他们的下落很有可能跟犯罪现场发现的某些奇怪的阵学线条有关。

“我们并不知道这些线条是什么，又有什么用处，”费奇教授解释道，“不过这些线条肯定跟失踪事件有关。”他拒绝向我展示这些图画，不过他明确告诉我，这些线条并不是由那四种基本法线构成。

费奇为人谦虚，他说话时语调安静，没有丝毫架子。从他那里并没有了解到多少信息，我们必须继续保有希望。因为如果新布列塔尼亚真的有一个在逃的疯子阵学师，那么无疑需要另一个阵学师才能够制服他。

她从报纸上抬起头来，两人扫荡一空的冰淇淋碟子和汽水杯脏乎乎地放在桌子上。马上要宵禁了，许多学生都离开小店，返回阿尔美狄乌斯，所以店里没有那么繁忙了。

“好吧，我猜这下子你什么都知道了。”乔尔说。

“就这些?”梅乐蒂问，“你跟探员说的就是这些?”

“差不多就是这些。”这篇文章里面有许多骇人的细节，例如明确点出了莉莉与赫尔曼失踪事件的本质，还提到两个案发现场都发现了血迹。“这可糟了，梅乐蒂。真不敢相信这件事情都见报了。”

“为什么?”

“直到这会儿，警察和约克校长仍然在暗示赫尔曼和莉莉可能只是逃学了。虽然学院里的阵学师家长们不是这么想的，但是城里的人们并不知道这些。”

“好吧，这么说来，最好还是让他们了解真相吧。”梅乐蒂说道。

“哪怕这会引起恐慌？哪怕普通百姓都躲在自己家里，因为他们害怕一个可能压根儿都不存在的杀手，而且此人压根儿没打算伤害他们?”

梅乐蒂咬着嘴唇。

乔尔叹了口气，站起身。“咱们回去吧，”他一边说，一边把报纸折起来，“快宵禁了，我想把这个拿给哈丁探员，也许他还没看过报纸呢。”

梅乐蒂点点头，跟着乔尔一道走出小店，来到街上。天色这会儿更暗了，乔尔又开始想，这附近没准儿就有个杀手，这会儿在外面闲逛是否明智。梅乐蒂似乎也跟他一样的心思，走路的时候，她跟乔尔比之前挨得更近了。两人步履匆匆，也不说话，一直到他们回到了阿尔美狄乌斯的大门口。

校门口站着的还是那两位警官。乔尔进来时，学校的大钟响起来，距离宵禁还有十五分钟。“哈丁探员在哪儿?”乔尔问。

“怕是出去了，”一个警官说道，“有什么事要我们帮忙吗?”

“他回来的时候，把这个交给他。”乔尔把报纸递给一位警官。警官扫了一眼，脸色变得难看起来。

“走吧，”乔尔对梅乐蒂说，“我送你回宿舍。”

“怎么，”梅乐蒂说，“你不会一下子变得这么有骑士精神了吧?”

两人沿着小路慢慢走着，乔尔陷入了深思。至少，这篇文章并没有贬低费奇。也许是那个记者为对他说谎而感到愧疚吧。

他们走到宿舍楼了。乔尔说：“谢谢你请我吃冰淇淋。”

“不对，该谢谢你。”

“是你付的钱，”乔尔说，“尽管你先把钱给了我。”

“我不是谢你付的账，”梅乐蒂一边漫不经心地说着，一边推开宿舍楼的大门。

“那是为什么?”

“为你没有不理我，”梅乐蒂说，“同时呢，又不理会我隔三差五地发神经。”

“所有人都会发点儿神经，梅乐蒂，”乔尔回答，“你只不过是……比大部分人更会发神经。”

梅乐蒂挑起一道眉毛。“真会拍马屁。”

“我不是这个意思。”

“那我就勉为其难地原谅你吧，”梅乐蒂说，“真没劲。晚安啦，乔尔。”

大门在她身后关上，梅乐蒂消失在宿舍楼里面。乔尔慢慢地穿过草坪，脑子里一团乱麻，最后发现自己正在阵学校园里乱逛。

他知道大多数教授都住在哪里，所以轻易地就能猜到纳利扎住在哪间以前空着的办公室里。很自然地，他很快就在造物讲堂的外墙上找到了带有纳利扎名牌的房门。

乔尔在讲堂外面走来走去，时不时地抬头看看黑漆漆的二楼。造物讲堂是四座讲堂里最新建的，比那几座老讲堂有更多窗户。纳利扎房间的窗户里是黑的。这表明他不在屋里，还是说他这会儿已经休息了？

梅乐蒂说纳利扎让人把那些书送去他的办公室。这些书八成就在他的办公桌上，要不然就可能在楼梯井的顶上。

乔尔不由自主地伸手摸向门把手。

他赶紧停下动作。*我这是在干什么？*难道他真的打算闯进教授的办公室吗？这样做后果极其严重，他得好好想清楚。他穿过草坪，走开了。正走着，他听见有什么声响，于是转过身去。

纳利扎办公室楼梯井外面的门打开了，一个头发金黄、身披黑色斗篷的人影走了出来。那人正是纳利扎。乔尔感觉心都快跳出来了，不过他站的位置远着呢，而且正处在阴影里，纳利扎并没有看见他。

教授戴上一顶大礼帽，沿着人行道走了。乔尔感到心脏在胸腔里跳个不停。刚才要是他真的上楼了，纳利扎肯定会把他逮个正着。他深吸几口气，让自己镇静下来。

然后他意识到，*这回*他可以确认，教授不在屋里了。

*可万一他很快就回来了呢？*乔尔心想。他甩甩头。如果他*真的*打算溜进教授的房间，那他需要的可不单单是一个计划。

他继续走着，却不想回家。他一点儿都不困。最后，他做出了另外一番打算。乔尔知道，今晚肯定有人还没睡觉，他可以去找那人聊聊。

他知道平常都可以去哪儿找到他母亲，他想先去这些地方看看。可他没有找到母亲，却遇见了达姆——另外一位清洁女工。她告诉乔尔母亲的所在地。

原来他母亲正在打扫决斗竞技场。乔尔走到竞技场门口，门虚掩着，乔尔从门缝里面望进去。他听见门里面回响着刮擦地板的声音，于是推开门，溜了进去。

决斗竞技场在造物讲堂的正中间，占据了这栋建筑的大部分中心区域，屋顶是方形的玻璃，由铁框支撑着。毕竟，阵学决斗还是要从高处观看比较好。在混战集期间，教授们和当地名流会在上方最好的席位上观看比赛。

乔尔从来都没有见过上面雅间里的样子，不过他曾经幸运地弄到过下面的座位，看过几场混战集的比赛。竞技场的形状就像是个溜冰场。最下面是比赛场地——场地是黑色的，好让粉笔画在上面显示清楚，面积很大，足够让几十个人同时在上面画防御环阵。观众席围绕在赛场外面，不过人们都想来看混战集，座位总是不够坐的。

当然，决斗比赛全年都有，可是最受瞩目的还是混战集。这是三年级学生炫耀自身技艺的最后机会。混战集之后，他们就要乘船前往内布拉斯科，接受他们最后一年的训练。混战集的胜者们将在内布拉斯科得到重要岗位，并且更有机会当上小队长和上尉。

乔尔的母亲在竞技场的中央，手脚并用地伏在地上，擦着黑色的石制地板，在她身边有一盏孤零零的发条提灯。她用一条方头巾把头发绾在后面，袖子挽起来，棕色的裙子因为一直趴在地上而沾满灰尘。

乔尔心里突然烧起一阵怒火。其他人都跑去玩儿，慵懒地待在自己的房间里，或者已经入睡，而他的妈妈却在擦地板。这股怒火又一下子变成了愧疚。就在妈妈擦地板的时候，他却在吃冰淇淋。

要是我是个阵学师，他心想，妈妈就不用干这些活儿了。

梅乐蒂刚才用不以为然的语气说起很多阵学师都汲汲追求的金钱与权势。她显然完全不了解，如果没有金钱和权势，生活会是什么样子。

乔尔顺着看台之间的台阶走下去，竞技场里回响起他的脚步声。他的母亲抬起头来。乔尔走到黑石地板上，母亲开口了："乔尔？你该准备去睡觉了，小伙子。"

"我不累，"乔尔一边说，一边从水桶里拿起一把多余的刷子，和母亲一道擦起地板来，"咱们这是要干啥？擦地板吗？"

母亲看了他一会儿，回过身来继续工作。暑假期间，妈妈对乔尔的管束放松了许多。"别把裤子弄脏了，"她说，"这地板粗糙得很。不小心点儿，膝盖蹭在地上，会把裤子磨破的。"

乔尔点点头，然后开始擦起一片母亲还没擦到的区域。"咱们干吗要清理这个地方？这里又不经常用。"

"混战集的时候，这地方必须看起来好好的，"母亲一边说，一边把眼前一缕松开的头发别到耳朵后面去，"我们每年都要把这里涂刷一遍，好让它一直是黑色的。涂刷之前，赛场必须得干干净净的。"

乔尔一边擦地板，一边点点头。比起干坐在那儿翻书，能活动活动感觉好多了。

"那姑娘好像挺不错的。"母亲说。

"谁？梅乐蒂？"

"还能是谁，你带过来一块儿吃晚饭的。"

乔尔的脸红了。"是吧，我猜。她有点儿古怪。"

"阵学师往往都挺古怪，"母亲说，"不过，我还是挺高兴你跟一个姑娘待在一块儿。我挺担心你的。你好像总能跟人聊到一块儿，可是你晚上从不出门。你认识很多熟人，却没有多少朋友。"

“你以前从来都没说过这些。”

母亲叹了口气，说：“你用不着非得当上教授才知道，半大小子们不喜欢听他妈妈担心这个那个的。”

乔尔笑了。“不用担心。以半大小子的标准来看，我可不至于让你头疼。”

两人继续干了一阵子活儿，乔尔仍然感到心烦意乱。他母亲竟然要干这么辛苦的工作。是的，阵学师非常重要——他们帮助保卫合众岛远离内布拉斯科的危险。可是，难道他妈妈的工作就不重要了吗？主宰挑选阵学师。从某个角度来看，他难道没有挑选清洁女工吗？

人们凭什么认为他母亲的工作比费奇教授的工作低贱那么多？母亲比乔尔认识的所有人都要辛苦两倍，可是她既没有引起人们的瞩目，也没有获得财富与声望。

梅乐蒂好奇他母亲的钱去了哪里，这是个好问题。母亲每天工作很久。那么他们的钱到底去了哪儿？妈妈把钱都攒起来了吗？

还是说，另有用处？一笔乔尔过去从来都没想过的开销……

他坐起身子，心头一凛。“校长并没有真的免去我在阿尔美狄乌斯读书的学费，是吧？你不过是这样告诉我，好让我不会感到自责。你一直在花钱供我在这里读书。”

“什么？”母亲问道，手上仍在擦着地板，“这我可负担不起。”

“妈妈，你基本上每天都要做两班工作。这些钱肯定花在什么地方了。”

母亲叹了口气，说：“就算每天工作两班，我也负担不起这个地方的学费呀。你知不知道这里大部分家长要交多少学费？”

乔尔想了一会儿，记起梅乐蒂说过，有个学生每周光是**零花钱**就有十美元。如果这么多钱还只是零用钱，那要供学生在阿尔美狄乌斯上学，又得花多少钱？

乔尔不想知道。

“那，钱到底花到哪儿了？”他问，“你干吗要额外加那么多班？”

母亲没有抬头。“你爸爸死的时候，扔下的可不光是一个家庭啊，乔尔。”

“这是什么意思？”

“咱们欠着债呢，”她一边说，一边继续擦着地板，“这真的用不着你来操心。”

“爸爸是个粉笔匠，”乔尔说，“他的作坊是学校提供的，还有他的制作原料。他干什么欠下的债务？”

“有很多事情，”母亲说着，擦地板的手又加了点力量，“他到处旅行，跟阵学师们见面，和他们聊工作。那时候坐发条轻轨可不像现在这样便宜。另外还有书、原料供应、因为他那各种各样的项目而旷的工。他从约克校长那里借了些钱，不过大头是跟外头的人借的。那些人都乐意把钱借给你父亲那样的手艺人……唉，他们都是那种，一旦上门要债，你就不能不理不睬的角色。”

“多少钱？”

“不用你管。”

“我要知道。”

母亲朝他看了一眼，迎上了他的目光。“这是我的负担，乔尔。我不能让这负担毁了你的生活。幸亏有约克校长，你受到了很好的教育，将来能够有一个崭新的、干干净净的开始。你爸爸留下来的难题，我来对付。”

显然，母亲想要结束这个话题。她继续擦起地板来。

“爸爸那会儿到底在忙什么？”乔尔一边问，一边对一片区域发起进攻，“既然他肯冒这么大的风险，那他肯定对这些事情非常有信心。”

“我以前也不了解他的那套理论，”母亲说，“你知道他会说些啥，老是讲粉笔成分配比。他觉得他能凭着自己的粉笔改变整个世界。我相信他，主宰救我。”

竞技场里没了说话声，只能听见刷子擦拭地板的声响。

“你知道，把你送进阿尔美狄乌斯是他的目标，”母亲轻声说道，“他希望自己有能力负担你来这里读书的学费。我想这就是约克校长给你奖学金的原因。”

“这也是你老是因为我学习不好而生气的原因吗？”

“一部分原因吧。哦，乔尔。你还不明白吗？我希望你过上比我们更好的生活。你爸爸……他付出了那么多。要不是他那个天杀的研究到头来害了他的性命，他没准儿也能成功。”

乔尔猛地抬起头来。“他是在一次发条轻轨事故里受伤的。”

母亲打住话头。“对，我就是这个意思。要不是他为了那些项目到外面旅行，列车出轨的时候他也不会在那车上。”

乔尔看着母亲，问：“妈妈，爸爸的确是因为发条轻轨事故去世的，对吗？”

“你在医院里见过他了，乔尔。他去世的时候，你就坐在他身边。”

乔尔皱起眉头，却无法反驳这一事实。他记得在那些消毒病房里，医生们匆匆忙忙地走来走去，他们给父亲上药，还对父亲被轧坏的双腿实施手术。乔尔还记得他们说父亲会好起来时那勉强表现出来的乐观态度。

他们早就知道父亲救不回来了。乔尔现在能看出来了——他们全都知道，连母亲也都知道。只有八岁大的乔尔还存有希望，心想——不，是*确信*——他的父亲最后会醒过来，一切都会好起来。

意外发生在七月三日。乔尔四日——灵选大典这一天——一整天都陪在父亲身边。他的胃里难受极了。父亲死的时候，乔尔握着他的手。

特伦特再也没有醒过来，尽管那天他祈祷了千百次。

直到泪水滴下来，在乔尔眼前的黑色石头上溅开，他才察觉到自己哭了。他赶紧擦掉眼泪。不是说时间能够抚平伤痛吗？

他至今都能记得父亲的面容：和气，爱说话，眼里带着微笑。真让人心痛。

乔尔站起身来，把刷子放回桶里。“我可能该去睡觉了。”他一边说，一边背过身去。他怕母亲看见他的眼泪。

“这样最好。”母亲说。

乔尔朝门口走去。

“乔尔。”母亲在他身后喊道。

他停下脚步。

“别太担心了，”母亲说，“我是说钱的事。我心里有数。”

你把自己累得半死，乔尔心想，不工作的时候又总是难过得要命。不论如何，我都得想办法帮帮你。

“我明白，”他说，“我会专心学习的。”

母亲又擦起地板来，乔尔离开这里，穿过草坪，回到他们的住处。他没脱衣服就爬上床，突然感到筋疲力尽。

过了几个钟头，阳光照到他的脸上，他眨眨眼，醒了过来，并且猛然意识到，自己居然一下子就睡着了。他打了个哈欠，从床上爬起来，收拾床铺——再过差不多一个小时，妈妈就要结束工作了。他从床尾箱子里拿出几件衣服，给自己换上。

除此之外，屋子里基本上空空如也。一个带镜子的大衣柜，那个装衣服的箱子，还有这张床。屋子太小了，他差不多能同时碰到正对着的两面墙。他打着哈欠，想要去大厅另一头的厕所。他打开门，却站住了。

他看见人们在门外的走廊里跑来跑去，激烈地交谈着。有个女人匆匆忙忙地经过他身旁，乔尔抓住她的胳膊。

“艾美希尔夫人?”他问,“出什么事了?”

这位皮肤黝黑的埃及女人看着他。“乔尔,小子!你还没听说吗?”

“听说啥?我刚刚起床。”

“第三起失踪事件,”她说,“又是一个阵学师。查尔斯·凯洛维。”

“凯洛维?”乔尔说,他认得这个名字,“你是说……?”

艾美希尔夫人点点头。“东卡罗莱纳的骑士参议员的儿子。昨天夜里,那个孩子就在他家私人庄园外面被绑架了。依我看,他们真该听校长的话。可怜的孩子,要是留在这里会安全得多。”

“骑士参议员的儿子!”这下糟了。

“还有呢,”艾美希尔夫人凑过来说,“死了好几个人,乔尔。都是那孩子的仆人——普通人,不是撣灰的——在事发现场被发现了,他们的皮肤被撕开,眼睛都被咬出来了。就像……”

“就像是被野生垩灵袭击了。”乔尔悄声说道。

艾美希尔夫人使劲儿点点头,然后匆匆忙忙地离开了,显然是想要跟其他人说这个消息。

骑士参议员的儿子被人绑架甚或杀害,乔尔麻木地想,*平民遭到谋杀*。

一切都跟过去大不一样了。

第三部

垩灵简介

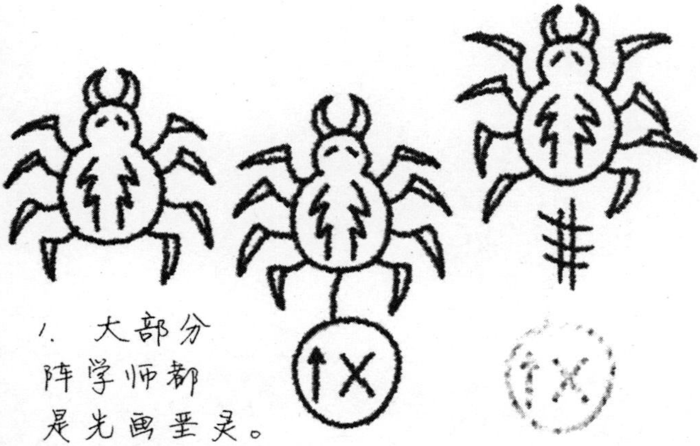

1. 大部分阵学师都是先画垩灵。

2. 然后利用画在垩灵旁边的指示符给出指示。

3. 这些指示一旦给出就会消失，垩灵就会遵从指示行动。

不知何故，人类所创造的垩灵头脑极不灵活。它们必须始终得到明确的行动指示，不然就会到处乱跑。指示符并没有标准样式，不同阵学师之间会有所区别。不过，指示符的意义都是标准的。

一些基本的指示符

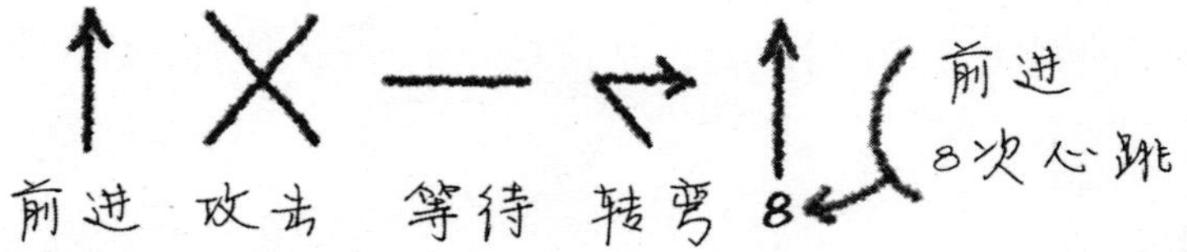

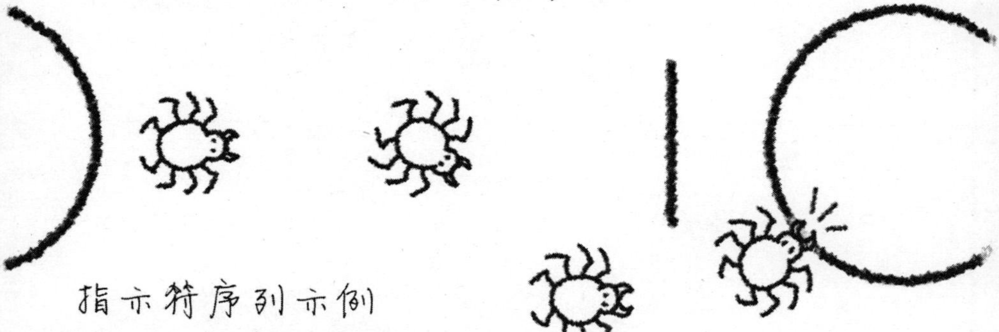

指示符序列示例

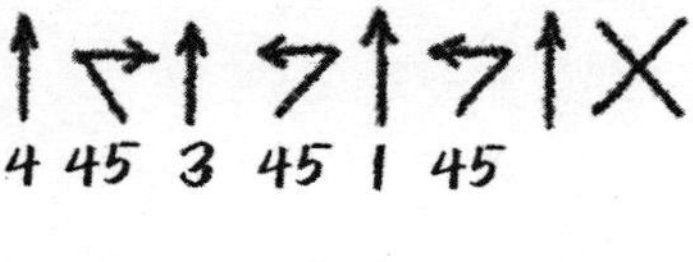

第十五章

乔尔飞跑着穿过校园，前往费奇教授的办公室。他敲敲门，却没有听到回答。于是他试了试门把手，发现门没有锁。

他推开门。

“稍等！”费奇叫道。教授站在书桌旁，飞快地收拾起一堆卷轴、书写工具，还有书。他头发飞起来，领带歪歪斜斜，看起来甚至比平时的样子还要邋遢。

“教授？”乔尔问。

“啊，乔尔，”费奇抬起头来看一眼，说，“太好了！快来，帮我收拾东西。”

乔尔赶紧过去，帮忙抱起满怀的卷轴。“出什么事儿了？”

“咱们又失败了，”费奇说，“又有人失踪了。”

“我知道，”乔尔一边说，一边跟着教授走向门口，“可是咱们打算怎么做？”

“你忘了吗？”费奇说着，把乔尔身后的门关上，然后前头带路，匆匆忙忙地走下楼梯，“是你提出来，咱们应该赶在警察之前去查看犯罪现场，以免现场受到破坏。警察虽然都是好样的，可是他们并不能真切地理解阵学。我跟哈丁探员讲过这一点。”

“他们真的会等着，让咱们先进去查看吗？”

“哈丁不过去，他们就不能动手工作，”费奇说，“而哈丁就在阿尔美狄乌斯。失踪事件直到不久前才刚刚被人发现。所以，只要咱们——”

“费奇！”前面有人喊道。乔尔抬眼看过去，哈丁探员正和一队警察站在一起。“快跑，士兵！”

“好的，好的。”费奇一边说，一边加快脚步。

哈丁做了个手势，他手下的警察就急匆匆地出发了。“我叫机工先不要发车，”费奇和乔尔一过来，哈丁就说道，“我的人正在守卫校园——在我们查明真相之前，没有警察允许，再也不许任何阵学学生离开这地方。”

“非常明智。”费奇说。他和哈丁大步流星地朝车站走去。乔尔抱着卷轴，紧紧跟在他们身后。学生们聚拢在附近的草地上看着警察，乔尔在人群中瞥见一抹熟悉的红色卷发。

“嘿！”梅乐蒂一边说，一边从学生中间挤过来，朝乔尔这边跑过来，“出什么事儿了？”

乔尔一脸尴尬。费奇教授转过身来。“啊，梅乐蒂，亲爱的。我在办公室里给你留了一些描红用的防御阵图。今天我不在的时候，你可以去练习。”

“练描红吗？”梅乐蒂抗议道，“咱们正处在一场*危机*之中啊！”

“好啦，好啦，”费奇说，“整件事情还没有调查清楚呢。我正要去看看到底出了什么事。不过，你还需要继续学习。”

梅乐蒂看了乔尔一眼，乔尔抱歉地耸耸肩。

“快走，士兵们！”哈丁说，“我们得趁着犯罪现场还保持原样赶快行动起来！”

他们把梅乐蒂丢在身后。梅乐蒂两手叉腰，看着他们离开，乔尔有一种预感——等他们回来，他又得听到一通长篇大论。

众人来到车站，这是一座巨大的砖石建筑，两头都有巨大的开口。乔尔很少乘坐列车。他的爷爷奶奶都住在同一座岛上，乘坐马车去看他们更加便宜。除此之外，他再没有什么理由需要出城，更别说离开这座岛了。

一想到这里，乔尔笑了起来。他跟在哈丁和费奇身后，走上车站的斜坡。在他们周围，清早的学生跟往常一样，沿着这道斜坡往下走，他们三个不得不迎着人群挤出一条路来。

“你没有封闭车站吗，探员？”费奇看着大批出站的学生问道。

“我可封不起，”哈丁说，“要想让校园变成学生们的避风港，那我们先得让他们都进到学校里来。许多非阵学学生都住在校外。我想让尽可能多的学生回到学校里避难。既然已经出现平民死亡，咱们就不能确定普通学生是否安全。”

三个人走进了砖石建成的长方形车站。发条轻轨列车挂在轨道下面，所以轨道都高悬在空中，距离地面大概有十英尺，穿过整个车站建筑，从两头延伸出去。列车车厢纤长，造型就像装饰华丽的马车车厢。

列车的发条引擎从头两节车厢顶上冒出来，像巨大的铁爪一样箍在轨道上。一组工人在上方的步道上忙碌着，把一个巨大的发条蓄能鼓放下来，安装到第一节车厢的引擎上。发条鼓一定是在别的地方上紧的。上紧一个发条鼓得花好几个小时。里面蓄满能量的发条必须非常强韧，能够驱动整辆列车。也正因此，人们更乐意让垩灵做这项工作。

哈丁催促费奇和乔尔赶紧上车，他们身后跟着一队警察。警察们把恼怒的人们从列车最前面的车厢里赶出去，于是费奇、哈丁和乔尔在车厢里有了空位子。

乔尔急切地坐了下来。尽管情况让人忧心——又有学生被绑架了，还有无辜平民被杀，可他还是忍不住为能够坐上发条列车而感到兴奋。而且他们是在一节专用车厢里，一点儿也不夸张。

列车顶上，工人把发条鼓安放就位，列车咣啷一声，摇晃几下。乔尔看见恼怒的人群出了火车，站到外面的站台上。

“你把整辆列车都清空了?”费奇问。

“没有，”哈丁回答，“我的人只是通知车上所有人，这趟列车会直接带我们去东卡罗莱纳，沿途所有站点都被取消了。所有不想去东卡罗莱纳的人都得下车，等下一趟车次。”

伴随着一声夹具扣紧的震响，发条鼓锁定就位了。工人们都朝着第二节车厢走去，开始给齿轮引擎安装第二个发条鼓，相似的声音又响了起来。乔尔想象着发条鼓内部巨大的发条和齿轮的样子，充满张力，蓄势待发。

“探员，”费奇往前探过身子说，“被劫走的*真的*是凯洛维爵士的儿子?”

“是的。”探员一脸烦闷地说。

“这意味着什么?”费奇问，“我的意思是，对阿尔美狄乌斯和这座岛来说?”

探员摇摇头。“不知道。我一向都不能理解政客，费奇。我是个打仗的，我属于战场，而不是会议室。”他转过头来，迎上费奇的目光，“我倒*确实*知道，咱们最好查清楚究竟是怎么回事，而且要快。”

“是啊。”费奇说。

乔尔皱起眉头。“我没明白。”

费奇看看他。“你没上过政治课吗?”

“当然上过，”乔尔说，“政府是……呃，我去年挂科了。”

费奇叹了口气。“你那么聪明，浪费了。”

“那门课太没意思了，”乔尔抗议道，“我是说，我想学*阵学*，不是政治。老实说，我*这辈子*什么时候可能用得着历史上的各种政治理论?”

“我不知道，”费奇说，“没准儿就*现在*呢。”

乔尔一脸的尴尬。

“当然，还不止这样，”费奇说，“乔尔，小子，在学校里要学的是学习的*方法*。如果你不学会如何去学习你不喜欢的东西，那你这辈子都会过得很艰难。如果你不学会如何研究自己不感兴趣的东西，那你将来怎么可能当上一流的阵学学者，在大学里谋职？”

“我从来都没想过这些。”

“嗯，也许你该想想。”

乔尔往后坐了坐。他直到最近才知道有些自由开放的大学里有非阵学师学生在研究阵学。他怀疑那些大学肯不肯接受一个每年都要至少挂一门课的学生。

他咬紧牙，为自己感到沮丧，可是过去几年已经过去了，他对此无能为力。也许他可以改变未来。当然，前提是眼下的种种麻烦不至于让阿尔美狄乌斯关门。“那为什么新布列塔尼亚会因为阿尔美狄乌斯的事情而面临危险？”

“凯洛维家的小子是骑士参议员的儿子，”哈丁说，“凯洛维家族来自动卡罗莱纳，那里并没有自己的阵学学校，所以那里的人们会把他们的阵学师送到阿尔美狄乌斯来学习。然而，有些岛上对他们必须给外地学习付钱颇有怨言。他们不愿意把自己的阵学师交给另一座岛来管理，哪怕是出于教学目的。”

乔尔点了点头。合众诸岛全都彼此独立。有些事情是所有岛屿都要花钱的，比方说阵学师和联邦探员，可是这些岛屿并不构成一个单一的国家——至少不像南美的阿兹特克联邦。

“你是说，骑士参议员会因为自己儿子的失踪，而怪罪新布列塔尼亚？”乔尔说。

哈丁点点头。“东北联盟与得克萨斯联盟之间存在贸易纠纷，所以局势已经很紧张了。真是见鬼！我恨政治。真希望回到前线去。”

乔尔差点儿就问他为什么没有一直待在前线了，不过他还是没有问出口。看哈丁的脸色，这么问他可不是个好主意。

费奇摇摇头，说："我担心这整件事情——学生失踪、犯罪现场的古怪图案——都只是些幌子，掩护刚刚发生的这起事件。绑架权势极大的骑士参议员的儿子。这可能是一个政治上的策略。"

"或者说，"哈丁补充道，"这也可能是某个犯罪组织的行动，他们想要建立一支属于自己的阵学师队伍。我曾经见识过画得很好的禁界线能够挡下子弹，甚至炮弹。"

"嗯，"费奇说，"没准儿真让你说着了，探员。"

"但愿我没有。"哈丁一边说，一边拍了拍自己的座位扶手，"我们可承担不起自相残杀的代价。可不能再打一场了。上一回差点儿把我们所有人都毁了。"

哇噢。乔尔感到一阵发凉。他从来都没想过，阿尔美狄乌斯居然能对世界政治产生这么大的影响。一瞬间，学校的未来似乎变得比刚才更加意义深远和关系重大。

第二个发条鼓锁定就位了，最后几位满腹怨言的乘客也离开了座位。轨道在前方蜿蜒伸向天空，钢铁的轨道上布满锯齿。列车顶上有巨大的齿轮机械，轮齿咬合轨道上的锯齿，拖着列车沿轨道前进。一阵钢铁摩擦的刺耳响声从头顶传来，机工松开了第一节齿轮发动机的锁定机构，列车开动了。

车子最开始行动缓慢，齿轮发出咔嗒咔嗒的声音，整个车厢都在摇晃。列车开出车站，顺着铁轨爬上天空，速度逐渐加快。站得比一切都高，这是一种让人印象无比深刻的体验。列车逐渐加速，直接从市中心的地平线上穿过去，越过一些稍矮的建筑的头顶，向上升去。

街上的人群熙熙攘攘，看起来就像是小孩子忘记收拾、乱成一团的玩偶和锡兵。发条轻轨微微下降，朝着另一个车站驶去。不过列车并没有减速，而是一刻不停地从车站中央直接穿了过去。

乔尔猜得出站台上等车的人们脸上郁闷的表情，尽管他们只是一晃而过，根本看不清。列车又略过几个车站，穿过整座城市，然后轨道猛地向南折去。只一会儿工夫，他们就飞驰在了水面上方。

詹姆斯敦靠近新布列塔尼亚的海岸，乔尔以前坐过几次去沙滩的发条轻轨。一次是跟着父亲，那时他们的生活比现在要好一些。还有一次是几年之后，跟母亲和爷爷奶奶一起。

那次旅行可不算有趣。大家都在想念那位失去的亲人。

反正，乔尔从来都没有真正地飞越过海洋。*这是我第一次前往别的岛屿。*他希望那座岛的气候更舒服一点。

铁轨被一系列钢铁支柱擎在半空，支柱的基础直插海洋。岛屿之间的海水相对要浅一些——深度在一百英尺左右——可即便如此，修建发条轻轨轨道仍然是一项巨大的工程。新的轨道正在持续地修建当中，届时一张错综复杂的钢铁网络就能将六十座岛屿全都连接起来。

前方头顶上，乔尔看见有五条轨道在同一个交会点会合。两条轨道朝西南延伸，指向西卡罗莱纳和更远的地方，还有一条转向东南方向，有可能是去往佛罗里达环礁。这几条线路都没有直接朝东的。有人在游说修建直通欧洲的发条轨道线路，可是海水太深，要完成这项工程十分困难。

列车来到交会点内侧的一段环线。他们绕过环线，乔尔看向窗外，机工猛地推上一根杠杆，列车头顶上升起一个带钩子的小机构。钩子准确地钩住一个插销，只一会儿工夫，他们就向南飞驰，直奔东卡罗莱纳而去。

费奇和哈丁一路上都靠着椅背坐着，费奇在看书，哈丁则在书写板上记着东西。早些时候的那种紧迫感跟他们现在的放松态度形成一种古怪的对比。眼下他们只能等待。尽管岛屿之间距离不算远，但要越过一大片海洋，还是得花上几个钟头。

乔尔一路上一直坐在那里，看着五十英尺下波光粼粼的大海。浪涛翻涌的景象让人迷醉。又过了几分钟，齿轮机械有条不紊地释放掉发条蓄能，列车开始减速了。

最后，列车停下来，一动不动地待在海水上方的轨道上。车厢摇晃，远处传来“咣啷”一声响，是第二个齿轮发动机启动了。等到乔尔又能看见陆地时，他们从阿尔美狄乌斯出来已经差不多整整两个小时了。

乔尔重新来了精神。东卡罗莱纳看起来会是什么样子？直觉告诉他，毕竟两座岛是挨着的，应该不会跟新布列塔尼亚差别太大。他算是说对了一部分。枝叶繁茂的绿树的确很像他自己居住的岛。

不过还是有些不一样的地方。他在这里并没有看见水泥城市，而是一片片的树林，树林深处往往矗立着巨大的庄园主屋。一路上看见的村镇，建筑都没有超过二十栋的。列车终于又开始减速了，乔尔看见前面又三三两两地散布着一些住宅。真的算不上城镇——更像是一些木头建造的大宅子。这些宅子彼此相距很远，仿佛彼此根本没有往来。

列车开始下降。乔尔问：“这里整座岛上都是这种大房子吗？”

“不全是，”费奇说，“这里是岛东边——大多是些乡下农庄。岛的西边更像城区，不过肯定比不上詹姆斯敦。你大概得一直走到丹佛，才能再看见跟詹姆斯敦一样规模宏大的城市。”

乔尔一扬头。他还真的从来没觉得詹姆斯敦规模宏大。不过它的确如此。

列车丁零当啷地驶入车站，停了下来。下车的人不多，大部分都是警察。其他乘客显然是要去岛的西边，列车很快就要驶向那边。

乔尔、费奇和哈丁离开座位，从列车里出来，来到潮湿闷热的空气中，与此同时，工人们开始更换列车上方的发条鼓。

“抓紧时间，诸位。”哈丁一边说，一边匆匆忙忙地跑下台阶，走出车站。下了列车，他那风风火火的劲头似乎又回来了。乔尔重新带上费奇的卷轴和书本跟在后面，不过这一回他有个从一位警官那里借来的巨大背包。

众人穿过列车投下来的影子，走到碎石路的对面。乔尔本以为还要坐马车过去，不过看样子他们要前去调查的，就是路尽头那座白色大宅。费奇、哈丁和一众警官匆匆忙忙地朝那边走去。

乔尔用空出来的手抹了一把额头。那栋宅子有一道巨大的铁栅栏，跟阿尔美狄乌斯的栅栏很像。草地上零零散散长着的几棵树，把大部分草坪都遮在树荫底下，宅子正面十分张扬地竖着白色的廊柱。草坪十分平整，有刚刚修剪过的清香。

草坪前面三三两两地站着一些警察，还有一队警察在大门口站岗。在他们不远处聚拢着一群身穿豪华套装、头戴大礼帽的人。哈丁、乔尔和费奇正走上草坪、朝大宅走去，这时，几个警察匆匆忙忙地跑了过来。

见他们过来，哈丁嘀咕道：“我真的要让警察好好学学怎样敬礼，吃灰的，这些人全都没个正经样子。”

“探员，”一个人一边和他们一起走，一边说，“这片地区都被封锁了。我们已经把所有人都赶出来了，不过我们搬走了仆人的尸体。我们还没有进到那孩子的房间里。”

哈丁点点头。“死了几个人？”

“四个，长官。”

“吃灰的！有几个目击者？”

“长官，”警察说，“很抱歉……不过，嗯，我们推测那四个死者就是目击者。”

“没人看见什么东西？”

警察摇摇头。“也没听见什么，长官。是骑士参议员本人发现的尸体。”

哈丁一下子定在草地上。“他在这儿？”

警察点点头。“他整晚都在自己的房间里睡觉，就在走廊的尽头，跟那孩子遭到劫持的房间就隔着两间屋子。”

哈丁看了一眼费奇，乔尔在两人的脸上看到了同样的疑问。那个罪犯——不管他是谁——本来可以轻而易举地杀死骑士参议员的。既然这样，那他为什么只是抓走了他的儿子？

“咱们走吧，”哈丁说，“教授，现场有一点血迹，我希望你不会受不了。”

费奇脸色一白。“哦，嗯……”

三个人急匆匆地走上大理石台阶。台阶的尽头就是正门，正门用的是上好红木。就在白色的门廊里面，他们看见一个高个子男人，头戴一顶大礼帽，双手拄着身前的一根拐棍。他的一只眼睛上戴着一片单片眼镜，一脸愠色。

“哈丁探员。”那人说。

“你好，伊文泰尔。”哈丁说。

“这位是——？”费奇问。

“我是伊文泰尔队长，”那人说道，“我代表凯洛维爵士的保安队。”他在哈丁身边，和他一起走着，“我得说，这几起事件让我们十分不满。”

“那你觉得我是怎么想的？”哈丁反问道，“兴高采烈，欢天喜地？”

伊文泰尔鼻子里一哼。“你的警察早就该侦破这起案子了。可以说，骑士参议员对你们新布列塔尼亚警察队伍火冒三丈，居然让你们的麻烦蔓延到他的住处，还危及了他的家人。”

“首先，”哈丁抬起一根手指，说，“我是联邦探员，不属于新布列塔尼亚警察。其次，我可不背这个黑锅。别忘了，队长，我昨天晚上才来过这里，想要劝说骑士参议员，他的儿子回到阿尔美狄乌斯更加安全！那个蠢货怪不了别人，只能怪他自己不听我的忠告。”

哈丁停下脚步，用手直直地指着伊文泰尔。“最后，队长，在我看来，你的主子的‘火冒三丈’首先应该冲你的安保队伍去。他儿子被绑架的时候，你们这么多人都在哪儿呢？”

伊文泰尔的脸腾地一下红了。两个人怒目相向，最后伊文泰尔眼睛转到一边。哈丁继续迈步，走上通往第二道门的台阶。乔尔和费奇跟在后面，伊文泰尔也是。“我猜，这两位就是你的阵学师？”

哈丁点点头。

“跟我说说，探员，”伊文泰尔说，“联邦探员干吗不雇佣个全职的阵学师？恐怕有人会想，要是你们部门真的像所有人所说的那样重要而且能力极强，你们应该对这类事件早有准备才对。”

“我们没有准备，”哈丁说，“因为吃灰的阵学师平常并不杀人。现在，如果蒙您贵允，我和我的人要着手调查了。看好你的主子，伊文泰尔，别打扰我做事。”

伊文泰尔在他们身后停下脚步，目送他们，脸上看不出明显的不悦。

“私人保安队，”众人一走出他的听力范围，哈丁就说，“跟雇佣兵没什么两样。在前线根本不能信任他们；他们只对自己口袋里的钱忠诚。啊，咱们到了。”

的确到了。他们转过一个拐角，看见一条窄小的走廊，里面有几摊血迹。乔尔脸色一白。还好尸体已经运走了。光是看见这几块干了的红棕色污迹就已经够自己受的了。

走廊是白色的，铺着白色的地毯，这让那几摊红色显得更加惹眼。这里装饰精美，墙上的花朵笔画非常好看。天花板上垂着一盏枝形吊灯，它的发条机关一抖一抖的，发出细微的咔嗒声。

“那个蠢货，”哈丁一边说，一边查看着沾有血迹的地毯，“骑士参议员但凡肯听我的……也许这样一来，其他人就会听从劝告，把他们的孩子送回阿尔美狄乌斯。”

费奇点点头，可是乔尔看得出来，血迹让费奇十分不安。哈丁走向几名高级警官，教授也两腿发抖地跟了过去。警官里有一个拥有阿兹特克血统的大高个。哈丁问他：“有什么发现，赞提安?”

“这条走廊发现了四具尸体，长官，”警官指着血迹说，“死因似乎是垩灵袭击。那个男孩的房间在那边，”警官指着走廊中间的一扇敞开的门说，“我们还没进去。”

“很好，”哈丁说完，绕过血迹，朝那门口走去。

“长官——”哈丁正要迈步进门，警官却叫住了他。

哈丁猛地顿住了，像是他踢上了什么坚硬的东西。

“长官，地上有一条阵学法线，”赞提安说，“您不让我们擅自进入现场，所以我们还没有除掉它。”

哈丁挥手让费奇过来。教授两腿哆嗦着走上前去，显然在努力不去看那些血迹。乔尔也凑过去，在门边跪到地上。他伸出手来，让手压向半空。

他的手停住了。有什么东西把它往回推，起先还很柔软，然后随着乔尔用力而越发坚硬。他使出很大的力气，才向这堵看不见的墙又推进了一丁点儿，可是感觉上却一点儿也不像是自己能碰到它了。这感觉就像是要把同极相向的两块磁铁推到一起。

走廊里铺着地毯，那男孩的房间里却是木地板，所以禁界线一眼就能分辨出来。有些地方遭到了破坏，上面有些窟窿，足够让垩灵钻进去了。在这些位置，乔尔可以让手穿过破口，伸进屋里。

“啊，嗯，”费奇说着，也在乔尔身边跪下来，“对了。”他取出一支粉笔来，画了四个垩灵。这四个垩灵形似拿着铁锹的男人。乔尔仔细观察，看见教授在画垩灵的时候，还在每个垩灵的下面画了一些符，给垩灵指示，让它们前进，然后攻击所发现的一切粉笔印记。

这些粉笔画一个接一个地开始挖这条禁界线。“好啦，”费奇站起来说，“这恐怕得花上几分钟。”

“探员，”一名警察说，“您有时间的话，或许可以看看这里。”

哈丁跟着警察沿着走廊走出去一小段。

乔尔站起身来。“你还好吧，教授？”

“还好，还好，”费奇说，“我只是……唉，你知道，我只是不擅长处理这类事情。这也是我在内布拉斯科一向表现不佳的一部分原因。”

乔尔点点头，然后把他的背包放在地上，朝探员那里走去。探员正跪在地上，查看旁边地板上的什么东西。那片血迹的样子像是个脚印。

“这些脚印往那个方向去了，”警察说，“一直出了后门。之后就看不见了。”

哈丁仔细审视这个脚印，地毯的缘故，脚印并不清楚。“光凭这个，很难看出什么线索。”

警察点点头。

“所有脚印都一样大小吗？”乔尔问。

警察看了乔尔一眼，像是头一次注意到他一样。他点了点头。

“这就是说，行凶的可能只有一个人，对吗?”乔尔问。

“除非凶手中只有一个人踩到了血迹。”哈丁说。

“除了那男孩房间里的，”乔尔问，“别处还有没有粉笔画?”

“还真有，”警察说，“走廊两头各有一个。”他领着两人来到一堵墙边，墙上画着一个波板糖一样的图案，跟在其他犯罪现场发现的一样。乔尔伸手在这个图案前面摆了几下，却既没有被推开，也没有别的什么感觉。

“教授?”乔尔叫道。教授听见召唤，于是凑了过来。

“在这面墙上画一个垩灵，”乔尔指着墙说，“让它穿过这个图案。”

“嗯，对呀……对呀，真是个好主意，小子。”费奇画了起来。

“这样做有什么意义?”哈丁两只手背在身后，站在那里问道。

“如果这真的是个阵学图案，”乔尔说，“那么垩灵要想穿过它就必须对它的粉笔线条发起攻击。如果这个图案完全不具备阵学法力，那垩灵就能够直接从图案上面经过，就跟它并不存在一样。”

费奇画完了垩灵。一只螃蟹爬过他们面前的墙面，然后在这个旋转的图形旁边停下了脚步。垩灵像是在思考，然后又向前迈了一步。

然后停住了。

乔尔浑身一凛。垩灵又尝试了一次，却又被挡住了。最后，它开始钳这个旋转图案，轻易就把它挖开了。

“啊，我真是……”费奇说，“这真的是阵学图形。”

“然后呢?”哈丁说，“士兵，我对这一领域一窍不通。出什么事了?”

“我们一直以为，”费奇说，“阵学法线只有四种。”他一脸沉思，像是有着很深的顾虑，“乔尔，告诉我。你觉得这会不会是某种守御线? 毕竟，我们在最初的年月里也不知道椭圆形防御阵。也许这一次的情形也跟当年一样。”

“可是为什么要画这么小的守御线？还画在墙上？这没有道理呀，教授。何况，如果这是守御线，那巫灵突破得也太容易了。如果这是守御线，那它的效果一点儿也不好。”

“也是……”费奇说，“我想你说得对。”他伸出手来，驱散了他画的巫灵，“的确很奇怪。”

“你不是说墙上还有一个图案吗？”哈丁问那个警察。

那人点点头，领着哈丁和乔尔来到走廊的另一头。在走廊这一头也有一个同样的旋转曲线图案。

乔尔用手指在这个图案周围绕了一圈，然后皱起眉头。

“怎么了，孩子？”哈丁问，“你看起来有些疑惑。”

“这个图案上有个缺口。”乔尔说。

“受到巫灵攻击了？”

“不是，”乔尔说，“看起来不像是被擦出来的。只是没有画完，像是画的时候太着急了。”乔尔顺着走廊看过去，“你们也在莉莉·怀汀的住处发现过这个图案。当时这个图案是画在哪面墙上的？”

“这重要吗？”

“我不知道。没准儿吧？”

“是在房子正面的外墙上，”哈丁说，“对着街道。”

“赫尔曼家呢？”

“在他门外，”哈丁说，“在走廊里。”

乔尔敲着墙壁。“这是第一次有不是阵学师的人受到伤害。死了四个人。”

哈丁点点头。“根据报告，他们很可能还没睡，在仆人的厨房里玩牌。”

“厨房在哪儿？”乔尔问。

哈丁指了指楼梯下面。

“在走廊的这一侧，”乔尔说，“靠近这个有缺口的图案。也许两者之间存在联系。”

“有可能，”哈丁摸着下巴说，“你对这类事情的观察力相当了得啊，孩子。有没有想过当个警察？”

“我？”乔尔说。

哈丁点点头。

“呃……没怎么想过。”

“你该考虑一下，士兵。我们一直需要更多对细节观察敏锐的人手。”

当个探员。乔尔从来都不曾有过这种想法。他越来越想要研究阵学，就像费奇先前建议的那样。可是这个……好吧，这也是个选择。他永远都成不了阵学师——这一点他早在好几年前就已经接受了——可是他还可以做别的事情。令人兴奋的事情。

“探员？”费奇叫道，“现在禁界线已经崩溃了。咱们能进去了。”

乔尔看了哈丁一眼，然后两人一起穿过走廊，走进房间。

绍夫防御阵

注意禁界线仅在绝对需要锚定防御阵的地方使用。

擅长使用威力线的阵学师经常使用这种阵型。

绍夫防御阵有多种用途，不过面对威力线时比较脆弱。

这种阵型面对垩灵进攻时防御力最强。

这一点很有意思，因为如果使用者偏爱画威力线，那这种防御阵正是它本身所擅长攻破的。

第十六章

“主宰呀！”费奇站在门口，倒抽一口气说道。门里面向右拐是一小段走廊，通到房间。

走廊里满是破碎的阵学图画。一圈又一圈的守御线，几十条禁界线。乔尔看过去，因为布满地板的粉笔画大吃一惊。

“这里看起来就像战场，”哈丁在门口说道，“这种情形我以前见过。当然，我说的不是粉笔画——而是人。”

乔尔看了看他。“什么意思？”

“很容易看出来，”哈丁指着地板说，“这个凯洛维家的小子先是在门口附近画了一个环阵，然后又画了几条法线来挡住自己的侧翼，防止自己遭到围攻。当他的正面被突破后，他放弃这个环阵，在它后面重新画了一个。就像部队在战场上缓慢撤退。”

“他真是好样的，”乔尔说，“这些防御阵十分复杂。”

“是的，”费奇说，“查尔斯虽然不是我班上的学生，但我听过不少他的事情。他似乎总爱惹麻烦，不过他的技术相当拔尖。”

“这三个遭到绑架的学生在这一点上都一样，”乔尔说，“他们都是学校里最好的阵学学生。”他迈步向前走去。他可以迈过构成环阵的守御线，不过环阵两侧的禁界线，如果他想迈步过去，禁界线会把他挡住。

“千万不要踩到粉笔痕迹，”费奇一边说，一边取出一卷纸来，开始描画每一条防御法线，“不要弄乱任何东西。”

乔尔点点头。现场有许多短线和小点，仔细看过去，他能看出来，那都是被摧毁的垩灵留下的残骸。哈丁探员示意手下的警察都待在房间外面，他自己则慢慢地绕过费奇，和乔尔一道蹑手蹑脚地穿过走廊。

“看，”哈丁指着这一溜环阵中最末尾的那一个说，“有血。”

的确。只有几滴，就跟在另外两处犯罪现场发现的一样。乔尔绕过防御阵，蹲下来，轻轻地吹了声口哨。

“怎么了？”哈丁问。

“绍夫防御阵，”乔尔说，“一种九点防御阵。他连这也画得相当准确。”他伸出手来，从地上捡起一张被丢在环阵旁边的纸片。纸片上面是一幅详细的绍夫防御阵图。

他端起这张图给探员看。“小抄纸。可就算有图样，九点防御阵还是很难画。”

“可怜的小伙子，”哈丁说着，摘下他那圆形的警帽，把它夹在胳膊下面，以示敬意。他回过头，目光扫过那一溜七个环阵，一直望出门外，“吃灰的，他打了一场好仗，是个真正的战士。”

乔尔看着那几滴血，点了点头。跟别的犯罪现场一样，这一次同样没有尸体。所有人都猜测学生可能是被绑架了，可是……

“他们怎么把他弄出去的？”乔尔问。

所有人都看向他。

“咱们不得不穿过门口的一条禁界线，”乔尔说，“如果他们要绑架阵学师，那他们是怎么把他弄出这间屋子的？”

“他们肯定是重新画了那道法线，”哈丁一边说，一边挠着下巴，“可那条线上又有窟窿，像是遭到过攻击。那他们是重新画了法线，然后又攻击它？可这样做又是为了什么？来掩盖自己劫走那孩子的罪行？这又何必呢？我们肯定知道他被人劫持了呀。”

谁都没办法回答。乔尔对着这些防御阵仔细研究了一会儿，不禁皱起眉头，伏下身子，凑到破损的、被撕开的绍夫防御阵近前。“费奇教授，快来看这个。”

“怎么了？”

“有个图案，”乔尔说，“在地板上——不是阵学图样，是一张图。”

这幅图是用粉笔画的，但看起来像是美术课上画的炭笔画。这幅画非常潦草，像是仅仅完成了轮廓，而不是一幅完整的画作。画的是一个戴着礼帽的男人，身边拄着一根长得过分的拐棍，棍子头抵在地上。

那人的头似乎很大，脸上有一大块区域没有画出来，像是一张大大张开的嘴。这人在笑。

在这幅画的下面是几段很短、匆匆写就的文字。

我看不见他的眼睛。他画得非常潦草。他画的东西都没有固定的形状。垩灵十分扭曲，似乎有好几百个。我干掉它们，它们又活了过来。我阻挡它们，它们就把防御阵打穿。我大声呼救，却没有人来。

他只是站在那儿，用那双看不真切的黑眼睛盯着这一切。那些垩灵跟我过去见过的都不一样。它们形状扭曲，挣扎个不停，始终不曾保持单独的形状。

我无法同它们作战。

告诉我父亲，我为自己当了个不肖子而难过。我爱他。真的。

乔尔浑身一凛。三个人在看查尔斯·凯洛维最后几行字时都陷入了沉默。费奇跪下来，在地上画了一只垩灵，然后用它来检查那幅速写，看它有没有阵学属性。垩灵直接迈过图画，对它毫不理睬。费奇驱散了垩灵。

“这些文字简直无法理解，”费奇说，“垩灵被摧毁后还能复生？没有定形的阵学图形？”

“我见过这种东西，”哈丁说。他抬起头来，迎上费奇的目光。“在内布拉斯科。”

“可这里距离内布拉斯科远着呢!”费奇说。

“我想我们再也不能对此视而不见了，教授，”哈丁说着，站起身来，“有东西从垩灵塔里逃出来了。不知怎地，来到了这里。”

“可是作案的是个人，”费奇一边说，一边颤抖着手，敲着查尔斯画的画，“这不是‘无忆’暗影，哈丁。这里画的是个人。”

乔尔听着听着，意识到一件事情：内布拉斯科所发生的事情，远比人们知道的复杂得多。

“‘无忆’是什么?”乔尔问。

两人朝乔尔转过头来，然后都不说话了。

“你不用管，士兵，”哈丁说，“你在这里帮了大忙，可是恐怕我没有权限告诉你内布拉斯科的事情。”

费奇看起来似乎很不自在，乔尔猛地明白，梅乐蒂被排除在外时是怎样的感受了。内布拉斯科的详细情况，跟纷繁复杂的阵学秘密一样，对外几乎只字不提。

多数人对此其实毫不介意。战场距离遥远，远在那些中央岛屿上。人们乐得忽视内布拉斯科。战争基本上从格雷戈里国王在位时起一直持续到现在，而且以后也不会停下来。有时候会死些人——这种情况并不经常出现，而且死的往往要么是阵学师，要么是职业军人。普通民众很容易就会无视他们。

除非有什么东西成功从战场上挣脱出来。乔尔打了个寒战。眼

下正在发生一些——即便是以内布拉斯科的标准来看也很——奇怪的事情。他仔细端详着哈丁和费奇，心里想道。哈丁在前线待了十年，而他似乎被眼下的状况惊得目瞪口呆。

最后，哈丁回过神来继续查看房间，费奇则继续研究他的画。乔尔跪在地上，又看了一遍地上的文字。

他画得非常潦草……

乔尔费了些口舌，说服费奇允许自己帮他描摹那些防御阵图。哈丁到外面去组织手下搜寻其他线索，像是破门而入的痕迹之类的。

乔尔安静地用炭笔在纸上画着。炭笔没有阵学属性，哪怕阵学师来使用它，不过它的笔触相当接近粉笔。问题在于，再怎么认真描摹的画，也不可能把地板上的图形一点儿不差地重新画出来——阵图上有太多细微的划痕和破损的线段。

乔尔画完几张图后朝费奇走去。费奇又在研究查尔斯作为最后阵地的那个环阵。

“你注意到了吧？他用粉笔给整个屋子勾了一道边出来，防止垩灵爬上墙壁，从而绕过自己的防线。”费奇说，“非常聪明。不过你注意到没，这次袭击的模式巩固了我们对之前两起事件的看法。”

乔尔点点头。“大量垩灵，成群发起进攻。”

“是的，”费奇说，“而且这一回，我们有证据证明，这个袭击者，这个*涂鸦者*……很可能是个男性，所以我们可以缩小调查范围了。你能不能到外面去，给那几面墙上的旋涡形图案画几张复制图？这样我们就获得了通过多人之手画出来的不同版本图纸了。我觉得这样有助于我们更加精确地开展工作。”

乔尔点点头，抓起一卷纸和几支炭笔，小心翼翼地走了出去。大部分警察这会儿都聚在台阶下面。乔尔来到门口，停了一下，又回头朝屋子里看了一眼。

跟赫尔曼一样，查尔斯也把自己关在屋子里。他甚至围着窗户画了禁界线，而这些发现都有从外部遭到攻击的痕迹。也许他想要爬出去，却发现自己的逃生道路都被堵死了。他无路可走。

昨天夜里那几个钟头里，查尔斯用一个又一个环阵抵抗着垩灵，绝望地想要活到明天天亮。想到这里，乔尔打了个寒战。

乔尔离开门口，走到第一个画在墙上的标记。从犯罪现场能找到的疑问似乎比答案还要多。乔尔把纸抵在墙上，看着那个旋转的图案，照着画起来。这个图案——

走廊里有东西在动。

乔尔猛一转身，瞥见那东西正沿着屋里的地板飞跑，在白色地毯的衬托下很难看见。是个垩灵。

“教授!”乔尔一边喊，一边快步追上垩灵，“哈丁探员!”

那垩灵下了台阶。在白色大理石上，乔尔几乎看不见它，一跑到楼梯下面就找不到了。他浑身哆嗦着四下张望，心想它会不会爬到自己腿上，撕咬自己的皮肤。

“乔尔?”费奇从楼梯扶手探出身子问道。

在那里! 乔尔瞥见一道白影一闪而过——那垩灵正穿过木制门廊，沿着外面的台阶往下走。

“有个垩灵，教授!”乔尔喊道，“我正在追。”

“乔尔! 别干傻事! 乔尔!”

乔尔出了门，一路追在垩灵后面。有几位警察一下子就看见他了，于是也追了过来。乔尔指着垩灵，垩灵正在草地上穿行，这下就更容易看见了。它的线条顺着草叶的形状和轮廓变动，就像一道影子投射在不平整的表面上。

警察叫来更多援兵，费奇也出现在大门口，看起来有些疲惫。乔尔跑个不停，几乎跟不上垩灵了。那些东西动作非常快，而且完全不知疲倦，垩灵早晚会把他甩掉的。不过眼下，他和警察还能跟上。

魙灵跑到栅栏那里，从下面一下子就溜出去了。乔尔和警察们则冲出大门。魙灵朝一棵枝繁叶茂的橡树跑去，然后——奇怪地——爬上了树干。

就在这时，乔尔终于看清了那个魙灵。他愣住了。

“独角兽？”哦，不……

警察聚集到树底下，举起发条步枪，抬头往上看。“你！”一名警察喝道，“马上下来！”

乔尔朝他们走过去。梅乐蒂坐在树上。他听见她夸张地叹了口气。

“主意不妙？”梅乐蒂朝下冲他喊。

“可以这么说吧。”乔尔回答。

“你自己说说是怎么回事。”哈丁两手叉腰，站着说。

大宅的厨房里，梅乐蒂坐在一把椅子上，做了个鬼脸。她的白裙子因为爬树弄得脏乎乎的。在她身旁，一位警官谨慎地给自己的步枪上发条。咔嗒咔嗒的声音在小小的厨房里回响。

“真有这个必要吗？”费奇看了一眼步枪，问道。

“不要插话，教授，”哈丁说，“你懂阵学研究，但是我了解间谍。”

“我不是间谍！”梅乐蒂说道。然后又顿了一下，“好吧，好吧，对。我是个间谍。不过只是为了我自己。”

“那你这样做究竟有什么目的？”哈丁把两只手背在身后，一边绕着梅乐蒂慢慢踱着步子，一边问，“你跟这些死者有什么关系？”

梅乐蒂朝乔尔瞪了一眼，乔尔看得出来，她似乎终于明白自己惹上了多大的麻烦。“我跟这件事没有一点儿关系！我就是个学生。”

“你是个阵学师，”哈丁说，“这几桩案子都是阵学师犯下的。”

“那又怎样？”梅乐蒂说，“这一地区有的是阵学师。”

“而你对调查工作始终保持着无可否认的兴趣。”哈丁说。

“我好奇呀！”梅乐蒂说，“别人都知道发生了什么。凭什么我不能知道？”

“轮不到你提问，”哈丁说，“你知不知道我有权力把你关进监狱，直到调查工作结束？你知不知道你现在是这几桩命案的头号怀疑对象？”

梅乐蒂脸色苍白。

“探员，”乔尔说，“我能……跟您谈谈吗？到外面去？”

哈丁看了看乔尔，点点头。两人从侧门出去了，又往外走了一段距离，走到可以私下说话的地方。

“咱们过几分钟再回去，”哈丁说，“让她出点儿冷汗对她有好处。”

“探员，”乔尔说，“命案也好，绑架也好，梅乐蒂都跟这事儿没关系。相信我。”

“是啊，”哈丁说，“我想你说得对，乔尔。不过，我不能放过任何线索。那位年轻女士惹得我抓狂。让我产生怀疑。”

“她让一大堆人都感到抓狂，”乔尔说，“可这并不意味着她就是那个涂鸦者。我是说，她之所以来这儿是显而易见的。她看见咱们离开阿尔美狄乌斯了，所有人又都知道被绑架的人是谁。我敢替她担保。”

“你有十足的把握说你了解她吗，乔尔？”哈丁问，“你怎么能确定她没有欺骗你？我心里始终有一种担心，这几起案件的幕后黑手就站在我们面前，就在阿尔美狄乌斯学院周围游荡。对阵学师来说，要想隐藏身份，不惹人注意，学院是最好的地点了。”

就像纳利扎？乔尔心想，他昨晚离开自己的住处，不知去了哪里。

可是，这样说来，乔尔对梅乐蒂究竟有多少了解呢？她的犯傻和朋友关系会不会都是在演戏？哈丁的疑问一时间让乔尔无法回答。他意识到自己对梅乐蒂的过去知之甚少，也不知道她的家人为什么似乎很少关心她的近况。

可她又毫无城府。她从不隐藏自己的情绪——心里有任何事，她都会大呼小叫地把它说出来。她对乔尔总是直来直去。似乎对所有人都是这样。

而且，乔尔发现，自己喜欢她这一点。

“不是她，”乔尔说，“不是她，探员。”

“好吧，我估计，你发自真心的意见相当有分量。”

“那你会放过她吗？”

“再问几个问题吧。”哈丁说着，朝厨房走了回去。乔尔紧随其后。

“好吧，”哈丁进门说道，“乔尔替你做担保，年轻的女士，于是我有些愿意听听你的说辞了。不过你仍然有很大的麻烦。回答我的问题，也许我就用不着起诉你了。”

梅乐蒂看了乔尔一眼。“什么问题？”

“我的人报告说你派出一只垩灵，一路来到了这栋楼里，”哈丁说，“以主宰的名义告诉我，你是怎么做到这一点的？”

梅乐蒂耸耸肩。“不知道。我就是这么做了。”

“亲爱的，”费奇说，“我认识这世界上许多技艺最高强的阵学师。你要指挥垩灵走过那么远的距离，还要爬上台阶，然后进到屋子里……这需要一长串的符，天哪，简直难以想象！我完全不知道你原来有这样的本领。”

“这样做有什么目的？”哈丁问，“为什么要让垩灵一路过来，又原路返回？你故意想被人抓住吗？”

“吃灰的，才不是！”梅乐蒂说，“我就是想知道发生了什么事。”

“于是你想让垩灵告诉你？”

梅乐蒂迟疑了。“不是，”她终于承认道，“我只是……好吧，我对它失去控制了，好吗？我本来想让它吸引走几个警察来着。”

乔尔皱起眉头。她在说谎。他注意到梅乐蒂说话时眼睛在往下看，心里想道。正如他早就注意到的那样，梅乐蒂胸无城府，她撒谎总是一眼就能看穿。

她十分擅长控制垩灵，乔尔心想，她才不会对那只垩灵失控。可是……这是不是说，她的确想让垩灵向自己汇报有什么发现？垩灵不会说话。它们就像发条生物——除了接收到的命令之外，并不会想别的事情。

而那只独角兽垩灵直接逃回到梅乐蒂那里。

“垩灵有时候的确会有奇怪的行为，探员。”费奇说。

“相信我，”哈丁说，“我知道这一点。在战场上，我每个星期都能听见阵学师们使用这个借口。既然垩灵总是无缘无故地跑错地方，我很奇怪你们这些人到底能用它来办成**什么事**。”

梅乐蒂一脸苦笑。

“至于你呢，年轻的女士，仍然存在嫌疑。”哈丁指着她说。

“探员，”费奇说，“说真的。我们现在从这些图画中可以判断出来，这个涂鸦者是个男性，或者至少是一个扮相足以乱真的男性。我看梅乐蒂不可能做到这一点，我也确信，肯定有人能够证明她昨晚在什么地方。”

梅乐蒂赶紧点点头。“我寝室里有两个室友。”

“除此之外，探员，”费奇竖起一根手指说，“我们在查尔斯房间里发现的这些描述文字说明这个绑架者的阵学法线作用方式十分古怪。我见过芒斯小姐的法线，都十分平常。说老实话，那些线条往往画得非常糟糕。”

“好吧，”哈丁说，“你可以走了，芒斯小姐。不过我一定会盯着你的。”

梅乐蒂松了口气。

“很好，”费奇从椅子上站起来说，“我还要再画一些图纸。乔尔，你送梅乐蒂去车站，好吗？还有，呃，一路上千万不要让她再惹上什么麻烦？”

“没问题。”乔尔说。

哈丁回去继续工作，不过他还是派了两名警察跟着乔尔和梅乐蒂同行，确保她离开了这里。梅乐蒂怒气冲冲地走了，乔尔则跟在身后。他们一到门口，梅乐蒂就朝警察翻了个超级无敌大白眼。

警察留在楼里面，乔尔则随梅乐蒂一道慢慢走过外面的草坪。

“这事儿，”梅乐蒂宣布道，“一点儿意思都没有。”

“你以为呢？”乔尔问道，“在犯罪现场东看西看的。”

“他们都让你进去。”

“这话什么意思？”

梅乐蒂抬头看看天，然后摇了摇头。“对不起。我只是……好吧，这事儿真是让人恼火。好像每次我想要参与到什么事情里去，结果都被告知我不能参与。”

“我明白你的感受。”

“反正，”梅乐蒂说，“谢谢你替我担保。我想是你没有让那个老秃鹫把我撕个粉碎。”

乔尔耸耸肩。

“不，我说真的，”梅乐蒂说，“我会报答你的。我保证。”

“我……用不着你真的报答什么。”

“哦，你会喜欢的，”她又恢复了平常的活泼劲儿，“我已经有主意了。”

“是啥？”

“你得等着！”梅乐蒂说，“提前告诉你就没有惊喜了。”

“好吧。”梅乐蒂的惊喜。这可太棒了。他们走到车站旁，却没有进去，而是待在凉爽的树荫下等待费奇。梅乐蒂想逗着乔尔再多说一点儿，可是乔尔发现自己回答得心不在焉的。

他一直在想那几段满是惊恐的文字下面匆匆画就的图案。查尔斯·凯洛维知道自己必死无疑，可是他想尽办法留下了尽可能多的记录。真了不起——可能比乔尔这辈子做过的任何事情都了不起。

一定要有人来阻止这场犯罪，他身子向后倚着橡树，心里想道，*一定要做点儿什么*。面临危险的不仅仅是学生，也不仅仅是阿尔美狄乌斯学院。普通百姓也被杀害了。如果费奇和哈丁所说是真的，那么这几起绑架案正在威胁合众岛自身的稳定。

问题的关键还是那些奇怪的粉笔画，乔尔心想，*那个旋涡形的图案。只要我能想起来以前在哪里见过它！*

他摇摇头，看向梅乐蒂。梅乐蒂正坐在不远处的一片草地上。“你是怎么做到的？”乔尔问，“我是说，操纵那个垩灵。”

“我对它失去控制了。”

乔尔面无表情地盯着她。

“怎么啦？”梅乐蒂说。

“你明显是在撒谎，梅乐蒂。”

梅乐蒂哼哼着，身子一仰，倒在草坪上，眼睛盯着头顶的树。乔尔心想她大概不会理睬这个问题了。

“我也不知道是怎么做到的，乔尔，”梅乐蒂说，“课堂上每个人都在讨论如何指挥垩灵，垩灵如何没有一点儿自己的意志，就像发条机械。可是……好吧，我并不是真的擅长使用指令符。”

“那你是怎么让垩灵这么听话的？”

“它们就是听话啊，”梅乐蒂说，“我……嗯，我觉得它们理解我，理解我想让它们做什么。我解释我想要什么，然后它们就去照办了。”

“解释？”

“是啊。小声说几句话。它们似乎喜欢这样。”

“垩灵还能给你带回信息?”

梅乐蒂耸耸肩，她正躺在地上，这个动作着实有点儿奇怪。“它们做不了说话之类的事情。不过垩灵绕着我运动的方式，它们所做的事情，好吧……对，有时候我感觉我能理解它们的意思。”梅乐蒂把头转向一边，看着乔尔，“我其实是在胡思乱想，是吗？我只是希望能够擅长掌控垩灵，来弥补自己并不擅长使用其他法线的缺憾。”

“我不明白，也轮不到我来告诉你有关垩灵的事情。就我所知，垩灵可能真的会听你的。”

这话似乎让梅乐蒂非常受用。她笑了笑，盯着头顶的天空，一直等到费奇教授来。看样子哈丁还要留在庄园，做进一步的调查。乔尔发觉自己很高兴又能回阿尔美狄乌斯了。他一整天都没吃东西，肚子早就叫起来了。

他们走进车站，来到空空的站台，等待下一趟列车。

“这一下，情况更加让人迷惑了。”费奇说。

乔尔点点头。

“野生垩灵，”费奇接着说，“不为人知的阵学法线……我想，我可能得让你帮我查阅一些更加晦涩难懂的阵学文献了。文献记录里一定在某个地方提到过这类东西。”

乔尔心里一阵激动，一下子来了精神。可是他们所面对的现实处境又给他泼了一盆冷水。他朝梅乐蒂看了看，梅乐蒂站在他身后，距离有点远，可能没有听见他们的谈话。很明显，自从刺探情报被抓个正着之后，她在费奇面前就老实了不少。

轨道开始摇晃，一趟列车就要进站了。“局势艰难啊，”费奇摇摇头，说，“局势艰难……”

没过多久，他们上了回程列车，跨过海面，朝阿尔美狄乌斯驶去。

九点环阵

九点环阵是最复杂也最难画的阵学环阵。不同于两点、四点和六点环阵，九点环阵的连接点并非等距离排布。这些连接点其实与一个想象中的三角形相关。环阵正是画在这个三角形里面。所有非钝角三角形内部都可以画一个圆，这个圆将经过九个意义特殊的点。

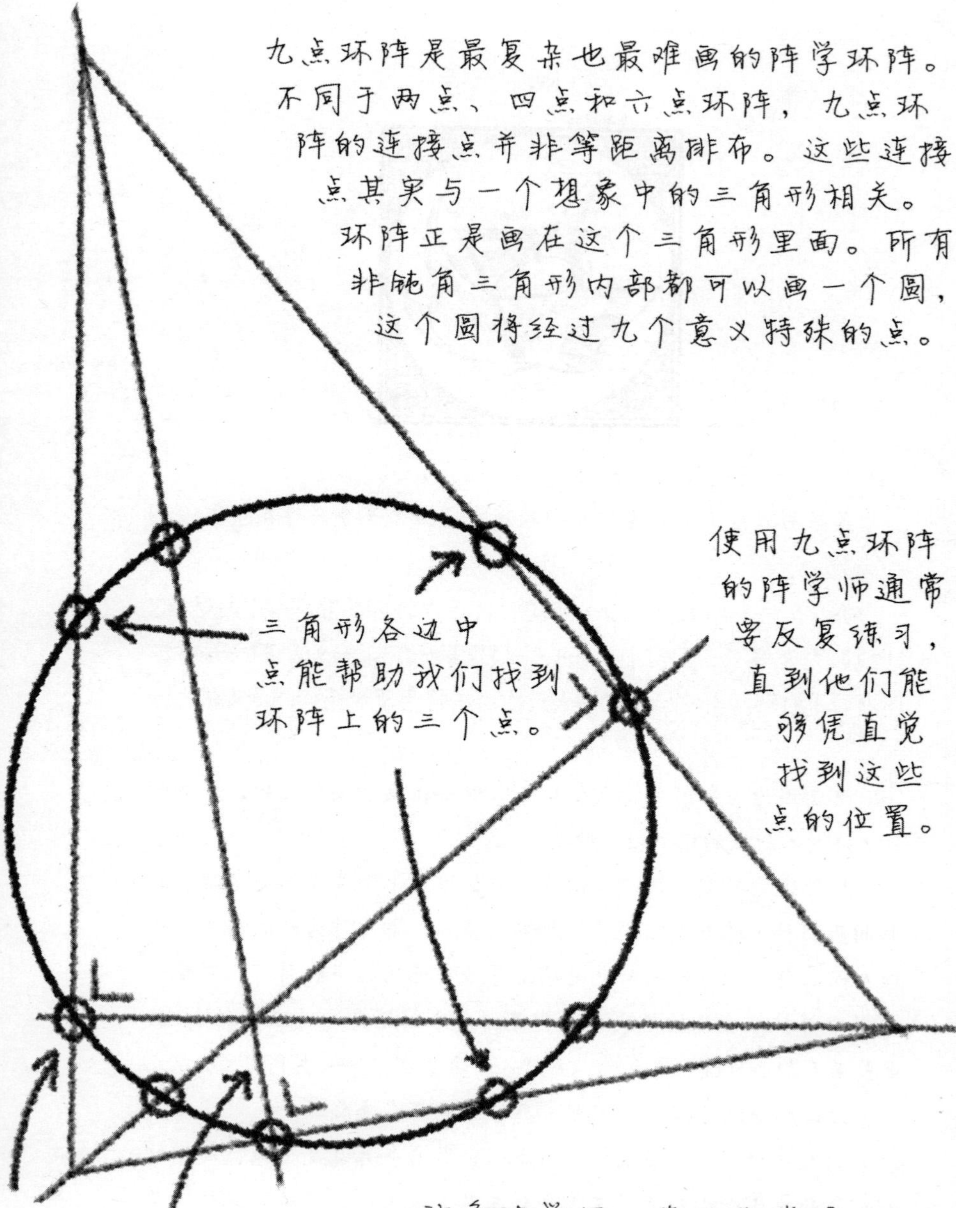

使用九点环阵的阵学师通常要反复练习，直到他们能够凭直觉找到这些点的位置。

三角形每个边上的高，能确定剩下的六个点。

许多阵学师一直不能掌握九点环阵，因为即便有一个点有偏移也会削弱整个防御阵。

第十七章

最早与野生垩灵发生接触的欧洲人是谁，至今尚存在争议。书中写道。

乔尔坐在费奇教授的办公室里，背靠着砖墙。“尚存在争议”这话说得太客气了。到目前为止——尽管只研究了一个星期——乔尔还没看见有哪两份资料里对何人首次目击野生垩灵持相同观点的。

这是因为当年阿兹特克船只与旧世界在最初接触之后，许多西渡大洋的人所做的记录相当糟糕。

尽管这些早期的探险家们——例如雅克·卡蒂埃和臭名昭著的弗朗西斯科·巴斯克斯·德·科罗纳多——都曾作为欧洲国家的代理人而工作，但他们同时也的确追寻着自己的名声和财富。那是一个探索与扩张主义的年代。美利坚诸岛当时还是一片未知的土地，等待着人们去征服、去支配，并且——希望可以——去利用。

此时的亚洲已经战乱不断，朝煊帝国正在蠢蠢欲动。许多雄心勃勃的人意识到，如果他们可以在新世界有一片立足之地，那他就有可能让自己变得独立，不再受到其欧洲主人——不论是臆想还是真切的——压迫。

探险家们遭到南美各帝国的迎头痛击——他们早就在与垩灵你死我活的战争中得到淬炼——于是转而前往美利坚诸岛。从来都没有人提醒他们会有怎样的危险等着他们。彼时的阿兹特克民族都极端排外。

毫无疑问，在早期的记载中，内布拉斯科的垩灵塔是处于核心地位的内容。在古代，垩灵塔是诸岛上的一大奇观，因为它是人们在那里发现的仅有的一座看起来像是人类设计的独立建筑。

有许多探险家都曾描述过垩灵塔。然而同样是这些探险家，在下一次回到内布拉斯科时又都赌咒发誓说，垩灵塔不见了。他们声称垩灵塔在岛上四处移动，从来都不会老老实实地待在曾经待过的地方。

显然，人们对这些报告都持有谨慎怀疑的态度。毕竟，如今的垩灵塔似乎非常稳固。不过也确实存在着一些古怪之处。那些岛上没有人烟，这本该成为一条线索，让人疑心美利坚究竟有什么异常之处。有人在内布拉斯科建造了那座塔，有人曾经占据过这些岛屿。是阿兹特克人吗?

阿兹特克人从来都不肯谈及内布拉斯科，只是称之为一处可憎之地。到目前为止，他们的记载并没有提供什么洞见。阿兹特克人利用当地植物制造某种酸液来对付企图在他们的土地上站稳脚跟的垩灵。他们也接受从诸岛过来的难民，但是他们自己从来都不向北探索。关于那些所谓的难民——差不多五百年过去了，这些难民早就融入阿兹特克文化之中——他们的故事仅仅依靠口耳相传，随着时间的流逝早已改变了最初的模样。他们会讲述各种传说，讲述恐怖的故事，讲述厄运与预兆，还会讲述惨遭屠灭的民族。可是他们给不出细节，而且所有故事似乎都互相矛盾。

早期的北美探险者的确说过自己偶尔会遇到岛上的土著人。的确，许多岛屿和城市的名字就来自这类早期的报告。不过这些说法同样迷雾重重。那些土著人是阿兹特克人，还是其他文化的遗民？如果这些岛上真像阿兹特克传说里提到的那样，曾经居住过其他民族，那他们的城镇遗迹在哪里？

一些早期的定居者报告说，岛上有一种近乎古怪的空寂感。一种挥之不去、让人心烦的静谧。我们从中只能得出这样的结论：阿兹特克人的故事中一定存在着一些真实的成分——这里的确曾经有人居住过，而他们在我们到来之前就被赶到了南方。要么是这样，要么是岛上的一切被野生垩灵彻底摧毁了，就像我们曾经差点遭受的命运一样。

在笔者看来，在所有早期欧洲人目击垩灵的记录中，埃斯特韦斯报告似乎是最值得信任、并且日期记录最为精确的史料，尽管报告中的概念十分混乱。

乔尔合上书，头向后抵着墙，一只手揉了揉眼睛。他知道埃斯特韦斯报告——他刚在另一本书里读过了。报告提到了一队寻找黄金的西班牙探险者，来到西南部的一座岛上——博纳维尔、桑那阿里达，还是诸如此类的地方。他们在那里进入了一条奇怪、狭窄的峡谷。

这些探索者——他们由曼努埃尔·埃斯特韦斯领导——在峡谷峭壁上发现了一组小小的人形图画。这是一些史前图画，就像人们在很久以前曾经有人居住过的山洞里可能发现的那些图画一样。

探索者们在峡谷里野营过夜，既享受着安静的溪流，又不怕受到风吹雨淋。然而，太阳下山之后没多久，他们报告说峭壁上的图画活动起来，并且跳起舞来。

埃斯特韦斯自己就详细描述了那些图画。最重要的是，他坚称这些图画不是刻在石壁上，而是用一种白色的，类似白垩的物质画出来的。他甚至还画下了这些形象，并将其收进了自己的日志里，而这本日志一直留存至今。

“乔尔，小子，”费奇说，“你看起来累坏了。”

乔尔抬头看过去，眨了眨眼睛。费奇坐在自己的书桌旁。看着他眼睛下面的黑眼圈，乔尔猜测教授肯定比自己还要累好几倍。他忍住哈欠，说道：“我没事儿。”

费奇却似乎并不相信。过去一周里，他们俩一直都在翻阅一本又一本资料。费奇分配给乔尔的大部分都是历史类书籍，像是完全超出乔尔理解能力的高级文献。乔尔有意不断学习研究，将来一定能够读懂这些书。眼下，他最好还是专注于其他科目吧。

哈丁探员正在推进调查工作，追踪绑架者。那不是乔尔和费奇的工作，他们俩是学者。或者说，好吧，费奇是学者。乔尔还不确定自己算怎么回事。当然，他算是累坏了。

“那本书里有什么值得注意的吗？”费奇满心期待地问。

乔尔摇摇头。“基本上都在讨论别的报告以及各自的真实性。很好读。我再看看，看有没有什么有用的东西。”

费奇相信，如果还有别的阵学法线，那么这类记载中肯定曾经提到过。像是埃斯特韦斯所画的这类图画，曾经随着时间的流逝而被遗忘，如今却突然再度现身。

“嘿，”乔尔注意到费奇正在看的东西，于是问道，“那不是我整理的人口普查报告的记录吗？”

“嗯？哦，是的。我一直都没找到机会来看呢。”

“这会儿大概用不着费神看这个吧。我觉得这些死者记录不会派上什么用场。”

“哦，我可说不准，”费奇一边说着，一边一页一页地往下翻，“也许最近这些事情并不是头一次发生。万一还有类似的失踪事件呢，也许这些事件都是个案，从来都没有彼此关联起来呢？我们才……”

费奇举起一张记录，没有再说下去。

“怎么啦?”乔尔问,“有发现?”

“嗯?哦,没有,没有发现。”费奇赶紧把那张纸放回去,“我还得接着看另一本册子呢……”

乔尔心想,费奇可真不会撒谎。也许是因为他从来都不擅长处置任何类型的冲突吧。那么那张单子上究竟有什么内容,会引起他的注意?他又为什么不想把它告诉乔尔呢?

乔尔想要找个办法,好既不惹人怀疑,又能偷偷看到费奇书桌上的那一摞记录。就在这时,在狭窄的屋子尽头,门开了,梅乐蒂闯了进来。她跟着费奇上的课半个小时之前就结束了。她怎么又回来了?

“梅乐蒂?”费奇问,“你落下什么东西了?”

“算不上,”费奇倚着门框说,“我过来办公事。”

“公事?”费奇问。

“没错,”她擎着一张字条,说,“你知道,纳利扎仍旧叫我下课后干些跑腿儿的活儿。顺便说一句,我已经意识到,我这可悲的处境完全都是你的错,乔尔。”

“我的错?”

“对,”梅乐蒂说,“要不是你惹麻烦,到每一堂阵学课上旁听,那我就用不着每天下午都像个发条玩具一样,在校园里到处跑。这是给你的信,教授,上面说校长要乔尔去一趟办公室。”

“校长找我?”乔尔问,“干什么?”

梅乐蒂耸耸肩。“有关你的成绩。反正,我还有一些低级、乏味、让人厌恶的工作要做。晚饭时候见?”

乔尔点点头,梅乐蒂就走了。那张字条被梅乐蒂塞进两本书之间,乔尔走过去把它抽出来。成绩。他知道自己早就该有所警惕,可是眼下,像考试成绩之类的俗事似乎离他很远。

字条上封着印章,这点毫不奇怪。不过乔尔看得出来,梅乐蒂曾经把这张纸从侧面打开，偷看过里面的内容。他走到另一边去拿自己的书包。“那我就先走了。”

“嗯？”费奇已经沉浸在书里了，“啊，是的，那好吧。咱们明天见。”

乔尔路过书桌时，飞快地扫了一眼费奇正在读的东西。那是某个特定年份里，阿尔美狄乌斯毕业生的名单。乔尔标出了其中死因可疑的人。他标了两个名字，不过乔尔没看出这两个人有多么重要。那为什么……

他差点儿就跟上次一样错过了。艾克斯顿的名字在名单的最顶上，混在当年普通学校的毕业生当中。费奇刚才注意到的就是这个吗，还是说这只是一个巧合？

乔尔走出大楼，穿过草坪，朝校办公室走去。过去七天里，阿尔美狄乌斯已经变成了另一副模样。现在校园里有好多警察，他们还在校门口和发条车站查看出入人员的身份。没有人陪同，阵学学生都不允许离校。乔尔从附近几个警察身边走过，心想阿尔美狄乌斯如今感觉就像是一座监狱。

乔尔路过一群普通学生，他们正在操场上踢足球。可似乎也踢得不怎么起劲，而且人数也比过去少了许多。许多普通学生的家长都把自己的孩子带到学校外面过暑假了，他们被允许继续待在校外。既然眼下还没有非阵学学生遇害，显然阵学师们仍然是被加害的目标。普通学生在校外应该是安全的。

查尔斯·凯洛维失踪之后再没有出现过新的罪案。已经过去一周了，人们似乎只是在等待。下一桩罪案什么时候发生？会发生什么？谁会没事儿，谁又会有危险？

乔尔一路匆匆忙忙，离校门更近一些了。校门外面是学院另一个不同于以往的景象。

抗议者。

他们拿着标语。我们要真相。掸灰人是危险人物！送他们去内布拉斯科！

合众岛内的许多社论作者都认定凯洛维家四个仆人的死都是阵学师的错。这些社论作者将这一系列事件看作是某种隐秘战争——有人称之为异常阴谋，交战各方就是阵学师当中的不同阵营。有人甚至认为这一切——阵学师的存在、灵选大典、内布拉斯科的战斗——都是一场巨大的骗局，目的就是维持教会的权力。

因此，一群人数不多，声音却很大的阵学师反对者守在了阿尔美狄乌斯学院的正门外。乔尔不知道对这种无厘头的行为做何理解，不过他的确知道，有一些阵学学生的家庭在夜里遭到了袭击。不过幸运的是，这些学生现在全天都待在学校里面，而各处校门都有警察把守，把大部分捣乱分子都拒之门外。大部分而已。两天前，有人把一些涂着脏话的砖头扔进了学校里。

乔尔没有停下来听那些抗议者说什么，不过他们的口号声一直在他身后紧追不舍。“我们要真相！停止阵学师特权！我们要真相！”

乔尔匆匆忙忙地走上通往办公室的小路。两位背着步枪的警察站在门口两侧，不过他们认识乔尔，就放他进去了。

“乔尔！”弗洛伦丝说，“真没想到你这么快就来了。”尽管校园其他地方都气氛紧张，这位金发的书记员仍然坚持穿着一身亮黄色的连衣裙，头上戴着一顶宽檐儿的遮阳帽。

“他当然来得快了，”艾克斯顿一边工作，一边头也不抬地说，“不是所有人都只知道消极怠工。”

“快别惹人讨厌了。”

隔着柜台，乔尔看见弗洛伦丝办公桌上放着一张报纸，头条写道：新布列塔尼亚危机！

“校长这会儿正在跟人会面，乔尔，”弗洛伦丝说，“我想很快就要结束了。”

“这里情况怎么样?”乔尔一边说，一边看向窗外的警察。

“哦，你知道的，”弗洛伦丝说，“都是老样子。”

艾克斯顿鼻子里一哼。“你平时不是很八卦吗，这回怎么害起羞来了?”

弗洛伦丝的脸一下变红了。

“乔尔，实际情况是，”艾克斯顿一边说，一边放下笔，抬起头来，“情况并不妙。就算不考虑校门口的那些蠢蛋，就算不在意每走几步就能遇见一个警察，情况也还是很糟糕。”

“有多糟糕?”乔尔问。

弗洛伦丝叹了口气，用胳膊肘撑着桌子。“没有阵学学校的岛上正在讨论开办自己的学校呢。”

乔尔耸耸肩。“那能算得上是灾难吗?”

“好吧，首先呢，教学质量会下降。乔尔，亲爱的，阿尔美狄乌斯可不单单是一座学校。这是为数不多的几个能让来自各个岛屿的人们在一起工作的地方。”

“詹姆斯敦跟大部分城市都不一样，”艾克斯顿同意道，“在世界大部分地方，你都不会看见朝煊人和埃及人混在一块儿。在许多岛上，如果你是个外国人——甚至是别的岛上来的美国人——你都会被当成是个外人。试想，如果有六十座学校，每座学校都用不同的方式训练阵学师，到了内布拉斯科，他们又开始争吵是该防御战场上的哪一块区域，你能想象得出会有怎样的战果吗?光是有八所学校就已经够受的了。”

“然后又有人议论这些学校应该是什么样子。”弗洛伦丝看着报纸说。报纸来自缅因福特，北方的一座岛屿。“这些社论简直把阵学师描述得不像是真正的人类。许多人要求阵学师滚出普通课堂，专门学习如何在内布拉斯科作战。就好像阵学师不过是一颗颗子弹，装进枪膛，然后打出去。”

乔尔皱着眉头，默不作声，站在柜台旁。弗洛伦丝在办公桌旁，对着自己咂咂嘴，然后继续工作了。

“他们自找的，一点儿没错。”艾克斯顿在自己位子上开口道，像是在自言自语。

“谁?”乔尔问。

“阵学师，”艾克斯顿说，“太排外了，太故作神秘了。看看他们是怎么对待你的，乔尔。所有他们认为配不上阵学师那个档次的人，他们都不予理睬。”

乔尔挑起一道眉毛。他听得出，艾克斯顿的话里满是挖苦的味道。也许是跟他在阿尔美狄乌斯读书时候的事情有关?

“反正，”艾克斯顿接着说，“阵学师对待其他人的态度，也让普通百姓——花钱维持这个地方的普通人——开始怀疑阵学师到底是不是真的需要一所这么富丽堂皇的学校，余生是不是真的有必要领取如此天价的退休金。”

乔尔用食指敲着柜台。“艾克斯顿，”他说，“你真的在阿尔美狄乌斯上过学吗?”

艾克斯顿停下笔来。“谁告诉你的?”

“我自己看见的，”乔尔说，“在毕业生名单上。当时我正在帮费奇教授做一个项目。”

艾克斯顿默不作声地坐了一会儿，最后说道：“是的。我以前就在这里。”

“艾克斯顿！”弗洛伦丝说，“你从来都没告诉过我！怎么回事，你家里怎么负担得起你的学费的?”

“我不想说这些。”艾克斯顿说。

“哦，得了吧。”弗洛伦丝说。

艾克斯顿停住笔，站了起来。他把自己的外套和礼帽从墙上的挂钩上取下来。“我看我还是去休息一会儿吧。”

一边说，他一边走了出去。

“抱怨鬼！”弗洛伦丝在他身后叫道。

过了一会儿，校长办公室的门开了，哈丁探员走了出来，一身蓝色套装，跟平常一样熨烫得十分平整。他拿起自己放在校长办公室门口的步枪，把肩带挂在自己肩上。

“我去检查一下巡逻情况，”哈丁对约克校长说，“我们绝不允许扔砖头之类的情况再次发生，先生，我向你保证。”

约克点点头。哈丁看约克校长的眼神似乎颇多敬意，也许是因为校长块头很大，嘴唇上又垂下胡子，样子像一位战场上的将军吧。

“这是给您的最近更新的名单，探员。”弗洛伦丝说着，站起身来，递给他一张纸。

哈丁浏览着名单，脸上微微一红。

“怎么了？”约克校长问。

哈丁探员抬起头来。“是我失职了，先生。仍然有十四名阵学学生，他们的父母拒绝把孩子送到学校里接受保护。这件事情不能接受。”

“家长固执己见，不是你的错，探员。”约克说。

“我将它视作是我的责任，先生，”哈丁说，“告辞。”他迈步走出房间，经过乔尔身边时朝他点头致意。

“啊，乔尔，”约克校长说，“进来吧，孩子。”

乔尔走过屋子，进了校长办公室，再一次坐到那张巨大的办公桌前面的椅子里，感觉就像是一只小动物，抬头看着高山一样的人类主人。

约克坐下来，乔尔问：“你要谈论我的成绩吗，校长？”

“其实并不是，”约克说，“这只是个借口，希望你能原谅。”他的胳膊肘撑在桌子上，“咱们学校里出事情了，孩子。我要尽我所能地关注到所有事情，这是我的工作。我需要你给我提供消息。”

“校长?”乔尔说，“恕我直言，我只是个学生。我都不知道自己能帮上多大的忙。反正，我一点儿也不喜欢当间谍，暗中监视费奇教授。”

约克轻声笑了起来。“你不是间谍，孩子。我昨天才让费奇来过这里，我刚刚还跟哈丁聊过。这两个人我都信得过。我真正想要的是不持立场的看法。我需要知道究竟发生了什么，而我不可能每个地方都走到。我想要你告诉我，你在跟随费奇工作的过程中，你所看到或做过的事情。”

于是，在接下来的一个小时里，乔尔遵照校长的话，讲起来自己如何翻阅人口普查记录，自己查看查尔斯·凯洛维失踪现场的经历，还有他读过的东西。约克默默听着。随着时间一点点过去，乔尔发现自己越发尊敬起校长来。

约克的确十分关切，而且他愿意去听取一个普普通通的非阵学学生的观点与看法。乔尔快要讲完了，他心想要不要把自己对纳利扎的怀疑讲出来。他看着校长，后者早就取出钢笔，在乔尔讲话的时候写写画画。

“好的，”约克抬起头来说，“谢谢你，乔尔。这正是我想要的。”

“不客气，校长，”乔尔说，“不过……那个，还有一件事情。”

“嗯?”

“校长，”乔尔说，“我觉得纳利扎可能跟这整件事情有些干系。”

约克身子凑过来。“为什么这么讲?”

“并没有什么真凭实据，”乔尔说，“其实只是些巧合。纳利扎出现的时间跟他所做过的事情搅和在一起有点让人可疑。”

“比方说?”

乔尔的脸一下子红了。他意识到自己这话听起来有多愚蠢。他正坐在校长的办公室里，指控约克本人聘请的手下之一。

“我……”乔尔垂下眼睛，说，“我很抱歉，校长，我这话说得太蠢了。”

“不，你并没有。我也有些怀疑纳利扎。”

乔尔吃惊地抬起头来。

“我也说不准，”约克说，“这究竟只是我讨厌这个让我做此反应的人，还是有别的原因。纳利扎经常来这间办公室，想要了解调查情况。我一直在问我自己，这究竟是因为他想要知道我们查到了多少情况，还是仅仅因为他妒忌。”

“妒忌？”

约克点点头。“不知道你意识到这一点没有，不过费奇教授正在受到极大的关注。报社掌握了他的名字，如今几乎每一篇提到失踪事件的文章都会提到他。他似乎成了联邦探员们‘对付劫持犯的秘密武器’。”

“哇噢。”乔尔说。

“不管怎样，”约克接着说，“我倒希望自己当初没有聘用纳利扎。可是他现在拥有终身教席，要开除他十分困难——我又的确没有证据能证明他跟这些案子有关。所以我再问你一次：究竟是什么事情，让你怀疑起他来？”

“好吧，”乔尔说，“你记得我跟你说过新的阵学法线吧？我曾经看见纳利扎从图书馆里接触过一本书，那本书就是讲有可能存在新的阵学法线的。”

“还有呢？”

“那天晚上他离开了自己的住处。”乔尔说，“就是查尔斯·凯洛维失踪那晚。我在外面散步，看见他俩。”

约克摸着下巴，说：“你说得对，这算不上有说服力的证据。”

“校长，”乔尔问，“你知道纳利扎究竟为什么会来这儿吗？我是说，既然他在内布拉斯科是个那么了不起的英雄，那他为什么要来学校里教书，而不是跟野生垩灵作战？”

约克认真看了乔尔一阵子。

最后，乔尔问道："校长？"

"我在想自己究竟应不应该告诉你，"校长说，"老实说，孩子，这算得上是涉密信息了。"

"我会严守秘密的。"

"这一点我倒不怀疑，"约克说，"不过要不要说出来，这仍旧是我的责任。"他双手的手指对到一起，"内布拉斯科……出过一次事故。"

"哪种事故？"

"死了一个阵学师，"约克说，"不管东部这边的大多数人怎么说，战争内阁一向都会严肃对待内布拉斯科的死亡事件。有很多人指手画脚，最后的决定是，有些人——例如，纳利扎——最好还是调去执行非作战任务。"

"这么说，他杀人了？"

"没有，"约克说，"有个年轻的阵学师被野生垩灵杀死了，他跟这起事件有关。纳利扎并没有受到任何指控，而且就我所知，也不该受到指控。纳利扎来这里求职，我面试他的时候，他指责政治力量太爱惜自己的羽毛，不愿意让自己的履历沾上半个污点。这类事情太常见了，所以我相信了他。其实，我到现在都还相信他。"

"可是……"

"可是还是有些可疑，"约克同意道，"告诉我，你发现的这些新的法线是什么样子？"

"我能用一下笔吗？"

约克借给他一支钢笔，又给了他一张纸。乔尔画出那个在所有三个犯罪现场都被发现过的转圈的图案。"谁也不知道这是什么，不过至少，我们现在知道这的确是个阵学图案了。"

约克拿着这张纸，揉着下巴。"嗯……没错。你知道，这么说虽然很奇怪，不过不知道为什么，这个图案我看着有些眼熟。”

乔尔心里咯噔一下。“眼熟吗？”

约克点点头。“大概说明不了什么吧。”

校长怎么也见过这个图案？乔尔心想，他从来都没研究过阵学呀。我跟校长之间能有什么共通的地方？就只是这所学校了。

这所学校，还有……

乔尔猛一抬头，瞪大了眼睛——他终于想起来，自己当初在哪里见过这个图案了。

法线强度

禁界线的强度与线的笔直程度相关。禁界线的稳定程度与它画在何种材质上相关。禁界线延伸出来的力墙高度与线的粗细相关。

守御线的强度与线的圆滑程度相关，
也与其弯曲程度相关。
（所以圆形各点的强度相同，
而椭圆形各处强度不同）

比圆形弯曲程度大的地方强度更大；比圆形弯曲程度小的地方强度也小。

威力线的强度与波浪线的弯曲程度相关。

造物线的强度
与图案的复杂程度、
创造能力，以及
巫灵的艺术美感
相关。

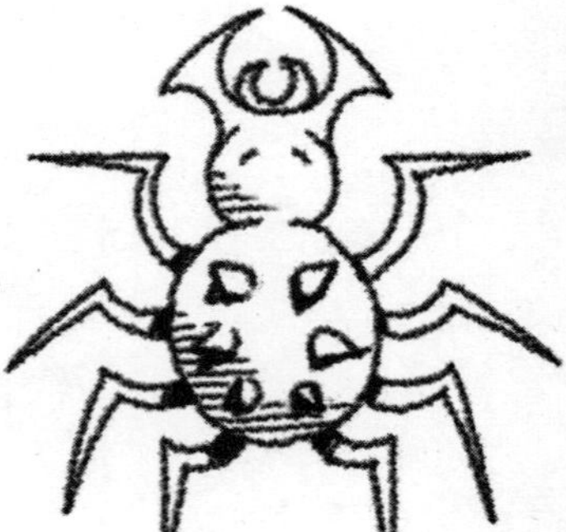

第十八章

乔尔向约克与弗洛伦丝匆匆道别，离开了办公室。他没有跟任何人说起自己刚刚想到了什么。他要先自己做一番确认。

乔尔急急忙忙地沿着小路向宿舍楼走去，简直快要跑起来了。可他努力不让自己跑起来——学校里的气氛如此紧张，一旦跑起来，可能会引来太多的注意。

不幸的是，他看见梅乐蒂正沿着这条小路朝着办公室走回来，看样子，送信的差事已经做完了。乔尔脸上一苦，躲向一旁。不过梅乐蒂显然看见他了。

“乔尔！”梅乐蒂喊道，“我已经认定，我是个天才！”

见她朝自己跑过来，乔尔说：“我这会儿可没空……”

“吧啦，吧啦，”梅乐蒂说，“听我说，我有个振奋人心的消息要告诉你。你是不是很激动！”

“是啊，”乔尔说着，又要迈步往前走，“我回头跟你聊这个。”

“嘿！”梅乐蒂一边说，一边追上去，跟他并排走，“你是不是又想不理我了？”

“又？”乔尔说，“我从来都没有不理你呀。”

“是啊，是啊。”

“你瞧，最开始那几个星期，不是你说我在跟踪你吗？你还冲我发火来着。”

“过去啦，忘光啦，扔到脑后啦，”梅乐蒂说，“不，你听我说，这件事情真的很重要。我觉得我找到办法，可以让你成为阵学师了。”

乔尔差点儿把自己绊倒了。

“哈！”梅乐蒂说，“我就知道会引起你注意的。”

“你这么说，就为了让我停下来？”

“吃灰的，才不是。乔尔，我跟你说过，我是个天才！”

“咱们边走边说，”乔尔说着，又迈开了步子，“我要去查一件事情。”

“你今天可真奇怪，乔尔。”梅乐蒂追上去说。

“我刚刚发现了一件事情，”乔尔说，他们快到家属宿舍楼了，“这件事情困扰我好长时间了。”他爬上通往二楼的楼梯，梅乐蒂紧紧跟在后面。

“我可不喜欢别人这样对待我，乔尔，”她说，“你都不明白吗？为了报答你在哈丁面前替我担保，我可是花了好多天想办法来报答你。这会儿呢，我来告诉你，结果你却像个疯子一样到处乱跑。我开始觉得你是在针对我了。”

乔尔停下脚步，然后看着梅乐蒂，叹了口气。“我们在每一次学生失踪的犯罪现场都发现了新的阵学法线。”

“真的？”

“是的。其中有一种法线我看着很眼熟。我之前一直想不起来是怎么回事，可是约克校长刚才有句话让我想起来之前在哪儿见过它了。所以我要去确认一下。”

“啊，”梅乐蒂说，“那么……只要你办完这件事，你就能认认真真地听我这震惊世界、精彩绝伦、举世瞩目的消息了？”

“当然。”乔尔说。

“那好吧。”梅乐蒂说完，便跟着乔尔一起，顺着走廊朝乔尔和他妈妈一起住的屋子走去。乔尔朝里推开门，直奔床边的大衣柜。

“哇噢，”梅乐蒂打量着屋子里面，说，“你就睡这儿，嗯？实在是……呃，温馨。”

乔尔拉开大衣柜最上面的抽屉，那里面塞满了各种小物件。他在里面翻找起来。

“你们家其他地方在哪儿？在走廊另一头，还是这儿？”

“没有，就是这儿。”乔尔说。

“哦。那你妈妈住哪儿？”

“住这儿。”

“你们两个人住这一间屋子？”梅乐蒂问。

“我夜里在床上睡觉，我妈白天睡觉。不过她今天出门了，去外公外婆家了。今天她休假。”她很珍惜自己不多的假期。

“真不敢相信。你知道，这可比我的寝室小多了。而我们还都在抱怨自己的住处有多小。”

乔尔找到自己要找的东西了，把它从大衣柜里抽出来。

“一把钥匙？”梅乐蒂问。

乔尔从她身边挤过去，匆匆忙忙地朝楼梯井跑去。梅乐蒂紧追在后。“那钥匙是干吗的？”

“我们不是一直都住在那间屋子里的。”乔尔一边说，一边经过一楼，继续往地下室跑去。他要找的那扇门在楼梯井的最底下。

“所以呢？”梅乐蒂问。乔尔打开门锁。

他看了看梅乐蒂，然后推开了门。“我们以前住这儿。”他指着门里面的房间说道。

他父亲的作坊。

这间宽敞的房间里面一片漆黑，影影绰绰地塞满东西，屋子里有一股灰尘的气味。乔尔走进房间，为自己竟如此熟悉这个地方而感到吃惊。他足有八年时间没有踏足这里了，可是他就是知道该在哪儿找到墙灯。他给灯上好发条，又转动底部的机关，灯嗡嗡作响地亮了起来。

灯光照亮蒙着灰尘的房间，房间里满是老旧的桌子、成堆的石灰石，还有一座用来烧制粉笔的窑炉。乔尔满怀感念地走进房间，感觉自己的记忆像是起了一阵阵刺痛和颤抖，就像味蕾品尝到既酸又甜的东西一样。

“我以前睡在那边。”他指着屋子对面的角落说。那里摆着一张小床，几条布帘从天花板上垂挂下来，这样只要把床单拉过来，他就能有一小片属于自己的空间。

爸爸妈妈的床在另一个角落，也一样挂着布帘。两个“房间”中间放着家具——几把椅子、几个带抽屉的柜子。乔尔的父亲过去经常说要砌几面墙，把作坊分成几个房间。他去世以后，这里就再也没有添置过新的家具，于是乔尔的妈妈就让这里保持着原样。

乔尔微微笑着想起了父亲当初在自己桌旁一边打磨粉笔，一边哼着曲子时的场景。这间屋子大部分地方都被作坊占据了。几口大锅，搅拌杯，窑炉，还有成摞的有关粉笔成分与硬度关系之类的书。

“哇噢，”梅乐蒂说，“这里感觉真是……安详啊。”

乔尔拖着步子，穿过房间。在一张桌子上，他发现了一排按照整个色谱变化排列的粉笔。他从桌子上取出一支蓝色粉笔，用手指摩挲着笔杆，粉笔外面的封套让他的手指不会沾上粉笔的颜色。他走到屋子另一头，在两张床的对面。那边墙上挂着许多制作不同硬度的粉笔的详细配方。

这些粉笔配方周围还有许多不同的阵学防御阵图。阵图足有几十张，都是乔尔的父亲画的，边上还标有批注，说明了谁曾经在哪一场决斗中使用过这种阵型。还有许多有关著名决斗比赛，以及著名决斗者生平的剪报。

乔尔的脑海里响起了记忆中特伦特的声音。父亲大声念出这些决斗的情形，兴高采烈地向乔尔介绍这些比赛的精彩细节。一想起父亲的那股热忱，许多别的记忆也随之奔涌而出。乔尔把这些回忆放到一边，专注于另外一样东西——在所有这些配方、防御阵和简报中间，还有一张特别大的纸。

这张纸上画着一个转圈的阵学图案，他们在每一处犯罪现场都看到过。

乔尔慢慢地吐出一口气。

“怎么啦?”梅乐蒂走到乔尔身边，问道。

“就是这个，”乔尔说，“那个新的阵学法线。”

“等等，你父亲就是那个劫持犯?”

“才不是。不过他知道，梅乐蒂。他跟人借钱；他出差；他拜访八座学校里的阵学师。他忙着做什么事情——他的热情所在。”

梅乐蒂看向旁边，目光扫过那些剪报和图画。“这么说，这就是原因了。”她轻声说。

“什么原因?”

“你对阵学那么着迷的原因。”梅乐蒂说，“我问过你一回，你一直没有回答。是因为你父亲。”

乔尔盯着这面墙，还有墙上的图形和防御阵图。他父亲会滔滔不绝地讲解这些东西，告诉乔尔哪种防御阵对抗哪种进攻图形最好。别的男孩都跟自己的父亲踢足球，乔尔却跟着自己的父亲画防御阵。

“爸爸一直想让我来阿尔美狄乌斯读书，”乔尔说，“尽管他从来不说，其实他满心盼着我能成为阵学师。我们总是一起画画。我觉得他之所以要当个粉笔匠，就是因为这样一来，他就能跟阵学师一起工作了。”

而且他的确干了件了不起的事情。一种新的阵学法线！这种法线不是由费奇和纳利扎这种拥有多少年经验的阵学师发现的，而是由乔尔的父亲——一个寻常的粉笔匠发现的。

怎么会呢？这到底意味着什么？这种法线到底是干什么的？疑问太多了。父亲肯定留有笔记，对吧？乔尔需要看遍笔记，追寻父亲在最后那段日子里所做的研究。找出这个图案与失踪事件究竟有怎样的联系。

乔尔一时间感到欣喜若狂。*你做到了，父亲。你完成了一件无人能及的事情。*

“好啦，”乔尔转过头来对梅乐蒂说，“你的大新闻是什么？”

“哦，”梅乐蒂说，“这会儿宣布可能不太合适。我说不准。我就是……那个，我最近一直在做一些研究。”

“研究？”乔尔问，“你做研究？”

“我是做研究了！”梅乐蒂两手叉腰，说道，“反正，不许你抱怨，因为跟你有关。”

“你研究我来着？这回谁是跟踪狂？”

“不是研究你这个人，笨蛋。是研究你身上所发生的事情。乔尔，你的灵选礼弄错了。你应该进到灵选室里面去的。”

“我跟你说过，”乔尔说，“斯图尔特神父说我不用进去。”

“他错得*没边儿了*。”梅乐蒂夸张地扬起一只手来说道，“你那永恒的灵魂有可能处境危险！你并没有接受灵选。那次典礼漏洞百出！你需要再来一次。”

“都过去八年了。”

“那又怎样？”梅乐蒂说，“听我说，再过不到一个星期就是七月四日了。只要咱们能说服代牧你有失去灵魂的危险，他没准儿就能让你再试一次。只是这一回要把仪轨弄对。”

乔尔想了一会儿。“你真觉得我可以再来一次灵选礼？”

“千真万确，”梅乐蒂说，“我能给你找到参考依据。”

*我岁数太大了。可是……说起来，格雷戈里国王当初也是在过了八岁以后才成为阵学师的。所以，没准儿我也可以。*他笑了。“没准儿真值得一试。”

“我就知道你会喜欢的，”梅乐蒂说，“快说我是个天才。”

“你是个天才，”乔尔说完，又回过头看了墙上那图案一眼，“咱们去找费奇吧。我想让他看看这个。代牧的事情咱们以后再头疼吧。”

“就我所知，”作坊中间有一张桌子，费奇坐在桌旁的椅子上说，“你父亲坚信还有别的阵学法线。过来，看这里。”

费奇从成堆的书和老旧文稿里抽出一张纸来。在过去的几个钟头里，乔尔和梅乐蒂一直在帮助费奇收拾作坊，整理乔尔父亲留下的文稿。作坊看起来又能投入使用了。

费奇把这张纸递给乔尔，纸张发出哗啦啦的轻响。看起来像是某种法律文档。

费奇说：“这是一份赞助合同。”

“瓦伦达学院，”乔尔说“不是在加利福尼亚群岛吗？也是一所训练阵学师的学校。”

费奇点点头。“这里总共有四份这类合同，每一份都来自八所学校中的一所，其中包括阿尔美狄乌斯。他们许诺，如果你父亲证明在原本的四种法线之外还存在别的法线，他们就赞助你父亲和他的家庭一百年的花销。”

“赞助？”梅乐蒂问。

“就是钱，亲爱的，”费奇说，“一份津贴，数额相当巨大。有了这样一笔来自四所学校的收入，乔尔的父亲本可以成为一个相当富有的人的。我得说，你父亲对阵学的理解水准让我十分惊讶！这些文稿相当高深。我敢说别的教授如果发现了这些东西一定会大吃一惊的。我现在才意识到，我们从来都不曾给他支付过他应得的薪水。”

“他说服过某些人。”乔尔指着赞助合同说。

“啊，是的。的确，看起来是这样。他为了拿到这些合同，一定拼命地工作过，并且提供过某些相当有说服力的证据。从眼前所见来看，他跟多所学校一起做过研究。他甚至去过欧洲和亚洲，去拜见那里的学者和教授。”

而他在这样做的同时，也欠下了数额巨大的债务。乔尔心想。他坐在桌旁的凳子上。那张桌子以前是工作台，这会儿被费奇拿来用作书桌。

“可是他发现了这条法线，”梅乐蒂指着墙上的图画说，“那他为什么没有发财?”

“他没办法让法线起效。”乔尔一边说，一边又翻出一张纸来，“就像咱们对此也无能为力一样。我一点儿不差地画出这条法线，可是它什么也干不了。那个绑架者知道一些咱们不知道的事情。”

“所以这一切都毫无意义，”乔尔说，“我父亲并不比我们多知道任何东西。他发现的确存在别的法线，他甚至成功地画出了一个复制品，可是他没办法让它发挥作用。”

“哦，”费奇一边翻找着文稿，一边说，“这里有一个重要的观点。你父亲说明了为什么这个符号不能发挥效用。你看，有一群学者认为，阵学法线的效能基于阵学师本人绘制法线的目的。他们指出了一个事实，如果我们用粉笔书写单词，甚至用粉笔信笔涂鸦，不会有任何东西活过来，除非我们有意识地去画一个阵学图形。打个比方，字母表里的直线并不会突然间变成禁界线。

“因此，阵学师的愿望影响了他画出的东西。这算不上一个完整的理论——比方说，阵学师不能单凭愿望就让禁界线更加强大。不过，如果阵学师不是有意地去画一条禁界线，那这条线就起不了作用。”

“也就是说，你之所以不能让那个旋涡图案发挥作用……”乔尔说。

“是因为我根本不知道它应该用来干什么，”费奇说，“你父亲相信，除非他能搞清楚什么类型的法线能有什么作用，否则什么都干不了。”

费奇又抽出一张纸来。“恐怕有人因此而嘲笑过他。呃，我依稀记得发生过几次这类情况。有一阵子，你父亲说服过一些阵学师来画他那些法线——我没有参与，当时也没怎么关注这件事，不然我可能早就想起他对新阵学法线的兴趣了。可是尽管他想出许多法线的潜在用途，并且逐一验证，他还是没有让法线产生效果。从他留在这里的手稿来看，他把这看成是一次沉重的打击。”

地上传来一声大大的叹气声——梅乐蒂正躺在地板上，眼睛盯着天花板，听着他们的谈话。*她那么喜欢坐在地板上，还爬树，还躺在地上*，乔尔心想，*她肯定每天都要洗衣服*。

“无聊吗，亲爱的?”费奇问。

“还好，”梅乐蒂说，“你们接着聊。”可是紧接着，她又叹了一口气。

费奇冲着乔尔一挑眉毛，后者耸耸肩。有时候，梅乐蒂就是想要提醒所有人，自己就在旁边。

“不管怎样，”费奇说，“这都是一个了不起的发现。”

“哪怕它并不能告诉我们，这种法线能干什么?”

“对，”费奇回答，“你父亲非常细致。他收集了大量的文献——其中有一些相当珍贵——并且给这些资料做了批注，把所有包含寻找新阵学法线线索和理论的文献都列了出来。天啊，简直就像是你父亲早就料到我们的调查工作需要什么。他的笔记能节约我们好几个月的时间!”

乔尔点点头。

“我敢打赌,”费奇像是自言自语地说,“我们真的应当更加认真地对待特伦特。的确是这样。天哪,这人真是个被埋没了的天才。这就像是发现你家的看门人背地里是个研究高级发条理论的学者,还在空闲时间里组装了一匹能动的平衡驹。嗯……”

乔尔的手指拂过一本书卷,想象着自己的父亲如何在这间屋子里工作,如何一边制作粉笔,还一边思索着种种阵学奇观。乔尔还记得自己曾经坐在地板上,抬头看着工作台,听父亲哼着曲子。他还记得窑炉烧火的气味。父亲会烧制一部分粉笔,同时让其他的粉笔在空气中晾干。他一直都在寻找理想的成分比例、理想的粉笔耐用度,还有线条的理想亮度。

乔尔坐起身子来,扫开垂在眼前的几缕卷发。她看着乔尔,问:“你没事儿吧?”

“只是想起了我父亲。”

梅乐蒂看着他,在那里坐了一会儿,最后说道:“所以,明天就是星期六了。”

“然后呢?”

“然后就是星期天。”

“好吧……”

“你得去跟代牧谈谈,”梅乐蒂解释道,“你得让他同意你再进行一次灵选典礼。”

“这是怎么回事?”费奇从书上抬起头来问。

“乔尔要去接受灵选了。”梅乐蒂说。

“他八岁那年不是已经参加过了吗?”费奇问。

“哦,没错,”梅乐蒂说,“他们把事情搞砸了。我们得要求他们再给乔尔做一次。”

“我看我们不可能要求他们做任何事，梅乐蒂，”乔尔赶紧说，“我都不知道这会儿考虑这些合不合适。”

“下周就到七月四日了，”梅乐蒂说，“要是错过了，那你还得再等一整年。”

“没错，不过，”乔尔说，“眼下还有更重要的事情需要操心。”

“真不敢相信！”梅乐蒂说着，一下子又躺了回去，“你一辈子都对阵学和阵学师朝思暮想，现在你有机会变成阵学师，结果你却想就这么算了？”

“机会也没那么大，”乔尔说，“我是说，反正一千个人里也只有一个人被挑中。”

费奇饶有兴致地看着他们。“先等一等。梅乐蒂，亲爱的，你到底凭什么认为他们会让乔尔再尝试一次？”

“上回他根本没有进入灵选室，”梅尔蒂说，“所以，他不可能……嗯，你知道的。”

“啊，”费奇说，“我明白了。”

“我不明白。”乔尔强调说。

“这不公平，”梅乐蒂盯着天花板说，“你也见识过他有多擅长阵学。可他连个机会都没有。他应该得到一次机会。”

“嗯，”费奇说，“好吧，我可不是宗教仪轨方面的专家。不过，我觉得，你要想说服代牧，让一个十六岁大的年轻人参加灵选典礼，这可不容易。”

“我们会说服他的，”梅乐蒂固执地说，就像乔尔在这件事情上根本无权表态一样。

一个人影挡住了门口的光。乔尔转过身来，看见他母亲站在门外，在楼梯井的最底下。“哦，”他注意到母亲惊讶的表情，“呃……”

“萨克森夫人，”费奇站起来说，“您的儿子刚刚有了一个了不起的发现。”

乔尔的母亲一身出远门时穿的蓝色衣服，头发绾在脑后。她走进了屋子。

乔尔战战兢兢地看着母亲。很久以前，她就给这间屋子上了锁，放在那儿。如今母亲看见他们擅闯进来，心里会怎么想？

母亲笑了一笑。“已经这么多年了，”她说，“我以前也想过再下来看看，可我总是害怕看了会太难过。我怕这里又让我想起他。”她看向乔尔的眼睛，“确实让我想起他了，可我并不难过。我想……我想也是时候搬回来住了。”

垩灵的种类

造物线一直都是最难以量化描述的阵学法线。

似乎所画的垩灵种类能够影响它遵从指示的能力。

举个例子，一只画成骑士模样的垩灵，如果连接在防御性连接点上，通常比派它去进攻威力强大。

带有巨大爪牙的垩灵则比较擅长进攻，但防御能力较弱。

浑身膨胀的巨大垩灵能承受威力线的更多轰击，但是移动缓慢。

有很多腿的垩灵虽然移动迅速，但往往并不能很快咬穿敌人的法线。

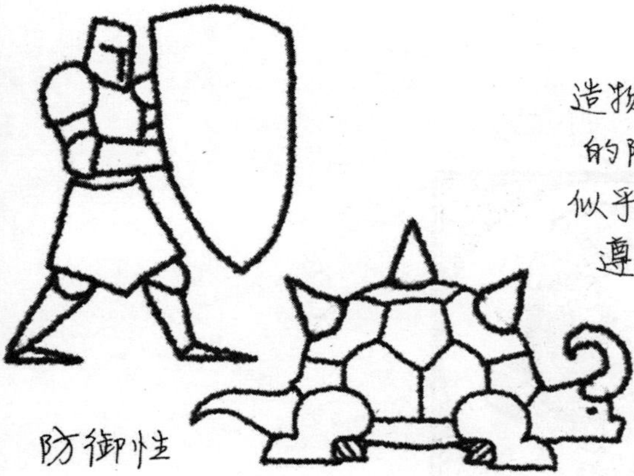

防御性垩灵

进攻性垩灵

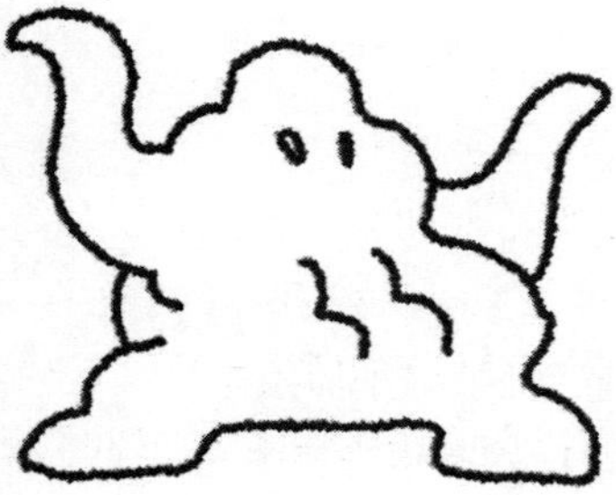

擅长吸收轰击

擅长快速移动

第十九章

乔尔坐在大教堂宽敞的大厅里，两条胳膊撑在前面一排长椅后面的搁板上，头抵着胳膊，脑子里千头万绪，一刻都不肯安宁。

“主宰让没有生命的有了生命，”斯图尔特神父用单调的声音布道，“如今我们就是那没有生命的，我们需要他慈恩重新给我们光和生命。”

阳光透过彩色玻璃拼接花窗照了进来。每一扇拼花玻璃窗上都镶着一块时钟，咔嗒咔嗒地打发走时间。主拼花玻璃窗——一扇精美绝伦的蓝色环形玻璃窗上镶着这座岛上最为壮观的时钟，时钟里的齿轮和心轴本身就是由彩窗玻璃制成的。

教堂的中殿里摆满了长椅，只在正中间留有一条过道。在长椅的上方，在教堂穹顶之下，十二使徒的雕像俯瞰着虔诚的信众。这些雕像时不时地动一下，雕像内部的发条机关让它们像是活了一样。无生命中的生命。

“生命的面包，”斯图尔特神父说，“生命的水，死而复生的力量。”

这些话乔尔以前就听过了。他很久以前就注意到，教士们明显都有一种重复自己的倾向。而今天，乔尔发现自己比平时更难集中注意力。他的生活竟然与阿尔美狄乌斯学院的重大发展有如此密切的关系，这感觉似乎很奇怪，甚至让他有些不安。难道是命运把乔尔安排到了现在的位置吗？还是真如斯图尔特神父老生常谈的那样，是主宰的意志使然？

他又抬起头来，看着玻璃彩窗。舆论开始反对阵学师，对教会意味着什么？许多彩窗描绘的都是流亡君主，格雷戈里国王的故事。他的周围总是环绕着许多阵学图形。

石砌的墙壁上刻着由环阵和法线构成的错综复杂的图案。尽管教堂建筑本身呈十字形，但一横一竖相交的位置却是一个圆圈，跟几根柱子一起组成一个九点环阵。

使徒们注视着，主宰本人则在十字架上受难。圣达·芬奇的雕像面前的地面上画着圆圈、齿轮，还有阵学三角。他被封为圣人，并被吸收进了君主教会，尽管——又或许正是因为——他背叛了基督教。

即便是最迟钝的人也知道阵学与君主教会之间的联系。如果不首先同意接受灵选，谁也不可能获得阵学法力。人们用不着非要信仰坚定——实际上，他们甚至用不着公开表明信仰。他们只要同意接受灵选，就由此迈出通往救赎的第一步。

没有人能够否认，如果没有君主教会，就不会有阵学。这一简单的事实让一度濒临灭绝的教会最终成为世界上最有权势的力量。如果公众要让阵学师身败名裂，教会会站出来支持他们吗？

乔尔的母亲坐在他身边，虔诚地听着布道。她和乔尔昨天重新搬回作坊。搬家并没有花多长时间，他们的东西不多。可是每次乔尔走进作坊，他都觉得过去这八年自己长大了太多，而身体多出这两英尺也实在太高。

有什么东西从后面戳着乔尔的脖子，把他吓了一跳。他回过神来，吃惊地看见梅乐蒂坐在自己身后的长椅上。之前乔尔看见她还在中殿的另一头。

“他快讲完了，”梅乐蒂悄声说，“是你去问他，还是我去?”

乔尔不置可否地耸耸肩。

又过了一会儿，梅乐蒂溜到乔尔身边坐了下来。“你怎么来?”她小声问，“我以为你盼着有这样的机会呢。”

“没错。”乔尔悄声说。

“听起来可不是这样。从我把计划告诉你那时起，你就一直拖拖拉拉的！看你样子就跟你不想接受灵选一样。”

“我想，只是……”要怎么解释呢?“这么说挺蠢的，梅乐蒂，可是我很担心。这么久以来，我一直认定自己是错过了成为阵学师的机会。你没看出来吗？一旦灵选仪式真的可以重来，可我还是没有被选中，那我就再也不能用这个借口来安慰自己了。”

乔尔曾经追随父亲的脚步，学习研究各种图案和防御阵。可是与此同时，他也由此可以确信自己并非一无是处，被所有人嫌弃。他只是迫不得已，错过了自己的机会。

父亲一直希望自己的孩子成为阵学师，乔尔并没有毁掉父亲的希望。乔尔当初并没有得到机会，所以这并不能怪他，不是吗?

“你说得对，这确实太蠢了。”梅乐蒂说。

“我会没事儿的，”乔尔回答，“我只是……这事儿让我很不舒服。就是这样。”

逻辑上来讲，他这样看问题是有道理的。谁也不能因为没有成为阵学师而受到“责怪”。不过，逻辑并不总是能改变一个人的感受。他简直情愿自己永远觉得自己本来有可能成为阵学师，而不是确认这一点。

梅乐蒂坚持要他再试一次，这一下子让他想起了自己曾经的恐惧。

斯图尔特神父的布道结束了。乔尔低下头，进行祈祷仪式。斯图尔特的话他并没有听进去多少。可是，等说完“阿门”，他拿定主意了。倘若真有机会成为阵学师，那他绝对不能错过它。不能再次错过了。

他摆脱自己的紧张情绪，站起身来。

“乔尔？”他的母亲问。

“稍等一下，妈妈，”乔尔说，“我想跟代牧谈谈。”他急匆匆地跑开了，梅乐蒂赶紧跟上去。

“让我来，”乔尔说，“用不着你。”

“很好。”梅乐蒂说。她今天难得没有穿校服，而是穿了一件十分迷人的白裙子。裙子到她膝盖，露出很长一截腿来。

集中精神。乔尔心想。“我还是觉得这样做根本没用。”

“不要这么悲观，”梅乐蒂眨眨眼说，“我早就想好主意了。”

哦，天哪。乔尔心想。

他们来到教堂中殿的前面，在斯图尔特神父面前停了下来。代牧看着他们，扶了一下眼镜，头上戴的主教冠晃了一晃。巨大的主教冠跟他的袍子一样，是黄色的，上面有一个九点环阵，围绕着一个十字架。

“有事吗，孩子们？”斯图尔特神父俯过身子，问道。乔尔发现，神父已经相当年迈了，白胡子都快到他腰上了。

“我……”乔尔一时支吾起来，“神父，你还记得我的灵选礼吗？”

“嗯，让我想想，”这位老人家说，“你再说一遍，你多大了，乔尔？”

“十六岁，”乔尔说，“不过我没有在正常的灵选礼上接受灵选。我……”

“啊，对了，”斯图尔特说，“你父亲。我想起来了，孩子。我亲自为你主持的灵选礼。”

“是的，那个……”乔尔说。要直接批评年迈的教士把灵选礼弄错了，感觉好像不太合适。

周围有人正在排队——每次布道结束后，总会有人想跟斯图尔特神父谈谈。蜡烛在圣餐台旁边的枝状大烛台上燃烧着，门开着，风涌进来，吹得烛火一跳一跳的。脚步在教堂巨大的大厅里发出回响。隔着圣餐台，灵选室就在大教堂的后面，那是一间小小的石头房间，两头都有一扇们。

梅乐蒂轻轻推了他一把。

“神父，”乔尔说，“我……我不想对您表示不敬，可是我的灵选礼一直让我很困惑。我当时并没有进灵选室。”

“啊，是的，孩子，”斯图尔特说，“我能理解你的难过，不过你用不着担心得不到救赎。全世界有好多地方，那里的教堂太过普通，没有或许成为完整的大教堂，那些教堂根本没有灵选室。不过那里的人们过得跟咱们一样好。”

“可他们也成不了阵学师。”乔尔说。

“对，成不了。”斯图尔特说。

“那就是说，我当初并没有得到机会，”乔尔说，“来成为阵学师。”

“你其实有机会，孩子，”斯图尔特说，“你只是没能抓住它。孩子，有太多人在这个问题上无法自拔。主宰既接纳阵学师，也接纳普通人；对他来说，所有人都一样。成为阵学师就是被主宰选中去侍奉——而不是说要成为一个有权有势的人，或者变得妄自尊大。汲汲追求这些东西是一种罪过，恐怕我们有太多人都忽略了这一点。”

乔尔的脸一下子红了。斯图尔特似乎以为对话结束了，于是他温和地朝乔尔笑了笑，把一只手放到他的肩膀上，并且祝福他。然后教士朝下一个人转过身去。

“神父，”乔尔说，“我想参加下周的灵选礼。”

斯图尔特神父愣住了，又转过身来。“孩子，你岁数太大了！”

“我——”

“这并不重要，”梅乐蒂赶紧截住乔尔的话头，插嘴说道，“任何年龄的人都可以接受灵选。难道不是吗？《大众祈祷书》中是这么写的。”

“哦，”斯图尔特说，“这通常指的是在八岁以后皈依我们福音的人。”

“但这也可以指的是乔尔。”梅乐蒂说。

“他已经接受过灵选了！”

“他没有进去过灵选室，”梅乐蒂固执地说，“你难道不知道罗伊·斯蒂芬斯的事情吗？他就在九岁那年获准参加灵选礼，因为前一年七月四日他生病了。”

“罗伊远在缅因福特，”斯图尔特说，“完全是另一个大主教区！那里的人经常做一些古怪的事情。没有理由再让乔尔参加灵选礼。”

“除了给他一个成为阵学师的机会。”梅乐蒂说。

斯图尔特神父叹了口气，摇摇头。“孩子，你好像认真看过不少文献，可是你并不理解其中的含义。相信我，我知道怎样做最好。”

“哦？”见神父又转过身去，梅乐蒂抬高声音说，“那你怎么不告诉乔尔，八年前你不让他进灵选室的真正原因？也许是因为教堂北墙因为雨水侵蚀，正在施工维修？”

“梅乐蒂。”见她越说越起劲，乔尔抓住她的胳膊想叫住她。

“万一主宰想让乔尔成为阵学师呢？”梅乐蒂却说个不停，“当初你不肯给他这个机会的时候，你有没有想过？全都是因为你在翻修你的大教堂？一个男孩的灵魂和未来就这点儿价值吗？”

梅乐蒂的声音在平日里庄严肃穆的大殿里回响，乔尔越发觉得尴尬。他想让梅乐蒂闭嘴，可梅乐蒂压根儿不理会他。

“我本人，就认为，”梅乐蒂很大声地说，“这真是一场悲剧！我们应当热忱地鼓励想要成为阵学师的人！难道教会要跟那些正在与我们作对的人站到一起吗？有个男孩想尽办法，要执行主宰的意志，教会的教士们难道不应该鼓励他吗？究竟是怎么回事，神父？”

“好吧，小声点儿，孩子，”斯图尔特神父扶着额头说，“别吵了。”

“你答应让乔尔接受灵选了吗？”梅乐蒂问。

“如果这能让你闭嘴，”斯图尔特神父说，“那我就去请求主教许可。如果他同意，乔尔就可以再接受一次灵选。满意啦？”

“暂时满意了吧。”梅乐蒂抱着胳膊说。

“那就带着主宰的祝福走吧，孩子，”斯图尔特神父说，然后又压着嗓子补充道，“而且不管是哪个魔鬼派你来到我的面前，都会因为害我如此头疼而被打进深渊。”

梅乐蒂抓住乔尔的胳膊，拖着他走了。乔尔的妈妈站在不远处长椅之间的过道上。她问：“刚才是怎么了？”

“没什么，萨克森太太，”梅乐蒂轻快地说，“一点事儿都没有。”

他们一走开，乔尔就瞥了梅乐蒂一眼。“所以说，这就是你的大计划，嗯？发一通臭脾气？”

“臭脾气是一种高贵而且经过时间检验的策略，”梅乐蒂骄傲地说，“如果你有一副大嗓门，面对的又是一个老古板的教士，那就尤其高明了。我了解斯图尔特，只要你弄出的动静足够大，他总是会低头认输的。”

他们走出了教堂。哈丁站在门口，和手下几个警察谈着事情。教堂大门上方，有几头发条滴水兽悄无声息地爬过房檐。

“斯图尔特神父说他要去请求批准，”乔尔说，“我觉着咱们不会赢。”

“咱们已经赢了，”梅乐蒂说，“他才不想让我再来演一出呢，尤其是考虑到如今阵学师和普通民众之间的紧张关系。走吧，咱们找点儿吃的去。对姑娘来说，大发雷霆总能让人胃口大开。”

乔尔叹了口气，却由着她拽着自己穿过大街，朝学校走去。

连接垩灵

大多数阵学师都会用一个简单的“◇”符号来代替给垩灵的“防御”指示。任何命令中有这个符号的垩灵都会主动保护它的环阵周界，抵抗其他没有连接在己方环阵上的垩灵。

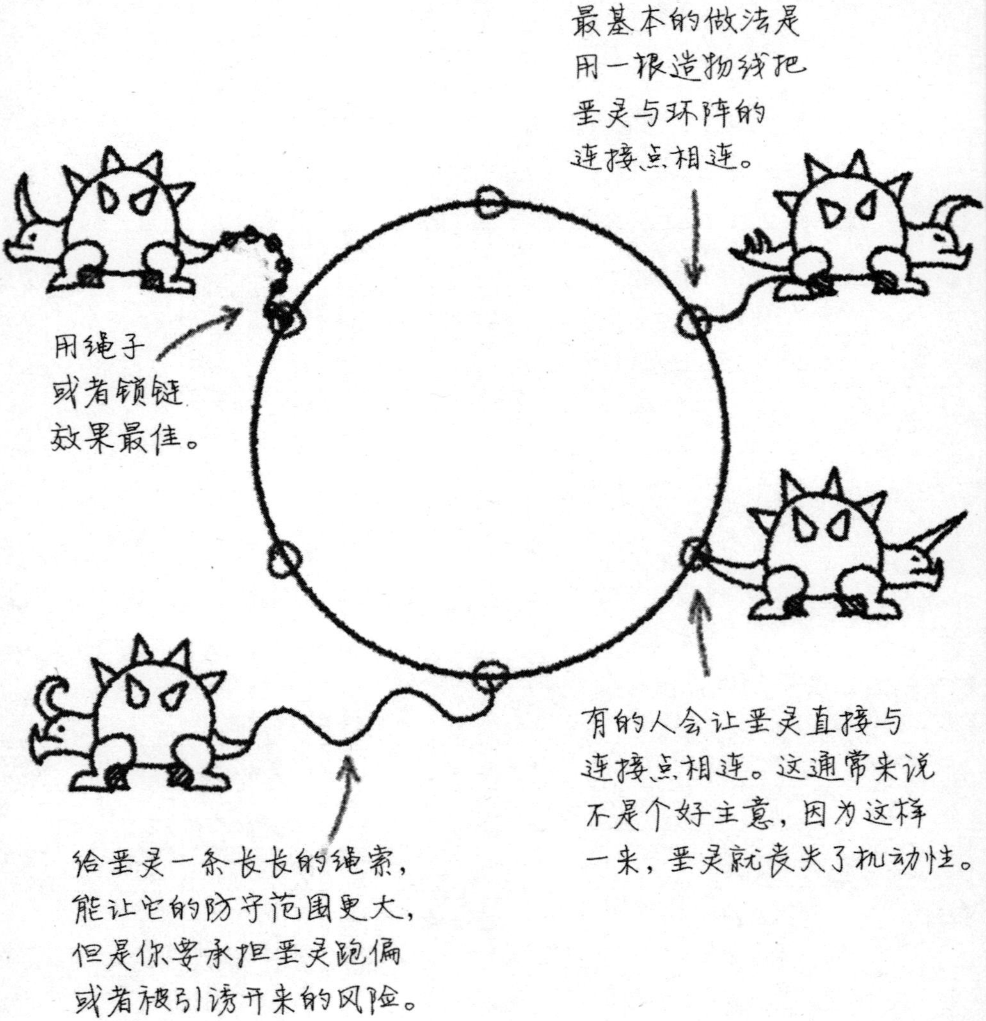

第二十章

圆形是神圣的。乔尔读道。

圆形是唯一真正永恒而完美的图形。自从埃及的阿默士第一次发现那个神圣的数字时起，圆形就成了主宰造物的象征。许多中世纪的学者用圆规——画圆的工具——来象征主宰造物的能力。这种标识散见于大量描金手抄本中。

在我们登上美利坚诸岛之前，圆形进入了一段黑暗的历史时期。人类已证明：大地根本不是一个平整的圆形，而是一个不规则的球体；天上的行星运行在椭圆形的轨道上。这进一步削弱了神圣圆形的信仰。

就在这个时期，我们发现了阵学。

在阵学领域里，语言并不重要。只有数字拥有意义，而圆形统治着一切。一个人越是能画出接近完美的圆形，他就越是强大。此时，圆形被证明远非单纯的人类理性所能理解。它拥有着与生俱来的神性。

如果是这样，那么奇怪的是，一些人造的东西居然能在发现阵学的过程中扮演如此重要的角色。如果陛下当初没有带上弗洛伊兰

德大师制作的新式怀表，那么也许这一切都不会发生，而人类也许早已被野生垩灵赶尽杀绝了。

这一章在这里结束了。乔尔背靠着墙，坐在空无一人的作坊里。几道暗淡的阳光透过头顶的窗户照射进来，穿过空中飘着的灰尘，落到地板上，形成几个方形的光斑。

乔尔把这本旧书翻完了。这本书出自亚当·梅金斯的日记，他是阵学的发现者格雷戈里三世国王的私人天文学家和科学家。亚当·梅金斯发现并提出了两点、四点和六点阵学环阵的原理。

这本书是乔尔父亲的藏书，是非常早的版本，所以似乎非常值钱。妈妈过去干吗不卖掉它，或者随便拿本书来还债呢？也许她并不知道这些书的价值吧。

书中介绍了梅金斯有关是否存在其他阵学图形的观点，尽管他压根儿没有提出任何明确的结论。不过这一章的结尾比其他内容都让乔尔感兴趣。

如果陛下当初没有带上弗洛伊兰德大师制作的新式怀表，那么也许这一切都不会发生，而人类也许早已被野生垩灵赶尽杀绝了。

乔尔翻到下一章，皱起眉头。整本书里都没再提起怀表的事情。

人们对格雷戈里国王如何发现阵学知之甚少。教会的正式立场是国王目睹了一个神迹，于是获得了这些知识。宗教绘画中经常描绘格雷戈里跪地祈祷，一道光柱落到他周围，形成一个标有六个点的圆环。这本书正面的衬页上也有一幅内容相似的插画，不过这幅画上，神迹出现在格雷戈里前方的空中。

这跟怀表有什么关系？

“乔尔？”一个姑娘的声音透过宿舍楼地下室的砖石走廊传来。

过了一会儿，梅乐蒂的脸出现在作坊敞开的门口。她肩膀上背着书包，穿着阵学学生的裙子和外套。

“你还在这儿?”她硬邦邦地问。

“有好多东西需要研究——”

乔尔刚一开口，梅乐蒂就接着说：“这里简直就是黑灯瞎火！”她朝乔尔走过来，“这地方太闷了。”

乔尔四下打量着作坊。“我倒觉着挺舒服。”

“随便你吧。你该休息一会儿了。走吧。”

“可是——”

“不许找借口。”梅乐蒂说着，抓起乔尔的胳膊，把他拽起来。乔尔被她拖着站起身来。今天是星期三，明天就是七月四日，灵选典礼了。代牧那里还是没有消息来确定乔尔能不能参加灵选，涂鸦者暂时也没有再次发起袭击。

许多媒体都宣称哈丁探员的戒严措施是一次胜利，所剩无几的坚持要求赶走阵学学生的声音也都逐渐表示让步了。

乔尔却没有跟其他人一样感到轻松。他感觉一把斧子正悬在所有人头顶上，随时都有可能落下来。

“走吧，”梅乐蒂一边说，一边拖着他走出地下室，来到午后的阳光下，“说真的，你要是不注意点儿你自己，你都快变成个干老头，像个教授一样了。”

乔尔揉揉脖子，伸了个懒腰。到外面来确实感觉很不错。

“咱们去校办公室吧，”梅乐蒂说，“看看代牧有没有给你送信来。”

乔尔耸耸肩，两人迈开了步子。天气越来越热，海上的湿气也飘进了新布列塔尼亚内地。乔尔一上午都待在作坊里，外面的热气感觉十分惬意。

经过人文楼时，乔尔看见一群工人正忙着粉刷大楼外墙，两天前，有人趁着夜色在墙上画了一句“滚回内布拉斯科”的标语。哈丁因为有人躲过了他的安保措施而大发雷霆。

如果这事儿是学生社团的人干的，我可一点儿也不吃惊。乔尔心想。有钱的非阵学学生跟阵学师之间的关系一直非常紧张。

梅乐蒂也看见了。“你听说弗吉尼娅和萨迪乌斯的事情了没?”

“谁?”

“两个阵学师，”梅乐蒂说，“在咱们前面那个班上课。昨天从教堂出来，遇见一群暴民，一直追着他们，还朝他们扔酒瓶子。我从来都没听说过会出这种事。”

“他们没事儿吧?”

“嗯，没事……”梅乐蒂越发不安地说，“他们画了垩灵。吓得那些人一哄而散。”

垩灵。“可是——”

“没有，他们不会画点睛符，”梅乐蒂赶紧说，“就算会画，他们也不会用它的。用点睛符对付人类可是一桩大罪，你知道的。”

“那也够糟糕的，”乔尔说，“坏事传千里呢。”

“那你能让他们怎么办？叫暴民逮着他们?”

“呃，不是……”

两个人又心神不安地走了一会儿。“哦！我刚想起来。”梅乐蒂蹦蹦跳跳地说，“我得在造物讲堂停一会儿。”

“什么?”乔尔问。

“反正顺路。”梅乐蒂一边说，一边调整书包的肩带，又挥手叫乔尔跟上。

“它在学校吃灰的另一头!”

梅乐蒂夸张地翻了个白眼。“怎么啦？多走两步路能要你命吗？走吧。”

乔尔咕哝着跟上了她。

“你猜怎么了？”梅乐蒂说。

乔尔挑起一道眉毛。

“我终于不用再描红啦，”梅乐蒂说，“费奇教授现在让我照着图样画画了。”

“太棒了！”这是第二个阶段——对着一张小的参考图来画阵学图形。这个本事梅乐蒂两年前就该掌握了，不过乔尔并没有说出来。

“没错，”梅乐蒂打了个响指，说，“再给我几个月，我就能把阵学的事情搞定了。到时候我就能在决斗中打败所有十岁小孩儿了。”

乔尔笑出声来。“咱们到底为什么要去造物讲堂呀？”

梅乐蒂举起一封叠好的信件。

“哦，对了，”乔尔说，“要去办公室送信。”

梅乐蒂点点头。

“等等，”乔尔皱着眉头说，“你在送信吗？你一路过来找我就为这个？因为你不想一个人送信了？”

“那还用说，”梅乐蒂高兴地说，“你不知道你存在的意义就是逗我开心吗？”

“好吧。”乔尔说。他们路过守御讲堂，那里有一大群教职员工正在进进出出。

“混战集，”乔尔说，“他们正在做准备呢。”混战集要在星期六举行。

梅乐蒂一脸苦相。“真没法相信他们还在举行这种东西。”

“干吗不呢？”

“唉，考虑到最近发生的事情……”

乔尔耸耸肩。“我猜哈丁不会限制学生和全体教师到场的。反正涂鸦者袭击都是在晚上。这种活动有好多阵学师到场，想惹事情，在这儿可不合适。”

两人走上通往造物讲堂的山坡，梅乐蒂含混不清地咕哝起来。

“你说什么？”乔尔问。

“我压根儿就不明白，他们干吗非得举办混战集，”梅乐蒂说，“我是说，有什么意义呢？”

“很有趣呀，”乔尔说，“它让学生在真正的决斗中得到锻炼，并且证明自己的阵学成就。你到底对混战集有什么不满的？”

“每位教授都必须派出至少一个学生来参加这个活动。”梅乐蒂说。

“所以呢？”

“所以，费奇有几个学生？”

乔尔在山坡上停住脚步。“等会儿……你要到混战集上去决斗？”

“还要遭到彻底的羞辱。倒不是说这事儿有多新鲜。不过，说到底，我还是不明白干吗非要我去丢人现眼。”

“哦，好啦。没准儿你表现不错呢——毕竟，你垩灵画得那么好。”

梅乐蒂面无表情地看了他一眼。“纳利扎要派出十二个学生参战。”这是人数上限，“你猜他们会先干掉谁？”

“那样你就不会被羞辱了。有谁指望你打得过他们呢？只要玩儿得开心就好。”

“真是要人命。”

“这是一项有趣的传统。”

“烧死女巫也一样，”梅乐蒂说，“除非你就是那个女巫。”

乔尔笑出声来。造物讲堂到了。他们走到一处门口，梅乐蒂伸手拉开门。

乔尔愣住了。是纳利扎的办公室。“来这儿呀？”

“对呀。”梅乐蒂做了个鬼脸，说，“校办公室有封信给他。哦，对了，我刚才忘记了。”她把手伸进书包里，掏出一本《法力的起源》，乔尔几个星期前借过的那本书。“他想要这本书，因为之前我把它借出来了，所以图书馆联系了我。”

“纳利扎想要这本书？”乔尔问。

“呃……对。我刚才是这么说的。我在费奇的办公室里找到的，你把它落在那儿了。抱歉啦。”

“又不是你的错。”乔尔说。他本来还想，等他花点儿时间看完父亲留下的文献，他就能把这本书弄明白了。

“马上回来。”梅乐蒂说着，拉开门，跑上楼梯。

乔尔在楼下等着——他一点儿都不想见纳利扎。可是……教授为什么想看这本书呢?

纳利扎肯定跟这件事情有关，他一边想着，一边绕过大楼，抬头看向办公室窗户。我——

他猛地站住了。纳利扎正站在那里，站在窗口。教授穿着那身红色学师服，扣子一直系到脖子。他俯瞰校园，目光略过乔尔，像是压根儿没有注意到他一样。

紧跟着，教授的头猛地朝乔尔转过来，打量着他，看着他的眼睛。

乔尔以前看见教授时，觉得这个人非常傲慢，而且是一种年轻气盛，甚至幼稚得自大。

而此时，这个人的脸上没有一丝这种感觉。纳利扎站在阴影笼罩着的房间里，身材高大，背挺得笔直，两手交握在身后，低头盯着乔尔。一脸深思。

纳利扎转过身去，显然是听见梅乐蒂的敲门声，于是从窗户旁走开了。过了几分钟，梅乐蒂费力地抱着一摞书，来到楼下。她的包里也装满了书。乔尔赶紧跑过去帮忙。

乔尔接过一半的书去。梅乐蒂喘了口气，说：“谢谢啦。给，你可能会对这本书感兴趣。”她把自己这一摞书最顶上的那一本推过去。

乔尔拿起书来。这本书的标题是《新的与尚未发现的阵学法线的存在可能性假说》。是他之前想从纳利扎那里偷出来的那本书，教授几个星期前借出来的。

“你把它偷出来了?”乔尔悄声问道。

“不算，”梅乐蒂一边带着书顺着山坡往下走，一边说，“他叫我把书还给图书馆，把我当成了个光荣的跑腿儿小妹似的。”

“呃……你本来就是，梅乐蒂。只是算不上‘光荣’。”

梅乐蒂鼻子里一哼，两个人继续朝山下走去。“他肯定借出来不少书，”乔尔看着自己怀里的这些书说，“而且这些书都是阵学理论方面的。”

“他本来就是个教授，”梅乐蒂说，“嘿，你在干什么?”

“看看他都是什么时候把这些书借出来的，”乔尔一边说，一边稳住这一摞书，同时还想把每一本书的封底都翻开，检查借书卡上的印章。“看样子，这些书在他手上还不到两个星期。”

“那又怎样?”

“这说明，他在这些书上下了很大功夫，”乔尔说，“你看，这本有关高级威力线反射知识的书，是他昨天才借出来的。这就要还回去了?”

梅乐蒂耸耸肩。“肯定挺没意思的。”

“要么是这样，要么就是他在找什么东西，”乔尔说，“在这些书中翻找某些特定的信息。也许他正在尝试研究出新的法线。”

“新的法线?”梅乐蒂说，“你还在坚持认为他跟失踪案件有关，是吗?”

“我很怀疑。”

“如果他就是幕后黑手，”梅乐蒂说，“那为什么所有失踪案都发生在学校外面？他为什么不对近在身边的学生下手?”

“他不想让别人怀疑自己。”

“那动机呢?”梅乐蒂说。

“我不知道。骑士参议员的儿子被劫持让一切发生了天翻地覆的变化，把一个地区案件变成了一场全国性危机。这样做讲不通啊。除非他从一开始就想这样做。”

梅乐蒂盯着他。

“想太多了?”乔尔问。

“没错。如果是想制造一场全国性的大危机，那他大可以直接掳走骑士参议员。”

乔尔不得不承认她说得对。涂鸦人的动机到底是什么？是跟阵学师有关，还是想在合众岛之间打进一个楔子？如果只是想杀死或者绑架学生，那那些新的阵学法线是从哪儿来的，又怎么牵涉到野生垩灵了？又或者说，真的牵涉到野生垩灵了吗？普通垩灵有没有可能根据指挥表现得像野生垩灵，从而把警方引向歧途?

乔尔和梅乐蒂来到图书馆，两人走了进去，放下纳利扎的书。托伦特女士一边查收图书，一边冲着他俩摆出了她标志性的难看脸色，然后又把那本乔尔感兴趣的书重新出借给梅乐蒂。

两人离开图书馆，梅乐蒂把书交给乔尔。

乔尔把书夹在腋下。“咱们不是要去校办公室，看看代牧有没有寄信过来吗?”

“大概吧。”梅乐蒂叹了口气，说。

“你一下子又不高兴了。”

“我就是这样。”她说，“情绪时好时坏。所以我才这么有趣。反正，你得承认，今天下午和你在一块儿算不得开心。我得去见纳利扎——他可真帅——可我又不得不去想混战集的事。”

“听你说的，就像是我的错一样。”乔尔说。

“唉，”梅乐蒂说，“我本来不想说的，不过既然你指出来了，我想你说得有道理。你真的应该向我道歉。”

“哦，得了吧。”

“你就没有感到一丁点儿歉意吗？”梅乐蒂问，“我可是要去面对全校师生的嘲笑呢。”

“没准儿你能挺住呢。”

梅乐蒂板着张脸看着他。“你见过我画的环阵吧，乔尔？”

“你画得越来越好了。”

“三天以后就是混战集了！”

“好吧，”乔尔承认道，“你没戏了。不过，唉，要有所学，就只有努力尝试！”

“你可真像个教授。”

两人快到校办公室了。“嘿！”乔尔说，“你这么说我要生气了。我工作的时候非常努力，结果还是不能称职。而且我打赌，我挂的科目肯定比你多。”

“我才不信，”梅乐蒂傲慢地说，“而且，就算这样，我估计你的挂科成绩也不会有我那么惨烈和令人尴尬。”

乔尔咯咯笑起来。“这一点我承认，谁也不像你那么惨烈和令人尴尬，梅乐蒂。”

“我说的不是这个意思。”

两人来到办公室，乔尔看见哈丁的警察正守在那里。“好吧，眼下的情况有一点好处，”梅乐蒂说，“如果约克校长要求只有学生和学校教师可以参加混战集，那我就用不着在我爸妈面前丢人现眼了。”

“等等，他们真的要来？”

“他们年年都来参加混战集，”梅乐蒂一脸苦相地说，“尤其是他们的孩子也要参加的时候。”

“你说起你爸妈的时候，听起来像是他们讨厌你似的。”

“不是这样。只是……唉，他们是大人物。忙着工作。他们才没有多少时间来关注那个当不好阵学师的女儿。”

“没那么糟糕吧。”乔尔说。

梅乐蒂冲他一挑眉毛。“我有两个哥哥和一个姐姐，都是阵学师。每个人读书时都在混战集里胜出过两次。威廉四年都胜出了。”

“哇噢。”乔尔说。

“而我连个像样的圆圈都画不好。”梅乐蒂一边说，一边加快脚步。乔尔赶紧跟上去。

“他们人不坏，”梅乐蒂说，“只是，唉，我觉得我在这里，他们也会好过一些。佛罗里达非常远，他们用不着经常看见我。我大概可以趁着周末回家——最初几年确实是这样。可是后来，威廉死后……唉，家里也不是个能让人高兴起来的地方。”

“等等，”乔尔说，“威廉死了？”

梅乐蒂耸耸肩。“内布拉斯科挺危险的。”

死亡事件，乔尔心想，*在内布拉斯科。她的姓是*……

芒斯。乔尔停下脚步。

梅乐蒂转过身来。

“你哥哥，”乔尔说，“他多大岁数？”

“比我大三岁。”梅乐蒂说。

“他去年死的？”

梅乐蒂点点头。

“吃灰的！”乔尔说，“我在费奇教授给我的名单上看见过他的讣告。”

“所以呢？”

“所以，”乔尔说，“纳利扎教授跟去年一个阵学学生的死有关系。这边是他被送离前线的原因。也许这两者之间有联系。也许——”

“乔尔。”梅乐蒂大喊一声。

乔尔回过身来，眨眨眼睛，注视着她，看见在她的愤怒背后，还隐藏着忧伤。

“不要把威廉牵扯进来，”她说，“我只是……不要这样。如果你非要调查纳利扎的阴谋，那就去查。但是不要提起我的哥哥。”

“我很抱歉，”乔尔说，“可是……如果这跟纳利扎有关，你难道不想知道吗?”

“的确跟他有关，”梅乐蒂说，“纳利扎带领一支小队越过内布拉斯科的环阵，前去垩灵塔下面，想要救回我哥哥。可他们连尸体都没有发现。”

“那没准儿就是他杀了你哥哥!”乔尔说，“也许他只是嘴上说没有找到他。”

“乔尔，”梅乐蒂平静地说，“这件事我只说一次，好吗？威廉的死是他自己的错。是他越过防线跑出去的。分遣队里有一半人看见他遭到了垩灵的围攻。

“威廉想要证明自己是个英雄，结果让许多人都置身险境当中。纳利扎竭尽全力想要救他。纳利扎拼上性命去搭救我哥哥。”

乔尔想起梅乐蒂平常是怎么形容纳利扎的，一时不知该说什么才好。

“我不喜欢他对费奇所做的事情，”梅乐蒂说，“可纳利扎的确是个英雄。他离开前线是因为他为自己没能及时救下我哥哥而感到失败。”

在乔尔听来，这番解释里有什么地方不对劲。可是他并没有对梅乐蒂说什么，只是点了点头。“对不起。”

梅乐蒂也点点头，显然是认为这个话题就此结束了。他们再也没有说话，一直走到了办公室。

*纳利扎突然间不能容忍自己的失败？*乔尔心想，*只因为一个人死了，他就要离开前线？如果是他的良心让他离开前线的，那他又*

为什么要抱怨约克校长的政策？

这人身上的确藏着什么事情。

他们打开办公室的门，乔尔很高兴地看见哈丁探员和费奇教授都在这儿。哈丁站在那里跟弗洛伦丝讨论手下警官们的食宿问题，费奇则坐在一把椅子上。

“啊，乔尔。”费奇站起身来说。

“教授？”乔尔说，“你不会是来找我的吧？”

“嗯？什么？啊，不是，我要来给校长提交一份报告，汇报咱们的工作。他让我每隔几天就要汇报一次。你没有什么新发现吧？”

乔尔摇摇头。“我只是在陪着梅乐蒂一块儿送信。”他顿了一顿，身子靠着墙，让梅乐蒂走过去拿另一摞要送出去的信。“不过的确有一件事。”

“嗯？”

“阵学当初是怎么发现的，这方面知识你了解多少？”乔尔问，“格雷戈里国王还在世的时候？”

“我知道的可多了，”费奇说，“毕竟，我是个历史学家。”

“发现阵学的过程中有没有跟钟表有关的事情？”

“啊，”费奇说，“你是说亚当·梅金斯的报告，是吗？”

“对。”

“哈！我们会把你培养成一个学者的，小子。干得漂亮，非常漂亮。没错，在早期的文献记录里，有些奇怪的资料提到过钟表的功效，我们到现在也没能搞清楚是怎么回事。早年的垩灵会对钟表有所反应，不过后来就不这样了。你知道，君主教堂里往往会用到发条机械，原因之一就是齿轮拥有对付垩灵的能力。”

“这是一种象征，”艾克斯顿在屋子另一边说道。乔尔抬起头，他一直没注意书记员一直在认真听这边的谈话。

“找时间问问代牧吧，”艾克斯顿接着说，“教士们看待时间的方式很有意思。说是时间被人为切割开了，秩序由此滑入了混沌之类的。”

屋子一侧传来一阵笑声，弗洛伦丝停下跟哈丁探员的谈话，转过头来。“艾克斯顿！我还以为你忙得没空聊天呢！”

“我是在忙，”艾克斯顿咕哝着，“这里吵吵嚷嚷的，我简直什么事都不想干了。每个人都在东奔西跑，一刻不停地弄出动静。我得想个办法，趁没人在这儿的时候工作。”

“好吧，”乔尔对费奇教授说，“这么说，钟表的事情大概是一条死路了，既然早就有人注意到并且研究过了。”他叹了口气，“我都不知道能不能在这些书里找到什么有用的东西。我对阵学的了解太少了，一想到这个就能把我吓一跳。”

费奇点点头。“有时候我也有同感啊。”

“我还记得那天我坐在那里，看着你和纳利扎决斗，”乔尔说，“我仅仅因为理解你当时采用的防御手段，就以为自己什么都懂了。可是有好多地方我压根儿都没想到。”

费奇笑了。

“怎么了？”乔尔问。

“你刚才说的，正是做一切学问的基础。”费奇伸出一只手来，放到乔尔的肩膀上，乔尔的肩要比费奇的高一点儿。“乔尔，孩子，你已经为调查工作做出了很大贡献了。要是当初约克没有派你来当我的助手……唉，我都不知道我们会调查到哪儿去了。”

乔尔不禁笑了笑。费奇的话十分诚恳，让人感动。

“啊哈！”一个声音叫道。

乔尔赶紧转过头去，看见梅乐蒂正拿着一封信。她匆匆忙忙地跑过办公室，惹得艾克斯顿皱起眉头。她伸长胳膊，隔着办公区与等候区之间的柜台，把信递给乔尔。“是代牧的，”她说，“快打开，快打开！”

乔尔犹犹豫豫地接过信来。信上标着发条十字架的标记。他拆开封印，深吸一口气，展开信来。

乔尔，我重新研究过你的情况，并且和新布列塔尼亚的主教，以及你们学校的校长讨论过。在认真考虑过之后，我们认为——的确——你的请求值得肯定。如果主宰愿意给你机会，让你成为阵学师，那么我们就不应该拒绝。

星期四八点整来教堂吧，你将穿上灵选礼袍，并获准在正式典礼开始之前进入灵选室。带上你的母亲，也叫上任何你愿意与之分享这件大事的人。

斯图尔特代牧

乔尔抬起头来，脑子里一片空白。

“信上怎么说？”梅乐蒂问。她简直没办法控制自己。

“就是说，我还有希望，”乔尔一边说，一边放下信来，“我还有一个机会。”

锚定防御环阵

如果把威力线画成了大波浪线，可以用它来推动其他法线四处移动。

1.

（这样对付禁界线十分困难，但是很容易对付堊灵和守御线。）

2.

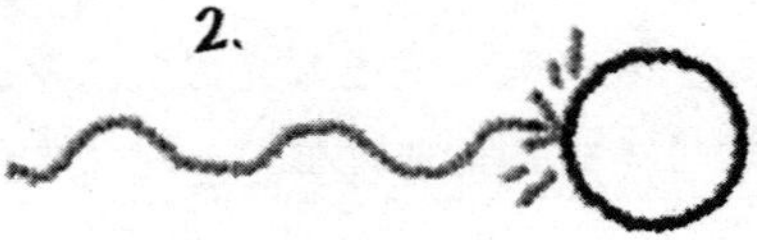

因此，让若干禁界线与连接点相连来锚定防御环阵十分重要。用的线越多，稳定性就越强。可是如果使用禁界线太多，你会发现你在自己的防御阵里也无法移动了！

3.

聪明的阵学师会注意寻找没有锚定好的防御阵，然后对其发起进攻。

注意：威力线固然会很快耗尽能量，然而，哪怕是让对手的防御阵移动几英寸，往往也能取得了不起的成果。

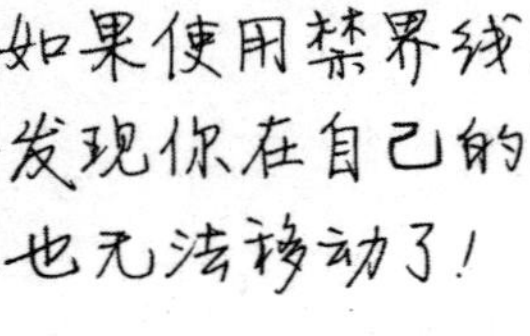

大部分阵学师都会选择用一条禁界线连接两个连接点。

一条线是不够的，因为如果这样，环阵有可能被震开。用两条线。

注意：还有别的锚定策略。

第二十一章

这天夜里晚些时候，乔尔静静地躺在床上，想要理清楚自己的情绪。作坊墙上的时钟发出咔嗒咔嗒的声音。他并没有去看它。他不想知道时间。

已经很晚了。可他还是醒着。灵选礼的前夜。

不到千分之一——这就是他成为阵学师的可能性。心存希望简直有些可笑，可是他的不安情绪还是让他没有一丝睡意。他马上就要有机会成为阵学师了。一个真真正正、实实在在的机会。

如果他被选中了，那这意味着什么？在内布拉斯科服役期满之前，他还是领不到津贴，所以他母亲大概还是得继续工作。

内布拉斯科。他要去内布拉斯科。他对那里的事情知之甚少。当然，那里有野生垩灵。岛上的阵学师们维护着他们巨大的粉笔守御环阵，直径达数千英尺，把垩灵和垩灵塔困在里面。

也有岛上其他事情的报告。黑暗的、无法解释的事情。乔尔最终将不得不去面对的事情，前提是他要成为一名阵学师。而且他只有一年时间去准备和学习，而其他学生都准备八九年了。

这就是他们不让年纪大的人成为阵学师的原因，他明白了，*阵学师需要从小接受训练和教育*。

学生们会在学习生涯的最后一年里前往内布拉斯科。然后是十年的服役期，然后就自由了。梅乐蒂说过，有些人选择到发条上弦站工作，其他人则继续留在内布拉斯科。不是为了钱，而是为了这份挑战。为了奋勇战斗。这会是乔尔的未来吗？

*反正，这都只是一些假设，*乔尔心想。他翻了个身，想要强迫自己睡着。*我才不会当上阵学师呢。主宰不会选中我的，因为我没有时间接受训练。*

然而机会还是有的。又过了差不多三十分钟，他一直想着这个机会，于是一直没能入睡。

终于，乔尔爬了起来，伸手去够床边的灯。他拧动灯旁边的钥匙，透过玻璃，看见里面的转子旋转起来。几根细小的灯丝因为摩擦发热，放出亮光，光线经过灯里面的反射镜的聚集，从顶上射出来。

他俯过身子，翻捡着床边的书。他挑出来一本：《被困与解脱：玛丽·罗兰森太太的自述》。扉页上写道：一本日记，属于美利坚诸岛上第一批定居者留下的最早一批纪实文学。事情发生在野生垩灵大规模侵犯之前，不过那时它们已经开始骚扰人类了。

玛丽·罗兰森太太讲述了自己遭到围困，又得到解救的经历，展现了主宰无所不及的权威与美德，他的应许无不应验。第二次增补修订。由罗兰森夫人亲笔写就，仅供本人使用，在诸多朋友热切的期盼下，现将日记示于公众。

我们来这里第十六个年头的2月10日，大群的垩灵来到兰开斯特。我们听见哗啦哗啦的声音，于是望了出去；有几栋房子正在燃烧，浓烟直冲云霄。我们的男人们泼出一桶桶水，地上的那些怪物就在这一桶桶水之间闪转腾挪，十分惹眼。

水能冲走一些白垩，效果却并不算好。当时的人们还没有找到酸液的配方——只要泼出去一次，就能消解掉许多只垩灵。

有一栋房子里有五个人被吃掉了。父亲、母亲和一个还在吃奶的孩子，他们的皮肤被撕扯下来，然后眼睛也被吃掉了。另外两个人都缩在门外。还有两个人，不知什么原因，在他们的营房外面，一个人浑身皮肤都被撕了下来，另一个人逃走了。

还有一个人，看见许多野生垩灵包围了他的谷仓，于是冒险出去，结果很快就遭到了垩灵的攻击。它们咬他的脚，直到他失声尖叫，倒在地上，然后爬满他全身。和他同一座营房的还有三个人，也被杀了；野生垩灵爬上外墙，从四面八方发起进攻，撞翻灯笼，引燃大火。就这样，这些凶残的禽兽一路烧杀，把沿途遇到的一切都毁个精光。

乔尔在寂静的房间里打了个寒战。这份平铺直叙的记述文字让人困惑，同时又奇怪地让人欲罢不能。如果从来没有见过垩灵，在这种情况下会做什么样的反应？面对一张活生生的画，爬上墙壁，钻过门缝，毫不留情地发起攻击，从人身上咬下肉来，你会怎样应对？

床头灯嗡嗡响个不停。

最后，垩灵冲过来，包围了我们的房子，很快，这一天就成了我有生以来最为悲伤的一天。它们从门缝下面钻进来，并且很快就吃掉了我们当中的一个人，然后又是一个，然后是第三个人。

接着就是最让人心悸的时刻，我曾经时常听人说起过（其他类似事件都发生在战争年），这一回却是亲眼所见。我们房子里，有人正在拼死作战，其他人则在自己的血泊中打着滚，整个房子都在我们头顶上燃烧。我们听见母亲和孩子们为自己，也为别人大声哭喊："主宰啊，我们该怎么办？"

然后我带上自己的孩子们（还有我姐妹的一个孩子）冲出去，离开房子：可是我们一出现在门口，门外的怪物就拥上山坡，朝我们冲来。

我的姐夫（之前在守卫房子时受了伤，两条腿都在流血）被垩灵从后面扑上来，手里端着的一桶水全洒了，他重重地摔到了地上，垩灵则轻蔑地、悄无声息地围着他打转。它们一定是来自地底深渊的恶魔，许多长着人的形状，却像是用棍子和线条组成的。

我们被包围了，我惊恐地站在那里。就这样，我的家人遭到这些怪兽无情的屠杀，他们只是手足无措地站在那里，任由鲜血流淌到我们的脚边。我朝一只用来防御的水桶跑去，孩子们在半路上也受到了攻击。我跑过去，桶里却是空的，我感到腿上一凉，跟着传来钻心的疼痛。

就在这时，我看见它了。那东西在黑暗当中，微微映着我们房子上的火光。它就像是能吞噬光线，完全是一团形状不停变化的黑暗：就像用炭笔在地上乱涂乱画，只不过它是立起来的，笼罩在房子旁边的阴影里。

它真的在注视着这一切。那个恐怖的、幽暗的黑影。来自深渊的东西。那个形状摇摇晃晃，不停变动，像一团用炭笔画出来的漆黑的火焰。

注视着。

乔尔房间的窗户上发出一声脆响。

他吓了一跳，看见一个影子从一块窗玻璃上移开了。窗户在墙的最顶上，在外头地面和屋里天花板之间的一窄溜空间。

有人搞破坏！乔尔想起人文楼上涂写的那句骂人的话。他从床上跳起来，披上外套，朝门口冲去。只一会儿工夫，他就上了楼梯，来到门外。

他绕过大楼，看看那些无法无天的家伙都写了些什么，却看见大楼外墙上一片空白。是他弄错了吗？

然后他看见了。一个标志，用粉笔画在砖墙上。一个旋转的旋涡——那个他们始终没有弄明白的阵学法线。

夜晚安静得出奇。

哦，不……乔尔感到一阵冰冷的恐惧。他后退几步，然后张嘴大声呼救。

喊出来的声音却轻得出奇。他感觉自己的声音就像是被从嗓子里拽出来，被那个符号吸走，闷在里面了。

那些绑架案……乔尔震惊地想，没有人听见阵学师们呼喊求救。除了几个佣人，他们所在的方向上，那个符号画得十分潦草。

这就是这种法线的用处。它能吸走声音。

他踉踉跄跄地后退几步。他得去找警察，向他报警。涂鸦者来宿舍楼了，他要……

宿舍楼。这是学校的主宿舍楼。这里没有住阵学师。劫匪是来绑架谁的呢？

有几个白色的图形颤颤巍巍地爬过楼顶，开始顺着外墙爬下来。

来绑架乔尔的。

乔尔大声呼喊——声音却没了踪影——然后猛冲出去，飞奔过草坪。这不可能，他惊恐地想，我又不是阵学师！涂鸦者应该只想抓阵学师才对。

他一边发疯似的飞跑，一边尖叫着呼救，可喊出来的声音却近乎耳语。他朝后瞥了一眼，看见一小片白色的波浪漫过草坪紧随其后。那些造物大概有十来个，远比另外几起案件里的数量少。不过话说回来，乔尔也不是阵学师。

他惊恐万分，浑身发冷，心脏怦怦跳个不停，再次大声叫喊起来。可是根本喊不出声音。

动动脑子，乔尔，他告诫自己，不要慌。一旦发慌，你就死定了。

那个能偷走声音的法线不可能有这么远的作用范围。不然其他犯罪现场肯定有人察觉到自己喊不出声音来，这样一来，罪案就会被人发现了。

这就是说，附近肯定还存在着这个标志。一路画过来，因为……

因为涂鸦者料到自己会往哪个方向跑。

乔尔猛地停住脚步，隔着黑暗的草坪疯狂地四下张望。草坪上只有几盏朦胧的路灯照亮，可是借着灯光，他看见了。前面的水泥步道对面，画着一道白色的线条。一条禁界线。

他转过身，看向身后。垩灵继续前进，把乔尔逼向那道禁界线。想要把他逼到角落，困住他。两边也有可能有法线——粉笔很难在泥地上画线，但并不是不可能。如果他被禁界线挡住了……

那他就死定了。

这个念头足以再次让他悚然一惊了。噩灵的波浪向他靠近，他明白查尔斯绝笔中所描述的场景了。那些东西完全不像传统的噩灵。它们的形状猛烈地抖动，就像是应和着某个鬼魅的声音。胳膊、腿、躯干都融合在一起。就像是发疯的画家脑中无法描绘的怪物形象。

快跑！乔尔听见一个声音在心里呐喊。他深吸一口气，朝着噩灵迎头飞奔过去。一旦跑到噩灵面前，他一跃而起，从这些怪物头顶上跳了过去。他落到地上，顺着原路往回飞奔。

必须快点想出办法，他告诉自己，不能去宿舍楼。噩灵能直接从门下面钻进来。我得找到警察。他们有酸液。

哈丁的巡逻队在哪儿？乔尔拼尽全力朝学校里阵学师生所在区域跑去。

他开始变得上气不接下气了。跟噩灵赛跑，他领先不了太长时间。他看见前面有灯光。是校办公室。他失声尖叫。

“救命！”

谢天谢地，这一次喊出了声音。他已经逃出了圈套。然而，尽管声音不会被闷住了，他的喊叫声却也弱了很多。他已经全速跑得太久了。

办公室的门打开了，艾克斯顿穿着那身标志性的马甲，还系着领结，望向外面。“乔尔？”他喊道，“出什么事了？”

乔尔汗流浃背地摇摇头。他壮起胆子，瞥向身后，看见噩灵就在自己身后一两步远处，向他爬过来。

“我的天哪！”艾克斯顿叫道。

乔尔转回身去，可是慌乱间，却绊了一跤。

乔尔惊叫一声，重重地摔到地上，直让他喘不过气来。他头晕眼花，只得蜷缩着身子，等待着疼痛、冰冷，他在书里读过的袭击场景。

什么都没有发生。

“救命，警察，快来人！”艾克斯顿正在尖叫。

乔尔抬起头来。他怎么没有死？只有办公室里的一盏灯隔着窗户照到草坪上。垩灵在附近颤抖着，包围着他。狂暴地旋转着的垩灵躯体上周期性地长出小小的手、眼睛、脸、腿和爪子。

它们并没有前进。

乔尔用手撑着自己坐起来，这才看见了它：梅乐蒂给他的那枚金币，从他口袋里掉了出来，正躺在草地上闪闪发光。

金币里面的机械装置安静地运转着，在它面前，垩灵惊恐地不敢靠近。有几只尝试着前进，却也十分勉强。

一拨液体猛泼过来，一只垩灵被液体冲得没影了。

“乔尔，快。”艾克斯顿从不远处伸出手来，他的另一只手里提着一只空桶。乔尔爬起来，捡起金币，跳过艾克斯顿在垩灵包围圈上冲出来的缺口。

艾克斯顿急匆匆地跑回办公室。

“艾克斯顿！”乔尔跟着他穿过门廊进了办公室，“咱们得赶紧逃。在这里阻挡不了它们！”

艾克斯顿不理乔尔，猛地把门关上。然后他跪在地上，掏出一截粉笔来。他在门口画了一道线，又朝上画，把门框圈在里面。他退了回来。

垩灵在门外停了下来。乔尔只能勉强看见它们正在攻击法线。艾克斯顿又围着乔尔和自己画了一圈法线，把两个人都关在了里面。

“艾克斯顿，”乔尔说，“你是个阵学师！”

“一个不合格的阵学师。”艾克斯顿承认道。他的双手抖个不停，“有好多年没有带粉笔了。不过，唉，学校里出了这么多事……”

在屋子另一边，垩灵爬过窗玻璃，想要寻找别的途径进来。仅有的一盏灯忽明忽暗，给办公室笼上一层影影绰绰的光亮。

“这是怎么回事？”艾克斯顿问，“它们干吗要追你？”

“我不知道。”乔尔一边说，一边试了试围着他们的禁界线的强度。法线画得不算太好，面对垩灵也坚持不了太久。

“你还有没有酸液了？”乔尔问。

艾克斯顿朝旁边的另一只水桶点点头，这只桶也在他们的防御范围之内。乔尔抓起它来。

“只剩这一桶了，”艾克斯顿紧握着双手说，“哈丁在这里给我们留的两桶。”

乔尔看向垩灵，它们显然就在门底下，正在进攻艾克斯顿的法线。他取出硬币。

刚才硬币挡住了它们。为什么？

“艾克斯顿，”他努力克制恐惧，不让自己的声音发抖，“我们必须得往学校大门跑。警察那里肯定还有酸液。”

“跑？”艾克斯顿说，“我……我跑不动！我的体力不可能跑到垩灵前头。”

他说得没错。艾克斯顿太胖了，不可能领先太久。乔尔察觉到自己的双手正在发抖，于是他握紧拳头。他跪下来，隔着禁界线观察垩灵。它们正在以让人惊心的速度撕咬着法线。

乔尔取出硬币，把它拍在法线后面的地板上。垩灵退缩了。

然后，它们又小心翼翼地回来，继续挖起禁界线来。

该死的，乔尔心想，*这就是说，硬币并不能阻止它们，不能永远阻止它们*。他和艾克斯顿有麻烦了。很严重的麻烦。他朝艾克斯顿转过身去，后者正用一条手帕擦着眉毛。

“围着你自己再画一个方形。”乔尔说。

“什么？”

“能画多少法线就画多少，”乔尔说，“法线之间除了拐角不要相互接触。在这儿等着。”乔尔转身对着门，“我去找帮手。”

“乔尔，那些东西就在外面。”窗户发出一声裂响，艾克斯顿吓了一跳。他朝窗玻璃看过去，那里有几只垩灵正在发起进攻，刮着玻璃，发出刺耳的声响。窗户又发出一阵声响。“它们马上就进来了！”

乔尔深吸一口气。“我可不想像赫尔曼和查尔斯一样，干坐在这里等着我的防御阵被攻破。我到得了校门的——只有一小段距离。”

“乔尔，我——”

“快画！”

艾克斯顿一时竟手足无措，随后跪到地上，把自己关进一组法线里。乔尔在手里把硬币翻了个面。

然后他提起桶来，把里面一大半酸液泼到门下面，冲走禁界线。外面的垩灵也被冲走了，就像一块泥巴从白墙上冲走一样。乔尔猛地打开门，头也不回地朝学院大门冲去。

他知道自己提着一桶水肯定跑不起来，于是把桶扔到身后。

他握着金币，一路狂奔。

万一校门没有守卫，他会怎么样？万一涂鸦者已经杀死了警察，或者把他们引开了怎么办？

乔尔就死定了。他的皮肤会从身上撕下来，眼睛被凿出眼眶。就像玛丽·罗兰森日记里的那些人一样。

不，他坚决地想，她就活了下来，写下了自己的故事。

我也要活下来写我的故事！

他逼迫自己加速冲过黑暗的校园，同时高声叫喊起来。他看见前面有亮光。

有人正朝他这边过来。

“站住！”一个警察喊道。

“有垩灵！”乔尔尖叫道，“它们在追我！”

一听这话，警察们抓着桶，赶紧散开。这些人都没有停下来思考对策，或者有丝毫犹疑。乔尔庆幸哈丁凡事有备无患的意识。警察们用水桶摆出一条防线来，乔尔飞跑着从他们中间穿过去，浑身一软，跪倒在地，他身心俱疲，大口喘着粗气，心脏怦怦直跳。

他一只手撑着地面，拧过身子来。刚才有四只垩灵在追他——足够杀死他了。它们在黑暗里停了下来，从校门处几乎看不见它们。

“主宰在上，”一位警官小声说道，“它们在等什么?”

“稳住。”另一位警官提着水桶说。

“咱们是不是该冲上去?”第三个人问。

“**稳住**。”第一个人说。

垩灵爬开了，消失在夜色之中。

乔尔累得气喘吁吁，他仰面朝天，重新躺在了地上。“还有个人，”他上气不接下气地说，“被困在校办公室里。你们得去救他。”

一个警察用手一指，示意四个人去校办公室那边。他自己则端起枪来，朝天开了一枪。随着“咔嚓”一声枪响，发条释放，一颗子弹划过天空。

乔尔躺在那里，冒着汗，瑟瑟发抖。警官们紧张地提着自己的桶，直到看见哈丁骑着他的发条战马，从东边跑过来。他手里提着步枪。

“有垩灵，长官!”一名警察叫道，“在校办公室附近!”

哈丁咒骂一句。“派三个人去跟阵学营房附近的巡逻队报警!”他一边喊，一边掉转马头，冲向办公室。他一边跑，一边把步枪甩过肩膀，转而拿起一只装满酸液、形似酒囊的东西。

乔尔则只是躺在那里，努力把刚才发生的事情理出个头绪来。

有人想要杀我。

两个小时以后，乔尔坐在费奇教授的办公室里，手里握着一杯热可可，他的母亲则在他身旁哭个不停。她一会儿抱着他，一会儿又固执地责怪哈丁没有部署巡逻队保护非阵学师生。

费奇教授则在听过刚才发生的事情之后，像是大为震惊，一直两眼失神地坐在那里。艾克斯顿似乎安然无恙，不过警察们还在校办公室向他问话。

哈丁则在不远处，跟两名士兵站在一起。所有人都挤在这间小小的、走廊一样的办公室里。

乔尔一直在无法克制地打着哆嗦。这可真丢人。他差点儿死了。一想起这个，他就浑身发软。

“乔尔，”费奇说，“小子，你确定自己没事吗?”

乔尔点点头，然后抿了一口热可可。

“我对不起你，儿子，”母亲说，“我真是个不称职的妈妈。我真不该整晚都在外面。”

“说得就像是你的错一样。”乔尔静静地说。

“唉，那——”

“不对，妈妈，”乔尔说，“要是你也在那儿，你没准儿已经被杀死了。你还是没有在场的好。”

母亲重新坐回凳子上，却仍旧是一副忧心忡忡的样子。

哈丁解散了手下士兵，朝乔尔走过来。“士兵，我们找到了你所说的那几个图案。一共有五个——其中一个在你的房间外面，另外四个则沿着你逃跑的方向，依次画在地面上，最后面是一个由禁界线组成的方形。要不是你脑子快，那你就掉进陷阱里了。”

乔尔点点头。他的妈妈又哭了起来。

“我已经让整个学校都保持戒备了，士兵，”哈丁说，“你今晚干得漂亮。非常漂亮。头脑灵活，行动果敢，身手不凡。让人印象深刻。”

“我差点儿吓尿了。”乔尔低声说。

哈丁鼻子里一哼。“我见过一些人，岁数有你两倍大，在战场上生平第一次见到垩灵时吓得动弹不得。你做得相当出色。没准儿还破了整个案子。”

乔尔吃惊地抬起头。“什么？”

“我现在还不能说。”哈丁抬起一只手来，“不过如果我的怀疑被证明是正确的，那我天一亮就会进行逮捕。现在，你该去睡觉了。”他犹豫了片刻，“如果这是在战场上，孩子，我会申请给你最高荣誉的。”

“我……”乔尔说，“我不知道还能不能回作坊里睡觉……”

“这小子和他母亲可以待在这里，”费奇站起身来说，“我去找个空房间休息。”

“太好了，”哈丁说，“萨克森太太，如果你需要的话，我会派十个人带着酸液，整晚守在这个门口，留两个在屋里。”

“我需要，”她说，“求你了。”

“请不要太担心，”哈丁说，“我相信最糟糕的情况已经过去了。而且，据我所知，明天是你的大日子，乔尔。”

灵选大典。乔尔差点儿把这件事给忘了。他点点头，与探员道别。哈丁迈开大步走了出去，然后关上了房门。

“好吧，”费奇说，“你看，床已经铺好了。另外，乔尔，这下面还有多余的褥子供你睡在地板上。但愿这样安排没问题？”

“挺好的。”乔尔说。

“乔尔，小子，”费奇说，“你真的做得非常出色。”

“我一直在逃，”乔尔静静地说，“这是我唯一能做的事情。我真该在屋子里备好酸液，然后——”

“然后什么，小子？”费奇问，“泼出去一桶，然后其他垩灵爬满你全身？仅凭一个人面对垩灵根本没有胜算——这一点在内布拉斯科很快就能学会。要把一群那种东西顶回去，需要一支酸液部队，几十个人。”

乔尔低下头。

费奇跪下来。“乔尔。不知道这么说对你有没有用，我能想象出你的感受。我……唉，你知道我在内布拉斯科表现一直不算好。第一次见识垩灵冲锋时，我简直没办法把线条画直。我都没办法冷静地跟人决斗。哈丁说得对——你今晚干得非常漂亮。”

我还想要做得更多，乔尔心想，*我想要战斗*。

“艾克斯顿是个阵学师。”他说出声来。

“对，”费奇说，“因为某些……复杂的原因，他早年被阵学学校开除了。这种情况非常少见。”

“我记得你以前说起过，”乔尔说，“是跟梅乐蒂说的。教授，我想请你画一条我们发现的那种新的法线，有旋涡图形的那个。”

“现在吗？”费奇问。

“对。”

“亲爱的，”乔尔的母亲说，“你该休息了。”

“就这一件事情，教授，”乔尔说，“然后我就去睡觉。”

“好的，好吧，可以。”费奇一边说，一边掏出粉笔。他跪下来，开始在地板上作画。

“它能让周围安静下来，”乔尔说，“你得知道这一点。它能吸收声音。”

“你怎么知道……？”随着费奇画完图形，他的声音变小了许多。

费奇眨眨眼睛，然后抬头看着乔尔。“嗯，这可真是个大发现。”他说，可是声音听起来却小了许多，像是他在很远的地方。

乔尔深吸一口气，然后使劲儿喊道：“我知道！”这一嗓子更是没有喊出来，于是听起来近乎耳语。可是当他轻声说话时，声音又变得正常了。

费奇清除掉这个法线。“真了不起。”

乔尔点点头。“我们在犯罪现场发现的那些图案都没有作用了，所以这种法线肯定过段时间就会失去法力，诸如此类的。”

“乔尔，”费奇说，“你有没有意识到你刚才做了什么？你解决了你父亲花了一辈子想要解决的难题。”

“这很简单。”乔尔说，他突然感觉非常疲惫，“有人把答案送上门了——他们想用这东西杀死我。”

弹射威力线

威力线撞上禁界线会产生有趣的反应。它不会炸开或者推动禁界线，而是会被反射开来，转向别的方向。

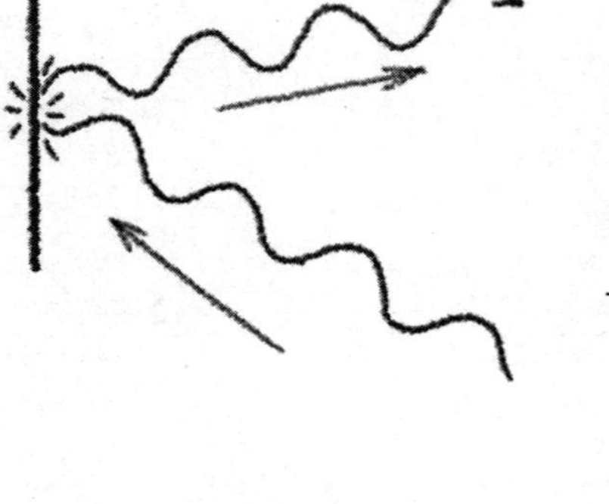

高级阵学战术中包括学习画专门用来反射威力线的禁界线。有时候这是攻破敌人防御阵的唯一手段。

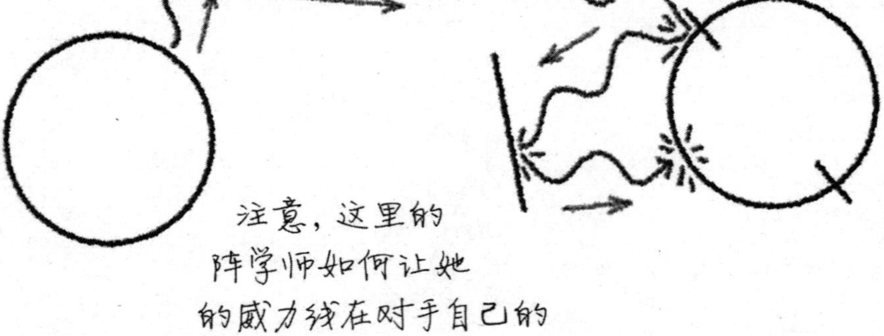

注意，这里的阵学师如何让她的威力线在对手自己的禁界线上反弹，进而轰去他们的圆形守御线。

第二十二章

第二天一早，哈丁就逮捕了艾克斯顿。

乔尔从费奇那里听到这个消息，当时他们正穿过草坪，走在前去大教堂的路上。他们要参加乔尔的灵选典礼。乔尔的母亲握着他的胳膊，像是担心再有什么野兽凭空冒出来，把他抓走似的。

“他逮捕了艾克斯顿?”乔尔质问道，“没有道理呀。”

“哦，嗯，”费奇说，“行凶者很少有道理可言。我明白你为什么会感到吃惊。艾克斯顿也是我的朋友。可是，自从他被开除之后，他就一直都不喜欢阵学师。”

“可他又回到这里来工作了！”

“那些有着极强恨意的人，往往会被他们憎恶的东西所吸引，”费奇说，“你看见查尔斯房间里的那张画了——那人系着领结，拄着手杖。看起来太像艾克斯顿了。”

“那张画看起来像许多人，”乔尔说，“城里有一半男人都系着领结，带着手杖！那不过是一小幅粉笔画。他们不能拿它当证据。”

“艾克斯顿知道所有阵学孩子的住处，”费奇说，“他能接触到他们的记录。”

乔尔不说话了。这番话的确很有道理。可是，**艾克斯顿**？爱发牢骚却心地善良的艾克斯顿?

“不要担心这个了，孩子，”母亲说，“如果他是清白的，我相信法官们会这样裁决的。你该做好准备。如果你想得到灵选，你就应该专注于主宰。”

“不，”乔尔说，“我要跟哈丁谈谈。我的灵选典礼……”等不得。不能又像上次一样。可是这件事情*十分重要*。“他在哪儿?”

他们找到哈丁时，哈丁正指挥一小队警察彻底搜查校办公室。约克校长站在不远处，似乎对此十分不满，在他身旁的是正在哭泣的弗洛伦丝。她朝乔尔挥挥手。“乔尔!”她叫道，“告诉他们，这简直是在发疯! 艾克斯顿绝不会伤害任何人。他那么*惹人喜欢*。”

她身边的警官叫她安静——他显然正在向弗洛伦丝和校长问话。哈丁探员站在办公室门口，一页一页地翻看着一些笔记。他抬起头，见乔尔过来，于是说:“啊，小英雄。你不是要去什么地方吗，小子? 其实，在我看来，你应该有个保镖。我一会儿派几名士兵和你一起去教堂。”

“真的有这个必要吗?”费奇问，“我是说，既然你已经把人关起来了……”

“恐怕真的有这个必要，”哈丁说，“每一个好侦探都知道，仅仅是把人抓住了，并不能因此而停止调查。不弄清楚艾克斯顿替谁工作、他把尸体藏在哪儿……呃，他把孩子关在哪儿，我们的工作就没有结束。”

听完最后一句话，乔尔的母亲脸上一下子没了血色。

“探员，”乔尔说，“我能私下跟你聊一会儿吗?”

哈丁点点头，和乔尔往旁边走出一小段距离。

“你确定你抓对人了吗，探员?”乔尔问。

“如果不确定，我是不会进行逮捕的，孩子。”

“艾克斯顿昨晚救了我的命。”

“不，小子，”费奇说，“他救的是他自己。你知道三十年前他为什么被阵学项目除名吗？”

乔尔摇摇头。

“因为他控制不了自己的垩灵，”哈丁说，“把他送到内布拉斯科太危险了。你也看见那些垩灵是多么不成样子。它们不成样子是因为画得太糟糕。艾克斯顿派出这些垩灵来对付你，可是他其实并不能控制它们，所以当你把垩灵引回来对付他时，他别无选择，只得把垩灵关到外面。”

“我不信，”乔尔说，“哈丁，你做错了。我知道他不喜欢阵学师，可是光凭这个还不够把他抓起来！这些日子里，岛上有一半人似乎都讨厌阵学师。”

“昨晚，”哈丁问，“艾克斯顿有没有第一时间赶过来救你？”

“没有，”乔尔想起自己当时摔倒了，艾克斯顿则在大声尖叫，“他只是吓坏了，最后他确实出手相救了。探长，我了解艾克斯顿，他才不会做出这种事情。”

“杀人犯的心思很古怪的，乔尔，”哈丁说，“人们经常会为此感到惊讶和震撼：他们认识的人居然是这样一个禽兽。我要告诉你一条绝密信息，我们在艾克斯顿的书桌里找到了属于那三个失踪学生的物品。”

“真的吗？”乔尔问。

“是的，”哈丁说，“他房间里还有一页又一页写满针对阵学师的愤怒文字。里面充满痛恨，还有……嗯，让人不悦的言论。我曾经在那些充满执念的罪犯身上见过这样的情况。都是些让你意想不到的人。几天前费奇跟我提过这个书记员。有什么东西让他想起来，费奇以前在阿尔美狄乌斯学院上过学。”

“人口普查记录，”乔尔说，“费奇想起来的时候我也在那里。”

“啊，对，”哈丁说，“好吧，现在我真希望当初能早点儿听教授说起这件事！听他说过之后，我就开始暗中调查艾克斯顿，可是我的行动不够快。直到你昨晚遇到袭击才把线索拼凑到一起。”

“因为那些歪歪扭扭的垩灵？”乔尔问。

“其实，并不是，”哈丁说，“是因为昨天下午办公室里发生的事情。你当时也在那里，正在和费奇说话，艾克斯顿表扬你做了很多工作，来帮助教授查找涂鸦者。唉，听说你遇袭之后，我的脑子就开始工作了。谁会有动机来杀你呢？只有知道你对费奇的工作具有多大价值的人。

“艾克斯顿在一旁听到了这一切，孩子。他一定很担心你把他和新的阵学法线联系到一起。当初你父亲研究那个法线时，他也许还见过它——你父亲曾经去找过校长，请求资金来帮助他研究这条法线如何运作。不过，直到我的人搜查过他的住处和办公桌，我们才发现了真正让人感到困惑的证据。”

乔尔摇了摇头。艾克斯顿。难道真的会是他？一想到涂鸦者有可能是跟他如此亲近的人，他认识并且熟知的人，他就觉得跟昨晚的袭击一样头大。

那三个学生的东西，在他的办公桌里。乔尔心里想着，身上一冷。“那些东西……之所以在他那里，没准儿是因为……我不知道，跟案子有关系？他从学生宿舍里把东西收集过来，准备寄到他们家里？”

“约克说他从来没有下过这样的命令，”哈丁说，“现在所有问题都解决了，只是还不知道孩子们在哪儿。我不骗你，小子。我认为他们很可能已经死了，被埋在了什么地方。我们得审讯艾克斯顿，才能找到答案。

“整个案子都太可耻了。在我的任上发生这种事情，我感觉糟糕透了。我也不知道最终结果会怎样。骑士参议员的儿子死了，约克校长雇佣的人负有责任……”

乔尔麻木地点点头。他不信这些话，不完全信。有什么东西漏掉了。可是他需要时间来想想。

“艾克斯顿，”他说，“他什么时候受审？”

“像这样的案子得花上几个月，”哈丁说，“受审还要等一阵子，不过到时候我们需要你来当目击证人。”

“你们还要继续封锁校园吗？”

哈丁点点头。“起码还要封锁一个星期，要小心监视所有阵学学生。就像我说的，只是一次逮捕，并不构成松懈的理由。”

那我就还有时间，乔尔心想，艾克斯顿短时间内不会受审，学校也仍旧安全。如果以前还算得上安全的话。

眼下这样似乎就足够了。乔尔筋疲力尽，人都熬瘦了，可他还要去应付自己的灵选典礼。他要去参加。在这之后，他或许能有时间去思考，去想清楚这一切到底在哪儿出了岔子。

“我有一个请求，”乔尔说，“我的朋友，梅乐蒂。我想要她参加我的灵选礼。你能允许她今天离开学校吗？”

“就是那个红头发的捣蛋鬼？”哈丁问。

乔尔脸上微微露出苦相，点点头。

“好吧，帮你个忙，可以。”哈丁说。他朝两位警察说了几句，那两人就跑去找她了。

乔尔等在原地，因为艾克斯顿要坐牢而感到心烦意乱。我可能会成为阵学师，这件事情十分重要。乔尔心想，我必须完成它。如果我成了阵学师，那我的话就会更有分量。

警察们终于带着梅乐蒂回来了。她的红头发从远处看十分醒目。再靠近点儿，梅乐蒂就朝乔尔跑了过来。

乔尔冲哈丁点点头，就迎着梅乐蒂走了过去。

“你，”梅乐蒂指着乔尔说，“惹大麻烦了。”

“什么？”乔尔问。

“你跑去冒险，你差点儿没命了，你还跟巠灵作战，你却没有叫上我！”

乔尔翻了个白眼。

“坦白讲，”梅乐蒂说，“你也太没心没肺了。要是不能时不时地让你冒一回生命危险，那要朋友有什么用？”

“你干脆说这是悲剧得了。”乔尔一边说，一边苦笑着走向母亲和费奇教授。

“才不，”梅乐蒂说，“我想我要换一个新词儿。悲剧不像以前那么有力度了。你觉得‘骇人听闻’怎么样？”

“还成，”乔尔说，“咱们能走了吗？”

其他人点点头，于是众人在哈丁几名手下的护送下，迈步朝学校大门走去。

“你没事儿，我还是挺高兴的，”梅乐蒂说，“整栋阵学师宿舍楼都在传昨晚的事情。大部分人都满脸通红，因为这宗谜案解开了，他们居然被一个非阵学师给拯救了。当然，满脸通红的原因，大概有一半是因为我们眼下还是谁都不准离开。”

“是的，”乔尔说，“哈丁是个谨慎的家伙。我想他知道自己在干什么。”

“这么说，你相信他？”梅乐蒂说，“艾克斯顿的事情，我是说。”

失踪学生的物品，乔尔心想，*还有一页又一页针对阵学师的愤怒文字*……

众人走在小路上。昨晚在一片黑暗中，乔尔也在同一条小路上向着警察拔足飞奔。“我不知道。”他说。

乔尔还记得上次参加灵选典礼时，斯图尔特神父说过的大部分话。那次他没有那么紧张。也许当时的他还太年幼，并没有意识到其中的意义。

乔尔身穿白袍，跪在斯图尔特神父面前，膝盖都疼了。斯图尔特则朝他洒了圣水，并为他涂抹圣油。如果乔尔想要进入灵选室，他们就必须再次完成整个仪式。

为什么所有事情都要赶在一起？他仍旧因为缺少睡眠而疲惫憔悴，而且他老是忍不住去想艾克斯顿。他当时似乎吓坏了。可是如果他自己的垩灵转而向他发起进攻，那他确实应该感到害怕。

乔尔感觉自己像是卷进一件纷繁复杂到超乎他理解的事情里。有新的阵学法线。他解决了父亲的难题，一分钱也没有得到——五年之内没有发现新的法线，父亲的所有赞助合同就都过期了。不过，这个阵学图案跟其他法线截然不同，这个发现还是足以震惊世界了。

斯图尔特用古英语吟诵着什么东西，乔尔只有在经文上才能勉强认得一点。在他头顶上，使徒们转动着他们的发条脑袋。在他右边，在走廊尽头的一幅壁画上，前圣欧几里得正聚精会神地研究着三角形。

乔尔马上就要成为参加灵选礼最年长的不信教者。世界似乎变得越来越不安定了。阿尔美迪乌斯学生失踪案——可能还是命案——让各大岛屿人心浮动，人们都在议论下一场内战了。对乔尔来说，世界政治的现实开始变得越来越真切可感，越来越*可怕*。

生活并不简单，一向都不简单，他只是过去并不知道。

可是纳利扎在里面又扮演了什么角色呢？乔尔心想，我还是不能相信这个人。艾克斯顿曾经有几次表达过对纳利扎的不满，不过这一点或许值得思考。会不会是他陷害了艾克斯顿？

或许乔尔只是*想要*发现纳利扎正在干着什么见不得人的勾当。

斯图尔特神父不说话了。乔尔眨眨眼睛，发现自己刚才走神了。他抬起头，斯图尔特神父点点头，稀疏的白胡子随着抖了抖。

他指了指圣餐台后面的灵选室。

乔尔站起来。费奇、母亲和梅乐蒂孤零零地坐在长椅上——为八岁小孩儿举行的常规灵选礼还要再过一个小时才会开始。高大宽敞的教堂里映着玻璃花窗和精美壁画的光。

乔尔静静地绕过圣餐台，朝那间方形的屋子走去。灵选室的门上镶着一个六点环阵。乔尔打量着它，然后从口袋里摸出那枚金币，拿了起来。

金币里面的主齿轮有六个轮齿。每个轮齿的中心都与六点环阵上的一个点相对应。右边的小齿轮上只有四个轮齿。左边的则有九个轮齿，彼此间距并不相等。三个齿轮以一种特定的节奏一同运转，这种运转方式非常微妙，只有这样才能与不规则的九齿齿轮协调一致。

呵。乔尔一边想，一边把金币重新塞进口袋。然后他推开了门。

门里面是一间白色的大理石房间，里面有一个用来下跪的垫子，还有一座用一块大理石雕成的圣坛。圣坛上面也有一个垫子，用来放胳膊肘。除此之外，屋子里似乎再没有别的东西了——除了一盏发条灯在头顶上静静地发着光。这盏灯外面套着水晶灯罩，斑斑点点的灯光洒在墙上。

乔尔站在那里，等待着，心里怦怦直跳。什么都没有发生。他犹犹豫豫地跪下来，可他并不知道该说什么。

这是拼图上的又一块画片。天堂里真的有主宰吗？玛丽·罗兰森——他昨天晚上读到的那个殖民者——那样的人就信仰上帝。

野生垩灵并没有杀她。它们困住了她，一直不让她逃跑。谁也不知道它们这样是出于什么动机。

她最后还是逃了出来，部分归功于她丈夫和殖民地其他男人的奋力搏斗。她能活下来，是出于主宰的旨意，还是仅仅因为幸运？乔尔相信什么？

“我不知道该说什么，”乔尔说，“我想如果你真的存在，要是我说我相信主宰，但我其实并不相信，那你肯定会生气的。实际上我也不能确定，我是不是不相信。也许你真的在那儿。我想，我希望你在那儿。

“不管怎样，我的确想成为一名阵学师。不管这样一来我会面临多少困难。我……我需要与他们作战的能力。我不想再逃跑了。

“我会成为一名优秀的阵学师。我几乎比学校里所有人都更了解防御阵。我要去内布拉斯科保卫合众岛。我要服役。让我成为阵学师吧。”

什么都没有发生。乔尔站在那里。大部分人进去出来都很快，所以他想在这里等着也没有多大意义。等他离开的时候，他要么就能画出法线了，要么一辈子都不能。

于是他转身想要离开。

在他身后，有什么东西站在屋子里。

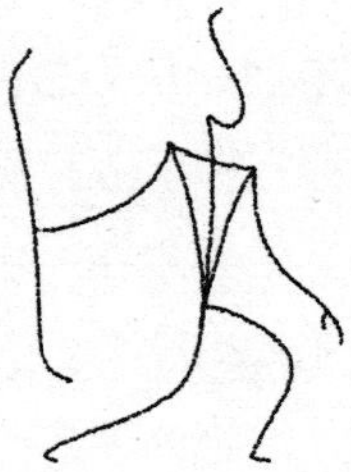

他跳了起来，踉踉跄跄地往后退去，差一点儿摔到圣坛上。他身后那东西是一团耀眼的白光。站起来和乔尔差不多高，形状就像个人，却非常瘦削，胳膊细长，头只是一条曲线，一只手里拿着一个东西，像是一张做工粗糙的弓。

那东西看起来像是画出来的，但它并不像垩灵一样贴在墙上或是地上。他的造型非常古朴，就像人们在某些崖壁上发现的史前绘画一样。

突然，乔尔想起了自己曾经读过的那段故事，有个冒险家曾在峡谷里目睹过壁画跳舞。

可它并没有动。乔尔犹豫着把身子歪向一旁，发现如果从侧面看过去，那东西几乎消失不见了。

乔尔身子往后仰，从正面看着它。它要干什么？他试探着往前迈了一步，伸出手来。他顿了一下，然后碰了那个东西。

那东西猛烈地颤抖起来，然后扑到地上，像垩灵一样游走了。那东西飞快地溜到了圣坛底下，乔尔朝后摔了个跟头。

乔尔跪下来，发现圣坛底下有一道缝。那里面黑乎乎的。

“不，”乔尔伸出手来，轻声说，“求你了。回来!”

他在那里跪了快一个小时。终于，对面传来了敲门声。

他打开门，看见斯图尔特神父站在外面。“来吧，孩子，”他说，“再过一会儿，别的要接受灵选的孩子就要来了。该发生的已经发生了，咱们来看看结果吧。”

他递过来一支粉笔。

乔尔离开房间，感到既震惊又困惑。他麻木地接过粉笔，一路走到一块石板跟前。那石板铺在地上，就是用来画画的。他跪下来。梅乐蒂、费奇和母亲也凑了过来。

乔尔在那块石头上画了一条禁界线。梅乐蒂伸出一只手，可乔尔知道结果。

她的手穿过了这条线上方的平面。她的脸色变了。

斯图尔特神父看起来一脸困惑。“唉，孩子，看来主宰对你另有安排。以主宰的名义，我宣布，你成为君主教会的正式成员。”这和八年前斯图尔特跟乔尔讲的话一模一样。

“不，”梅乐蒂说，“不可能这样！这次应该……应该跟上回不一样才对……”

“没关系。”乔尔站起来说。他本来就十分疲惫，再加上这样一番天崩地裂般的挫败感，他简直没有办法呼吸。

现在他只想一个人待着。他转过身去，步履缓慢地走出教堂，回到校园。

泰勒防御阵

曾经有人认为这是整个阵学体系中最强大的阵型。

因为拥有两个环阵，所以这种防御阵在常规决斗中出现往往会引起争议。它被允许用在决斗中，但是只要外层环阵被攻破就算输了。

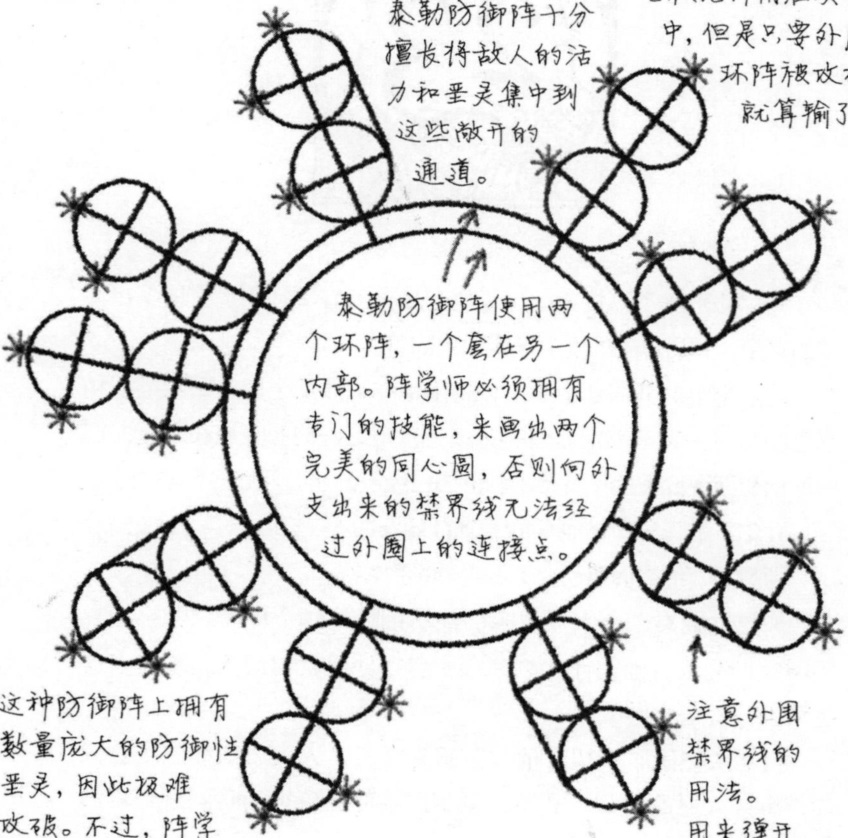

注意外围禁界线的用法。用来弹开威力线。

这种防御阵上拥有数量庞大的防御性垩灵，因此极难攻破。不过，阵学师在画这个阵型时动作一定要非常快。

由于拥有不是一层，而是两层环阵，泰勒防御阵是已知的最难攻破的防御阵之一，常被称作“无解防御阵”。

第二十三章

乔尔几乎睡了一整天，到了晚上却睡不着了。他直直地坐在父亲的桌旁，背后墙上的发条灯嗡嗡地响着。

他把桌上的书清理干净了，腾出地方来放父亲那些旧的笔记和示意图。过去父亲都把这些笔记跟他做得最好的粉笔放在一起。这些笔记和简图似乎都不重要了。谜团已经解开了，问题也都解决了。

乔尔不是阵学师，他辜负了他的父亲。

别想了，他告诉自己，不要再顾影自怜了。

他想掀翻桌子，大声哭叫。他想把粉笔摔个稀巴烂，再把它们碾成粉笔灰。他凭什么敢痴心妄想？他早就知道被选中的人少之又少。

生活中充满了失望。他时常感到好奇，人类怎么能忍受这么久，事遂人愿的时刻那么少，剩下那些为此花掉的时间是否真的值得？

结果就这样了。乔尔又回到了当初的样子，跟从前一样。他的课业成绩太差了，一旦从阿尔美迪乌斯毕业，他也就得不到进一步深造的机会了。原本他心里埋藏着一个期望，希望自己能找到办法成为阵学师，而今他连这一点微乎其微的希望都破灭了那三个被掳走的学生死了。失踪了，被艾克斯顿留在了没有任何标记的坟墓里。杀人犯被制止了，可对于那些失去孩子的家庭来说，这又有什么意义呢？他们的痛苦还将继续下去。

他向前倾过身子。“为什么？”他对着那些文献和笔记问道，“为什么所有事情都会变成这样？”

由于艾克斯顿骇人听闻的作为，父亲的研究工作将被人遗忘。人们将不仅记住这个书记员是个谋杀犯，还会记住是他最终解开了新阵学法线的谜题。

他是怎么解决这个谜题的？乔尔心想，艾克斯顿，一个当年都没能毕业的人，怎么可能做出连阵学学者都没能完成的发现？

乔尔站起来，来来回回踱着步子。父亲的笔记总是闯入他的视线，像是在壁灯的照耀下放着光。

乔尔走过去，在那堆笔记里翻来拣去，想要从中找到最早的内容。他找到一张泛黄的纸，边缘都变成棕色了。

我又去了一趟内布拉斯科的前线。却几乎一无所获。人们总是在说那里发生的稀奇古怪的事情，可我在那儿的时候，好像什么也没有发生。

我仍然坚信还有别的法线。我必须先知道它们能做什么，然后才可能确认别的东西。

这张纸的底部画着一个符号，有四个旋涡形状的静默线。“你从哪里弄到这个的，父亲？”乔尔问，“你是怎么发现它的？在内布拉斯科吗？”

如果真是这样，那别人也可能知道它。毫无疑问，前线上的那些阵学师，如果见到像这样的线条，那么他们凭直觉也能明白其中的意义。而且这些图案是谁画的？野生垩灵并不会画法线，不是吗？

他把这张纸放到一旁，翻看起父亲的日志来，想要确认他写下这篇非同寻常的文章的具体日期。

日志的最后日期正是父亲死的前一天。里面记录了那趟旅行的目的地，内布拉斯科。

乔尔坐下来，思索着。他又翻回去看那趟旅行刚开始几天的日志。前去桑那阿里达岛访问。

桑那阿里达，靠近博纳维尔和得克萨斯，都是西南岛屿。根据这些日志的内容，乔尔的父亲到那里去过好几次。乔会皱起眉头，然后瞥了一眼地板上的书。有一本正是纳利扎从图书馆借出来的那本书，是关于继续发现阵学法线的。乔尔拾起这本书，翻开封底，查看借书卡上这本书的出借历史。这么多年来，这本书只借出去过几次。

乔尔的父亲靠近名单的最前面。他父亲前往桑那阿里达拜访的时间只比他借出这本书晚了几个星期。

他翻开这本书，浏览目录上的各个章节名。其中一章名叫“新法线理论简史”。他翻到那一章，就着一盏灯的灯光读了起来。他花了好几个小时才找到自己要找的内容。

一些早期的探险者报告说西南岛屿的崖壁上有一些奇怪的图案。由于当欧洲人来到这里时，美利坚大部分地区都无人居住，所以我们无法知道这些图案是谁创作的。

有些人宣称这类形状的线条具有阵学特征。大部分学者却并不接受这种看法。利用造物线可以画出许多古怪的图案，并使之获得圣灵生命。但这些线条并不因此而算是新的法线。

乔尔翻到下一页。这一页上，他看到的，正是自己今天早些时候在灵选室里看见的那个造物的素描。

*究竟是怎么回事？*乔尔一边想，一边看着这张图的说明文字。上面写着：*埃斯特韦斯上校探索桑那阿里达岛期间绘制的一张草图。*

乔尔眨眨眼，然后回头看向他的书桌。

有什么东西在敲窗户。

他惊叫一声，从椅子上跳了起来。他伸手去抓自己之前从哈丁探员那里带回来的一桶酸液，却这才看清楚窗户外面的是谁。

红头发，大眼睛。梅乐蒂冲他挥挥手，咧嘴逗乐。乔尔看看时钟，都凌晨两点了。

他哼哼着走出房门，然后爬上楼梯，打开锁着的宿舍楼大门。梅乐蒂站在外头。她的裙子蹭破了，头发上还挂着细细的树枝。

“梅乐蒂，”他说，“你来这儿干什么？”

“在冷风里站着，”她说，“你不想邀请一位女士进屋里吗？”

“我不知道这样合不合适……”

梅乐蒂不由分说，一把推开他，下楼朝作坊走去。乔尔叹了口气，关上门，紧随其后。进了房间，梅乐蒂双手叉着腰，朝他转过身来，说：“这可真吓人。”

“什么？”乔尔问。

“这个词没有‘悲剧’那么好使，对吧？”梅乐蒂一屁股坐到一把椅子上，“我得换一个词。”

“你知不知道现在几点了？”

“我烦着呢，”她不理会乔尔的问题，“他们把我们关了一整天。正好你失眠。我想我可以过来烦一烦你。”

“你躲过警卫了？”

“跳窗户。二楼的。旁边还有一棵树。往下爬可比看起来困难多了。”

“没被警察逮住算你运气好。”

“才不是，”梅乐蒂说，“他们没在那儿。”

“什么？”

“哦，大门口有两个警察，”她说，“不过只有那两个。窗子底下巡逻的人刚刚离开。我猜他们是换班了什么的。反正，这都不重要。乔尔，重要的是，我要告诉你的是个悲剧。”

“你被关起来了？”

“这算一个，”梅乐蒂说，“还有艾克斯顿也被关起来了。不是他干的，乔尔。我知道不是他。有一回，他给过我半个三明治。”

“所以他不是杀人凶手？”

“不光是这样，”梅乐蒂说，“他是个好人。他是爱发牢骚，可我喜欢他。他是个好心肠。他还很聪明。”

“犯下这些案子的人也很聪明。”

“一点儿不错。艾克斯顿为什么要袭击骑士参议员的儿子？对他来说，如果他想继续隐藏身份，那这样做就太愚蠢了。讲不通的地方，这还只是其中一处。我们应该问问为什么——为什么要袭击查尔斯？只要我们知道了这个答案，我敢打赌，所有罪案的真实动机就都能拼凑到一块儿了。”

乔尔坐在那里，陷入深思。

“哈丁有对艾克斯顿不利的证据。”乔尔说。

“那又怎样？”

“那就是说，”乔尔回答，“一般来讲，这能证明一个人有罪。”

“我才不信，”梅乐蒂说，“听着，既然艾克斯顿早在许多年前就被一脚踢出了校门，那他对阵学的研究得高深到什么程度，才能发明出一条别人听都没听说过的法线？”

“是啊，我知道，”乔尔站起来，“走吧。”他一边说，一边朝门口走去。

梅乐蒂跟上来问："咱们要去哪儿？"

"费奇教授的办公室，"乔尔说着，走进黑黢黢的校园。两人在沉寂中走了好一阵子，乔尔才注意到这一点。"巡逻的警察去哪儿了？"

"我不知道，"梅乐蒂说，"瞧见了吧，我说过的。"

乔尔加快脚步。他们来到守御讲堂，然后快步冲上楼梯。乔尔用力敲门，过了好一会儿，费奇教授终于摇摇晃晃地过来应门了。"嗯？"

"教授，"乔尔说，"我觉得出事了。"

费奇打了个哈欠。"几点了？"

"还早。"乔尔说，"听我说，教授，你见过那些本来打算把我困住的法线了吗？那个禁界线画成的笼子，大家都以为是艾克斯顿画的？"

"怎么了？"费奇问。

"那些法线画得怎么样？"

"画得不错。很直，非常专业。"

"教授，"乔尔说，"我见过艾克斯顿在门上画的那些线。简直不成样子。他画得可糟糕了。"

"那么他是想糊弄你，乔尔。"

"不对，"乔尔说，"他当时正担心自身难保呢。我从他眼睛里看得出来。在那种情况下他不可能故意画不好！如果纳利扎——"

"乔尔！"费奇呵斥道，"你老是盯着纳利扎教授不放，我真受不了！我……唉……我不想大声叫嚷，可我真的受够了！你在这个时间把我叫醒，就为议论纳利扎？不管你多么希望他是主谋，这件事都不是他干的。"

乔尔说不出话来。

费奇揉了揉眼睛。"我不是故意发脾气的。只是……唉，咱们早上再聊吧。”

一边说着，费奇打着哈欠，关上了门。

“好极了。”梅乐蒂说。

“他没睡够觉，脾气就不好。”乔尔说，“一直都是这样。”

“那现在怎么办？”梅乐蒂问。

“咱们去你宿舍楼前面，跟警察说吧。”乔尔一边说，一边跑下楼去，“看看为什么别的警察都没有巡逻。”

他们再一次穿过黑黢黢的校园，乔尔开始后悔刚才没有带上那桶酸液了。不过哈丁的人肯定会——

他一下子站住了。阵学学生的宿舍楼就在前面，大门敞开着。大门前面，有两个人影躺在草丛中。

“吃灰的！”乔尔说着，一个箭步冲上前去，梅乐蒂跑在他身旁。原来是那两个警察。乔尔紧张地用手指试了试第一个人的脉搏。

“还活着，”乔尔说，“可是没有知觉。”他又来到第二个人身旁，发现那个人也还活着。

“呃，乔尔，”梅乐蒂说，“你还记得我今天上午说的话吗，生你的气，因为你没有邀请我跟你一块儿遭遇袭击。”

“记得。”

“那番话我彻底收回。”

乔尔抬起头，看看敞开的大门。里面幽幽地映着灯光。

“去找人帮忙。”乔尔说。

“去哪儿？”

“学校大门，”他回答，“去校办公室，我不知道！找谁都行。我去看看谁在里面。”

“乔尔，你又不是阵学师，你能做什么？”

“有人可能死在里面了，梅乐蒂。”

“我才是阵学师。”

“如果涂鸦者真的在里面，”乔尔说，“咱们俩谁进去都一样。你画的法线根本顶不住他。快走！”

梅乐蒂站了一会儿，然后飞也似的跑开了。

乔尔看了看敞开的大门。我这是在干什么？

他咬一咬牙，溜了进去。在拐角处，他看见好几桶酸液，他拎起一桶，心里有了些底气，于是蹑手蹑脚地走上楼梯。男生都住在一楼，女生在二楼，有些教授的家人则住在三楼。二楼由几位楼管阿姨守着。如果乔尔能找到其中一位，那她或许能帮上忙。

他上了二楼，绕过楼梯，溜进走廊。走廊里似乎空无一人。

他听见身后的楼梯上有些响动。

他惊恐地看见，黑暗中有什么东西从三楼下来了。乔尔想都没想，提起那桶酸液就泼了出去。

那“东西”原来是个人。那一桶酸液把吃惊的纳利扎泼了个透湿。

教授一边大口喘着气，一边揉着眼睛，乔尔则尖叫着连滚带爬地顺着二楼走廊跑开了。他惊慌失措，只想赶紧找到梅乐蒂的房间，顺着窗户旁的那棵树爬出去。他听见纳利扎一边咒骂着一边跟了过来。乔尔一头撞上了一个看不见的东西。那东西撞得他连连后退，一时间竟然呆住了。走廊里十分昏暗，他刚才都没有注意到地上那条禁界线。

“蠢货。”纳利扎一边说，一边抓着乔尔的肩膀，把他提起来。

乔尔叫嚷着，拼尽全力对着纳利扎的肚子就是一拳。纳利扎闷哼一声，却不肯松手，反而伸出一只脚来刮着地板。他的脚在地板上留下一道粉笔印子来。

在鞋底尖头安上粉笔，乔尔心想，好主意。虽然很难画出笔直的线，但的确是个好主意。

纳利扎把乔尔推倒在地，然后在他周围画了一个禁界线方框。

乔尔胳膊很痛，哼哼起来——纳利扎的手可真有劲儿。

被困住了。

乔尔大声叫喊，摸着那个看不见的方框。方框十分结实。

“笨蛋，”纳利扎一边说，一边用学师服上还干着的部分擦把脸，“如果你能活过今晚，你就欠我一件新衣服。”教授的皮肤似乎对酸液过敏，两眼变得通红。不过，对付垩灵所用的酸液并不太强，不会对人产生真正的伤害。

“我——”纳利扎刚想说什么。

走廊上的一扇门开了，一个高大的身影迈步来到走廊，纳利扎猛地转过身去。就着暗淡的光线，乔尔勉强认出那个人的脸。

是哈丁探员。

纳利扎身上的酸液仍在往下滴。他瞥了一眼乔尔，又回过头去，看着哈丁。

“这么说，”纳利扎对哈丁说，“真的是你。我终于抓到你了。”

哈丁一动不动地站着。光线暗淡，他那顶圆形的警帽看起来真像是一顶礼帽。而他的步枪垂下来，他的手拄着枪托，枪口抵着地面。就像一根手杖。

他的帽子拉得很低，所以乔尔看不到被帽子遮住的眼睛。乔尔能看到的是探员那可怕的笑容。哈丁一张嘴，脑袋往后一仰。

一大群躁动不安的垩灵从他嘴里冲出来，如洪水一般冲刷过他的前胸，漫过整个身子。

纳利扎咒骂着，赶紧跪下来，围着自己画了一个环阵。乔尔眼看着纳利扎又快又准地完成了一个伊司顿防御阵。

哈丁，乔尔心想，他说莉莉·怀汀的家附近就有一个联邦警察局。他还说他当时就在赫尔曼·莱伯被绑架的那个区域巡逻——哈丁说涂鸦人在这么近的地方下手，是在挑衅他。

然后是查尔斯·凯洛维。我们在查尔斯家做调查时，哈丁提到自己头天晚上还来过这里，想要劝说这家人把孩子送回阿尔美狄乌斯。

我预计到那天夜里，哈丁听见呼叫后朝校门冲过来，他是从东边过来的。是普通校区的方向，而不是阵学校区。他当时就在那边，控制着垩灵。

在办公室里听见费奇教授说我有多重要的可不止艾克斯顿一个人——哈丁也在那里。

吃灰的！

乔尔高呼救命，用拳头拼命砸着那堵看不见的围墙。这一下子都说通了！为什么要袭击校外的学生？为什么要抓走骑士参议员的儿子？

为了引起恐慌。为了把所有阵学学生都赶进阿尔美狄乌斯，而非任由他们留在家里。哈丁守卫的学校，把所有阵学师都带到这里——其中有一半人平常还住得离这里很远——然后把他们通通关进宿舍里。

于是，他把所有人都集中到一处，这样就能把他们一网打尽了。

乔尔继续徒劳地捶着这件隐形牢房的墙壁。可是一旦他的叫喊声大到一定程度，那高出来的部分就听不见了。他看向身旁，看见刷成白色的墙壁上隐然有一个静默线。那条静默线离自己有点儿远，只能吸走他的尖叫声，却并不影响他正常说话。

乔尔咒骂着瘫坐在地。哈丁除掉走廊里乔尔刚才迎头撞上的那条禁界线，成群的垩灵蜂拥上前，包围了纳利扎教授，并向他的防御阵发起攻击。纳利扎眼疾手快，伸手在环阵外面画出好几条威力线，从垩灵身上轰下了一块块碎片。可是这样做似乎并没有太多成效。没有定型的垩灵直接重新长出了被轰掉的部分。

乔尔推着他那牢房的墙基，寻找摸起来比较薄弱的位置。这牢房是纳利扎刚才用脚画出来的，乔尔发现有一个位置推上去反馈的力道要小一点儿。那里的粉笔线条不太直。

乔尔舔舔手指，开始擦“墙角”的线条。这样做收效甚微。禁界线是四种法线中最强大的一种。他只能从一侧来擦，一点一点地仔细擦掉这条线条。书上说，这个过程要花上好几个小时。

纳利扎的战况并不乐观。虽然他的防御环阵画得十分出色，可是垩灵太多了。哈丁探员站在黑暗之中，几乎没什么动作，仿佛一尊微笑的黑色雕塑。

他挥舞着胳膊，身子的其他部分纹丝不动。他垂下步枪的枪口，乔尔看见枪口上缠着一小截粉笔。哈丁在地上画了一条威力线。

只是，那并不是一条威力线。这条线太尖锐了——不是波浪形，而是锯齿形的。就像他们之前在莉莉·怀汀家中发现的第二种阵学法线。这种线乔尔都差点儿忘记了。

这种新的法线就像威力线一样，向前激射而出，轰穿好几只哈丁自己的垩灵，撞上防御阵。纳利扎咒骂一句，伸手在前面画出一道弧线，补上刚才被轰开的部分。

他的衣袖滴着酸液，酸液正好滴到他的环阵上，在上面造成一个缺口。纳利扎盯着那个缺口，垩灵则躲开那滴酸液。然后，一只垩灵扑向液滴，却被消融掉了。另外一只紧随其后。酸液因此变淡了，因为下一只垩灵虽然碰到酸液，却没有消失。它开始对酸液造成的缺口两侧发起进攻。

“你犯大错了。”纳利扎抬头看着哈丁说道。

哈丁又画了一条锯齿形的法线。这条线冲过缺口，撞向纳利扎，轰得他向后飞去。

乔尔倒抽一口凉气。这种威力线不只能对粉笔起作用，他明白了，这可真……真了不起！

那些变化不拘、不成样子的垩灵撤退了。纳利扎躺在自己的环阵中央，失去了知觉。哈丁笑了，眼睛一直笼在阴影里。随后他朝走廊里的下一扇门走去。那扇门就在乔尔的右边。哈丁推开门，乔尔看见几个年轻的姑娘正在屋里的床上睡觉。

野生垩灵跟着哈丁蜂拥而入，占据了整个屋子。乔尔想要尖叫，却被静默线偷走了声音。一位姑娘被吵醒了，坐起身来。

野生垩灵爬到她身上，把她整个人都淹没了。她大张着嘴，却喊不出一点儿声音。另一条静默线挂在屋里的墙上，吸走声音，免得吵醒别的学生。

乔尔只能眼睁睁地看着，捶打着无形的墙壁，而那姑娘却颤抖着，挣扎着，她试图尖叫，一群垩灵却爬进了她的嘴里。垩灵一小块一小块地撕扯着她的皮肤，渗出星星点点的血迹。越来越多的垩灵爬进她的嘴里。

她一刻不停地打着颤。她颤抖着，浑身痉挛，摔到地上打起滚来，同时似乎在一点点地皱缩变扁。她的身形开始变小。乔尔看着这一切，惊恐万分。不一会儿，那姑娘就在信笔涂鸦的垩灵群中不见了身影。

哈丁咧着大嘴，露着牙齿，注视着这一切。他的双眼一直隐藏在阴影里。

“为什么？”乔尔喝问道，“这究竟是怎么回事？”

哈丁不作回答，与此同时他的垩灵扑向房间里的其他几位姑娘。一个接一个地，另外两个姑娘也被吃掉，消失不见了。这狰狞的场景迫使乔尔看向别处。之前被酸液消解掉的垩灵重新变了出来，它们爬出那一摊酸液，重新活转过来。

哈丁经过乔尔身旁，走向下一个房间。他打开门，走进去，乔尔看见一条静默线早就画在了门上。哈丁可能从一开始就把静默线都画好了。

笔画潦草的垩灵跟着哈丁漫过走廊，然后拥进那个房间，不见了踪影。乔尔心里想着睡在屋子里的姑娘，感到一阵恶心。他猛地跪下来，继续抠着他的法线，想要赶紧出来。却没有多少成效。

一只垩灵突然来到他跟前，开始攻击法线。

乔尔往后一跳，抓起他的金币，想要用它把这个造物赶走。可是它对乔尔和金币没有一丝理睬。

乔尔这才意识到，那只垩灵是一头独角兽。

他朝旁边望去，看见在他前方，走廊远处的角落里，有人正探头探脑地看向这边。梅乐蒂又画了一只独角兽，并派它过来帮忙。乔尔退后两步，惊讶于独角兽居然这么快就在纳利扎的法线上打出这么多窟窿。

她可真是擅长这些。乔尔心想。与此同时，两只独角兽打穿了一大块区域，足够让他挤出来了。乔尔浑身是汗，朝梅乐蒂飞奔过去。

“梅乐蒂。”他小声说。只要他不大喊大叫，静默线就不会偷走他的声音。他猜测是因为小声说话声音传不远，不会碰撞并激活法线。

“乔尔，”梅乐蒂说，“情况很不对劲。不论校门还是办公室，连一个警察都没有。我去砸教授的门，可是没人回应。那边躺在地上的是纳利扎教授吗？”

“是的，”乔尔说，“梅乐蒂，走吧，咱们——”

“你打败他了！”梅乐蒂站起身来，吃惊地说。

“没有，我觉得我冤枉他了，”乔尔心急火燎地说，“咱们得——”

哈丁走出房间，朝他们这边看过来。他挡在他俩去楼梯井的道路上。梅乐蒂发出尖叫，大部分声音都被闷住了，乔尔咒骂一句，拖着她一道连滚带爬地沿着走廊逃命。

宿舍楼的走廊是一个方形，寝室分布在走廊的内外两侧。只要能绕过一圈，他们就能到达楼梯。

梅乐蒂跑在乔尔身旁，忽然猛地把他推向一旁。“我的房间，”她拿手一指，说，“爬窗出去。”

乔尔点点头。梅乐蒂一把推开门，正看见垩灵从打开的窗户爬进屋里。它们像一大群白色的蜘蛛漫过墙壁。哈丁早就派垩灵包围了大楼外面。

梅乐蒂又尖叫起来，乔尔咒骂一句，一把甩上房门。这一回，尖叫声不像刚才那样喊不出来了；他们离静默线远一些了。

那些垩灵爬过门下方的缝隙。其他垩灵则从哈丁的方向沿着走廊急匆匆地赶过来。乔尔推着梅乐蒂走向楼梯，却突然不动了——另一群垩灵正从楼梯方向过来。

他们被包围了。

“哦，吃灰的，吃灰的，吃灰的。”梅乐蒂说。她赶紧跪到地上，在两人周围画了一个环阵，又在环阵外面加上一个用禁界线画成的正方形，“我们完蛋了。我们死定了。”

哈丁绕过走廊拐角。他整个人像一道黑色的剪影，既不说话，也不发出脚步声。垩灵开始撕扯梅乐蒂画的正方形，哈丁停下脚步，伸手拧动一旁灯上的发条钥匙，灯光照亮了走廊。

就着半明半暗的灯光，他的样子似乎比在黑暗中更加扭曲了。

“跟我说话！”乔尔说，“哈丁，你是我的朋友！你这是在干什么？你在内布拉斯科到底出了什么事？”

哈丁在地板上画了一条他改良过的威力线。梅乐蒂的正方形已经失效了，垩灵开始对她的环阵发起攻击。它们蠕动着，颤抖着，仿佛正渴望着吞噬乔尔和梅乐蒂的血肉。

突然，走廊里响起一个声音，声音清晰，充满愤怒。

“休想动他们一根毫毛！”

哈丁朝那人转过身去。那人站在走廊尽头，身上穿着学士服，却没有系上扣子，一只手里拿着一支粉笔。

是费奇教授。

乔尔画的
当晚阵学宿舍楼
二楼情景草图

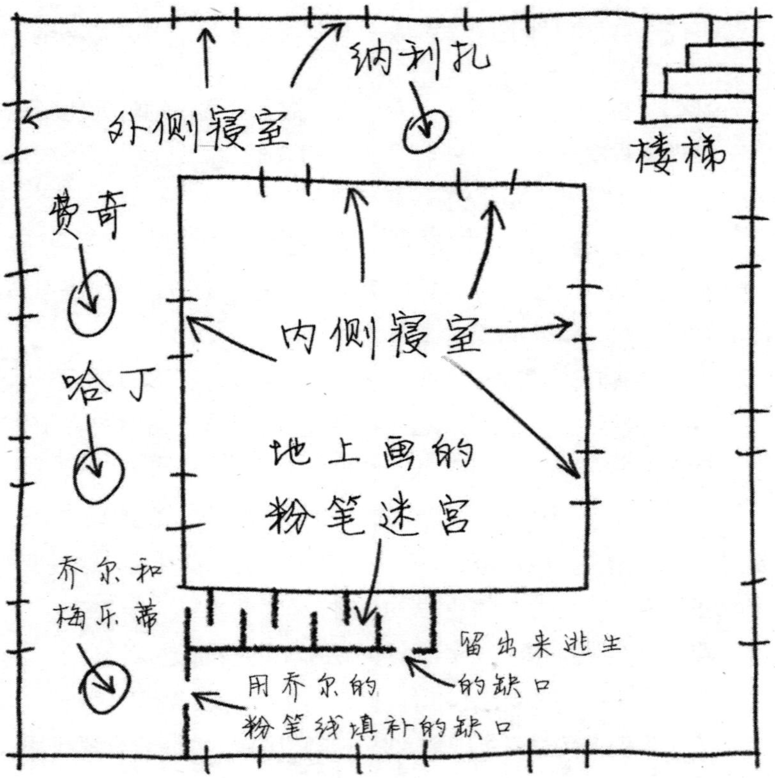

第二十四章

费奇教授浑身发抖。乔尔隔得很远都能看出来。垩灵群掉过头去，离开乔尔和梅乐蒂，冲向教授。

哈丁举起步枪。

费奇跪下来，在地板上画了一条禁界线。咔嚓一声巨响，一股气体猛蹿出来，那支步枪开枪了。

子弹穿过走廊，撞到法线所形成的墙上，在距离费奇脑袋只有几英寸的地方停住了。子弹失去了它的动能，被向后推开了，咔哒一声掉在地上。

这时，哈丁第一次发出了声音，一声愤怒的长啸，却被静默线压抑住了。不过这声音还是大得让费奇有了一丝动摇，他抬起头来，眼睛因为恐惧而大睁，竟有些不知所措。

这时他看着乔尔和梅乐蒂，两人正被困在自己岌岌可危的环阵里。费奇咬紧牙，双手也停止了抖动。他低头看着气势汹汹向他扑来的垩灵群，同时伸出两只手，猛地将粉笔抵在自己身体两边的地板上。

他开始作画了。

乔尔站直了身子，震惊地看着费奇一旋身子，用粉笔画出了双层守御线，两条线都画得十分精准。费奇又在环阵外层以极快的速度一个接一个地画了许多小型圆圈，一只手画圆的同时，另一只手还在圆圈内部画出一条禁界线，作为锚定。

是泰勒防御阵。

“教授……”乔尔喃喃道。防御阵布置得毫无瑕疵。十分壮观。“我就知道你能行。”

“是呀，乔尔?”梅乐蒂说，“喂。听我说。咱们得从这儿出去。”

她跪下来，用粉笔除掉围绕着他们的守御线。

“不行，”乔尔低下头，看着她说，“梅乐蒂，那些垩灵不是天然的。费奇不可能战胜它们。那些东西根本没有办法摧毁。咱们必须去帮助他。”

“怎么帮?”

乔尔回过头。“把咱们周围剩下的这些线全都除掉。”

梅乐蒂赶紧照做。与此同时，乔尔跪下来，从自己的口袋里掏出一截蓝色粉笔。

“嘿，你也开始随身带着粉笔了!”梅乐蒂吃惊地说。

“是我父亲的粉笔，”乔尔一边说，一边在地板上画出一个长长的矩形迷宫图案，“到那边走廊上照这个画。能画多长就画多长，然后在这一边和另一头留出这样一个小的开口。”

梅乐蒂点点头，然后跑过去作起画来。

“这样做有什么用?”她问道，同时手上一刻不停。

“等着瞧吧。”乔尔说着，旋过身来，面对哈丁和费奇。费奇狂暴地画着，他的画比纳利扎强多了。他已经设法将十几个涂鸦者的垩灵困在方形禁界线里。

不幸的是，他的外层防御阵地也几乎被吃光了。像这样他坚持不了多久。

乔尔给了梅乐蒂尽可能长的时间，然后喊道：“嘿，哈丁！”

探员转过身来。

“周三夜里，”乔尔说，“你想杀我来着。现在你有机会了。因为如果你不杀我，我就去找人帮忙，然后——”他打住话头，尖叫起来。显然哈丁用不着任何鼓励，因为足有三分之一的垩灵开始沿着走廊朝乔尔和梅乐蒂爬了回来，顿时让疲于招架的费奇压力大减。

乔尔转身沿着走廊飞跑。梅乐蒂画得非常快，尽管线条并不算直，但也够用了。乔尔跑进梅乐蒂画的粉笔走廊。左右两边都是禁界线，他忽左忽右地通过这座短短的法线迷宫。

如他所料，垩灵也在他身后蜂拥而入。要是垩灵知道乔尔画的那段线条不是阵学法线，它们本可以越过线条，直扑梅乐蒂的。不过，就跟以前一样，垩灵跟人一样被一条冒牌法线耍了，至少一开始是这样。

乔尔从迷宫尽头留的洞里钻出来。“把它封死！”

梅乐蒂赶紧照做，挡住了垩灵。那些东西立刻调转方向，回头要从迷宫前面的开口跑出去。

“快来！”乔尔一边跑，一边说。梅乐蒂则跟在他身旁。垩灵要想抵达另一头，非得忽左忽右地绕弯过去。两人领先一步，迈过乔尔用非阵学线填上的缺口，然后梅乐蒂封死了迷宫的入口。

她站起身来，拍拍手，被困在里面的垩灵愤怒地抖动起来。它们开始攻击墙壁。

乔尔转过身喊：“梅乐蒂！”另一群垩灵已经从费奇教授那里脱

离出来，直扑他和梅乐蒂。

梅乐蒂尖叫一声，画出一条法线横断走廊，又顺着两侧墙壁画下法线来保护自己和乔尔。

这样一来，他们又被困住了。哈丁把第二批垩灵留在那里，撕咬着将乔尔和梅乐蒂隔离出战场的法线。

"我们尽力了，教授！"乔尔喊道，声音不大，刚好不让静默线发挥作用。然后，他更加轻声地说，"加油……"

费奇不停地画着，脸上挂着全神贯注的神情。每当他似乎有些动摇时，他都会抬头看一眼遭到垩灵围攻的梅乐蒂和乔尔。他的表情越发坚定，并且继续着他的战斗。

哈丁——涂鸦者——咆哮一声，开始向费奇发射他的加强版威力线。教授熟练地画出禁界线，不仅用来抵挡，而且反弹开了威力线。

乔尔气喘吁吁地关注着费奇的每一个动作。与此同时，梅乐蒂忙着在每一个眼看就要被垩灵攻破的地方画下增援的法线，苦苦支撑着他们的防御阵地。

"加油……"乔尔重复道，"你能行的。"

费奇左右开弓，激烈地战斗着。他的防御手段十分老到——他引诱垩灵冲向薄弱区域，然后将它们封到禁界线里。

随后，费奇微微一笑，伸手照着哈丁刚才的样子，画出一条锯齿形的威力线。

这条线穿过房间，命中大吃一惊的探员，轰得他朝后倒去。哈丁闷哼一声，撞到地上。他哼哼着重新站起来，围着自己画了一条守御线，又在前方画出一条禁界线。

哈丁什么时候变成阵学师了？乔尔第一次意识到其中的蹊跷，那条守御线完美得简直不像出自人手。而且他的粉笔在步枪枪尖上，那条线竟然是他隔空画出来的！

费奇丝毫不为所动。他熟练地让两条威力线反弹着绕过哈丁正面的防御墙。哈丁被迫又在自己两侧画下禁界线。

这时，费奇又让一条威力线撞上梅乐蒂画的法线墙，反弹回来击中哈丁防御阵的后方。

“哇哦!”乔尔说。

哈丁一声怒吼，又在自己身后画了一条法线。

“哈!”费奇欢呼一声。就在这时，垩灵也突破了他的环阵。

“教授!”乔尔喊道。

费奇却站起身，跳出圈子，任由成群的垩灵扑了进去。垩灵迟疑了，费奇则飞快地画出一条禁界线封住圆圈，把垩灵通通封进他自己的防御阵里。然后他赶紧跑过走廊，画了一条横穿走廊的禁界线，封住进攻梅乐蒂的法线的垩灵。

终于，他朝哈丁转过身去。这个身份可疑的人站在那儿，两眼一直笼罩在阴影里。他脸上没有了微笑，只是在那等着。这个造物知道，要不了多久，垩灵就能冲出来，再次发起进攻。

“教授，”乔尔轻声说。他忽然想起一件事情。虽然成功的可能性微乎其微，但是……

费奇朝他转过身来。

“钟，”乔尔说，“找座钟来。”

费奇皱起眉头，不过还是照他说的做了。他快步冲进一个学生的房间，而后带着一座钟回来，把它冲着乔尔举起来。“要我拿它做什么?”

“砸开钟面，”乔尔说，“让这些畜生看见里面的齿轮!”

费奇照着他的话，孤注一掷地撬开钟的正面。他举起钟来，展示出里面的齿轮。哈丁惊恐地扔掉步枪，举起双手，向后躲闪。

费奇上前一步，让他看着咔嗒作响的齿轮、盘成一圈一圈的发条、快速旋转的摆轮。哈丁高声尖叫，借着仅有的一盏灯的光线，乔尔看见那东西的影子开始颤抖、扭曲。那影子的边缘变得参差不齐，看起来就像是炭笔画出来的一样。

“深渊啊!”费奇说，“是个无忆!”

“这吃灰的无忆究竟是什么!”乔尔说。

“内布拉斯科的一种生物，”费奇说，“就是它们统领着野生垩灵。可是……无忆怎么可能一路来到这里？还附在哈丁身上！我从来都不知道还有这种可能。这太可怕了，乔尔。”

“你最后说的那两句我倒早就料到了，”乔尔说，“咱们怎么弄死它?”

“用酸液，”费奇一边说，一边又把钟往前送了送，“咱们需要酸液!”

“梅乐蒂，让我从后面出去。”

“可是——”

“照我说的做!”乔尔说。

梅乐蒂来到后面，消除掉法线。乔尔飞快地冲过走廊，找到第二桶酸液所在的位置。他抓起那桶酸液，然后跑回楼上。他从另一个方向绕过走廊，经过仍旧躺在地上的纳利扎，来到费奇教授的身后。

乔尔在教授身旁犹豫片刻。不远处，被费奇困在防御阵里的垩灵冲了出来，密密麻麻地爬过地板。

乔尔深吸一口气，然后把那桶酸液朝哈丁脚边泼过去。酸液冲走禁界线和守御环阵，一直泼到哈丁的影子上。

那影子消解了，仿佛真是由炭黑构成的，或者是粉笔。黑色溶解在酸液里。

探员尖叫起来，然后瘫倒在地上。

垩灵瞬间停在了原地。

一切都归于沉寂。

乔尔浑身紧张，盯着那些垩灵，等待着。它们仍旧一动不动。

我们打败他了，我们成功了！

“天哪，天哪，”费奇说着，抬起手抹了抹眉头，“我真的赢了一场决斗。这是我第一次实打实的获胜！我的两只手都没有发抖。”

“你干得太棒了，教授！”乔尔说。

“好吧，我都不知道呢。不过，那个，你们两个孩子走了以后，我，我就怎么也睡不着了。我当时的态度那么差。而且，嗯，到目前为止，你说对过那么多次，而我听都不听就把你打发走了。所以我出来找你，又看见这栋楼前面的警察，于是……”

他顿了一顿。“我说，”费奇教授用手指着说，“那些东西怎么了？”

乔尔朝垩灵瞥了一眼。它们颤抖得比平常更剧烈了，然后开始膨胀。

坏了。乔尔心想。“快把关着它们的法线消除掉！快！”

另外两人不可思议地盯着他。

“相信我！”乔尔说。与此同时，垩灵开始慢慢成形了。费奇赶紧跑到他的防御阵那儿，动手把刚才被他关进小方格子里的垩灵放出来。梅乐蒂给了乔尔一个“你最好知道自己在干啥”的眼神，然后弯下腰去消除自己的法线。

第一批垩灵“砰”的一下变得立体起来，长成了乔尔之前眼看着被吃掉的那个女孩的样子。费奇吃惊地叫出声来，然后拿出另一支粉笔，加快速度释放垩灵，免得里面的人因为空间有限而受到挤压。

不一会儿，乔尔、梅乐蒂和费奇周围就全都是昏迷不醒的人。其中有些人是学生——乔尔在新人里面认出了赫尔曼·莱伯——不过许多人是更为年长的阵学师，他们都穿着毕业生的学师服，是内布拉斯科战场上的阵学师。

“威廉?”梅乐蒂看着其中一个年轻的阵学师问。那人也是一头红发。

“吃灰的，这是在哪儿?”那人问，“梅尔?这究竟是……?”

梅乐蒂一把搂住她的兄长，那位年轻人也停止了问话。

就在这时，乔尔听见了脚步声。纳利扎气喘吁吁地绕过拐角赶了过来。他手里攥着粉笔，身上仍然在淌着酸液。

“我要去救——”他话说到一半，顿了一顿，“哦。”

“嗯，”乔尔说，“来得正好，教授。”他一屁股坐到地上，倚着墙，感到精疲力尽。

梅乐蒂走过来，两手叉着腰。“这就累坏了?”她微笑着问，她那困惑不已的兄长则跟在她身后。

“真是悲剧，嗯?”乔尔问。

“一点儿没错。”

高级伊司顿防御阵

图形的这一侧圆圈更多，拥有更强的防御力。聪明的阵学师会首先专心对付东南方向的敌人，因为那里防御薄弱，但是空间更多。

阵学师在图形外围添加了大量防御性垩灵。这是占据伊司顿防御阵上大量连接点的好方法。

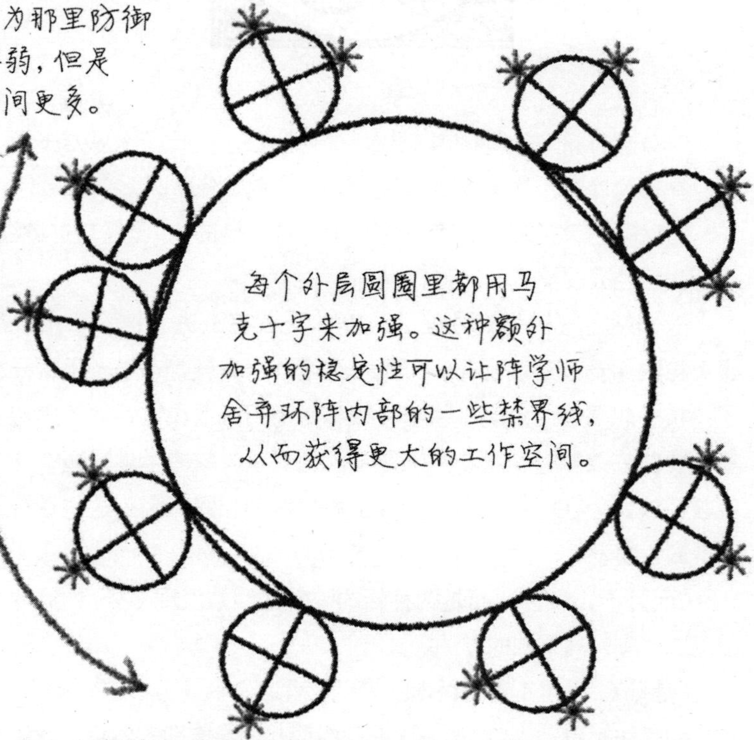

对比观察基础伊司顿防御阵和高级阵学师所画的伊司顿防御阵，可以有更多收获。注意，伊司顿防御阵本身就很难布置，所以在压力之下，即便是完成基础阵型也可被视作了不起的成就。

第二十五章

“我想咱们都该对纳利扎教授说一句抱歉，对吧?”约克校长问。

乔尔耸耸肩。“我得先跟艾克斯顿道个歉，先生。”

约克嘿嘿笑了起来，嘴上的胡子一抖一抖的。“已经道过歉啦，小子，已经道过了。”

他们站在守御讲堂外面，成群的人们正走进大楼，参加混战集。打败涂鸦者后混乱的一天刚一结束，约克就宣布校园重新开放了。校长想要借此表明，阿尔美狄乌斯仍旧无所畏惧；他还打定主意，要让公众知道，重新回来的不仅是那些失踪的学生，还有几十位曾经被认为在内布拉斯科牺牲了的阵学师。媒体因为这些猛料激动得简直要发疯。

“而且不止一种，而是两种新的阵学法线被发现了。”约克背着手说，一副兴高采烈的样子。

“是呀。”乔尔不置可否地回答。

约克注视着他。“乔尔，我有一些朋友领导着别的学院，我给他们写了些信。”

乔尔转过头来。

“我想，有鉴于最近发生的这些事情，或许可以说服他们履行当初跟你父亲之间的合同。阿尔美狄乌斯肯定会履行的。未必是你父亲希望得到的那么多钱，小子，但我会偿清你母亲的债务，并且还有富余。我们欠你和费奇教授的。”

乔尔咧嘴笑了笑。“你的谢意里还包括混战集上的好座位吧，对吗?”

“早就给你留好了，孩子。在前排。”

“谢谢!”

“我想应该是我们谢谢你才对。”约克说这话时，注意到几个人正朝这边过来。其中一个正是骑士参议员凯洛维。

“啊，”约克说，“失陪了，有几位政客需要招呼一下。”

“当然，先生。”乔尔说。

乔尔在那儿站了好一会儿，看着人们走进宽阔的大门，到里面的竞技场落座。艾克斯顿和弗洛伦丝一块儿过来了。这两个人最近似乎远不像以前那么爱争吵了。

哈丁被解除了职务，但是他宣称自己并不记得发生了什么。乔尔倾向于相信他的话。他亲眼见过哈丁身上发生的变化。其他权威人士却没有那么容易理解。显然，无忆以前从来没有过那样的行为。

乔尔开始怀疑，在灵选室里造就阵学师的过程也有可能发生在内布拉斯科。那本本来不该让他读的书里说过，灵选礼中涉及一种名叫“影火”的东西。

他在灵选室里见过一个。他问过另外一些没有成为阵学师的人，他们都没见过那东西。而他早就知道，包括梅乐蒂在内，所有阵学师都不愿说起那番经历。

乔尔搞不清楚他为什么会看见影火，以及为什么他没有因此而变成阵学师，不过他的经历似乎说明，灵选的整个过程远比大多数人所知道的还要复杂。

哈丁从来没有拥有过阵学能力的历史，他也没有能力再画出法线了。不知道无忆对他做了什么，是它给了哈丁这种能力。这也是灵选礼上影火对某些人所施加的影响吗？

这就给了乔尔一个很不舒服的认知。成为阵学师，不光有一个途径。其中有些途径会涉及一些阴暗凶残的东西。除此之外，还有其他办法吗？

希望又出现了。乔尔不知道这究竟是好事还是坏事。

“乔尔！”艾克斯顿说。这个胖乎乎的男人加快脚步赶了过来，抓起乔尔的手，“真是太谢谢你了，小子。费奇告诉我说你一直都相信我，怕他们把我投进了监狱里。”

“哈丁差一点儿就把我说服了，”乔尔说，“可是有些地方就是说不通。探员搜查办公室的时候，肯定暗中放下了对你不利的证据。”

艾克斯顿点了点头。莉莉·怀汀和查尔斯·凯洛维两人都已经指认哈丁就是涂鸦者了。

“唉，小子，”艾克斯顿说，“你是一个真正的朋友。我认真的。”

弗洛伦丝笑了。“这是不是说，你以后不会再跟他发牢骚了？”

“这我可说不准，”艾克斯顿说，“要看他有没有打扰我工作！另外，说起工作，还要在混战集上当裁判。要是我没被放出来，那就老天保佑大家吧——除了我之外，没有人对这天杀的比赛规则熟悉到能当裁判的程度！”

这两人一起朝竞技场走去了。

乔尔继续等在外面。按照传统，阵学师们要一直等到大部分人都落座了才会来，今天也不例外。学生们陆续赶来了，进门时，艾克斯顿让他们抽签决定各自——他们想要的组队，那就是他们的队伍——要去竞技场上的哪个区域开始作画。

“嘿。”乔尔身后响起一个声音。

他冲梅乐蒂笑了笑。梅乐蒂穿了一身标准的裙子和外套。不过这条独特的裙子上有分衩，并且长及脚踝，方便跪在地上作画。她八成还在裙子下面戴了护膝。

“来看我被人杀得片甲不留?”她问。

“喂，不管今天战果怎样，”乔尔说，“你都已经从涂鸦者那里救出了三十来个阵学师了。这场比赛的获胜者将不得不面对一个事实：当你在奋力拯救所有六十座岛屿的时候，他们都还在房门后面打呼噜呢。”

“说得好。”梅乐蒂道，同时又做了个鬼脸。

“怎么啦?”乔尔问。

她指了指一小群身穿学士服的人。乔尔在里面认出了梅乐蒂的兄长威廉。

“你爸妈?”他问。

梅乐蒂点点头。

他们看起来不像是不好相处的人。没错，梅乐蒂的母亲梳着非常讲究的发型，还化着精致的妆容，父亲则有一个近乎完美的方下巴，而且身材魁梧，不过……

“我想我明白你的意思了，”乔尔说，“很难够得上他们的标准，对吧?”

“是啊，”梅乐蒂说，“相信我。当个粉笔匠的儿子可比这强多了。”

“这话我记住了。”

梅乐蒂的父母和兄长进了大门，她夸张地大声叹了一口气。“我猜我还是去接受羞辱吧。”

“我敢说，不管待会儿发生什么，”乔尔说，“你的表现都会十足壮观。”

梅乐蒂走开了。乔尔正要跟上去，却看见一群阵学师一块儿赶来了。一共十二个人，都穿着红色衬衣，下身搭配白裤或者白裙。纳利扎队来了。

教授本人走在前面。光是靠着拉帮结派，他怎么那么轻易就让一群学生变得那么傲慢、那么排外？那些学生一个接一个地走进门里，纳利扎则抱着胳膊站在门边。

乔尔一咬牙，逼着自己跟在纳利扎身后走进大楼。他看见教授沿着右边一条短廊，走向通往观察室的楼梯。

乔尔赶紧跟了上去。大堂里没有人了，尽管乔尔能听见人们说话的嗡嗡声透过不远处的竞技场大门传过来。

“教授。”乔尔说。

纳利扎朝他转过头，却只是瞥了他一眼，就继续走路了。

“教授，”乔尔说，“我想向您道歉。”

纳利扎再次转过身来，这一次他的目光对上了乔尔，像是刚刚才看见他似的。“你要道歉，是因为告诉别人说我是绑架犯。”

乔尔脸上没了血色。

“没错，”纳利扎说，“我听说过你的指控。”

“那个，我错了。”乔尔说，“对不起。”

纳利扎挑起一道眉毛，不过这就是他仅有的回应。或许从他的角度来看，这算是接受道歉了。

“您追逐哈丁，一路来到这里，来到阿尔美狄乌斯。”乔尔说。

“是的，”纳利扎说，“我知道有什么地方出了纰漏，但是在内布拉斯科，谁都不相信我。哈丁似乎是最大的嫌疑人。我以一个特别的名义获准离职，然后来到这里。当有人开始失踪时，我知道我是对的。然而，无忆可能十分狡猾，我也需要证据才能作出指控。毕竟，你大概也知道，对无辜的人发起指控，那滋味儿实在是不好受。”

乔尔咬了咬牙。“那他究竟是什么东西?”

“无忆，”纳利扎说，“多读文献。上面的答案足够了。”

“文献上并没有细节。没人愿意说起它们。我正希望——”

“我可不想跟非阵学师聊这些事情。”纳利扎断喝道。

乔尔深吸一口气。“那好吧。”

纳利扎又一次挑起眉毛。

“我不想吵架，教授。毕竟，我们都在朝着相同的目标努力。如果我们互相帮助，那没准儿我们能获得更大的成就。”

“最能获得成就的办法，”纳利扎说，“是你别挡我的道。要不是你冒冒失失地泼出酸液，我肯定有能力干掉那个愚蠢的哈丁。现在，不好意思，我得走了。”

纳利扎迈步走开了。

肯定有能力……？乔尔皱起眉头。“教授？”

纳利扎停下脚步，头也不回地问：“又怎么了？”

“我只想祝你好运——就像两天前一样。”

“两天前有什么好运？”

“哈丁没有朝你开枪呀，”乔尔说，“他朝费奇开了一枪。可是和你作战时，他并没有开枪，尽管你一开始并没有画禁界线来阻挡射击。”

纳利扎默不作声地站着。

“还有，”乔尔补充道，“你失去知觉后，他也没有派垩灵去攻击你。这也是够走运的。他没有理睬你，而是去继续对付学生。如果我是他，我肯定先把这个最大的威胁——这个训练有素的成年阵学师——变成垩灵。”

乔尔扬起头，没等他意识到自己在干什么，结论就已经冲口而出。吃灰的！他心想，我刚跟他道过歉，这会儿我又指控他了！我可真是对这人穷追不舍啊。

他张张嘴，正要收回自己刚才的话，却忽然愣住了。纳利扎半转过身子，脸上像是笼着一层阴影。

“这结论有意思。”教授静静地说，语气里带着嘲讽。

乔尔踉跄着朝后退去。

“还有呢?”纳利扎问。

“我……”他一下子被呛住了，“哈丁。控制他的东西似乎并不太……聪明。它自己封在它自己的禁界线里，而且它并不会指挥调度自己的垩灵，所以才让梅乐蒂和我逃跑了。它也不会说话，除了咆哮，或者想要高声叫喊。

“可是，”乔尔接着说，“整个阴谋却相当复杂。不仅要陷害艾克斯顿，还要抓走最合适的学生，从而引起恐慌，并且最终让大部分阵学师都躲在学校里。这样一来，就能把他们一网打尽了。我们与之作战的东西似乎只有晚上才能出来。白天则是哈丁本人占据支配地位。而他并没有制定这些计划，无忆似乎也没有聪明到这种程度。这就让我忍不住想……会不会还有人在从旁协助？也许是更聪明的什么东西?”

纳利扎整个儿转过身来。他高高站着，整个人似乎变得有些异常。就像那天乔尔抬头看向窗户，纳利扎则低头注视着他一样。

纳利扎的傲慢态度不见了，取而代之的是冷酷的算计。仿佛那个年轻的校园新贵不过是一个伪装出来的角色，精心扮演，好让所有人都恨他，同时又不把纳利扎看成是一个威胁。

纳利扎信步走上前来。乔尔开始浑身冒汗，向后退了一步。

“乔尔，”纳利扎说，“你这样子像是身陷险境了。”在他的眼睛后面，一个黑暗的东西一闪而过——一道边缘参差不齐、像炭笔画一样的黑影。

“你是谁?”乔尔小声说。

纳利扎笑了笑，在乔尔面前几英尺的地方站住了。“一个英雄，”他轻声说，“就像你自己说的。一个没人喜欢但被大家公认的好人。一个前来拯救学生的教授，尽管他来得太迟——能力也太弱，没能打败敌人。”

“这是个阴谋。”乔尔说。他回想起纳利扎在宿舍楼里看见乔尔时那吃惊的样子，还有他看见哈丁时的反应。纳利扎看见哈丁时似乎并不吃惊，更像是……恼怒。像是意识到自己刚刚惹上麻烦了。

纳利扎会不会就是在那个时候才改变计划，转而像个英雄一样同哈丁作战，来糊弄乔尔呢？

“你当时想让我活着，”乔尔说，“你自己就躺在那儿，假装失去了意识，与此同时，你的仆从把学生变成垩灵。你本来打算到这时候冲上去，救下几个学生。这样一来，你就成了英雄，而阿尔美狄乌斯仍将损失惨重。”

乔尔的声音在空荡荡的走廊里回响。

“要是其他人听见你说这么伤人的话，”纳利扎说，“他们会怎么想？就在几天前，你还公开说我是个英雄。我敢说这会让你看起来十分的自相矛盾啊。”

他说得没错，乔尔麻木地想，他们现在绝不会相信我。毕竟我还亲自为纳利扎做过担保。而且，梅乐蒂和费奇也能证明纳利扎到最后的确过来帮忙了。

乔尔盯着教授的眼睛，看见那双眼睛后面又有黑暗的东西在涌动——那东西真实可感，用一团变动不拘的黑色笼罩着眼白。纳利扎朝乔尔点点头，仿佛在向他致意。这个傲慢的教授会有如此举动似乎有些古怪。“我……很抱歉，过去总是忽视你。你瞧，我很难搞清楚你们这些普通人谁是谁。你们看起来都一样。可是你……你很特别。我很好奇他们干吗不想要你？”

“我是对的，”乔尔喃喃道，“一直以来，我对你的怀疑都是对的。”

“哦，那你就大错特错了。有一小块拼图，你以为你知道，其实你一无所知。”

“你究竟是什么？”乔尔重复道。

“一个老师，”纳利扎说，“也是一个学生。”

“图书馆里的那些书，”乔尔说，“你根本没有专门查找任何东西——你只想知道我们对阵学有多少了解。这样你就能判断人类的强项有哪些。”

纳利扎什么也没说。

他是冲着学生来的。乔尔意识到，在内布拉斯科的战争——几个世纪以来，垩灵一直没能取得重大突破。我们的阵学师太强大了。可是如果一个像纳利扎这样的造物能赶在阵学学生完成训练之前就把他们除掉……

新的阵学师只有在老的阵学师死去之后才能产生。如果阵学师没有死去，而是所有人都变成了垩灵之类的野兽，会发生什么？

不会再有阵学师了。内布拉斯科也不会再有法线了。

不久前的这些遭遇沉甸甸地压到乔尔身上。“那你让纳利扎本人已经死了，对不对？”乔尔说，“当初在内布拉斯科，他冲进缺口去寻找梅乐蒂的哥哥时，你就占据了他的身体……当时哈丁也跟他在一起，对不对？梅乐蒂说纳利扎当时带了一队人进去，这里面一定还包括士兵。你占据了他们两个，然后你来到了这里。”

“我看我得留你一个人想一想了。”纳利扎说。

乔尔把手伸进口袋，一把掏出那枚金币，护身符一样冲着纳利扎举了起来。

那造物看了看它，然后一把将它从乔尔手中夺了过来，又把金币冲着阳光举起来，看着里面的发条结构。

“你知道对我们当中的有些人来说，为什么时间如此让人迷惑吗？”纳利扎问。

乔尔不说话了。

“因为那是人类生造的。人类把它切分开来。一分还是一秒本质上并不重要。那不过是些想象中的分割，由人类所制定和编造出来的。”他看着乔尔，“然而在人类的手中，分，秒，小时，这些东西又都是活的。异想天开变成了客观规律。对于外人来说，这些规律可能会让人心烦意乱，让人迷惑，让人恐惧。”

他把金币丢还给乔尔。

“我们中的其他人，”他说，“需要花费更大的精力去理解它——因为人很少害怕他能理解的事物。那么，恕我失陪了，我要去赢得一场比赛。”

乔尔无助地看着那个冒充纳利扎的造物的身影消失在楼梯上方——它去跟别的教授会合了。它失败了，但它一定不会善罢甘休。

纳利扎对他亲手调教出的队伍有什么打算呢？为什么要组建一支对他效忠的年轻阵学师队伍？赢得混战集的人将在内布拉斯科被安排到重要的岗位上。成为领导……

吃灰的！乔尔想到这里，赶紧回身朝决斗竞技场跑去。他必须采取行动，可是要怎么做呢？没人会相信他有关纳利扎的看法。至少现在不会。

学生们已经在赛场上就位了，有些学生独自参赛，其他人则组成队伍。乔尔看见梅乐蒂了。很不幸，她抽到了一个非常糟糕的起始位置，靠近竞技场的正中央，周围强敌环伺，待会儿她不得不同时抵御四面八方的进攻。

她跪在那里，低着头，塌着后背，样子十分沮丧。乔尔心头一紧。

如果纳利扎的学生赢得混战集，那么接下来在内布拉斯科最后一年的训练当中，他们将会获得领导其他学生的地位。纳利扎想要他们赢——他想让自己的人得到权力，执掌大局。绝不能让他得逞。

绝不能让纳利扎的学生在混战集中取得胜利。

乔尔朝旁边看了看。艾克斯顿正跟城里来的几个书记员聊着天，待会儿他们要当艾克斯顿的助理裁判。比赛时，他们需要密切关注场上状况，确保一旦某个守御环阵被攻破了，环阵里面的阵学师就会立刻被判出局。

乔尔深吸一口气，朝艾克斯顿走去。“有没有哪条比赛规则，禁止非阵学师参加混战集？”

艾克斯顿愣了一下。“乔尔？怎么啦？”

“有没有这类禁止条例？”乔尔问。

“哦，这倒没有，”艾克斯顿说，“不过，你必须得是阵学教授的学生，所以非阵学学生并没有资格参加。”

“除了我。”乔尔说。

艾克斯顿眨眨眼。“啊，是的。我想，从技术上讲，教授暑期选修课的研究助理也算数。可是，乔尔，非阵学师上场比赛也太蠢了！”

乔尔的目光扫过赛场。今年上场的有四十来个学生。

“我要加入费奇教授的队伍，”乔尔说，“我要上场和梅乐蒂一起比赛。”

“可是……我是说……”

“就让我上场吧，艾克斯顿。”乔尔一边说，一边跑上场去。

他一上场就引起一阵骚动。学生们抬起头来，观战的人们也交头接耳起来。梅乐蒂却没有看见他。她一直跪在那儿，低着头，对乔尔进场所引起的窃窃私语声和偶尔的大声嘲笑充耳不闻。

钟声响起，宣布时间到了。现在是中午，钟声响十二次，学生们就可以开始作画了。四十个学生把粉笔抵在黑色的石质地板上，响起了四十个咔嗒声。

乔尔跪下来，让自己的粉笔抵在梅乐蒂身旁的地面上。

梅乐蒂吃惊地抬起头。“乔尔？吃灰的，你在干什么？”

“来烦你呀。”乔尔说。

“啊？”

“你到场上来接受羞辱，却没有叫上我！”

梅乐蒂愣了一愣，随后笑了。“傻瓜，”她说，“你会比我还早出局，可这又证明不了什么。”

“我可没打算出局，”乔尔拿起自己的蓝色粉笔。第六声钟声响起。“我怎么画，你就怎么画。”

“什么意思？”

“照着我画的描。吃灰的，梅乐蒂，你整个暑假都在练习描红！我敢打赌，你比在场的所有人都描得更好。你只要看见蓝色，就用白色粉笔把它描上。”

钟声响过十二次，乔尔画起画来。他围着两个人画了一个巨大的圆圈，梅乐蒂紧随其后，分毫不差地描出他的线条。乔尔画完了，停下了动作。

“怎么啦？”梅乐蒂说。

“保险简单的打法吗？”

“吃灰的，才不要！”梅乐蒂说，“就算输，也要输得华丽绚烂！九点环阵！”

乔尔微微一笑，听着周遭纷纷作画的声音，双手一动不动。他几乎要相信自己就是个阵学师了。

他在头脑中切分环阵，同时再次把粉笔抵到地面上。他动笔了。

费奇教授安静地站在玻璃地板上，手里端着水杯，却并没有喝水。他太紧张了。他担心自己的手会发抖，把茶水泼得满身都是。

竞技场上方的观众室非常漂亮，的确漂亮。房间被漆成栗色，头顶光线暗淡，免得影响观看下方的比赛；方形玻璃之间是铁制的大梁，这样直接站到竞技场上方时就不会有太严重的眩晕感。

费奇总体上还是很享受在这里观看比赛，以及身为教授的特权。他在这个房间里看过无数场决斗了。可是，就算这样，他依然感觉神经紧张。

“费奇，你脸色好苍白。”一个声音说道。

费奇循声望去，是约克校长过来了。费奇想要通过笑一笑自我解嘲，却笑得毫无说服力。

“紧张了?”约克说。

“啊，嗯，很不幸，是的。我更喜欢冬至日决斗，托马斯。我通常并不会让学生参加这个比赛。”

“啊，教授，”约克说着，拍了拍费奇的肩膀，“就在两天前，你还干掉了一个无忆，吃灰呀，天哪。你肯定能承受得了决斗的一点点压力吧?”

“嗯，是的，当然，”费奇费力地笑了一笑，“我只是……好吧，你知道我多不擅长面对冲突。”

“毫无疑问，这根本算不上竞赛。”另一个声音说。

费奇转过头，隔着一群教授和社会名流，看见身穿红色学士服的纳利扎站在那儿。他穿的是曾经属于费奇的学师服——另一件被酸液毁掉了。

“我的学生得到了最好的训练，”纳利扎接着说，“我们整个暑假都在练习决斗。你们马上就会看到组织强大、快速的进攻的重要性了。”

强大、快速的进攻在决斗中能够漂亮地取得胜利。费奇在心里同意道，可是这会让人疏于防御训练，而在战场上，你很有可能会遭到围攻。

当然，纳利扎不会看到这一点。他的眼里只有胜利。费奇其实也不能责怪这个人——他还年轻。对于年轻气盛的人来说，尽快发起进攻似乎非常重要。

约克皱起眉头。“那家伙太傲慢了，真是让人看不顺眼。”校长轻声说道，“我很……抱歉，费奇，把这个人招进学校。早知道他会对你那样……”

“别胡说了，托马斯，”费奇说，“又不是你的错，一点儿也不是。随着年龄增长，纳利扎会明智起来的。何况，唉，他的确让这里有了一些变化。”

“变化并不总是好事，费奇，”约克说，“尤其是，你就是负责人，而且你喜欢现在的工作规范。”

费奇终于抿了一口茶。在他下方，他注意到，学生们已经在作画了。他错过了比赛刚开始的阶段。他的表情有些沉重，不太敢去寻找可怜的梅乐蒂。之前是为她好，才放慢了补课的进度。她还没有做好参加这类活动的准备。

于是费奇又紧张了。真是可恶！他心想，我怎么就不能自信一点，像纳利扎那样？那人总是一副自信满满的样子。

“嘿，”坎贝尔教授说，“那不是粉笔匠的儿子吗？”

费奇一愣，低头看向那宽阔的环形竞技场，差点儿把茶水泼了出来。在赛场的正中间，有两个人正在同一个环阵里作画。虽然规则并无禁止，但是这样做相当不同寻常——这意味着一旦环阵被攻破，就要有两个人出局，而这样冒险并不值得。

费奇看了一会儿才明白那两个学生究竟是谁。其中一人并没有穿阵学师的校服。那是一个仆人家儿子的扮相，虽然干净利索，却也毫无特点。

“哦，这可真是……”约克说，“这样子符合规则吗？”

“肯定不符合！”哈奇教授说。

“我看其实是符合规则的。”金教授说。

费奇盯着下方，头脑中计算着乔尔和梅乐蒂环阵上各点之间圆弧的弧度。“哦，小子，”他笑了笑，“你画得没有一点误差。干得漂亮。”

纳利扎溜达到费奇身旁，朝下看去。他的脸上已经换了副表情，之前的傲慢没了踪影，取而代之的只有恐慌，甚至是入迷。

是的，费奇心想，我相信他一定会是个不错的家伙，只要给他足够的时间……

乔尔拖着蓝色粉笔，画过黑色的地面。粉笔在他的手指间颤抖着。他画图时头也不抬一下。他被对手包围了——他需要知道的只有这一点。明察对他没有帮助。他需要防御阵。在能够发起任何形式的进攻之前，他需要强大有力的防御阵。

他潦草地画了一个半人半蜥蜴的图形，又把它连到连接点上。

“慢着，”梅乐蒂说，“你管这东西叫圣灵吗？”

“哦，呃……”

“这是个会走路的胡萝卜吗？”

“这是个蜥蜴人！”乔尔一边说，一边在另一旁修理一个刚被攻破的圆环。

“好吧，随便你。听我说，把圣灵通通交给我，成吗？只要在你想画圣灵的地方打一个叉号，我会根据战况画出来的。”

“你不是要画独角兽吧？”乔尔转过身去，背对着她，一边作画一边问。

“独角兽怎么了？”梅乐蒂在他身后大声问道，她的粉笔在地上发出刺耳的声音，“独角兽又高贵又——”

“又高贵又娘娘腔得令人发指，”乔尔说，“我还要考虑我的男子汉气概呢。”

“哦，闭嘴吧你，”梅乐蒂，“你要跟独角兽和谐相处的——没准儿还有花仙子，或者飞马什么的——你还要喜欢上这样。不然，大可以给你自己画个环阵，太谢谢你了。”

乔尔笑了笑，他没那么紧张了？这些线条画起来感觉驾轻就熟。他之前做过那么多练习，先是跟他父亲，后来独自在屋里，最后是跟着费奇教授。他怎么画都那么得心应手。

最先过来的是一拨又一拨垩灵，数量多得惊人。他抬头看见纳利扎的学生们——他们在决斗方面训练有素——已经消灭了一些对手。他们画得既快又有攻击性，这让他们在混战集的最初阶段获得了优势。但随着时间推移，这样做终将会害了他们。

乔尔和梅乐蒂，还有另外三四个倒霉的学生都在地板的正中央。纳利扎的学生们则围成一圈，包围了他们。显然，他们的计划是先消灭正中央的学生，然后同圈外的学生作战。

你在这些学生身上打的什么主意，纳利扎？乔尔心想，你对他们撒了哪些谎？

乔尔咬紧牙关——纳利扎的学生们位置非常好，乔尔和梅乐蒂的位置却相当糟糕。他们俩在敌人的包围圈里。

大拨的垩灵气势汹汹地扑向乔尔和梅乐蒂。然而，到现在为止，梅乐蒂画了十几头独角兽。伊司顿防御阵的一大特点——一个巨大的环阵上有九个连接点，每个连接点又分别连接有一个小的圆圈。每一个小圆圈理论上都能容纳多达五个连接于其上的垩灵。

有梅乐蒂在队中，这是一个十分醒目的优势。她画的那些小小独角兽撒着欢儿，在乔尔看来简直不成体统。可它们一边撒着欢儿，一边把敌人的巨怪、龙、骑士和污迹撕了个粉碎。纳利扎队的垩灵根本没有机会。随着垩灵的残躯越堆越多。梅乐蒂又画了两头独角兽来增强防御。

“嘿，”梅乐蒂说，“这其实还挺有意思的！”

乔尔看见她眉毛上沁出汗水，他自己的膝盖也因为跪得太久而生疼。可他还是同意梅乐蒂的话。

很快，许多条威力线开始轰击他们的防御阵，不仅把梅乐蒂的独角兽轰得七零八落——这让她大为光火，还在外围圆圈上打开了缺口。纳利扎的学生们已经意识到，他们必须杀出一条血路。幸运的是，乔尔早就用禁界线，把他们的防御阵锚定牢靠了。可能还画多了。梅乐蒂老是撞上禁界线，并且咒骂个没完。

乔尔必须有所行动了。纳利扎的学生们早晚会攻破的。

“准备好耍帅了吗？”乔尔问。

“还用问吗？”

乔尔画出了新的法线——那种介于威力线与禁界线之间的法线，被命名为消融线。他已经花了好几个钟头来练习它的画法。这种线比威力线更强大，不过其实也没有那么强。

然而，这很可能会对对手的士气造成很大冲击。梅乐蒂描下乔尔的线，而她的法线激射而出，穿过地板——运动的同时，顺便把原本乔尔画的线条掸没了。乔尔刚才瞄准的是一个没有正确地锚定

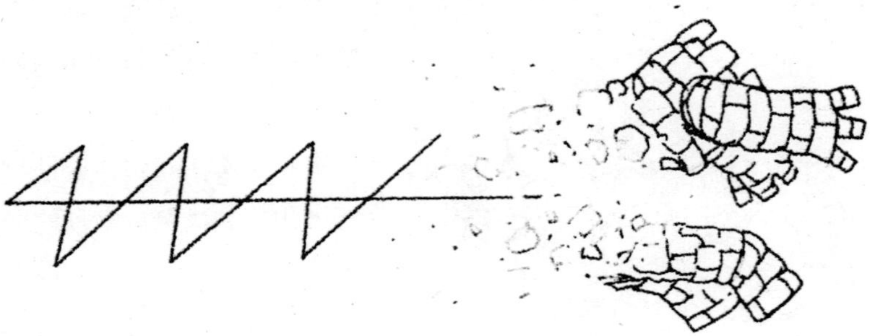

环阵的学生，他没有失望。乔尔的消融线命中那倒霉学生的环阵，将它撞松脱，偏移出好几英尺。

这种情况被判定为出局——毕竟，那学生现在是在自己环阵外面了。一名裁判赶过来，叫那个男孩离场了。

“干掉一个。”乔尔一边说，一边继续作画。

教授和岛上的官员们聚在一起，彼此低声交谈着。费奇站在乔尔和梅乐蒂的正上方默默观战。他看着两人的环阵一次次击退几十只垩灵的进攻。看着环阵承受着一轮轮狂轰乱炸却依然坚固。看着乔尔的射击——虽然并不频繁，却时机把握得相当准确——轰击着敌人的环阵。

他一边观战，一边感觉自己的紧张慢慢变成了骄傲。在他下方，两个学生以寡敌众，却不知怎地正在慢慢赢得胜手。纳利扎学生的环阵一个接一个地沦陷了，每一个都是被乔尔的一记精准射击所攻破。

梅乐蒂专心维护着她的垩灵部队。乔尔则会画下一个线条，然后耐心观察，直到发现敌人的进攻波次中出现漏洞。这时他会叫来梅乐蒂，梅乐蒂则相信乔尔的观察力和技术，头也不抬地描下他的消融线。

通常，两个人在同一个环阵里并不合算——两个环阵并肩作战用处更大。然而，考虑到场上还有非阵学师，这种战术就十分合理了。

“真了不起。”约克悄声说。

“两个人在同一个环阵里?”哈奇教授一直在说，“这肯定是犯规的。”

其他人则慢慢安静下来。他们并不在乎是否犯规。不，他们和费奇一样，不仅在观战，而且感同身受。他们下方那两个学生并不仅仅是在决斗——而是在作战。他们懂的。

“干得漂亮。”纳利扎低声说。这让费奇吃了一惊。他原以为这位年轻的教授会感到愤怒。“我得盯紧这两个学生了。他们可真了不起。”

费奇继续低头观战。他为自己竟会如此兴奋而感到吃惊。乔尔和梅乐蒂坚守在纳利扎队的包围圈里，从而打乱了敌人的战术。纳利扎的学生们不得不两面作战。他们缓慢地消灭了包围圈外层的学生，可是与此同时，乔尔和梅乐蒂已经干掉了他们半支队伍。

场上人数变成六比二。而这仍然数量悬殊。

却并非不能取胜。

乔尔听见钟声响起，却并没有领会钟声的意义。他仍然画个不停，修理几个外层的圆圈，为环阵增加一层次级防御工事，因为他们的主体环阵有十几次差点儿被攻破了。

“呃，乔尔？”梅乐蒂说。

“怎么了？”

“抬头。”

乔尔停下动作，抬起头来。整个黑色赛场上空空荡荡，最后一个身穿红色衣服的学生正朝门边走去。那姑娘迈过破损的环阵和没有画完的线条，绕过一道道禁界线，拖着脚步，擦花了一路上踩过的圆圈。

乔尔眨眨眼。“出什么事了？”

“我们赢了，傻瓜，”梅乐蒂说，“呃……你早就料到了？”

乔尔摇摇头。

“哈，”梅乐蒂回答道，“那好吧，我猜应该来一点儿戏剧场面了！”她猛地站起来，蹦蹦跳跳，大声叫道，“赢了，赢了，赢了！”

乔尔笑了。他仰起头，尽管天花板的玻璃上有颜色，他还是觉得自己能看见纳利扎的那身红色学师服——那人站在那里，眼睛盯着乔尔。

我正盯着你呢。教授的姿势像是在说。

直到这时，震惊的观众席里才忽然躁动起来，有人在欢呼，还有人冲下来跑到赛场上。

我也会盯着你的，纳利扎，乔尔仍旧仰着头，心里想着，我已经阻止你两次了。我还会继续挡你的道。

有多少次，就挡多少次。

未完待续

致谢

这本书的创作时间非常漫长。

我最初动笔是在2007年春天，半年后，我被委托续写《时光之轮》。我当时正在创作的史诗奇幻项目名叫《帕丁纳尔的骗子》，写得很不顺利。这本书的问题太多了，于是我没有逼迫自己继续写下去，而是想到另外去写一部有趣的，发生在平行世界的，“齿轮朋克”小说，我把它命名为《涂鸦者》——每当我应该专心创作某部作品时，我总会又想去写别的东西，这本书就属于这种情况——一本计划之外的书，让我的经纪人万般无奈。

这本书写完以后真的很不错，不过和我的大多数开脑洞创作的故事一样，有一些大的瑕疵，需要我在修订稿中加以完善。可惜的是，由于续写《时光之轮》耗费我太多时间，我拿不出时间来修改这个故事。不仅如此，我还觉得我不能发表它，因为故事中含蓄地承诺这个世界里还有更多尚待发掘的地方，而我知道，未来许多年内我都无法兑现这个承诺。

后来，《时光之轮》终于完成了，我也终于能够回过头来修改《涂鸦者》——此时我们已经把它重新命名为《阵学师》。我记得这本书是多么的有趣。我还记得这些年来，有许多人是读过这部书稿的。如今，从我动笔写第一稿到现在已经过去快六年了。（说起来，这么多时间都去哪儿了？）用了这么长时间来完成这本书，我很担心自己会漏掉某些人的名字。万一真的有遗漏，那真是万分抱歉！请一定告诉我，好让我把名字补上。

这本书最初的创作团队中有艾萨克·斯图尔特、丹·威尔斯、桑德拉·泰勒、詹茜·帕特森、埃里克·詹姆斯·斯通和卡拉·贝尼恩。他们读过这本书最初的版本，并在本书完成的过程中给予了极大的帮助。我还要特别提起一本早期美洲作品《被困与解脱：玛丽·罗兰森太太的自述》，这部著作在本书中出现过——当然做过许多改动。

这本书早期版本的读者还包括克里斯·雅士·金、乔什、米歇尔·沃克、本、本·奥尔森、卡利亚尼·珀留瑞、奥斯汀·于塞、吉莉娜·奥布莱恩、克里斯蒂娜·库格勒、C. 李·普雷尔、布莱恩·西尔、亚当·于塞和本·麦克斯威尼。本·麦克斯威尼不仅是一位可贵的书稿读者，同时也是本书画家，我们一直都在构思创作一部图画小说。如果你有机会逮到他，一定要让他给你看几页样稿。棒极了。

斯泰西·惠特曼也在本书完成的过程中给过我很大帮助。（有一阵子，作为一名编辑，她还想签下这本书。谢谢你，斯泰西，你给过我很多帮助！）本书的文稿编辑是狄安娜·侯克，我们大家都应该感谢她，因为是她的努力，让书稿少了许多错别字。（尽管我确信，让我的稿子里完全没有错字，绝非凡人所能做到的事情。）

苏珊·张——本书的编辑——以及托尔出版社的凯瑟琳·多赫提，她们都是非常棒的合作伙伴，而且多年来一直十分看好这本书。和往常一样，我要感谢摩西·费德给我的支持，乔舒亚·比尔梅斯所做的版权代理工作，以及艾迪·施耐德的助理代理工作。

我还要特别感谢凯伦·阿尔斯特罗姆和彼得·阿尔斯特罗姆。

多年来，他们一直看好这本书，并且一直推动着我给予这本书应有的时间和热情。

最后，和往常一样，我要感谢我的家人，尤其是我亲爱的妻子艾米莉。他们不仅仅一直包容着我，还鼓励着我不断成长。谢谢你们。

布兰登·桑德森